国学新读图文版08

人物志

谋略全本

（三国）刘劭 著 文慧 编译

湖南文艺出版社
HUNAN LITERATURE AND ART PUBLISHING HOUSE

博集天卷
CS·BOOKY

前　言

　　《人物志》是中国古代著名典籍之一，可以说是我国历史上第一部比较系统的人才心理学专著。唐人李德裕曾评价说："余尝览《人物志》，观其索隐精微，研几玄妙，实天下奇才。"这样一本著名的论著，始于名声不显的刘劭。

　　刘劭，字孔才，三国时期广平郡邯郸人。他曾经官至尚书郎、散骑侍郎，并被赐爵关内侯，深受重用。刘劭在官场中经历多次变迁，职位不断变化，这为他展示多种才能提供了舞台。根据史料记载，刘劭曾经奉命搜集五经群书，加以分门别类，然后编纂为《皇览》；也曾经与当时的议郎庾嶷、荀诜等人共同制定律令，作《新律》十八篇，并著有《律略论》。同时，由于做官经验比较丰富，刘劭对古代的爵位制度非常熟悉，因此著有《爵制》一书，但是现在已经亡逸不可寻。此外，刘劭还具有多方面的才能：他有丰富的天文气象知识，并且善于利用这些知识来影响当时的礼仪制度；他谙熟法律知识，对于当时的法律制度建设有重要贡献。他认为，法家是能够建立法律制度，使国家强盛、人民富裕的流派，因此十分推崇其以法治国的思想。从这个意义上说，刘劭也可以算做法家的代表人物之一。

　　刘劭生活在汉末三国时期，那是一个分裂割据的时期，一个在不断的纷乱中谋求国家统一的时期。在那个时期，中央政权土崩瓦解，各地稍具实力的诸侯纷纷争夺地盘，形成分裂割据的局面。在这风起云涌的时代舞台上，形形色色的人物开始登场，众多的英雄人物也开始崭露头角。但是，什么样的人才是三国政权，甚至是国家统一所需要的？统治者又该怎样来发掘人才，对待人才呢？关于这一问题，仁者见仁，智者见智。刘劭也有自己的独到见解，由此撰写了《人物志》这样一本关于人才的系统性的理论著作。

　　通过《人物志》这样一部著作，刘劭全面地阐述了自己的人才观，讨论了诸多问题：

　　如何认识人才的问题：德与才、表与里、人才的等级划分等；

　　如何发现人才的问题：这可以说是方法论的方面了，包括可以通过全面、长期的观察发现人才，在发现人才的过程中要避免发生一些失误；

　　如何使用人才的问题。

　　就是这些问题的综合与杂糅，形成了这部系统地阐述人才理论的典籍。自产生之日起，这部典籍就在我国历史上产生了非常重要的影响。南北朝时期的刘昞曾为之作注，宋朝阮逸为其刊书，并使其广泛流行。到了清朝时，纪晓岚主持编纂《四库全书》，曾评价此书"主于论辩人才，以外见之符，验内藏之器，分别流品，研析疑似"，"所言究悉物情，而精核近理"。

到了现代，人们对于《人物志》的追捧热度丝毫不减。汤用彤先生曾评价说："从《人物志》中可以看出曹魏初期学术杂取儒名法道诸家的特点，甚具历史上之价值。"20世纪30年代，美国心理学家施赖奥克曾经将这本书翻译成英文，并命名为《人类能力的研究》，在世界上掀起了一股阅读热潮。

由此观之，《人物志》的确是一本值得人们关注的重要典籍。今天我们再读《人物志》，仍能感受到那个风云际会的历史舞台上英雄人物的风姿，更能深刻地认识人才的内涵，了解选拔人才的方法，从而选拔出合适的人才为我们的事业服务。

目　　录

人物志谋略全本

原　序

夫圣贤之所美，莫美乎聪明；聪明之所贵，莫贵乎知人。知人诚智，则众材得其序，而庶绩之业兴矣。

经典再现

夫圣贤之所美，莫美乎聪明；聪明之所贵，莫贵乎知人。知人诚智，则众材得其序，而庶绩①之业兴矣。

是以圣人著爻象②则立君子小人之辞，叙《诗》志则别风俗雅正③之业，制礼乐则考六艺④祗庸⑤之德，躬南面⑥则援俊逸辅相之材，皆所以达众善而成天功也。天功⑦既成，则并受名誉。是以尧以克明俊德⑧为称，舜以登庸二八⑨为功，汤以拔有莘之贤⑩为名，文王以举渭滨之叟⑪为贵。

由此论之，圣人兴德，孰不劳聪明于求人，获安逸于任使者哉！是故仲尼不试⑫，无所援升，犹序⑬门人以为四科⑭，泛论众材以辨三等⑮。又叹中庸⑯，以殊圣人之德，尚德以劝庶几⑰之论，训六蔽⑱以戒偏材之失，思狂狷⑲以通拘抗之材，疾悾悾而无信⑳，以明为㉑似之难保。又曰察其所安，观其所由㉒，以知居止之行。

人物之察也，如此其详。是以敢依圣训，志序人物，庶㉓以补缀遗忘，惟㉔博识君子裁览其义焉。

迷津指点

① 庶绩：各种事功。《尚书·尧典》云："允厘百工，庶绩咸熙。"

② 爻象：《周易》中的爻辞和象辞。

③ 风俗雅正：指《诗经》中所含的风、雅、颂三种不同风格的诗。

④ 六艺：先时指古代学校的教育内容：礼、乐、射、御、书、数。后来又指《诗经》《尚书》《礼记》《乐经》《易经》《春秋》等六种典籍。

⑤ 祗庸：祗，指恭敬。庸，指经常、恒常。

⑥ 南面：指帝王之位，古代帝王理政都坐北朝南。

⑦ 天功：指帝王的功业。

⑧ 克明俊德：克，能够。明，看清、认识。俊德，指才智出众、品德高尚的人。

⑨登庸二八：登庸，举进，任用。二八，即八恺、八元。据《左传·文公十八年》记载，高阳氏时有才子八人，称八恺；高辛氏时有才子八人，称八元。这十六个人是十六个氏族的族长。

⑩有莘之贤：指商初大臣伊尹，名伊，尹是官名。相传伊尹是奴隶出身，原为有莘氏之女的陪嫁之臣，被成汤举用，先用为小臣，后任以国政。他帮助成汤攻灭夏桀，建立商国，故称之为有莘之臣。有莘，古国名，在今山东曹县西北。

⑪渭滨之叟：指周王朝的开国丞相姜子牙。渭，指陕西渭水。

⑫不试：不被任用。孔子曾周游列国，但其政治主张在当时不被重视，而他本人也没有被列国任用。

⑬序：顺序，次序。《周礼·春官·肆师》云："以岁时序其祭祀。"郑玄注云："序，第次其先后大小。"

⑭四科：指德行、言语、政事、文学四类。

⑮三等：孔子以生而知之、学而知之、困而学之为标准将众人分成三个等级。

⑯中庸：指对待万事万物不偏不倚、无过无不及、守常不变的态度和原则，是孔子提倡的儒家伦理思想中的最高准则。

⑰庶几：差不多、近似。

⑱六蔽：孔子所说的人的品德上的六种弊端。

⑲狂狷：狂，指狂放而富有进取心的人。狷，指狷介无为的人。

⑳悾悾而无信：悾悾，诚恳的样子。无信，没有信用。

㉑为：通"伪"，装做。

㉒察其所安，观其所由：察，考察。安，安放，设置。观，看，观察。由，经由，必由。

㉓庶：副词，表示期望或可能之意。

㉔惟：愿，希望。

古文译读

古代的圣贤认为人的资质中，没有比聪明更好的。在聪明资质中，没有比辨识人才更好的。假如可以用聪明才智来辨识人才，那么许多的人才就能够按才能大小排列出上下高低的次序，各种事业就可以从此兴旺发达。

因此，古时的圣贤为《周易》作注解时，便已经有了君子与小人的不同；整理修订《诗经》一书时，就已经区别出风、雅、颂不同风格的诗篇；在制定礼乐制度的时候，就通过礼、乐、射、御、书、数六个方面考查人们的恭敬守常的品德；身居帝王之位时，就必须选用德才兼备并能辅佐治理天下的人才。这都是拔举众多优秀人才，完成帝业的事例啊。帝业建成后，明君与贤臣一起享受天下盛名和万世美誉。因此，帝尧凭借能够识别才智出众、品德高尚的人才而受到称颂，舜帝凭借能够举用十六贤才而取得成效，商汤凭借选拔有莘氏的贤人伊尹而出名，周文王凭借任用垂钓渭水之畔的姜尚受到人们的尊重。

从这些用贤史实来看，圣贤之人成就自己的德政大业，有哪个不是运用了自己的聪明去寻求人才，并任用他们而使自己安逸一些呢！因此，孔圣人仲尼虽然不能实现自己的政治理想，不被各诸侯国提拔任用，但他还是把自己的学生按德行、言语、政事、文学四科来分类，用生而知之、学而知之、困而学之三个等级来广泛地评论天下众人，又赞许推崇守常不变的中庸之道，以突出圣人的品德，用对颜渊的褒赞来鼓励人们崇尚道德，通过六弊的训诫来使人们避免才能畸形发展所带来的弊病，希望结识或得到志向高远富于进取的人和洁身自守拘谨无为的人，以使他们的才能得到发挥，痛恨貌似憨厚诚恳实际上却不守信的人，以此表明伪装是难以长久的。孔子又说认识一个人要对他的行为进行观察，对他的内心进行了解，就知道他真实的举止行动了。

对于人才的考查和了解，应该如此审慎。因此，我才斗胆依照圣人的准则，以本书来记述有关知人用人的理论和方法，希望能借此弥补前贤在此方面的遗漏和疏忘，愿博学高识的君子裁决和浏览其中的意思。

九征第一

性之所尽，九质之征也。九征皆至，则纯粹之德也。九征有违则偏杂之材也。

经典再现

盖人物之本，出乎情性。情性之理，甚微而玄，非圣人之察，其孰能究之哉！凡有血气者，莫不含元一①以为质，禀阴阳②以立性，体③五行④而著形。苟有形质，犹可即而求之。

凡人之质量，中和最贵矣。中和⑤之质，必平淡无味，故能调成五材⑥，变化应节。是故观人察质，必先察其平淡，而后求其聪明。聪明者阴阳之精，阴阳清和则中睿外明，圣人淳耀⑦，能兼二美。知微知章⑧，自非圣人莫能两遂。故明白之士，达动之机⑨而暗于玄虑⑩，玄虑之人，识静之原⑪而困于速捷，犹火日外照不能内见，金水内映不能外光。二者之义，盖阴阳之别也。若量其材质，稽诸五物⑫，五物之征亦各著于厥体⑬矣。

其在体也，木骨、金筋、火气、土肌、水血五物之象⑭也。五物之实，各有所济⑮，是故骨植⑯而柔者谓之弘毅⑰，弘毅也者，仁之质也。气清而朗者谓之文理⑱，文理也者，礼之本也。体端而实者谓之贞固⑲，贞固也者，信之基也。筋劲而精者谓之勇敢，勇敢也者，义之决也。色平而畅者谓之通微⑳，通微也者，智之原也。五质恒性，故谓之五常矣。

五常之别，列为五德㉑。是故温直㉒而扰毅㉓，木之德也。刚塞㉔而弘毅，金之德也。愿恭㉕而理敬，水之德也。宽栗而柔立㉖，土之德也。简畅㉗而明砭㉘，火之德也。虽体变无穷，犹依乎五质。

故其刚柔明畅贞固之征著乎形容㉙，见乎声色，发乎情味，各如其象。故心质亮直㉚，其仪劲固；心质休决㉛，其仪劲猛；心质平理㉜，其仪安闲。夫仪动成容，各有态度：直容㉝之动，矫矫行行㉞；休容㉟之动，业业㊱跄跄㊲；德容㊳之动，颙颙卬卬㊴。

夫容之动作发乎心气，心气之征，则声变是也。夫气合成声，声应律吕㊵。有和平之声，有清畅之声，有回衍㊶之声。夫声畅于气则实存貌色，故诚仁必有温柔之色，诚勇必有矜奋㊷之色，诚智必有明达之色。夫色见于貌所谓征神㊸，征神见貌则情发于目，故仁目之精，悫然^④以端；勇胆之精，晔然以强。然皆偏至之材^⑤，以胜体为质^⑥者也，故胜质不精则其事不遂。是故直而不柔则木^⑦，劲而不精则力^⑧，固而不端则愚，气而不清则越^⑨，畅而不平则荡^⑩。是故中庸之质，异于此类。五常既备，包以澹味^⑪。五质内充，五精^⑫外章，是以目彩五晖^⑬之光也。故曰物生有形，形有神精。能知精神^⑭，则穷理尽性。

性之所尽，九质^⑮之征也。然则平陂^⑯之质在于神，明暗之实在于精，勇怯之势在于筋，强弱之植^⑰在于骨，躁静之决在于气，惨怿^⑱之情在于色，衰正之形在于仪，态度^⑲之动在于容，缓急之状在于言。其为人也，质素平淡，中睿外朗，筋劲植固，声清色怿，仪正容直，则九征皆至，则纯粹之德也。

九征有违则偏杂之材也。三度^⑳不同，其德异称。故偏至之材，以材自名；兼材之人，以德为目^㉑；兼德之人，更为美号。是故兼德而至，谓之中庸。中庸也者，圣人之目也。具体而微^㉒，谓之德行。德行也者，大雅^㉓之称也。一至^㉔谓之偏材，偏材，小雅之质^㉕也。一征^㉖谓之依似，依似，乱德之类也。一至一违谓之间杂，间杂，无恒^㉗之人也。无恒依似，皆风人^㉘末流。末流之质，不可胜论，是以略而不概也。

迷津指点

① 元一：事物最本源、最初始的状态。此处专指人的本质。

② 阴阳：中国古代哲学的一对范畴，指万物中无所不在的两种互相对立并相反相成的物质。

③ 体：凭据，效法。

④ 五行：金、木、水、火、土。中国古代思想家用这五种元素来说明万事万物的起源和变化。

⑤ 中和：儒家中庸之道的主要内涵。

⑥ 五材：指人的勇、义、仁、信、忠五种德才。

⑦ 淳耀：光明。

⑧ 知微知章：既知微小的变化，又知明显的巨变。微，隐蔽、微小。章，通"彰"，明显、显著。

⑨ 机：时机，机会。

⑩ 玄虑：深思熟虑。玄，奥妙，深奥。

⑪ 原：水源，源头。

⑫ 五物：指金、木、水、火、土五种物质。

⑬厥体：其体。厥，他的，那个。

⑭象：现象，表象。

⑮济：成就。

⑯骨植：植，通"直"，此处指骨干挺直，引申为强毅的意思。

⑰弘毅：抱负远大，意志坚强。

⑱文理：礼仪，引申为知文达理。

⑲贞固：坚贞不移，指能坚守正道，始终如一。

⑳通微：通晓细微的事物。

㉑五德：指下文所述的五种品德。

㉒温直：既温和可亲又正直耿介。

㉓扰毅：既柔顺驯服又刚毅果决。

㉔刚塞：既刚正坦荡又谦谨笃实。

㉕愿恭：既忠厚诚实又恭敬庄重。

㉖柔立：既柔和温文又坚定自立。

㉗简畅：既简约豪放又畅通无滞。

㉘明砭：既明白事理又善于劝谏。砭，指治病刺穴的石针。

㉙容：容貌、仪容，指人行为举止的外部表现。

㉚亮直：诚信正直。亮，通"谅"，诚信之意。

㉛休决：美善而刚毅。休，美好。

㉜平理：平和有条理。

㉝直容：正直之人的外部表现。

㉞行行：刚强的样子。

㉟休容：温和的人的外部表现。

㊱业业：畏惧的样子。

㊲跄跄：形容走路有节奏的样子。

㊳德容：品德高尚的人的外部表现。

㊴颙颙卬卬：前者指肃敬的样子，后者指器宇轩昂的样子。

㊵律吕：古代校正乐律的律管，十二支，因有不同的长度而产生不同的音高。
其中六阳律称为六律，六阳律称为六吕。

㊶回衍：迂回展延的意思。

㊷矜奋：武勇果敢的意思。

㊸征神：反映人的内心世界的神态、表情等。

㊹悫然：诚实谨慎的样子。

㊺偏至之材：偏才。

㊻胜体为质：让形体承担反映内质的任务。

㊼木：质朴、木讷。

㊽力：倔犟。

㊾越：超出，超过，有激越的意思。

㊿荡：放纵的意思。

51澹味：淡味。澹，通"淡"。

52五精：指仁、义、礼、智、信五种精神表现。

53五晖：五彩的光辉。

54精神：指人的意识、思维活动、心理状态等。

55九质：指下文所说的神、精、筋、骨、气、色、仪、容、言九种有形之质或无形之质。

56陂：倾斜，不平。

57植：木柱，引申为支柱。

58惨怿：悲伤和欢喜。

59态度：举止神情。

60三度：指偏才、兼才、兼德三种人才德才比例的不同程度。

61目：名称。

62具体而微：指已大体具备各种品德，但还未发展完善。

63大雅：指德才兼备、飘逸绝伦的人。

64一至：在一方面的才能比较完善。

65小雅之质：相当于小雅。

66一征："九征"之中的一征。

67无恒：指无恒常品德。

68风人：古代采四方民歌以观民俗民情的人，后来也泛指诗人。

古文译读

关于人的内在的最根本的资质，是通过他的思想和性情表现进来的。而人的思想和性情的道理，却又是非常深奥和微妙的，如果不是古代的圣贤的考察和研究，谁又能将它们弄明白呢。凡是有生命的物体，没有谁不包含最根本、最初始状态的性质，它们秉承着阴阳二气形成个性，依金、木、水、火、土五行而成就形体。只要是有形体的有生命的物体，就可以根据形体去探求它们的本质了。

关于人的资质和能力，各种情绪的表现与外界环境和谐一致可谓中和，而中和是最为珍贵的。中和这种素质，必然淡而无味，所以才能协调发展出仁、智、忠、信、勇这五种优秀的品德，才能转换自如以适应客观环境的变化。正因为如此，观察一个人，考查他的素质，必须首先考查他是否有平淡的素质，而后才探求他的聪明。聪明这种品德，是人身上阴阳二气凝聚的精华，阴阳二气清纯和畅，就会使人内心聪慧，外表敏锐。圣人之所以光彩耀人，是因为他兼具聪慧和敏锐这两种美德。因而他们既可以明察微小的变化，也可以洞悉宏观。这是除了圣人之外，其他人都不能做到的。所以，反应机敏的人，虽然能抓住行动的时机，但不善于深思熟虑；深思熟虑的人，虽然能够静思事物的源头却不善于快速敏捷地行动，这就好像火焰和太阳以光芒来照耀外物，但却不能映出自身的形象；金属和水面虽然能映出外物的形象，却不能朝外放射光芒。以上两种东西的不同，在于它们自身阴阳性质的区别。如果衡量一个人的才能和资质，以金、木、水、火、土五种物质对照进行考查，那么这五种特质的特征，也就显著地存在于他的身上了。

对人体来说，骨骼属木，筋腱属金，气息属火，肌肉属土，血脉属水，上述五种物质正是五行之形象。人体中五种物质所对应的实际物象，各有所助益。所以，骨骼挺拔而又柔韧的人，可以称其抱负远大、意志坚强。而抱负远大、意志坚强的品格，是"仁"的资质。气息清纯而明朗的人，可以称其明礼懂仪、知文达理。而明礼懂仪、知文达理的品格，是"礼"的根本。形体端正而又厚实的人，可以称其坚守正道、始终如一。而坚守正道、始终如一的品格，是"信"的基础。筋腱强劲而又精干的人，可以称其勇敢无畏、刚强果敢。而勇敢无畏、刚强果敢的品格，是"义"的标准。血色柔和而又通畅的人，可以称其洞见玄幽、见微知著。而洞见玄幽、见微知著的品格，是"智"的本源。外界的和人体的五种物质都具有恒常不变的特性，所以称它们为"五常"。

依据五常性质的不同之处，又可以分列出五种不同的品德。因此，温和柔顺而耿直坚毅，这就是"木"的品德。坚强笃实而刚毅果断，这就是"金"的品德。忠厚严恭而有治理才能谨慎恭敬，这就是"水"的品德。宽厚谨慎而柔顺独立，这就是"土"的品德。简约通畅而明理善谏劝，这就是"火"的品德。虽然人的品德和性情变化无穷，但还是依据金、木、水、水、土这五种物质的品质而变化的。

因此，人的刚强温和、聪明豁达、忠贞坚定的内质都有其外部显著的反映，从声音神色上显示出来，从性情趣味上发散出来，各与其外在表现相符。所以，内心品质光明正直，其仪容就坚毅刚强；内心品质美善刚毅，其仪容就奋进勇猛；内心品质平和有条理，其仪容就安逸悠闲。仪表风度的外部表现，各自形成不同的神态和气度。正直之人表现出来的样子，是勇武刚强的形象；温和之人表现出来的样子，是谨慎谦虚的形象；品德高尚之人表现出来的样子，是肃敬轩昂的形象。

人的外在表现的产生是由内部的心气而发的，心气变化的特征，则会体现于声音的各种变化之中。心气与声音相合，声音和乐音一样也可以分为六律和六吕。有平和的声音，有清畅的声音，有回旋的声音。人的声音的舒畅来源于心气，其实质则体现于容貌和神情之中。所以，真诚的仁爱，必然显露出温柔的神色；真正的勇敢，必然显露出坚强的神色；真实的才智，必然显露出明达的神色。所以，人的这些神色显现于容貌之上，即是所谓的"征神"。人的心神征兆表现在容貌上，其神情则从眼睛中表现出来。因此，闪耀仁慈的目光是诚实谨慎端正无邪的；反映胆量勇气的眼睛，是光亮强劲的。然而，这些都只是偏才，其内质通过形体表现出来。所以，完美的内能不能精确反映，做事情就不会成功。因此，耿直而不兼具柔和的人，则表现为质朴木讷；坚强而不兼具精明的人，则表现为倔犟；固执而不兼具正直的人，则表现为愚憨；气愤而不兼具清朗的人，则表现为偏激；通畅而不兼具平和的人，则表现为放纵。所以，中庸之道的品德，是与上述这些不一样的。仁、义、礼、智、信这五种品德已经具备，包容于平淡之中。五种品德的资质充实于心田，五种品德的精神则外露，所以目光神情发出五彩的光辉。所以说，万物生来就有了形体，形体又相应地体现它的内在精神。能深刻地理解精神，就能穷究一物的义理和人物的本性。

人的所有性情，都归纳为九种。表现正直与邪恶的本质全在于精神，明慧与愚蠢的实质全在于感情，勇猛与胆怯的态势全在于筋腱，坚强与懦弱的支柱全在于骨骼，暴躁与镇静的先决全在于气息，悲伤和欢喜的情感全在于脸色，衰怠与端正的形态全在于仪表，举止神情的活动全在于面容，和缓与急切的情状全在于语言。作为一个人，其内质平和而宁静淡泊，内心聪慧而清朗爽直，筋腱强劲而骨骼刚硬，声音清纯而神色喜悦，仪表端正而容貌庄重，这即是九征齐备的纯粹品德啊！

对九征中有所违背的，那一定是偏杂之才。偏才、兼才、兼德这三种人才的德才比例的程度不同，其品德的名称也各不一样。所以，偏于一种才能的人，以其所具有某一方面的才能命名；兼具多种才能的人，以其所具有品德作为称呼；兼具多种德的人，更应该有一种美好的称号。所以，兼具各种德才并达到尽善尽美，就称之为中庸。中庸，是对圣人的一种美称。已经大体具备各种品德，但还未发展完善，这可以称为德行。德行，是对大雅之人的一种称呼。只在一种德才上比较完善，可以称为偏才。偏才，是对小雅之人的一种称呼。九征之中只具备一征，可以称为依似。依似，是对德行紊乱的人的一种称呼。只在某些方面有才在另些方面无德，这可以称为间杂。间杂，是对一种没有长性之人的一种称呼。无恒常品德、德行紊乱的人，都是风人中的末流之士。末流之人的品质，有很多种，不能一一讨论，所以略去不论了。

前沿诠释

诚如刘劭所言，人的德才的本源，出自人的思想与本性。古代的许多帝王在成长过程中，在任用和考查臣子的过程中，就全面而深刻地运用了刘劭的这种观点。同样，我们体察史上留名的贤臣武将，甚至许多在青史上留下骂名的人，会发现他们的身上也体现了刘劭所说的诸多观点。

房玄龄"木"性辅唐王

在中国历史上，初唐是人才辈出的时代。那时的天空星光灿烂，即使如今看去，当时许多人的名字还是那么让人闻之振聋发聩，像被喻为明镜的魏征、能征善战的尉迟敬德……史上对于这些人的记载不胜枚举，然而，与他们同时代的房玄龄，史上的记载并不多见。然而，我们还是能从历史的蛛丝马迹中，看到房玄龄的光辉。

唐太宗李世民的诗作至今仅存89首，其中就有三首是赐给房玄龄的。一位君主，三次赋诗送给一个臣子，可见其对这位大臣的倚重。房玄龄去世后，谥号"文昭"，配享太宗庙廷。而与房玄龄同为一朝之臣的唐代著名书法家褚遂良，还亲自为其写了碑文，长达两千余字，其中最为著名的一句话是："道光守器

唐褚遂良所题房玄龄碑。北京图书馆藏明拓本。永徽三年刻，碑文两千余字，今存三百余字。

长琴振音，方嗣虞风仙管流声。"

房玄龄能获得君主的常识和倚重，能博得同时代的人的赞誉，均得益于他的木性的品格。出生于"秀才世家"的房玄龄，是刘劭笔下具有外表温和柔顺而内心耿直坚毅的"木"品德的人的代表。让我们从尘封的历史中，选取几件事，看看这位谋臣的品德。

在唐初的重臣里，相比于魏征的直言敢谏，房玄龄"怕皇帝"是出了名的，以至于小他20岁的脾气急躁的唐太宗李世民，经常拿他当"出气筒"，而且还越用越顺手。对此，房玄龄的应对方法是不争辩、不顶撞，逆来顺受，坦然受之。如果自己错了，就向皇帝道歉，反之，唐太宗也会在反省后，到房玄龄家道歉。于是，有人讽刺房玄龄"没骨气"。这也难怪，身边站着傲骨铮铮的魏征，两相对比，得出这一结论也就不显突兀了。

不仅是在皇帝面前，就是在同僚面前，甚至一些小官吏面前，房玄龄也是一副老实人的样子。有一次房玄龄得了重病，一个小官吏没轻没重地开玩笑说："宰相得了小病，我们去探访有好处。但如果他得的是重病快要死了，探访的意义就不大了。"后来，有人把这话传到房玄龄那里。结果房玄龄非但没有动怒，在那个小官吏随大流来看自己时，还笑着调侃了他一句："你都肯来看我，那我一时半会儿还死不了啊……"

无论是办事效率还是实干能力，房玄龄在众臣中都是首屈一指的。当时，李世民和魏征等人通过争辩、讨论定下的大政方针，都是由房玄龄率领其选拔的人才经过一番埋头苦干实施的。在房玄龄22年的宰相生涯中，他废寝忘食地工作，处理着朝堂上的各项日常事务，这其中就包括最烦琐的财政预算和账目往来。另外，他还用心地为李世民选择和推荐人才。虽然房玄龄所做的事情很少有惊天动地的，但是"贞观之治"的宏图大卷上，绝对少不了他的细心描画。

分析房玄龄的性格，不正符合刘劭所说的"中和之质""温直而扰毅"的特点吗？他性情温和、通达睿智，深知在一个国家的朝堂上，一定要有一个中和各方观点的人。他也知道，身为帝王的李世

房玄龄（579—648），别名房乔，字玄龄，唐初著名良相、杰出谋臣。他辅佐太宗二十余载，稳任首宰，"群星拱月月隐辉，治世苍空灿月明"，是对他特有的名臣气度、良相风格的称赞。

民，也需要一个能在其面前放松的臣子。而自己的温和品性，也正好可以听到不同的声音，并从中发现问题，进而替君王解决问题。

正是因为这样，李世民才无条件地信任这位宰相，尊重他的政见。李世民曾想提拔一个叫李纬的人做户部尚书，在征求房玄龄的意见时，听房玄龄说李纬只是一把大胡子生得好后，便断然打消了这个念头。贞观十九年，有人诬告房玄龄谋反，李世民二话不说就将告发之人砍了头。这都是基于他对房玄龄的信任。而这种信任来源于哪里呢？就是来源于房玄龄的为人。

总的来说，房玄龄的所作所为十分恰当地诠释了刘劭所说的中和的特质，以及木的品德。

汤和外精内细如"水"得长生

汤和是明朝开国皇帝朱元璋麾下的一员武将，曾为明朝的建立立下了赫赫战功。明朝建立之初，他常常在酒后说一些对朱元璋不满的话，足见此人不拘小节。然而，汤和不是一个有勇无谋的武将。

众所周知，朱元璋可以算是历史上最能残杀功臣的皇帝了。为了延续朱家王朝，朱元璋对那些帮助他打下江山的功臣宿将毫不留情，一旦感觉到他们之中有人会对自己的地位产生威胁，就罗织罪名将其逮捕问斩，严重者甚至诛其九族。韩国公李善长、大都督李文忠等都成为了朱元璋巩固皇权的牺牲品。在这些功臣中，只有先封中山侯后封信国公的汤和，一直太平无事，深受朱元璋的恩宠，并被作为功臣的楷模大加推崇。汤和其人，论功劳不及李善长，论亲近不及李文忠，但他却能够善终，这与其如水的品德有着很大的关系。

汤和能够细心揣摩皇帝的心思，及时调整自己的言行。朱元璋在封赏时，当着文武百官的面斥责汤和喜酒妄说，因此降低了给他的爵位。这令汤和十分难堪，同时也使他意识到：朱元璋的心胸是如此狭窄，他对于陈年旧怨是会牢记不忘的。庆功宴后的第二天，很多武将都因为醉酒而没有上朝，就连一向谨慎的徐达也包括在内，唯独汤和例外，他虽然好酒，但第二天仍坚持早早上朝。为此，他受到了朱元璋的褒奖。从此，汤和每次拜见朱元璋前绝对不喝酒，说话的时候更是小心翼翼，一句也不肯多说。后来，汤和在带兵攻打四川时，宁可因小心

汤和墓，这是明太祖朱元璋赐给汤和的，墓室是依山傍水的大型砖石建筑，墓前有众多石雕群像，石雕有大型神道碑和石雕马、羊、狮、武士，粗犷而又流畅。

过度被人指责进兵不力，也绝对不给别人留下不遵法令的口实。汤和的恭谨谦逊之法还真有用，朱元璋渐渐改变了对他的看法。汤和伐蜀不利，朱元璋不仅没怪罪，反而赏给他五千亩官田，可谓是因祸得福。

与汤和相比，德庆侯廖永忠就算不上明智了。本来此人功劳赫赫，也在被封公爵之列，但在封赏之前，他向当时的丞相杨宪私下打听情况，并四处宣扬说自己劳苦功高。这便引起了朱元璋的嫉恨，仅仅封他为德庆侯，排位相当靠后。封赏时，他也和汤和一样被朱元璋申斥了一番，处境颇有些尴尬。但廖永忠没能体察到朱元璋的心胸狭窄。后来在伐蜀之时，廖永忠奋力攻打瞿塘天险，立下大功。当他听说朱元璋赏赐给汤和五千亩官田时，就挟功向朱元璋讨要家乡巢湖的五千亩官田。朱元璋认为他是在恃功邀宠，跟朝廷讨价还价，于是对其严加斥责。此后，在朱元璋巡幸濠州期间，廖永忠不甘默默无名，又暗示朱元璋自己为他立下淹杀"大宋"皇帝韩林儿这一冒天下之大不韪的功劳，这让朱元璋对其更是不满。回京不久，朱元璋就以谋反罪处死了廖永忠。

相对于廖永忠的不知进退，汤和更能洞察皇帝的内心，不恋权位，急流勇退。朱元璋一向非常忌惮武将，总担心他们会在自己死后起兵谋反，担心到时没人能制得住他们，朱明王朝可能会不保。由此，朱元璋便不断加大清洗武将的力度。目睹了这一次次血腥杀戮的汤和，内心被深深地触动了，他深知朱元璋真正的目的并不是杀鸡儆猴，让功臣屈服于皇帝的淫威之下，而是要让他们放下自己的兵权，所以即使再小心谨慎，也终会被皇帝以莫须有的罪名除掉。经过反复考虑，汤和奏请告老还乡。这正好合了朱元璋的心意，因为他不费吹灰之力就解除了汤和的兵权，除去了自己的心腹之患。为此，朱元璋专门在宫中赐宴，亲自为汤和把盏，并命人给汤和在凤阳再修府邸，好让他衣锦还乡。汤和这一退，既赢得了朱元璋发自内心的好感，又保住了自己下半生的太平与富贵。与汤和相比，其他大多数功臣都未能洞察到这一点，尽管他们处处小心，但最终还是被朱元璋以莫须有的罪名杀害。

汤和退隐交出了兵权，但他深知朱元璋不会就此对自己放松警惕。为了麻痹朱元璋，汤和在京逗留期间，专门从苏杭两地买了一些妙龄女子，整日里听她们弹唱跳舞，还到处收集奇珍异宝，让别人认为自己纵情声色、不思进取。对于汤和的种种表现，朱元璋非常满意。因此，当锦衣卫将汤和纵情声色的不法之事密告朱元璋时，朱元璋也一改对功臣约束甚严的旧例，还说汤和立下过大功，现在没有战事了，做些事情颐养天年没什么大不了的。这一反常的处理让锦衣卫指挥使摸不着头脑。

在衣锦还乡之后，汤和仍不忘记想办法打消皇帝的疑虑，继续制造自己纵情享乐的假象。每隔一年半载汤和便会去拜见朱元璋，汇报自己的所作所为，这让朱元璋十分放心。每次汇报的时候，汤和都会说："臣每天望京拜阙，遥祝陛下身心安康、国家长治久安，而后才敢放任自乐。"这几句话也让朱元璋十分开心。朱元璋终于放下了对汤和的提防，每每说起他，还总是想起他的好处，对他再也没有一丝恶感。

内外皆粗狂者谓之有勇而无谋，是莽夫，而外粗内细的人才能在纷繁复杂的社会环境中洞察各种有利和不利因素，做到趋利避害。汤和正是做到了这一点，才得以善终。在现实生活中，我们也要注意保持内心的细腻，用心做事，用心观察，用心感悟，方能达成自己预期的目标。

德行若"土"的宋朝名相王旦

宽厚谨慎的人被认为具有"土"的品德。宽厚主要体现在为人处事上能够识大体，不斤斤计较，不睚眦必报；与人为善，并能够原谅别人的过失。谨慎则发于内心，是指一个人做事能够处处为大局着想，思虑周全，避免草率行事，是智慧与谋略的体现。宋朝名相王旦无疑就是宽厚谨慎的代表，无论是在公务上还是在私事上，他都能做到宽厚谨慎。

能够说明王旦宽厚的例子有很多。王旦担任宰相时，寇准任枢密使。寇准此人以严明耿直著称于世。有一次中书省给枢密院发了一份文书，但文书的格式不符合诏令的标准格式，寇准便将此事告知了当时的皇帝宋真宗。真宗龙颜大怒，狠狠地训斥了王旦。王旦连忙承认是自己的过错。因为此事，其他的中书省官员也受到了处罚。后来枢密院有文件传给中书省时，其文件也不符合诏令的标准格式。中书省的官员将此事告诉了王旦，本来以为王旦会借此机会报复寇准，结果王旦却下令将文书退回枢密院，让其改正，并没有将此事告知宋真宗。寇准得知此事后非常惭愧，当面感谢了王旦的大度。此外，王旦还经常在皇帝面前称赞寇准，但寇准却经常在皇帝面前说王旦的缺点，最后连皇帝都为王旦鸣不平。

王旦（957—1017），北宋名相，字子明，善知人，多荐用厚重之士。

一天，宋真宗对王旦说："你总为寇准说好话，寇准却老说你的不是。"言外之意是问他为什么如此忍让寇准。王旦说："我当宰相这么久了，难免会有缺点和问题，寇准为人正直，不欺瞒皇上，所以您才非常器重他。"后来寇准被免去官职，王旦还极力向皇帝举荐让其做武胜军节度使，寇准得知后非常感激。王旦并不因个人的私利而影响自己对于贤才的判断和任用，宽厚待人，这是非常难能可贵的。

人们都说官场如战场，同朝为官的人也总是在钩心斗角，明争暗斗。尽管王旦宽厚仁爱，但也有不少人诽谤他，对此他并不理会。在朝中，如果有官员犯了无关紧要的小错，王旦还会极力帮他们辩解，尽量地保护他们。王旦正是由于自己的宽厚与仁爱，才在上得到了皇帝的宠幸和信任，在下得到了同僚的尊重和拥护。

王旦不仅宽厚，在处理内政外交事务时还非常谨慎，深谋远虑，使得各种事情能够得以妥善的解决，也因此，他在宋真宗的心目中分量很重。据史料记载，公元1004年，契丹入侵，宋真宗御驾亲征，时任参知政事的王旦也随同出征。后因发生变故，宋真宗命王旦回东京主持事务。王旦当日就迅速赶回京城，并命令手下不得走漏任何消息。后来，听说宋真宗从澶渊归来的消息后，王旦的家人以为王旦会随同一起回京，便到城外去迎接他，结果却发现王旦出现在他们身后，也来迎接皇帝。从这件事上就可以看出王旦做事非常谨慎，在关乎国家重大利益的情况下，连他的家人也不能知道他的行踪。

在处理国家的紧急事件时，更能凸显出王旦的谨慎和有谋略。当时有个叫做张耆者的马军都帅领旨选兵，但他的军令特别严酷，使得兵营上下人心惶惶，更有人密谋准备起兵反叛他。这个消息传到宋真宗耳朵里，宋真宗便急诏王旦进宫商议对策。这件事确实很棘手，如果对张耆治罪，就会使将来的将帅难以服众；但如果惩罚那些密谋者，兵营必然大乱。一向谨慎的王旦便提出了一个两全之策，即让张耆担任枢密副使，让他失去兵权。这样一来，士兵们就不会再密谋反叛他了，不但可以避免发生兵变，还不用逮捕士兵。此事就此得到了圆满的解决。宋真宗后来曾对其他官员说："王旦善断大事，是真正的宰相之才啊。"

王旦的谨慎也使他在很多时候免于受到惩罚或牵连。王旦曾任兖州景灵宫朝修史，在任时，很多人借机拜访他，想从他这儿得到好处。为了避免与地方的人私下接触，被人利用来算计自己，王旦总是穿戴整齐，在随员到齐后，在公堂上与他们相见，处理完公事就立刻退堂。后来与王旦同去的内臣周怀政因犯事被处罚，王旦却没有被牵连。这与他在任时处处谨慎行事不无关联。

为人处事之道在于厚德而远虑，宽厚而谨慎。常言道，伴君如伴虎，王旦能够在宋朝那种皇帝对于臣下极不信任的背景下，得到皇帝的宠信和大臣们的尊重、钦佩，与他拥有如"土"的品德有很大的关系。王旦死后，仁宗皇帝亲自为他的墓碑题字，这足见王旦的受宠程度。

王旦拥有的这种土性品德在今天看来也极为重要，无论身在官场还是商界，能够宽厚待人，谨慎做事一定能上得到领导的重视和信任，下得到下属的尊重和爱戴，而这无疑是成功的必要条件之一。

卡莉·菲奥丽娜凭"金"涅槃高飞

提到刘劭讲到的具有金性品德的人，就不能不让人想到惠普公司前CEO卡莉·菲奥丽娜。刘劭所说的金品德具有的特点——坚强笃实而刚毅果断，在菲奥丽娜的身上表现得非常突出。

我们先来看一下菲奥丽娜手中的证书和她的头衔：斯坦福大学中世纪历史和哲学学士、里兰大学派克学院商业管理硕士、麻省理工学院斯隆学院理科硕士，两次被《福布斯》杂志评为美国经济界最有权力的女性。能够获得这些证书和头衔，得益于她刚毅果敢的性格。

菲奥丽娜的职业生涯是从AT&T公司的会计主管开始的。在加入惠普公司之前，她曾在美国电话电报公司工作了近20年。凭着自己刚毅果敢的性格，她促使网络公司朗讯从美国电话电报公司分裂出来，并使其上市发行股票。

无论是AT&T公司还是朗讯，只要是菲奥丽娜曾效力过的地方，都会留下她辉煌的一页，以及她刚毅果敢的"金"的品德。

卡莉·菲奥丽娜，斯坦福大学中世纪历史和哲学学士、里兰大学派克学院商业管理硕士、麻省理工学院斯隆学院理科硕士，惠普公司前CEO。

菲奥丽娜刚进入美国电话电报公司的时候，面对客户选择在脱衣舞俱乐部谈业务的局面，竟然穿着一身最为保守的套装，拎着公文包步入俱乐部，在男人聚集之处与客户面谈，并在谈完业务后，保持着尊严离开。因为她认为，自己首先是一个销售员，其次才是一个女人。而在负责朗讯科技时，她力排众议，大胆采用了"O"作为公司徽标，并用粗糙的红油漆画成一个圆圈。她用这个徽标向外界表明，朗讯是一个全新行业的开创者。此举感染了很多投资者，并直接使朗讯首次公开招股时，募集到了超出预期目标的30亿美元巨款。

她的一位同事曾这样评价她："卡莉·菲奥丽娜好像永远都能把别人的要求和目标记得一清二楚。在她的字典里，定义一个问题与解决一个问题并无区别。"

1998年年底，当菲奥丽娜的名字和照片出现在美国《财富》杂志封面时，不但吸引了众多关注的目光，更把正遭遇前所未有的困境的惠普公司的董事们的注意力吸引了过来。当时，惠普公司已经连续9个季度的表现都低于市场预期，年销售额也在逐年下滑，下降幅度一度为20%。形势要求惠普必须要有一名新的CEO。就这样，菲奥丽娜成为了他们的目标。

1998年，菲奥丽娜进入惠普。面对当时计算机行业低迷的状态，菲奥丽娜宣称要在三年内改变惠普的面貌。这一举动显示了她刚毅果敢的性格。随后，她在惠普公司内部进行了一系列的改革。

时间到了2001年初，惠普公司的股票价格开始下降，甚至一度降了27%，达到该公司自1996年以来的最低水平。可菲奥丽娜不为所动，仍然坚持进行着她的改革举措，并在吞并康柏后，使惠普的总资产达到870亿美元，成为直逼IBM的美国第二大计算机企业。媒体评论她说："这次兼并使其竞争对手害怕，她以其女性的妩媚和斗志登上了计算机行业的高峰。"

到底菲奥丽娜推行了哪些改革举措呢？她的改革措施主要包括两方面。一是改革公司的管理体制，将其分为两个层次，即"前方"的推销部门和"后方"的生产研发部门，从而改变了各个部门的分工。菲奥丽娜认为，惠普公司过去的分工，使各部门领导各自为政，不去考虑公司的整体情况和上下游的问题，以至每个部门几乎就是一个独立的王国，甚至出现了由最赚钱的激光打印机和喷墨打印机分出的两个部门之间争抢同一客户的情况。另外，个人计算机用户的需求与企业用户的需求不同，应该区别对待，这就要求各部门之间必须协调合作。所以，改革势在必行。

她采取的第二项改革措施就是裁员。菲奥丽娜自称她的这些改革措施是一趟"创新之旅"，必然会引起一些人的反对。无论是基于人们的固定思维模式，还是由于触动了某些人的利益，这些改革都会招致强烈的反对声。当时，公司内外针对菲奥丽娜的攻击和谩骂达到了一个巅峰，她也因此获得了"杀人女魔头"的称号。但是，菲奥丽娜顶着各种压力，坚决而果断地改变了公司60多年的传统，先后裁掉18000人。这些改革举措，不但为惠普节约了30多亿美元，也显示了菲奥丽娜的坚强意志，当然也包括她那勇于创新的精神。

令人印象最深刻的是，在改革的过程中，她提出"谁要是承受不了就请离开"的说法，这更是充分显示了具有"金"的品德的铁娘子风格。事实证明，菲奥丽娜的改革提高了惠普公司工作人员的工作效率和生产效率，也彰显了惠普公司的特性。

这位商界女明星的刚毅果敢的性格，还表现在她对政治浓烈的兴趣上。2008年，当麦凯恩和奥巴马竞争美国总统一职时，菲奥丽娜不但在麦凯恩的竞选活动中公开亮相，提供经济政策方面的建议，还发挥自己的商业才能，负责筹集大选资金，甚至在会见记者时公开表示，如果麦凯恩成为总统，自己非常愿意加入他的内阁。对麦凯恩的竞争对手奥巴马，她直接批评其经济政策，说："奥巴马参议员的增税措施会对美国经济造成更大的伤害，将在全国范围内毁灭工作机会……如果你是全美2300万小商人之一，请记住，奥巴马会要你们缴更多的税。"态度鲜明而直接，活现了具有金性品德的人的性格。

不过，菲奥丽娜的"金"没能改变总统竞选的结果，麦凯恩竞选失败，菲奥丽娜也最终与副总统之位无缘。继而2009年，菲奥丽娜被查出患上乳腺癌。然而第二年，顶着一头泛白短发出现在媒体面前的她，还是那么果敢坚毅，浑身散发出"金"的属性。菲奥丽娜用她的性格，再度战胜了病魔，同时，她还宣布代表加利福尼亚州参加美国的参议员竞选。

卡莉·菲奥丽娜，一个具有金性品德的女性，她用自己的言行证实了刘劭的"九征第一"中关于"忠"与"勇"的性格特点的论述。

偏怪之才，伯乐赏识亦成大业

除了上面提到的"人物"所具备的特质，刘劭在"九征"中还提到了偏杂之才。这些偏杂之才在中国历史上并不少见，他们大都凭借自己在某一领域、某一方面的杰出成就，获得了世人的认可，为社会的进步做出了贡献，也在人类发展史上写下了浓墨重彩的一笔。

罗家伦是我国近代文化名人，在民国时期，他曾担任过中央大学、清华大学的校长，为中国近代教育的发展做出了很大的贡献。五四运动期间，罗家伦亲笔起草了印刷传单中的白话宣言（其中文言篇由许德珩起草）《北京学界全体宣言》。在宣言中，他提出了著名的"外争国权，内除国贼"的口号，并在5月26日的《每周评论》上第一次使用"五四运动"的说法。从此，这个名词就成为这次轰轰烈烈的全国运动的固定称呼，一直沿用至今。在做中央大学校长时，罗家伦提出树立"诚朴雄伟"的学风，改革教学方法，培养了一大批人才。在任清华大学校长期间，他增聘名师，裁并学系，招收女生，添造宿舍，裁汰冗员，结束旧制留美预备部，停办国学研究院，创设与大学各系相关联的研究所，对清华大学的发展有着不小的贡献。

这样一个在中国文化领域颇有影响的人物，也是刘劭笔下那种偏怪之才。罗家伦自幼深受国学浸染，在其童年时期，父母就对他进行了启蒙教育。在他两岁时，母亲就开始教他识字、背诵短诗；长大一些后，父亲常向他传授古今诗，每天还亲自选录二三则有趣且富教育意义的典故，对他进行文学教育。由于从小就接受父母在文学

罗家伦（1897—1969），字志希，笔名毅，浙江绍兴人。他是我国近代著名的教育家、思想家、社会活动家。

方面的熏陶，加之长大后在私塾打下的基础，罗家伦养成了深厚的文学素养。然而，这也导致他极擅长文学而不擅长理学。1917年，21岁的罗家伦参加了北大招生考试，不过，他考出的成绩让人哭笑不得。当时，罗家伦的作文成绩是满分，以至批改试卷的胡适非常赏识罗家伦，并向学校招生委员会做了推荐。不过，校委们在看完罗家伦的全部成绩单后却很头疼，因为罗家伦的数学成绩竟然是零分！其他各科成绩也都平平。最后，主持招生会议的蔡元培校长力排众议，以偏怪之才的定位破格录取了罗家伦。由此，罗家伦得以进入北大文科，主修外国文学。正是凭借自己在文学方面的突出才华，罗家伦成为"新文化"运动的旗手，"五四"风云人物，他撰写的《五四宣言》中的警句："中国的土地可以征服，而不可以断送；中国的人民可以杀戮，而不可以低头。国亡了，同胞们起来呀！"曾经激励广大有为青年奋起救国。

12年后，已经成为清华大学校长的罗家伦在招生时也遇到了偏才——钱锺书。

钱锺书，这位中国现代著名作家、文学研究家，被我们视为国宝一样的大师，在文学、国学、比较文学、文化批评等领域取得了杰出的成就，其推崇者甚至将他的研究成果称为"钱学"。就连只占作品一小部分的小说，比如《围城》，也被书评家夏志清先生认为是"中国近代文学中最有趣、最用心经营的小说，可能是最伟大的一部"。就是这个在文学领域的方方面面都高人一等的钱锺书，当年在参加清华大学考试时也因为成绩差险些未被录取。钱锺书在19岁参加清华大学招生考

试时，"国文特优，英文满分，数学15分"。当然，这个成绩比校长罗家伦当年考北大的成绩还要略强一点儿。时任校长的罗家伦大笔一挥，同样将钱锺书这个偏才破格录取了。后来，钱锺书这位"姓了一辈子钱，却不爱钱"的"钱学"大师，学贯古今，兼修中外，继承了民国学术衣钵，成为国学泰斗。

民国时期的偏怪之才，除了以上两位，还有一个，就是著名文学家臧克家。1930年，臧克家报考国立青岛大学（1932年改名为国立山东大学）。考试成绩出来后，他的数学得了零分。不仅如此，臧克家还不拘一格，在考语文时，作文居然只写了三句话："人生永远追逐着幻光，但谁把幻光看做幻光，谁便沉入了无边的苦海。"

钱锺书（1910—1998），字默存，号槐聚，中国现代著名作家、文学研究家。

这几句杂感得到了时任青岛大学文学院院长兼中文系主任、主考老师闻一多的欣赏。于是，闻一多破除学科偏见，将臧克家破格录取。后来臧克家果然在文学方面取得了不小的成绩。

看看以上三位文学大家的"高考"成绩，我们可以说，偏怪之才其实与大师仅一步之遥。随着现代教育的发展，在高考中通吃各科的人才层出不穷，但以专科专业见长的"偏才怪杰"也不少见。最近几年，新闻中也不断报道高考中的偏才、怪才。2011年高考中被北大破格录取的甲骨文偏才考生，谁又能说他将来不会成为中国的又一位卓有成就的大师呢？

不只是在中国，在外国，也有许多偏怪之才成就一番事业的例子。德国著名哲学家黑格尔就是这方面的代表人物。

黑格尔在读书时，被人视为"平庸少年"，许多人认为他将来不会有什么出息。但是，黑格尔的老师在指出了黑格尔的一些缺点之后，也肯

臧克家（1905—2004），杰出诗人，著名作家、编辑家。他的作品《难民》《老马》等诗篇，以凝练的诗句描写了旧中国农民忍辱负重的悲苦生活。

定了他"语言知识丰富，哲学上十分努力"的优点。这说明，不被人看好的黑格尔也是有自己的长处的。后来，黑格尔果真建立起令人叹为观止的客观唯心主义体系，成为对世界有巨大影响力的哲学家。

卢瑟福，这位诺贝尔奖的获得者也是一位偏怪之才。1895年，新西兰青年欧内斯特·卢瑟福成为由汤姆逊担任主任的著名的卡文迪许实验室的研究生。卢瑟福长得很普通，在一群踌躇满志的杰出青年中显得非常不起眼。然而，正是这个不起眼的年轻人，在汤姆逊主任的荐举和培养下，后来成为著名的物理学家，屡获荣誉，被认为是20世纪最伟大的实验物理学家。而且，他一生桃李满天下。他的助手和学生，先后荣获诺贝尔奖的竟多达12人。

对于一个人来说，只要他有才华，并能获得适当的机会，即使是偏怪之才也能成就一番事业。历史证明，一些偏怪之才往往会成为令世界瞩目的杰出人物。当然，偏怪之才要想获得认可，也需要有慧眼识才的伯乐。在多数情况下，只有遇到那种敢于不拘一格击节的伯乐，偏怪之才方能获得生存空间。

体别第二

夫学，所以成材也。恕，所以推情也。偏材之性不可移转矣。虽教之以学，材成而随之以失。虽训之以恕，推情各从其心。

经典再现

夫中庸之德①，其质无名。故咸而不碱②，淡而不醩，质而不缦③，文而不缋。能威能怀，能辩能讷④，变化无方，以达为节⑤。

是以抗者过之，而拘者不逮。夫拘抗违中，故善有所章⑥，而理有所失。是故厉直刚毅，材在矫正，失在激讦⑦。柔顺安恕，每在宽容，失在少决。雄悍杰健，任在胆烈，失在多忌。精良畏慎，善在恭谨，失在多疑。强楷⑧坚劲，用在桢干⑨，失在专固。论辩理绎⑩，能在释结，失在流宕。普博周给，弘在覆裕⑪，失在混浊。清介廉洁，节在俭固，失在拘扃⑫。休动磊落，业在攀跻，失在疏越。沉静机密，精在玄微，失在迟缓。朴露径尽，质在中诚，失在不微。多智韬情⑬，权在谲略⑭，失在依违。及其进德⑮之日不止，揆⑯中庸以戒其材之拘抗，而指人之所短以益其失，犹晋楚带剑递相诡⑰反也。

是故强毅之人，狠刚不和。不戒其强之搪突⑱，而以顺为挠，厉其抗。是故可以立法，难以入微。柔顺之人，缓心宽断。不戒其事之不摄，而以抗为刿⑲，安其舒。是故可与循常，难与权疑。雄悍之人，气奋勇决。不戒其勇之毁跌，而以顺为恇⑳，竭其势。是故可与涉㉑难，难与居约。惧慎之人，畏患多忌，不戒其懦于为义，而以勇为狎㉒，增其疑。是故可与保全，难与立节。凌楷之人，秉意劲特㉓。不戒其情之固护，而以辨为伪，强其专。是故可以持正，难与附众。辩博之人，论理赡给㉔。不戒其辞之泛滥，而以楷为系㉕，遂其流。是故可与泛序㉖，难与立约。弘普之人，意爱㉗周洽。不戒其交之溷杂，而以介为狷㉘，广其浊。是故可以抚众，难与厉俗。狷介之人，砭清激浊㉙。不戒其道之隘狭，而以普为秽，益其拘。是故可与守节，难以变通。休动之人，志慕超越。不戒其意之大猥㉚，而以静为滞，果㉛其锐。是故可以进趋㉜，难与持后。沉静之人，道思回复㉝。不戒其静之迟后，而以动为疏，美其懦。是故可与深虑，难与捷速。朴露之人，中疑实。不戒其实之野直，而以谲为诞㉞，露其诚。是故可与立信，难与消息㉟。韬谲之人，原度取容㊱。不戒其术之离正，而以尽为愚，贵其虚。是故可与赞善，难与矫违。

夫学，所以成材也。恕③，所以推情③也。偏材③之性不可移转矣。虽教之以学，材成而随之以失。虽训之以恕，推情各从其心。信者逆④信，诈者逆诈，故学不入道，恕不周物④，此偏材之益失也。

迷津指点

① 中庸之德：儒家的伦理思想和道德标准，一般指对待事物保持中立的态度。

② 碱：碱土，含有盐分的土坑口，古人从中取盐。

③ 缦：无花纹的丝织品。

④ 讷：忍住少说话。

⑤ 节：节度，限度。

⑥ 章：彰显，显著。

⑦ 激讦：激烈地斥责别人的短处。

⑧ 楷：树名，亦称黄连木。它的枝干挺直，这里用来形容刚直。

⑨ 桢干：比喻骨干、支柱。

⑩ 绎：抽出或理出事物的头绪来。

⑪ 覆裕：普遍接触，宽宏容纳。

⑫ 扃：门户的门闩。

⑬ 韬情：掩藏真情。韬，遮掩，隐藏。

⑭ 谲略：狡黠而有谋略。谲，欺诈。略，谋略，方略。

⑮ 进德：提高或增进品德。

⑯ 揆：揣测，估量。

⑰ 诡：违背，相反。

⑱ 搪突："搪"通"唐"，唐突，冒犯。

⑲ 刿：暗昧，愚昧。

⑳ 悾：恐惧，惊慌。

㉑ 涉：经历，进入。

㉒ 狎：轻侮怠慢。

㉓ 秉意劲特：坚持自己意志的个性非常突出强烈。秉意，执意。特，特别，突出。

㉔ 赡给：富足，丰富。

㉕以楷为系：把规矩视为束缚。楷，法式，模范。系，拴绑，这里指束缚。

㉖泛序：泛泛地叙述、议论。

㉗意爱：意，意图，心愿。爱，喜欢，爱好。

㉘以介为狷：介，耿介，独特，有个性。狷，心胸狭窄暴躁。

㉙砭清激浊：针砭抨击世事的清浊。

㉚猥：猛烈，强烈。

㉛果：充实，饱足。

㉜趋：快走。

㉝道思回复：反复思考其中的道理。道，道理。思，思考。

㉞诞：荒诞，虚妄。

㉟消息：变化。

㊱原度取容：推测揣度别人的心思讨好对方。原，推究，揣测。度，推测，揣度。

㊲恕：推己及人。

㊳推情：以自己的心理情感推想别人的心理情感。

㊴材：通"才"，才能，才智。这里指性格或性情。

㊵逆：肯定，接受。

㊶周物：符合客观事物的实际。这里特指符合所推想之人的心理。

古文译读

中庸的道德，它的实质内容没有一个确定的名称。因此，说它咸却没有碱土苦涩，它虽然平淡却不是没有味道，它虽然质朴却不是没有纹饰，它虽然有纹彩却不繁华。既能威慑他人，又能安抚他人；既善辩又少言，变化没有常规，以通达事物为限度。

所以说竞争进取者是过头了，而拘谨不争者则是达不到。拘谨和进取都背离了中庸之道。所以，他们都有明显的长处，也有情理之中的过失。因此，严厉耿直、刚正不阿的人，其才干在于能矫正过错，其失误在于激烈攻讦。温柔顺从、宽以待人的人，只贪求宽宏大量容忍谦让，其失误在于缺少决断。雄悍有力、杰出刚健的人，其才能在于勇敢果断，其失误在于多有猜忌。精明良善、小心谨慎的人，其长处在于恭敬有礼，其失误在于太过疑虑。强大有为、坚强刚劲的人，其作用在于骨干支撑，其失误在于独断专行。能言善辩、长于分析的人，其能力在于解答疑惑，解决纠纷，其失误在于轻浮游荡。交际广博能与各种人相处的人，其宽宏在于能容纳众人，其失误在于好坏不分。清正耿介、廉洁自守的人，其节操在于勤俭节约，其失误在于拘谨自闭。行为善美、光明磊落的人，其功业在于不断攀登向上，其失误在于粗心散乱。深沉不语、内有心计的人，其精明在于微妙玄远，其失误在于迟钝缓慢。质朴直率、全部显露的人，其秉性在于忠诚守信，其失误在于不善于隐蔽自己。足智多谋、能隐藏情感的人，其灵活在于足智多谋，其失误在于犹豫不决。等到他们自认为德才大大增进时，按照自己揣测的中庸之道来避免自己才干的偏向极端，却指责别人的短处来增加他的失误，就像晋人与楚人因为佩剑的习惯不同，却互相指责对方把剑佩带反了一样。

因此，刚强坚毅的人，刚狠严厉。他不是力求戒除因自身好强而易冒犯的缺点，却把顺从看做是屈服懦弱，从而使其竞争进取之心更加强烈。因此这种人可以用他执法而建立法律的权威，却难以交给他细致入微的事情。温柔顺从的人，心性平缓而处事宽松。他不是力求戒除做事时缺乏稳固持久的缺点，却把亢奋进取看做昏暗愚昧，安心于宽舒安稳的处事方法。因此，这种人可以让他遵循常规办事，很难让他决断疑难问题。雄健强悍的人，意气风发而勇敢果断。他不是力求戒除过于勇猛而带来挫折和失败的缺点，却把顺应时势看做胆小懦弱，从而把可能带来挫折失败的逞强奋勇的气势发挥到极致。因此，这种人可以让他经历艰难，很难让他服从约束接受限制。多疑谨慎的人，害怕祸患而顾虑重重。他不是力求戒除因为懦弱畏惧而害怕行义的缺点，却把勇敢看做对人轻侮的行为，就会更增加疑虑恐惧心理。因此，这种人可以全身自保，很难要求他建立名节。严峻端正的人，坚守意志刚劲独行。他不是力求戒除情志专固不会改变的缺点，却把辩驳看做浮夸、虚伪，就会强化固执不变的态度。因此，他可以执意坚持自认为正确的东西，却很难得到众人的依附。善于辩论博学多才的人，理论丰富，才思敏捷。他不是力求戒除他的言辞浮夸而口无遮拦的缺点，却把规矩看做束缚、牵绊，就会使他任意妄为。因此，这种人可以让他泛泛地议论，很难让他对自己有所约束。宽容善于交际的人，普遍地对人施与仁爱之意。他不是力求戒除结交混杂的缺点，却只把守正耿介看做是偏急暴戾，就会扩大自己清浊不辨的毛病。因此，这种人可以让他安抚众人，而不能让他去激励世俗。洁身自好个性耿直的人，讥刺清流也抨击浊恶。他不是力求戒除处世方法狭隘的缺点，却把世俗红尘看做污秽不净的东西，就会更加拘泥于自己的狭隘。因此，这种人可以让他坚守道德节操，而难以让他进行变通。行为善美光明磊落的人，钦慕高远的志向。他不是力求戒除他好高骛远的缺点，却把恬静本分看做呆板迟滞，就会更加急功近利。因此，这种人可以让他开拓前行，很难让他处理善后。深沉恬静平和的人，循规蹈矩三思后行。他不是力求戒除由于平静而造成的反应迟钝、思维缓慢的缺点，却将积极的活动视为粗疏，认为懦弱是美德。因此，这种人可以让他深思熟虑，而难以让他快速敏捷。质朴外露的人，会把心中的疑虑都表现出来。他不是力求戒除由于实在带来的坦直无拘束的缺点，却把狡黠看做怪诞不经，过分暴露自己的诚实。因此，这种人可以和他建立信义，而难以让他随情况的变化而变化。深思远虑而隐匿真情的人，善于揣测别人的心思并投其所好。他不是力求戒除善弄权术可能会偏离公平正义的缺点，却把诚恳尽力看做愚昧无知，就会更加看重虚伪不实。因此，这种人可以让他赞颂善美，很难让他纠正违规，杜绝邪恶。

学习，是使人能够成材的途径；恕，是用自己的心推想别人心理的方法。而偏才的心性片面僵化地固守"恕"的训导不能灵活转变。即使用学习来教育他，他也会因学有所成而在实践中有所失误。即使他对人以恕，他也会用固定的心态来推想不同的人。如果他自己讲诚信，会觉得所有人都是诚信的；如果他自己讲狡诈，会觉得所有人都是狡诈的。因此，学习未能掌握真正的规律，讲恕未能符合所推想的人的真正心理，这就增大了偏才之人的失误。

前沿诠释

儒家的"中庸之道"无疑是刘劭所推崇的，但金无足赤，人无完人，世人的性格中或多或少都存在一些偏颇之处，因此，也就有了刘劭笔下的十二种人。我们从古今中外的众多人物中都能找到与之对应的，他们可能是一代英雄，抑或是一代枭雄，他们可能是商业精英，抑或是小职员，他们可能闻名遐迩，抑或是默默无闻。性格决定成败，如刘劭所言，能够扬长避短的人将会获得成功，反之，则只能沦为失败。

刚正不阿的包青天

包拯这个多次被搬上电视屏幕的形象，为人们所熟知。他那耿直严厉、刚正不阿的性格也已经深入人心。自宋代以来，历代的人们都称他为"包青天"，这和他的这一性格关系密切。

曾经有一个普通商人，状告一个大臣。由于这个大臣手握重权，无人敢得罪，于是商人的冤情很长时间得不到申诉。后来，商人将一纸诉状递到包拯处。没想到包拯不惧权贵，严惩了权臣，为商人申了冤。事情发生后，大家都奔走相告，说包拯铁面无私，刚正不阿。

包拯曾在端州担任过知州，当时，端州盛产端砚。在他之前，每届官员都从百姓那里大肆收取砚台，声称要进贡给皇上和官员，结果却中饱私囊。包拯上任后，对端砚的数量进行了清点，并做了记录，将其中一部分进贡给了皇上后，就将其余的封存，自己未动一块。包拯离任之时，百姓为他的业绩感动，都要送给他端砚，他一块也没有要。后来包拯死后，家中没有一点财产，只留下一条著名的家训："后世子孙仕宦有犯赃滥者，不得放归本家；亡殁之后，不得葬于大茔之中。不从吾志，非吾子孙。仰珙刊石，竖于堂屋东壁，以诏后世。"

端砚。端砚居中国四大名砚之首，它的历史悠久，石质优良，雕刻精美。古人有诗称赞它："端溪古砚天下奇，紫花夜半吐虹宽。"

包拯在一生中曾弹劾不计其数的贪官污吏，其中甚至包括宰相宋庠，而最有名的，也是最得人心的就是弹劾张尧佐了。

张尧佐是宋仁宗的宠妃张贵妃的伯父。他原本只是芝麻绿豆大的小官，但因为张贵妃得宠的原因，接连三次晋升，直至三司使。官位加升后，张尧佐开始贪赃枉法，鱼肉百姓，激起百姓的怨恨。那时包拯担任户部副使，直属三司使，目睹了这位张大人加官晋爵后的所作所为。正在张尧佐得意于没有人敢冒犯自己时，包拯大胆上书弹劾他。宋仁宗对包拯的奏折不加理睬，反而提拔了张尧佐。包拯冒着触怒皇上的危险又几次递上奏折，抨击张尧佐。朝中大臣被包拯的行为感动，也纷纷上书弹劾张尧佐。宋仁宗无奈，只好让双方举行廷辩。在廷辩中，包拯大胆陈词，不顾仁宗的颜面，一一列出张尧佐的罪状。包拯说得越来越激烈，气得皇上拂袖而去。然而，耿直大胆的包拯，还是再次上书，终于迫使张尧佐自动辞官。

从这件事中我们就可以看出包拯的刚正不阿、耿直大胆。即使是皇上的宠臣，即使是自己的顶头上司，即使可能使自己陷入危险，只要为了公平正义，他也毫不畏惧地行事。

善恶太明的萧瑀

萧瑀是南朝梁国的皇室后裔，也是隋朝萧皇后的亲弟弟。萧瑀学识渊博，精通儒、佛二学。他曾在隋、唐两代受到重用，但他太过明辨是非的性格也使他几次被贬。这正应了刘劭的那句话"强楷坚劲，用在桢干，失在专固"。

隋朝时，萧瑀作为皇后的弟弟，很受隋炀帝的重用，常常被委以重任。但是萧瑀太过明辨是非、讲究道理，总是对隋炀帝的自大行为进行直接的批评，这让隋炀帝很生气。隋炀帝心中的怨气越积越深，就渐渐地疏远了他。

当初，隋炀帝本来已经因为雁门之困下诏不攻打高丽了，但雁门解困后他又反悔了，坚持要攻打高丽。萧瑀就一直进行劝谏，隋炀帝忍无可忍，对群臣说："萧瑀趁雁门之困威胁朕下诏，这是扰乱军心，罪不可恕。"于是，萧瑀被贬出京师，出任河池郡郡守。

因萧瑀与唐高祖李渊素有渊源，而且两人有裙带关系，再加上萧瑀本身的才学，唐朝建立后，萧瑀被李渊招安并且深受其赏识。

遭受过贬官挫折的萧瑀并没有改变他那过于较真的性格。萧瑀被唐高祖李渊任命为尚书右仆射，掌管行政，包括对朝中百官的考核工作。由于官员们的工作有时特别繁杂，所以难免会出现错误。萧瑀却认为这是借口，仍然非常严苛地要求他们。因此，朝中多数大臣都不喜欢他，即使非常信任他的李渊有时也会误解他。萧瑀一度是内史令，专门负责起草诏令。有几次，诏令宣布晚了，李渊就责备萧瑀，萧瑀解释道："有些官员拟定诏令时非常草率，我都要亲自再看一遍，因此耽误了时间。"李渊听后才作罢。

萧瑀。萧瑀自幼以孝顺闻名天下，并且善学能书，骨鲠正直，精通佛理，早期被隋炀帝疏远，唐朝时深得李渊的信任。

还有一件事，更能反映出萧瑀虽然明辨是非，但不会看形势的性格特点。唐初，宫廷内的斗争十分激烈。宰相刘文静不满唐高祖的赏赐而心生怨恨，结果因谋反罪被捕入狱。当时，作为主审官之一的萧瑀力挺刘文静，担保其不会造反。此举让李渊极为反感，甚至勃然大怒。但是为人比较宽容的李渊，并没有像隋炀帝那样斤斤计较，也就没有深究此事，萧瑀得以逃过一劫。

玄武门事变后，萧瑀曾劝李渊把权力交给李世民。唐太宗李世民即位后，对他心存感激，特地赋了一首诗送给他，诗中最著名的一句就是"疾风知劲草，板荡识诚臣"。可见，唐太宗对于萧瑀的明辨是非是多么推崇。

唐太宗李世民在天下安定后，想在治国上有较大的突破，力图改革创新，为此，他求贤若渴，大胆起用新人，于是他的身边就出现了一些怪才。这些人有时会犯一些小错，李世民毫不在乎，可是，萧瑀却看不过去这些人的错误，对这些同僚特别苛刻，有一次甚至在朝廷上和另一位官员吵了起来。李世民非常生气，就以不敬之罪将他二人罢官。

一年后，萧瑀再次被起用，但脾气不改，常常揪住别人的小错不放，为此得罪了不少人。李世民只好不让他过多参与政事，只授予他太子少傅一职，令其教导太子。后来，萧瑀出巡河南道，恰巧碰到一个官员犯事，于是萧瑀对其严加处置，致使这个官员死在了公堂上。此事发生后，萧瑀再次被免职。

李世民考虑到萧瑀的性格，知道他这样做并不是为了自己的利益，忠心可鉴，就再次原谅了他，还让他参与了政事，但特意提醒他说："爱卿守道耿介，但善恶太明，有时难免会出错。"希望他以此为戒。

可是，萧瑀的性格导致他在朝堂上和同僚不和，时间一长，唐太宗也开始厌倦他，曾不耐烦地对他说："臣子是什么品格，君主是很了解的。人无完人，不应苛求，应扬长避短。朕虽然不是什么明君，可这个道理还是懂的。"

萧瑀一生三次易主，多次遭贬，却仍然改不了过于明辨是非的性格，这种性格导致他仕途坎坷。其动荡的一生极形象地印证了刘劭对此类性格之人的判断。

一生起伏，性格使然

刘劭在评价"厉直刚毅"的人时，说他们："材在矫正，失在激讦"。我们不能不佩服他的知人之智。具有这种秉性的北宋名臣范仲淹，一生就因为自己"厉直刚毅"的性格而导致仕途起起伏伏，其经历恰好印证了刘劭所言。

范仲淹从政四十多年，职位变换起伏，这和其"材在矫正，失在激讦"有着不可分割的关系。我们回顾范仲淹一生起伏的经历，可以看出，他的成功在于"材在矫正"，他的失败在于"失在激讦"。

天禧五年（1021），范仲淹就任泰州海陵西溪（今江苏省东台县附近）的盐仓监官一职，负责监督淮盐贮运转销。他到任后，发现当地的海堤已

范仲淹塑像。范仲淹是北宋杰出的政治家、文学家，其作品《岳阳楼记》中的名句"先天下之忧而忧，后天下之乐而乐"被一代又一代的爱国者反复引用。

经失修多年，坍圮不堪。这使得盐场亭灶失去屏障，广大民宅和农田受到海涛的严重威胁。一旦海堤被大浪冲毁，泰州城将会被海水淹没，成千上万的百姓将流离失所，官府的盐产与租赋也将蒙受损失。为此，他几次上书给江淮漕运司张纶，痛陈海堤利害，建议在通州、泰州、楚州、海州（今连云港至长江口北岸）沿海，重修一道坚固的捍海堤堰。

修筑海堤的工程虽然十分浩大，但范仲淹的这个想法仍然得到了张纶的支持。张纶奏请朝廷，调范仲淹做兴化（今江苏省兴化市）县令，全面负责治堰。

天圣二年（1024）秋，身为兴化县令的范仲淹率领来自四个州的数万民夫，奔赴海滨开始重修海堤。然而，治堰工程开始不久就遭遇了夹雪的暴风，随后又是一场大海潮。天灾导致一百多名民工丧生。为此，有些官员认为这是天意，堤不可成，主张取缔原议，彻底停工。事情上报到朝廷后，朝臣也踌躇不定。可是范仲淹坚持修堤的主张不动摇，坚定地工作在修堤前沿，面对冲到腿上的浪涛不畏惧、不后退。

正是由于范仲淹的坚持，捍海堤堰工程全面复工。在大家的努力下，绵延数百里的长堤横亘在黄海滩头，保障了盐场和农田的生产。多年来饱受天灾之苦而背井离乡的人们扶老携幼地返回家园。因为范仲淹的功德，当地许多人易姓为范，人们还称修好的海堰为"范公堤"，以此纪念范仲淹的功绩。

此后，范仲淹的才华进一步得到世人的认可。范仲淹对修海堤事务的坚持，恰好反映了他"材在矫正"的特点，而这个"矫正"就是指修正了许多人在政务上的不坚持、不作为。

几年后，范仲淹升任宋仁宗身边的"高级秘书"，其性格中"激讦"的特点也开始凸显出来。

当时，范仲淹所任的职务是秘阁校理，相当于皇帝的文学侍从。在这个职位上的人可以经常见到皇帝，而且能够耳闻不少朝廷机密。在一般宋代官僚眼里，这无疑是一条难得的腾达捷径。然而，了解到朝廷机密后的范仲淹，大胆地介入了险恶的政治斗争，并指出那些自己认为不合理的现象，这种耿直的行为导致他受到不少打击。

当时，范仲淹做得最引人注目的事就是上章疏，批评太后干涉朝政的行为。宋仁宗此时已经20岁，早就可以亲政，但刘太后仍然把持朝中各种军政大事。范仲淹对此感到十分不平，又听说刘太后要让仁宗皇帝和百官一起在前殿给她叩头庆寿，范仲淹更觉得，家礼与国礼不能混淆，此举损害了君主的尊严，应予以制止。于是他不顾晏殊的劝告，连续两次上奏章陈述此事不可行。结果，一纸诏书下达，范仲淹被贬官到了河中府（今山西省西南部永济县一带），做了个小小的通判。

范仲淹的激讦性格在他对晏殊的回答中也表露无遗。晏殊对范仲淹有知遇之恩，曾经劝告他不要过于轻狂，不要上书批评刘太后干涉朝政的事情。范仲淹一改从前对晏殊的尊重，沉着脸对晏殊说："我正因为受了您的荐举之恩，才常怕不能尽职，辜负您的期望，没想到今天竟然因为正直的议论而获罪于您。"一席话说得晏殊哑口无言。范仲淹激讦的特点由此可见一斑。

当然，具有矫正之才的范仲淹没有被宋仁宗忘记。在刘太后死后，宋仁宗就把范仲淹召回京师，任命他为右司谏，专门评议朝事。从此以后，范仲淹的"激讦"特点更加明显了。

明道二年（1033），因为宋仁宗不听自己的劝谏，不派人去京东和江淮一带旱灾蝗灾并发的地区救灾，范仲淹直接质问仁宗："如果宫廷之中半日停食，陛下该当如何？"尽管仁宗后来醒悟，让范仲淹前去赈灾，但范仲淹的举动在年轻的皇帝心中还是留下了阴影。

时任宰相的吕夷简是一个见风使舵之徒，他看到自己的旧主子刘太后死了，就摇身一变成为皇帝的拥趸，到处说刘太后的坏话。郭皇后不齿其行为，当面揭穿他，吕夷简因此被罢官。他怀恨在心，就通过自己多年培养的党羽，想利用仁宗皇帝的家务纠纷，废掉郭皇后。宋仁宗正好中了他们的圈套，决定下诏废后，并明令禁止百官参议此事。

一般来说，对于皇帝的家事，臣子是不宜干涉的。但范仲淹却与负责纠察的御史台官孔道辅等人，几度试图面见皇帝陈说此事，甚至当妻子李氏牵着他的衣服，再三劝诫他勿去招惹祸端时，范仲淹依然头也不回地出门上朝，力谏皇帝。结果，范仲淹再次被贬，而且被贬之地距离京城更远，成了睦州（今浙江桐庐县附近）的知州。

几年后，范仲淹因为治水有功，再度被调回京师，获得天章阁待制的荣衔，做了开封知府。这时，范仲淹本着"矫正"的品质，在京城大力整顿官僚机构，剔除弊政，把工作安排得井井有条，使开封府在几个月的时间内就"肃然称治"。当然，他激讦的特点也丝毫未改。

范仲淹看到吕夷简广开后门，滥用私权，朝中腐败不堪，便根据调查，绘制了一张"百官图"，在景祐三年（1036）呈给了仁宗。他与吕夷简之间的斗争由此展开。结果，老谋深算的吕夷简利用了皇储这个敏感问题，使范仲淹再度开罪于仁宗皇帝，被贬为饶州知州，差点死在岭南。

当然，范仲淹没死，不然历史上就没有"庆历新政"了。然而，从上面的内容我们就可以知道，范仲淹的所作所为恰恰印证了刘劭的观点。倘若范仲淹能按刘劭所言，趋利避害，发挥自己的长处，善于巧妙地处理问题，或许他的一生就不会那么起起伏伏，他的政治理想也能够更好地实现。

多智谲略，始终不败

"多智韬情，权在谲略"，这是刘劭对那种深思远虑而隐匿真情的人的概括。的确，具备这种性格的人善于掩饰自己的真情，且具备不凡的智慧和谋略。明朝重臣徐阶就是这样的一个人。

徐阶在明朝历史上因斗倒明朝第一奸党"严党"，一度把持明朝朝政而闻名。如今历史学家提到徐阶，评论最多的是他高超的为官艺术，而在这种艺术中，徐阶"多智韬情"的特点可谓格外突出。可以说，正是由于他能藏拙，巧用谲略，趋利避害，隐忍不发，懂得变通，才能保全自己，斗倒"严党"，并成为当朝权臣。当然，后期他与高拱之间的矛盾，也体现了他的这一特点。

徐阶是明松江府华亭县人，在嘉靖二年（1523）以探花及第，授翰林院编修。徐阶初入官场时，也曾因直言得罪了上司而被贬到延平府做推官。在延平任职期间，徐阶吸取之前的教训，

徐阶（1503—1583），明朝嘉靖帝时期大臣，他谨慎为官，长期居于高位。

学会了变通，并用变通的方式巧妙地处理延平的地方事务，也由此认识到了为官的一些精妙之处。此后，八年的外放为官的经历，将他磨砺成一个老谋深算的官场高手，他对"谲略"的为官之道有了深刻的认识。

徐阶回到京城后，成为当时的太子、日后的嘉靖帝的太子洗马兼翰林院侍读，后来更成为嘉靖帝的心腹。嘉靖登基后，徐阶先后任职国子监祭酒、吏部左侍郎。此时，严嵩在朝中的权势日盛，达到了把持朝政的地步。

嘉靖二十六年，权臣严嵩诬陷对徐阶有知遇之恩的夏言，称其"结交近臣"，夏言因此被杀。此时，已经在官场历练多年的徐阶没有像初入官场时那样发声斥责，和"严党"进行针锋相对的斗争，而是选择了一言不发，心字头上插把刀——忍。对

此，很多人不能理解，甚至认为徐阶对于栽培自己的人被陷害甚至被杀表现得过于冷漠，不知恩图报。然而，徐阶知道，此时自己的力量还不足以应对严嵩的势力，只有潜下心来，才有可能将来把"严党"一网打尽。他不是不作为，而是在等待时机。

此后，在严嵩一党把持朝政的十五年间，徐阶一直谋算在胸，等待着时机的到来。这段时间，他不断采取措施加强自己的力量。对于嘉靖皇帝，他极力迎合，因为他知道，不能得罪这位万岁爷，否则一切努力都是白费。对于严嵩，他逢场作戏，虚与委蛇。尽管当时朝廷中一些有良知的官员，包括张居正都要求他挺身而出，率众与"严党"抗争，但徐阶认为，皇帝仍然宠信严嵩，这样硬碰硬除了招致皇帝厌恶外没有什么好处。于是，他仍是持沉默的态度。

徐阶的苦心等待终于在夏言遇害后的第十五年得到了回应。此时，一个关键人物——蓝道行出现了。这个蓝道行虽然是为嘉靖皇帝炼丹的道士，却与徐阶有着盘根错结的关系。在沉迷于炼丹技术，追求长生不老的嘉靖帝眼里，蓝道行的地位要远高于严嵩。于是，徐阶出手了。

有一天，嘉靖帝向上天发出"天下为何未能大治"·的疑问，蓝道行乘机借天之口指出是因为朝中有奸臣严嵩。配合着蓝道行的举动，徐阶开始了反击。他让相关官员上书皇帝，锋头直指严嵩的儿子严世蕃，采取了先斩其羽翼、再取其头颅的斗争方法。

徐阶的举动颇具风向标的作用，朝中一大批言官站出来弹劾严嵩和严世蕃。在各种力量夹击之下，"严党"覆亡的时间到了。嘉靖三十四年三月，严世蕃以"犯上"与"通倭"的罪名被处死。同年四月，严嵩被抄家，树倒猢狲散，"严党"从此一蹶不振。嘉靖四十一年，严嵩上书辞官，并于次年病死。

解决了严嵩，徐阶想为国家做一些事，就向嘉靖皇帝推荐了一批官员。嘉靖皇帝去世后，徐阶还与张居正合力铲除朝廷弊政，为那些因言事获罪的大臣平反。徐阶在为官期间为百姓办了许多实事，减轻百姓负担，并着力纠正严嵩担任首辅期间的乱政、怠政现象，朝野上下都称赞他是"名相"。隆庆二年（1568），徐阶辞官隐居。在人生辉煌的时候归隐，他的大智慧由此可见一斑。不过，在此之前，徐阶的"谲略"在一件事上还发了一次光，那

嘉靖皇帝（1522—1566在位），明世宗，本名朱厚熜。在位期间好修玄炼丹，不问朝政，曾经长期宠信严嵩父子。

就是与内阁首辅高拱的斗争。

高拱也是历嘉靖、隆庆两朝的重臣。早在隆庆帝还是裕王时，高拱就以嘉靖时进士的资历担任隆庆帝的侍讲学士。高拱此人性格刚有余而柔不足，其刚直和恃才傲物的性格让他看不惯徐阶的一些做法，总是对徐阶颇有微词。结果，徐阶的面上就有些挂不住了，城府极深的徐阶虽然在表面上并未表现出来，却在内心里谋划起来，决心要让高拱为自己的言行付出代价。

早在隆庆帝登基为帝前，徐阶就看出当时还是裕王的隆庆帝将来必成帝王，于是他将自己的得意门生张居正安排到了裕王身边，做侍讲学士。于是，高拱就多了一位同僚，也多了一个竞争者。这个竞争者，后来就成了徐阶对付高拱的克星。

嘉靖帝在去世前身体情况极差，内阁阁臣们深知情况不妙，皇帝需要自己陪侍的机会不多了，就纷纷打包行装，准备皇帝一驾崩就搬离直房，以免到时忙乱。高拱也做了同样的准备。没想到，不久，吏科都给事中胡应嘉就上疏弹劾高拱"不忠二事"。第一件是高拱在入阁之初嫌弃直房过于狭小，把自己的家搬到皇宫附近，每轮到他晚上值班，就偷偷溜回家，不安心工作；第二件是皇上龙体稍稍欠安，高拱就私自往外搬运在直房的个人物品。

这两条指控可谓分量十足，直指高拱对嘉靖帝的忠心，尤其是第二条，言外之意就是高拱在皇帝大去之期不远时就开始为自己打算。可想而知，嘉靖帝见到这份奏章会有多生气。但幸运的是，嘉靖帝已经病得昏迷不醒，根本不可能知道这些。虽然皇帝没能知道这事，但关于高拱的负面传闻还是出现了，而且持续了相当长的时间，内容还在不断变化。好面子的高拱面对这些变了形的丑闻，真是百口莫辩。他仔细回顾事情的前后因果、个中细节，意识到那些打击自己的招数不是普通人能想出来的，而有能力和动机的人就是重臣徐阶。

事实上，徐阶本想用这种不动声色的方式敲打敲打高拱，让他尝到厉害，以后别太嚣张。不过徐阶的想法未能如愿，高拱变本加厉地与徐阶明斗起来。

嘉靖四十五年（1566）十二月十四日，嘉靖帝驾崩。面对徐阶用皇帝自述的口吻拟定的遗诏，高拱大肆批评了一通。接着，在关于年号、登基赏军大典等事情上，高拱与徐阶之间的矛盾越演越烈。可以说，在高拱入阁的近一年时间里，徐、高二人之间的矛盾不断发生，但由于徐阶的影响力，舆论都倾向于指责高拱擅权，破坏内阁秩序。

隆庆元年（1567）一月初，在对朝廷官员的考查中，此前弹劾过高拱的胡应嘉被罢黜为民。这件事发生后，官员们无不认为是高拱在从中作祟，要报旧怨，朝中对高拱的非议达到了顶峰。言官们纷纷上书，要求重新考查胡应嘉，严惩意图封杀言路的某个幕后主使者。

徐阶见群情汹涌，就与阁臣中的老好人李春芳一起，拟了一道言辞温和、左右逢源的奏疏，以图安抚人心。但胡应嘉最终仍被判了不好的评语，众人认为高拱是打压胡应嘉的幕后黑手，不断上疏弹劾他。无奈之下，高拱上疏皇帝乞休。皇帝自然不答应。此时，面对言官们的举动，徐阶只是一味安抚，并没有真正制止。高拱在内阁中的处境极其难堪，他虽然知道是徐阶在针对他，却还是无计可施。在一次内阁同僚聚会上，高拱当面质问徐阶，为什么要利用舆论企图将自己驱赶出朝廷。徐阶却一派平和态度，语气平淡、举重若轻地反驳了高拱，让高拱无话可说。虽然在同僚的调解下，高拱最终向徐阶道歉赔罪，但徐阶却马上称病不视事，向皇帝上疏求去。高拱也再次向皇帝递交了辞呈。皇帝面对两大重臣的斗气，各自劝慰了一番，都没有批准他们的请求。

此事后不久，徐阶就遭到高拱的门生和自己的弟弟徐陟的弹劾，众人更加认定是高拱所为。于是六科给事中和十三道御史聚集阙下，唾骂高拱指使、陷害徐阶，对高拱而言形势进一步恶化。当时不少外地官员甚至斥责高拱该杀。

此时，摆在隆庆帝面前的是：徐阶坚持乞休，不肯视事。内阁无主，阁员无心理事，外朝一团混乱，政府机构濒于瘫痪。徐阶的低姿态得到了两京几乎所有官员的同情，他们呼吁皇帝一定要挽留徐阶，声称高拱等人对徐阶的诋毁太过分。

此时的高拱，众叛亲离，声名毁尽，深知纠缠下去于事无补，还可能连累皇帝声名受损，于是便称病请辞。最终，软弱的皇帝同意了他的请求。高拱由此被徐阶赶出了内阁。

从上面的两件事中，我们可以看到，徐阶的多智谲略从其能忍上突出表现出来。因为能忍，所以他放任"严党"所为，待时机成熟将其一网打尽；因为能忍，他能够一步一步盘算，最终将高拱赶出内阁。可以说，徐阶的性格恰恰符合刘劭所谈的十二种人中的"韬谲"，而他记仇的一面，也表现了这种人"可与赞善，难与矫违"的特点。

精良畏慎，善在恭谨

刘劭在本章中提到的"精良畏慎，善在恭谨"概括的是又一种人的性格特点。这种人做事谦恭有度，考虑周全。清朝前期重臣范文程就是一个十分谨慎的人，他头脑精明，最终做出了卓越的政绩，被誉为清朝前期第一文臣。

范文程是一位杰出的政治家，他先后辅佐清朝四代皇帝，帮助入关的清朝巩固了江山，还与清太宗皇太极上演了一段君臣相惜的历史佳话。他属于刘劭笔下十二种人中的"精良畏慎"之人。不过，范文程的性格同时还杂糅了其他类型的性格，如刚毅、沉着。但无论是哪种，观其一生的功绩，还是能让我们深入领会刘劭笔下的十二种人的一些特点。下面，让我们追寻历史的踪迹，看一看范文程其人其事。

范文程是北宋名相范仲淹第十七世孙，出生在世代为官的家庭中。因为他了解了祖辈的坎坷经历，深知仕途的艰难，因此，饱读诗书的范文程在具有远大的志向的同时，思想也比较成熟。他的性格随着岁月的流逝和年龄的增长，逐渐变得沉着、刚毅、聪颖、机敏。

后金天命三年（1618）四月，努尔哈赤率军攻下抚顺。此时，已经清楚地看到明朝"气数"将终的范文程就和自己的兄长一起，"仗剑谒军门"，投奔了努尔哈赤。此后，他先后参与了攻取辽阳（1621）、西平（今辽宁盘锦盘山县古城子乡）（1622）和广宁（今辽宁北镇）（1622）等一系列的战斗，他"所在行营，必参帷幄"，担当了重要的参谋职责，为后金政权争夺辽东以及辽西贡献了自己的聪明才智。由此可以看出范文程"精"的一方面。

后金天命十一年（1626），努尔哈赤病死，其第八子皇太极继承了汗位。皇太极执政之初政局不稳，范文程针对四大贝勒共治国政所造成的权力分散的弊病提出了具体解决方案，推动后金建立适应皇帝权力的政体制度，促使大权集中，政令通顺。天聪三年（1629）四月，皇太极建立了内阁的雏形——文馆，范文程和达海、刚林一起成为文馆的骨干。文馆的建立，标志着后金政权向中央集权的封建政权前进了一大步。在这期间，范文程以其特殊的地位与才能发挥了很大的作用，自然地成为皇太极的主要亲信谋臣。

天聪九年（1635），蒙古林丹汗妻儿归降后金，为皇太极带来了传国玉玺制诰之宝。借此时机，后金建国之事被提上日程。而范文程更在此时审时度势，提出"侵扰、等待、建号、建制"的方针，即继续侵扰明朝，等待时机。可以说，这是范文程为皇太极的大业画出的宏伟蓝图。

后金在对明朝发动"宁远之战"后，遇到了极大的困难。困难一方面来自督师辽东的明朝将领袁崇焕，一方面来自蒙古的背约行为。为了缓解己方的困境，范文程为皇太极献上了将计就计的计策，通过与袁崇焕议和争取到喘息的机会，并提出征抚蒙古、恩抚朝鲜、招抚明将的策略，从而有力地扭转了不利局势。后来，他又利用反间计除掉袁崇焕，多次劝降明朝的官员。

据《国朝耆献类征初编》记载，当明朝山海关主将袁崇焕急率军驰援北京，与皇太极所部在城外展开激战时，范文程向皇太极进献反间计，诈称皇太极与袁崇焕有密约，故意让被俘的杨太监听到这一秘事，又让他逃回京，报告给崇祯皇帝。结果，惊慌失措、猜忌多疑的崇祯果然中计，杀掉了袁崇焕。此举不但为皇太极除去了进关的劲敌，还动摇了明朝的军心。由此可见范文程的多智。

范文程的多智还体现在他能从生活细节上观察一个人的品性，他成功说服洪承畴就体现了这一特点。崇德七年（1642），明朝蓟辽总督洪承畴在松锦决战中被俘。洪承畴面对金军破口大骂，不肯投降。皇太极希望收服这个人，就派范文程去劝降，但洪承畴仍然不肯松口。范文程对此也不着急，一边好言相劝，与洪承畴谈古论今，一边察言观色。在谈话中，范文程看到当房梁上的积尘飘落到洪承畴的衣服上时，洪承畴急忙把落灰拂去。由此，范文程推断洪承畴能归降，并回去报告皇太极：洪承畴是不会死的，他连自己的衣服都这般爱惜，更何况自己的生命呢。后来，洪承畴果然归降了皇太极。范文程的明智和敏锐从这件事上可见一斑。

其后，在皇太极征战和治理国家的过程中，范文程同样凭借自己的"精良"为其提供了不少谋略，称他为皇太极的"御用智囊"实不为过。

当然，范文程的性格中不仅具备多智的一面，还表现出了刚毅的一面，这从他走上后金时期的战场可以看出。

后金天聪三年（1629）十月，皇太极率领十万大军进攻明朝，直趋北京。范文程受命率八百士兵驻守遵化，为后金军殿后。面对明军的反扑，范文程一马当先，率军奋力作战，最终打退了明军的进攻。其后他又率小股军队说服潘家峪、马兰峪、三屯营、马栏关和大安口等处的明军，兵不血刃地取得五城。当明兵反包围大安口时，范文程使用火炮进攻明军，又解了大安口之围。在这次进军北京与明兵反复争夺城池的战斗中，范文程能攻能守，文武兼施，立下军功，被皇太极授予世职游击之职和三等阿达哈哈番的爵位。

刘劭说具备范文程这种"精良畏慎"性格的人，其优点是"善在恭谨"，其缺点是"失在多疑"，这在范文程后期处理"夺妻之辱"、焚烧

范文程（1597—1666），清朝前期著名文臣，侍奉清太祖（努尔哈赤）、清太宗（皇太极）、清世祖（顺治帝）、清圣祖（康熙帝）四代皇帝。

自己所撰文件，以及在多尔衮执政时期的表现中都有所显露。

皇太极辞世后，继位的顺治皇帝福临年幼，八旗贵族内部各派发生了激烈的争斗。此时，一向被皇太极宠信的范文程便处于极其不利的地位。

范文程原本是贝子硕托的属下，因此被拨入镶黄旗。贝子硕托由于在皇太极死后参与谋立多尔衮为君，被以乱国谋逆罪处死。范文程虽然没有被牵连，但他仍然麻烦不断。随后，范文程遭遇了对一个男人而言十分尴尬的事情。豫郡王多铎是摄政王多尔衮的亲弟，此人好色成性，竟然觊觎范文程的漂亮妻子。凭着范文程的智谋，这件事经过一番周折，最终以多铎被罚一千两银子、被剥夺了十五个牛录而告终。虽然范文程内心不平，但其谨慎的性格还是使他在三思之后，决定更加细心地谋划国事，为已经入主中原的清朝政权献计献策，不断立下大功，也为自己谋到了切实的保护伞。

作为清朝的开国功臣，尽管范文程功盖一时，但他深知自己的地位并非稳如泰山，满人藐视汉人，对于清朝皇室贵族而言，自己出身卑微。因此，他处处小心，事事谨慎，避免"功高盖主"，以求"安身避祸"。

由于所处的地位特殊，范文程一生所进奏章的数量是非常惊人的，尤其是皇太极当政时期，重要的奏章大多出自范文程之手。但是，范文程却把那些奏章的草稿都付之一炬。这是因为，在他看来，这些事务虽然借皇帝之手得以完成，但它们其实皆出自自己之手。倘若有一天，这些东西落到心怀叵测之人的手中，自己是不会有好下场的。与其留下它们使其成为祸患，不如一把火烧掉。

在清朝权力更迭的残酷政治斗争中，范文程"恭谨"的特点更是明显。皇太极去世后，范文程做事始终秉持谋臣的公允地位，从不参与权力之争。面对摄政王多尔衮的诸多猜忌，他处处小心应对。顺治五年（1648），大权独揽的摄政王多尔衮命范文程等人删改《太祖实录》。范文程深知此事关系重大，一旦政局有变，自己就会招来杀身之祸。于是，他以养病为借口，闭门不出。果然，在多尔衮死后，许多参与此事的官员都被问罪了，但"上以文程不附睿亲王，命但夺官论赎。是岁即复官"。可以说，是范文程的机智谨慎，让他在政治风暴中得以安然无恙。

一生经历了努尔哈赤和皇太极的开创时期，又经历了顺治和康熙两朝，为官四十多年的范文程，以其智谋和恭谨，稳坐朝堂。顺治十一年八月，受到顺治帝重用的范文程急流勇退，以体弱多病为由请辞。"乞休"后，他专心种花木，写诗词，教学生，不问政事。康熙五年（1666）八月，范文程安然去世，成为极少能够善终的清朝开国功臣中的一位。

范文程的善终得益于他的韬略过人，也得益于他的"恭谨"。总之，正是这种大智慧，让范文程几经血雨腥风仍能稳坐"大清第一文臣"的位置。

厉直刚毅，一生忠良

《人物志》中说"厉直刚毅"的人"材在矫正，失在激讦"。清朝历史上，历仕三位君王的名臣孙嘉淦就是这样的一个人。

孙嘉淦是历康熙、雍正、乾隆三朝的清廷重臣。作为清朝前期一位著名的宰相级官员，他性格刚烈，待人忠厚，因为忠言直谏，为官期间被誉为直臣。

康熙六十一年（1722）十一月十三日，清圣祖玄烨在北郊畅春园病逝，其第四子胤禛继位，即雍正皇帝。随后，雍正帝采取高压手段对付曾与他争帝位的几个弟弟，搞得朝野内外人心惶惶。在这种情况下，孙嘉淦居然大胆直言，向皇帝上了一个奏章，劝诫皇帝三件事：亲骨肉、停捐纳、罢西兵。劝诫后两件事倒也罢了，但是第一件简直就是将虎须的行为。

康熙皇帝多子多孙，帝位之争极其惨烈。雍正帝在"九王夺嫡"中胜出，为了稳定自己的地位，最先剪除了先帝的第八子、第九子的势力，手段极为残酷。孙嘉淦此举无异于朝雍正皇帝的脸上打了一个响亮的耳光。奏章带来的后果自然是满朝轰动、皇帝震怒。

幸运的是，雍正皇帝的老师朱轼说了一句"嘉淦诚狂，然臣服其胆"，雍正帝也有感于孙嘉淦冒着不要脑袋的风险说实话的胆识，同样说道："朕也服其胆。"雍正不但没有杀了孙嘉淦，还保留了他在翰林院的职位，不久之后又将他提升为国子监司业。此事之后，孙嘉淦声名鹊起。

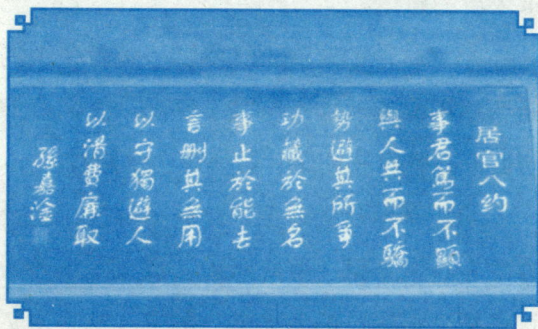

保定直隶总督府后堂挂的《居官八约》匾额。这是孙嘉淦在担任直隶总督期间的手书。短短42个字，概括了为官做人的基本原则。

当然，雍正心里不记恨孙嘉淦是不可能的，后来他还是抓了孙嘉淦的一个过失，将他交由刑部议处，想给孙嘉淦一个教训。刑部的负责人深明上意，就故意对皇帝夸大，说孙嘉淦的罪行按律当斩。雍正皇帝就显示恩德，下诏免其死罪，并说虽然自己不喜欢这个人的性格，但孙嘉淦其人还是比较清廉的，让孙嘉淦管钱去吧。

可以说，孙嘉淦官运的变迁和他的性格紧密相关。这种性格决定了他遇赏识之主可大升，遇到不喜他的君主则会被大贬。这一点在此后的事情中表现得越发明显。

雍正之后的乾隆帝年轻有为，他恰恰相中了孙嘉淦的敢言直谏，并擢升他为左都御史，兼吏部侍郎，专管监察。孙嘉淦也不含糊，很快给皇帝上了篇绝代谏论《三习一弊疏》。后人评价，此谏论"足以让一个人青史留名，永垂不朽"。那么，这篇如此伟大的谏论里到底写了什么呢？

《三习一弊疏》的大概内容是，皇帝听惯了颂扬声，就喜欢谄媚而厌恶正直；看惯了免冠叩首，就喜欢柔顺而厌恶刚烈；习惯了唯命是听，就喜欢别人都顺从自己而厌恶别人违背自己的意愿。这三种习惯一旦形成，那就会有一个弊病产生，这个弊病就是，喜欢小人而厌恶君子。因此，孙嘉淦劝诫乾隆帝应该注意克服这"三习一弊"，做到"君心正"。他在奏本中还说，皇帝要明白自己并非无所不通，应该虚心听取大臣的意见。

总之，他的这次上疏受到了乾隆皇帝的赞扬，乾隆帝还把他的上疏当朝做了宣示，褒奖有加。孙嘉淦也因此在乾隆一朝做官做得风生水起。

纵观孙嘉淦的一生，他既是谏臣，也是能臣，他查贪官、平冤狱、整修河道、调和民族矛盾，做过的许多事情都很出色。这个人敢说、能干，又遇上了赏识之主，因此在仕途上创造了奇迹。不过，这种性格最终也让他怀着一颗惊惧之心辞别了人世。

乾隆皇帝于登基15年后，开始筹划自己的首次南巡。朝臣对皇帝此举颇不赞同，想找一个有影响力的人去说服他。他们思来想去，将孙嘉淦推为第一人选。于是，有的官员就假托孙嘉淦的名义，伪造了一篇为此事上谏的奏稿，还伪造了皇帝的御批，在民间和官场传播，以求制造舆论，煽动人心。

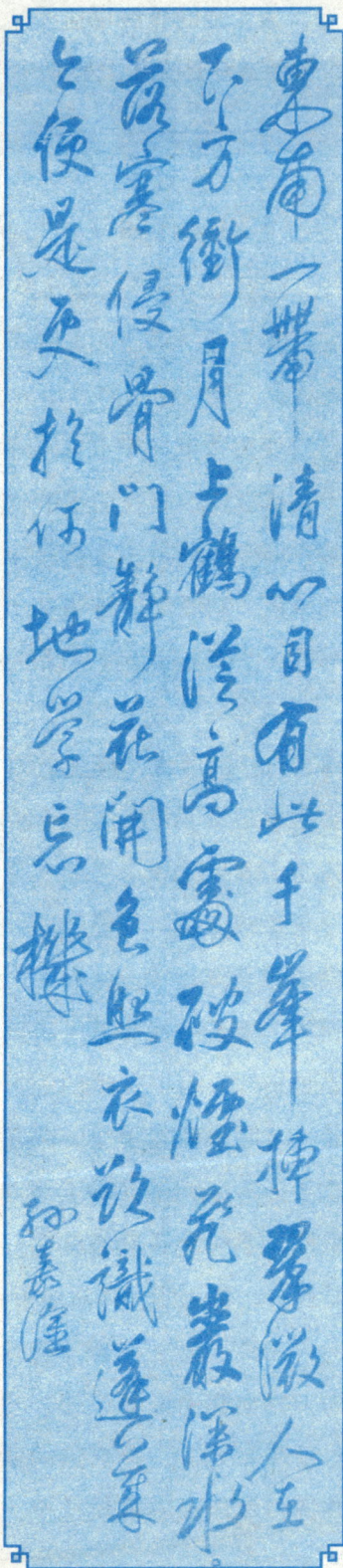

孙嘉淦书法作品。

没想到，这篇借了孙嘉淦名声的文章还真的产生了挺强的号召力，流传甚广。此事后来被乾隆皇帝发现了，于是他下令在全国范围内追查作者及传播者。当时，仅在四川一省，就有280余人因传抄所谓的"奏稿"而获罪。

这件事发生以后，孙嘉淦内心非常不安。要知道，清朝的文字狱是非常厉害的，雍正在位13年就发动过20起文字狱，乾隆皇帝在位60年更是发动过130起文字狱。此时，已经年近七旬的孙嘉淦一方面想到自己的耿直被利用，导致多人死亡，另一方面，他也为此担惊受怕。正如他对家人所说："先帝（指雍正）及今上，尝戒我好名，今独假我名，殆生平好名之累未尽，有此致之。"最终，孙嘉淦在71岁时病死。

孙嘉淦的一生，直言匡主，清廉自持，"尤为时人所慕"。他以有胆气闻名于朝野，被人赞颂。但诚如刘劭所言，具有此种性格的人，能直言矫正别人的过错，但往往过于激烈，对自己不利，甚至可能被人利用。孙嘉淦的一生正说明了这一点，我们应当以他为鉴。

认清性格，找准位置

常听人们说："性格决定命运。"这句话包含的道理在刘劭的"体别第二"中已经为我们进行了具体的分析。正是由于每个人的性格不同，做事的方法不同，思维习惯不同，每个人做事的成功率也不同。性格虽然是天生的，但我们可以根据自己的性格找准自己的位置，从而获得成功。我们看到，许多名人的性格并不完美，最终却能够获得成功，原因就在于他们在做事时认清了自己的性格，找准了自己的位置，从而使事业蒸蒸日上。

奥地利小说家卡夫卡能够成为文学巨匠，就与他的性格分不开。卡夫卡出生在布拉格一个贫穷的犹太家庭。他从小性格内向，非常敏感多疑，而且很懦弱。这种性格随着他的成长，表现得越来越明显。他常常觉得自己周围的环境在不断地压迫自己，于是对外界产生了越来越强烈的防范和躲避心理。卡夫卡的这种性格，用现代人的眼光来看，存在患有精神疾病或心理疾病的可能。但正是这个性格内向，毫无男子气概的卡夫卡，由于找准了自己的定位，醉心于文学创作，最终成了表现主义文学大师。他的作品中表现出的对社会的陌生感、孤独感与恐惧感，因为折射出现代人的困境而成为人们膜拜、学习的对象。美国诗人奥登认为："他与我们时代的关系最近似但丁、莎士比亚、歌德与他们时代的关系。"

试想一下，以卡夫卡的性格，倘若去从政，或从事医生、律师等职业，他不但不能取得这样的成就，而且可能导致其人生的幻灭。正是由于卡夫卡找到了适合自己性格的位置，最终实现了自己的人生价值，为世界文学做出了不可磨灭的贡献。

卡夫卡在文学创作领域里不但成为自己营造的艺术王国中的国王，还将自己懦弱、悲观、消极等弱点变成助力，使自己对世界、生活、人生、命运有了更尖锐、敏感、深刻的认识。通过他的表现主义小说——《变形记》《城堡》《审判》《美国》等，我们对现代文明有了更深刻的认识，对人生和命运有了更沉重的反省。

弗兰兹·卡夫卡（1883—1924），奥地利小说家，犹太人，性格敏感。他的作品大都以怪诞、孤独等为主题，被看做表现主义的代表作。卡夫卡本人也被视为现代派文学的鼻祖。

当然，更多的人是在认识到自己的性格的不足之后，就努力改变自己的性格。他们在漫长而艰难的"性格改良工程"中，不断地折磨自己，力图使自己的性格变得完美。结果时间没少花，精力没少费，不但没有收获，反而使自己陷入了更大的烦恼之中，变得越来越没有自信。之所以会出现这样的情况，原因就在于，试图改变自己性格的人经常出现两个失误：一是没有清醒地认识到改造性格的难度，即并未认识到"江山易改，本性难移"的道理；二是只看到了自己性格的缺点，却没有看到自己性格的优点。

下面这个寓言，或许能对那些正力图改变自己性格的人有所启示：

有个人养着一头驴和一只哈巴狗。它们的工作不同，待遇也不同。驴子每天要被带到磨坊里拉磨，到树林里去驮木材，工作繁重。哈巴狗却不干活，只要撒撒娇，表演一些小把戏就能博得主人的欢心。时间一长，驴子心里不平衡了，它嫉妒哈巴狗，也对主人充满了怨气。它在抱怨命运不公平的同时，竭力寻找机会获得主人的青睐。

一天，关着驴子的木棚的门没锁，驴子趁机挣断缰绳，跑进主人的房间，像哈巴狗一样围着主人跳舞。驴子又蹦又踢，撞翻了桌子，还把碗碟摔得粉碎。最后，它觉得这样还不够，又像哈巴狗一样趴到主人身上去舔他的脸。主人吓坏了，大声呼喊救命。邻居们听到喊叫，急忙拿着棍棒赶来，把闹事的驴子抓住了。本想等待奖赏的驴子等到的却是杀身之祸。

在这个寓言故事里，驴子的错误就在于，它没能认识到自己的特点，盲目地学

哈巴狗讨好主人。结果它不但没能达到目的，还送掉了自己的性命。这个寓言就说明，每个人都有自己天生的特性，要选择真正适合自己的，不能盲目地学习别人。那些盲目欣赏别人的性格，不断地改变自己或他人的人，结果可能是害人害己。卡夫卡的父亲就曾经做过这样的尝试，但他这样做的结果只是在儿子心中留下了一辈子的阴影。

卡夫卡懦弱、内向的性格，令他的父亲十分不高兴。心急如焚的父亲想尽办法改变儿子。他想让自己的儿子成为一个标准的男子汉，不但要具有一个男人顶天立地的威风，还要有男人风风火火、宁折不屈、刚毅勇敢的性格。为此，卡夫卡的父亲对他采用了粗暴、严厉却又很自负的斯巴达式培养方式。结果可想而知，卡夫卡不但没有变得刚烈勇敢，反而更加懦弱自卑。更可怕的是，卡夫卡对自己从根本上丧失了自信心，以至于在生活中的每一个细节、每一件小事上都表现得极其不自信。卡夫卡在惶惑痛苦中成长，经常独自一人躲在角落悄悄咀嚼受到伤害的痛苦，担心又会有什么样的伤害落到自己身上。卡夫卡的父亲看着儿子那没出息的样子，彻底失去了信心，认为这个儿子将来会一事无成。结果恰恰相反，卡夫卡后来成为世界文坛上的巨星。

这个世界上从来就没有十全十美的性格，也从来就没有天生的胜利性格和失败性格。据华盛顿美国心理学协会上发表的调查报告指出，在美国的41位总统中，成功的总统都不具有完美性格，有的甚至还是不讨人喜欢的和固执的人。

因此，我们不必一味否定自己的性格，也不要将自己的不成功归咎于性格因素。其实，每种性格都能成功。正如刘劭所言，每种性格的人都自有其优点和不足，倘若我们能发现自己的性格的优点并加以利用，找到自己的正确位置，成功其实距离我们并不遥远。

在外部条件已定的前提下，一个人能否成功，关键在于能否准确识别并全力发挥自己性格方面的优势与天赋。一个人只有自我发挥良好，寻找到适合自己的职业和工作，并坚持下去，才有可能获得成功。马克·吐温的经历就证明了这一点。

提到马克·吐温，人们都会想到他那些脍炙人口的名著，想起他幽默而犀利的演讲。但人们不知道的是，马克·吐温在获得成功之前，也曾由于没有按照自己的性格和天赋做事，将事情弄得一败涂地。

马克·吐温年轻时，十分热衷于经商。他幻想凭着自己的勤奋努力在商业上获得成功。然而，上帝并没有给他经商的性格和天赋。尽管他勤勤恳恳、兢兢业业，却还是多次失败。有一次，他甚至一次性赔进了十几万美金。不服输的马克·吐温并未因此而收手，他总结了失败的教训，转而冲击自己最熟悉的领域——出版业。可是他再次失败，几乎赔进了自己的全部家底。

当马克·吐温垂头丧气地回到家里时，聪明的妻子提醒他说："我一直相信你的性格适合文学创作，而不是经商。"从此，在妻子的支持下，马克·吐温投身文学创作，写出了《百万英镑》《汤姆·索亚历险记》《竞选州长》等名作，最终成为一位伟大的文学家。

通过对美国成功人士的访谈、调查，人们发现，他们中94%以上的人都在做着自己最喜爱的职业，因为这些职业符合他们的性格特点。这说明，如果一个人从事的职业与他的个性相适应，那么他工作起来就会得心应手、心情舒畅，也就极容易取得成功。

所以，对于每个人来说，认清自己的性格是好事，找准自己的位置更关键。

马克·吐温（1835—1910），原名萨缪尔·兰亭·克莱门，美国的幽默大师、小说家、作家和著名演说家，19世纪后期美国现实主义文学的杰出代表。

犹豫迟疑，哪来成功

清代学者彭端淑曾经写过这么一个故事：

在四川的偏远地区有两个和尚，一个和尚很穷，全身上下也就一身布衣，一只饭钵，而另一个则比较富裕，有不少财产。有一天，穷和尚对富和尚说："我想到南海（佛教圣地之一的浙江普陀山）去朝佛，您觉得怎么样？"富和尚说："你有什么准备，能够到那么远的地方？"穷和尚说："一只饭钵就够了，我一路化缘过去。"富和尚却摇摇头，笑话他说："我多年来就想租条船沿着长江而下，现在还没做到呢，你居然夸口了。"然而，穷和尚没有被嘲笑打倒，他拿起自己那只饭钵出发了。

第二年，富和尚又碰到了穷和尚，后者居然已经从南海回来了。听着穷和尚讲述自己去南海的见闻，富和尚深感惭愧。

穷和尚与富和尚的故事告诉我们一个简单的道理：说一尺不如行一寸。犹犹豫豫，不付出行动，那么一切梦想都只能化作泡影。

在《人物志》中，我们学到了中庸的道理，也知道过犹不及的含义。不过，《人物志》同样也告诉了我们这样一个道理：如果不争，就永远达不到目的，疑虑

人物志谋略全本

过多的人什么事情都办不成。

刘劭提到的"拘者不逮"启发了我们：过于拘谨，不争、不出手，只会让自己落后于他人，落后于时代大潮。争与不争其实关系到了一个人的行动力。行动力是一个人事业成功的保证，万事都是要做出来才能见成效的，蓝图也是要建设成实物才能显示出成果的。因此，每个有心奋斗的人都应当记住这一点，该出手时就出手。犹豫迟疑的人，即使有再好的点子、再多的智慧，也只能让它们窝在脑子里发霉，无法转化成现实财富。

一位智商颇高、受过高等教育的才子决心"下海"做生意。但是具体做什么，他总是拿不定注意。有朋友建议他炒股票。但他在去办股东卡时又犹豫了："炒股风险太大，再等等，我要看看股市行情再定。"又有朋友建议他到新开办的培训学校去讲课。他一开始还有兴趣，但过去看了之后，又犹豫了："讲一堂课才几十块钱，还要让老板管东管西的，没有什么意思。"就这样，他下海几年，总是东一榔头、西一棒子的，始终没有定下心来做什么事情，就算看到了什么好机会，也因为犹豫不定而错过了。看到他碌碌无为的样子，亲朋好友都替他着急。一次，他到一个亲戚家做客，对方承包了果园和农田，办起了"农家乐"项目，每年收益都不少。他看着果实累累的果园，不由得感叹："多么肥沃的土地！"亲戚听了，对他说："那是因为我们辛苦耕种了呀。"

这个人听了之后陷入了沉思，明白了自己不是没有遇到过好机会，而是挑三拣四、犹豫不决，硬生生把机会浪费了。

过于冲动的行为会违反中庸之道，但过于收敛、迟迟不行动也不是什么好现象。古往今来，因为一时迟疑而遗恨千古的事情还少吗？在遥远的三国后期，司马懿站在空荡荡的城门前，虽然知道诸葛亮已经势单力薄，却还是中了空城计，领兵连退三十里。等他回过神来时，蜀国军队早就撤退得干干净净了。司马懿因为一时的犹豫失去了唯一一次生擒诸葛亮的机会。在改革开放的时候，有多少人因为迟疑观望而失去了掘"第一桶金"的机会。在商潮涌动的现在，又有多少人因为一时犹豫被他人抢先进入市场、抢先一步拿下客户、早一步研发出产品呢？无数事例告诉我们，一定要懂得及时出手。冷静谨慎是好事，但毫无理由的犹豫是要不得的！

世界上有很多人总是光说不做，遇事不能做决断，永远处于"再等等""下一次""要是不……我就……"的状态中。在他们看来，他们只是等不到一个完美的机会而已。但世界上哪里有把一切都准备好，只等你出现的好事呢？成功与收获只光顾那些不仅懂得成功的方法，而且能付诸行动的人。

过分谨慎和粗心大意一样糟糕。一个人如果希望别人对自己有信心，就必须用令人信赖的方式表现自己。过度慎重而不敢尝试任何新的事物，只会让这种心态拖自己的后腿，它对你的事业和人生会造成严重的伤害，其结果就如同莽撞行事一样。在人生的道路上，思前想后，犹豫不决固然可以少做一些错事，但更可能失去许多成功的机会。

流业第三

凡此八业，皆以三材为本。故虽波流分别，皆为轻事之材也。主德者，聪明平淡，总达众材，而不以事自任者也。

经典再现

盖①人流之业十有②二焉：有清节家③，有法家④，有术家⑤，有国体⑥，有器能⑦，有臧否⑧，有伎俩⑨，有智意⑩，有文章⑪，有儒学⑫，有口辩⑬，有雄杰⑭。

若夫⑮德行高妙，容止⑯可法⑰，是谓清节之家，延陵、晏婴是也。建法立制，强国富人，是谓法家，管仲、商鞅是也。思通道化⑱，策谋奇妙，是谓术家，范蠡、张良是也。兼有⑲三材，三材皆备，其德足以厉风俗，其法足以正天下，其术足以谋庙胜，是谓国体，伊尹、吕望是也。兼有三材，三材皆微⑳，其德足以率㉑一国，其法足以正乡邑，其术足以权㉒事宜，是谓器能，子产、西门豹是也。兼有三材之别，各有一流㉓，清节之流，不能弘恕㉔，好尚讥诃，分别是非，是谓臧否，子夏之徒是也。法家之流，不能创思远图㉕，而能受一官之任，错意施巧㉖，是谓伎俩，张敞、赵广汉是也。术家之流，不能创制垂则㉗，而能遭变用权，权智有余，公正不足，是谓智意，陈平、韩安国是也。凡此八业，皆以三材为本。故虽波流分别㉘，皆为轻事㉙之材也。能属文著述，是谓文章，司马迁、班固是也。能传圣人之业，而不能干事施政，是谓儒学，毛公、贯公是也。辩不入道而应对资给㉚，是谓口辩，乐毅、曹丘生是也。胆力绝众，才略过人，是谓骁雄，白起、韩信是也。凡㉛此十二材，皆人臣之任也，主德㉜不预㉝焉。

主德者，聪明平淡，总达众材，而不以事自任者也。是故主道立，则十二材各得其任也。清节之德，师氏之任也。法家之材，司寇㉞之任也。术家之材，三孤之任也。三材纯备，三公㉟之任也。三材而微，冢宰㊱之任也。臧否之材，师氏之佐㊲也。智意之材，冢宰之佐也。伎俩之材，司空㊳之任也。儒学之材，安民之任也。文章之材，国史之任也。辩给之材，行人㊴之任也。骁雄之材，将帅之任也。是谓主道得而臣道序㊵，官不易方㊶，而太平用成㊷。若道不平淡与一材同用好，则一材处权，而众材失任㊸矣。

迷津指点

①盖：大概，原来。

②有：通"又"。

③清节家：品德、节操、行为堪称世人楷模的人。

④法家：战国时期的一个重要学派。

⑤术家：善于运用奇策之人。

⑥国体：公忠体国者。

⑦器能：有专能成器的人。

⑧臧否：褒贬，评论。

⑨伎俩：擅长奇巧的人。

⑩智意：智谋出众的人。

⑪文章：善于著述的人。

⑫儒学：能传圣道的人。

⑬口辩：善辩议论的人。

⑭雄杰：勇力过人的人。

⑮若夫：至于。

⑯容止：仪容举止。

⑰可法：可以仿效。

⑱思通道化：思想与客观规律的变化相通。

⑲兼有：都具有。

⑳微：细小的。

㉑率：表率。

㉒权：权衡。

㉓一流：一种流派，一种类型。

㉔弘恕：宽容，宽大。

㉕创思远图：谋划久远。

㉖错意施巧：着意施展，实现自己意图的技巧。

㉗垂则：垂示法则。

㉘波流分别：分别为不同的流派。

㉙轻事：易于完成职责分内的事情。

㉚资给：天资聪敏，伶俐善辩。

㉛凡：一般。

㉜主德：指善于使用各种人才的君主。

㉝不预：不在其中。

㉞司寇：古代一种掌管刑狱的官员。

㉟三公：古代最高的行政长官的统称，周朝时指司徒、司空、司马，东汉时指太尉、司徒、司空。

㊱冢宰：相传为殷、周朝辅政大臣，位居百官之首。

㊲佐：指次一等，处于陪同地位者。

㊳司空：官名。相传为殷、商辅政大臣之一，西周时为"三公"之一。

㊴行人：官名外交使者。

㊵臣道序：做臣子的秩序就确立了。

㊶官不易方：官员不改变为官之道。

㊷用成：因此实现。

㊸失任：不被任用。

古文译读

人们由志向所决定的事业或功业，大概有十二类：有清节家，有法家，有术家，有国体，有器能，有臧否，有伎俩，有智意，有文章，有儒学，有口辩，有雄杰。

道德品行高尚，仪容举止能够为人效法，这种人可称之为清节家，比如说延陵、晏婴就是这类人。建立法令制度，能够强国富民，这种人可称之为法家，比如说管仲、商鞅就是这类人。思想符合客观规律，能够想出奇巧计谋，这种人可称之为术家，比如说范蠡、张良就是这类人。同时具备德、法、术三种才能，并且三者都能完备，这个人的品德就足以勉励好的社会风气和习俗，他的法律法令就足以匡正天下歪风邪气，他的道术谋略就足以谋划朝廷预先制定的克敌制胜的谋略，这种人可称之为国体，比如说伊尹、吕望就是这类人。同时具备德、法、术三种才能，三者都比前者稍差，这个人的品德就足以为一国的表率，他的法律法令就足以匡正基层社会，他的谋术足以应变各种事物，这种人可称之为器能，比如说子产、西门豹就是这类人。同时具有德、法、术三种才能中的某两种，并且各自有自己的流派。在清节家的流派中，不能宽宏大量，喜欢讥笑责备非难，分辨谁是谁非，这种人可称之为臧否，比如说子夏的弟子就是这类人。在法家流派中，不能创新思虑建立长远规划，但只能在具体官位上胜任，着意施展实现自己意图的技巧，这种人可称之为伎俩，比如说张敞、赵广汉就是这类人。术家的流派中，不能创立制度垂示法则，但是能够根据情况运用权宜之计，长于权谋智慧，但是公正不足，这种人可称之为智意，比如说陈平、韩安国就是这类人。以上的这八个方面的人才，都是以德、法、术三种才能为基础的。虽然他们分属不同的流派，但都是能够轻而易举地完成职责分内的事情的人才。能够撰写文章著书立说，这种人可称之为文章，比如说司马迁、班固就是这类人。能够传承圣人的事业，而不能参与国事实施政事，这种人可称之为儒学，比如说毛公、贯公就是这类人。辩论的语言和方法不合正道，但是能够应对巧妙，这种人可称之为口辩，比如说乐毅、曹丘生就是这类人。胆识勇力超越众人，才能智谋高于众人，这种人可称之为骁雄，比如说白起、韩信就是这类人。上面所说的这十二种人才，都是在臣子的位置上，善于使用各种人才的君主不包括在内。

主德，应该是聪明平淡，统领提拔众多人才，而不是亲自担当起处理日常事务的工作。因此，只要主德之道确立，那么这十二种人才的任用就能够各得其所。具有清正守节的德行的人，被放到官位尊显的师氏位置上。具有法家才能的人，可以任用为司寇，从而掌管刑狱。具有谋划才能的人，可以担任三孤。德、法、术三才具备的人，可以担任三公，从而谋划国策。三才具备，但比前者稍差的，可以担任冢宰。褒贬人物评论事非的人，其地位比师氏要低一等。善于权变智谋的人，其地位比冢宰要低一等。能在具体官位上胜任的人，可以担任司空。具有传播圣人之业才能的人，可以担任安抚百姓的官职。具有撰写文章才能的人，可以担任记载国史的官职。具有能言善辩才能的人，可以担任行人的官职。具有骁勇雄悍才能的人，可以担任将军统帅的官职。这就叫做主德之道确立为臣之道井然有序，官员不改变为官之道，太平盛世因此就建立了。如果主德之道不是平静中庸而是偏好某种才能，那么，有这一才能的人就能够得势，而其他各种人才就不会被任用了。

前沿诠释

刘劭在"流业"篇中指出现实中的人大体有德、法、术三种才能，每个人因具体情况不同而具有不同的才能，有兼具三种才能，且三种才能均完备的人；有虽兼具三种才能但不完备的；有不完全具备三种才能的人。基于才能的不同，每个人所适合从事的职业和岗位也不同。刘劭将事业或功业分为十二种，同时指出统治者的聪明之处就在于知人善任，能够根据所用之人的才能的不同，安排适合他们的岗位，才能够有助于实现社会的稳定和国家的长治久安。古往今来，许多统治者或领导者的用才实例都证实了刘劭思想的正确性。

管仲临终辨奸臣

管仲，姬姓，名夷吾，谥号"敬仲"。他是春秋时期齐国颍上(今安徽颍上)人，著名的政治家、军事家，史称"管子"。管仲是齐桓公的重要辅臣，他为齐桓公献上了很多良策。在他的辅佐下，齐桓公励精图治，将国家治理得井井有条，国富兵强，人民生活水平也有了很大提高，最终成为春秋时期第一个霸主。据《史记》记载，管仲不仅自身是治世之才，还能够辨别人才，知人善任。

据说，管仲病重不久于世时，齐桓公亲自到他的床前看望并询问他该让何人继任丞相。管仲说："您应当是最了解臣下的。"言外之意是让齐桓公提出几个他认为可以胜任的人。于是齐桓公提出了几个自己心目中认可的人选。第一个是鲍叔牙，齐桓公说他打算让鲍叔牙继任相位。当年就是鲍叔牙竭力举荐管仲，最后齐桓公不仅没杀死管仲，还重用了他。但出乎齐桓公的意料，管仲语重心长地说："鲍叔牙确实是个君子，但是他过于耿直，过于善恶分明，见人有一时的过失就永远忘不了，这样的心胸和性格是难以胜任丞相一职的。"在管仲眼中，可为相者应当是胸怀宽广，能够容人过失的人。如果一个丞相没有宽广的胸怀，睚眦必报，很可能会把国家搞乱了。见管仲反对，齐桓公又提出第二个人选——易牙。齐桓公说："易牙对我忠心不二。有一年寡人没有胃口，吃什么都没有味道，易牙就将自己三岁的儿子煮熟了给我吃。你觉得易牙做丞相如何？"管仲连忙摇头说："父亲爱自己的儿子是常理，易牙连自己的儿子都不爱，手段如此残忍，这种忠诚并不可信。这种违背常情的人，一旦拥有过高的权力一定会犯上作乱的。"接着，齐桓公提出了第三个人选——启方。启方侍奉齐桓公15年，连自己的父亲病故都不敢回去奔丧，所以齐桓公觉得启方是个忠臣。管仲回答道："卫公子启方舍弃了做千乘之国太子的机会，屈奉您15年，父亲

管仲（前723或716—前645），春秋时期齐国著名的政治家、军事家，被称为"春秋第一相"，辅佐齐桓公，使其成为春秋时期的第一霸主。

去世都不回去奔丧，这种人无情无义。连父子情义都没有的人，如何能真心忠于国君？况且千乘之封地是人梦寐以求的，他放弃千乘之封地俯就于您，他心中所求必定过于千乘之封。您应当疏远这种人，更不用说任其为相了。"最后，齐桓公问竖刁可否为相。竖刁自残身体侍奉齐桓公左右，齐桓公认为他非常忠诚。管仲对这个人也予以否定，他认为竖刁不爱惜自己的身体是违背常理的，他之所以这样做无非是为了功名利禄，根本就不是忠臣。管仲还说："请您务必疏远这三个人，否则国家必定大乱。"齐桓公提出的候选人均被管仲否定，齐桓公觉得很是为难。管仲就向他举荐了隰朋。隰朋为人忠厚，不耻下问，居家不忘公事，管仲认为他可以帮助国君料理国政，可以继任相位。

以前齐桓公对管仲的建议基本上都予以采纳，但是这一次，他却没听管仲的劝告，最终酿成大错。

管仲死后，齐桓公重用了易牙等三人而没有重用隰朋。两年后，齐桓公病重，易牙和竖刁认为齐桓公将不久于人世，便封闭宫门，假传君令不允许任何人进宫。有两个宫女翻墙进宫见齐桓公，看到齐桓公饿得奄奄一息，还向她们讨要食物。宫女告知齐桓公，易牙等人犯上作乱，堵塞宫门，根本就无法弄到食物。齐桓公听后长叹道："如果死后有知的话，我有何面目去见仲父（管仲）呢？"说完就用衣袖遮住自己的脸。后来齐桓公就被活活饿死了。齐桓公死后，宫中大乱，各公子为争夺王位，互相残杀，以至于齐桓公的尸体放在床上两个月都没人处理，最后全身生蛆，凄惨至极。

管仲评价一个人能否胜任某职位，看的是此人是否具有相应的才能。在他看来，鲍叔牙、易牙、竖刁等人虽各有优点，但都不具有为相者所应具备的才能。鲍叔牙属清节家，但不够宽宏大度，不能够很好地处理各种矛盾，不能宽容地对待他人的过错。易牙、竖刁等人，从表面上看好像是忠臣，实质上却不能够清正守节，为了私欲能够做出各种违背情理的事情，根本就不值得信任，更别提为相了。而齐桓公选相的标准却只是表面的忠诚，而不考虑此人的才能，最终酿成大错，自食苦果。这确实值得我们深思。

正如刘劭所言："若道不平淡与一材同用好，则一材处权，而众材失任矣。"如果主德之道不是平静中庸而是偏好某种才能，那么，有这一才能的人就能够得势，其他各种人才就不会被任用，也就无法发挥他们的能力为国家效力了，这对国家而言是很不幸的。

孟尝君因用人而得保全

孟尝君是战国四公子之一，正是因为他礼贤下士，能够善用人才，从而使自己在战乱不断的春秋战国时期数次转危为安，成为历史上具有重要影响的人物。孟尝君能够尊重人才的需求，善于用人所长，并且能够让各类人才充分发挥他们的作用，并给予他们充分的信任。他重用冯谖的例子就恰好说明了这一点。

据《战国策·齐策四》记载，春秋时期，群雄并立，各据一方，都想一统天下。各诸侯国之间，既斗武又斗智，既养兵又养士。当时养士最多的恐怕要属齐国的孟尝君了，他养的士多达三千人。孟尝君把这些人分成上、中、下三个等级，上等的客人每天都可以吃到大鱼大肉，出门的时候还有车子可以坐；中等的客人每天只能吃到鱼和菜；下等的客人每天吃到的就只有蔬菜而已。

孟尝君（？—前279），妫姓，田氏，名文，战国四公子之一。史书记载，其门下有门客三千，权倾一时。死后葬于薛国东北内隅。

孟尝君的朋友介绍了一个叫做冯谖的人到孟尝君家。孟尝君问他的朋友冯谖有何专长。朋友想了很久，说冯谖好像并无专长。孟尝君听了之后，就不怎么理会冯谖。家里的用人看到孟尝君并不重视冯谖以为主人瞧不起他，就把冯谖当下等的客人招待。一段时间后，冯谖对自己受到的冷遇深感不满，就时常靠着柱子弹他的剑，还边弹边唱："长长的剑啊，咱们回去吧！没鱼吃啊。"有人听到他唱的内容便将此事告诉孟尝君，以为孟尝君会讨厌冯谖，将其赶走。可是孟尝君却吩咐下人给冯谖鱼吃，把他当做中等门客对待。又过了一段时间，冯谖又开始弹他的剑，边弹边唱："长长的剑啊，咱们回去吧！出外没车驾。"旁边的人都笑话他，又报告给了孟尝君。孟尝君说："给他车驾，以上等门客之礼待他。"冯谖就驾着车子，举着剑，到朋友家串门，还对朋友说："孟尝君把我当成上等门客。"后来，冯谖又弹起自己的剑，边弹边唱："长长的剑啊，咱们回去吧！没法照顾家人。"旁边的人都讨厌他了，认为他贪心，不知足。孟尝君知道后问冯谖："冯先生有亲人吗？"冯谖说家中有母亲。孟尝君就命人给冯谖的母亲送去吃的和用的，解除了他的后顾之忧。

在常人看来，一个不知满足的人不仅不会得到赏识，反而会被领导看不起，但

是孟尝君并未讨厌冯谖，在他看来，冯谖之所以一再抱怨自己没有得到更好的待遇，是因为他觉得自己有上等门客的才能，就应当得到上等门客的待遇。这是他自信的表现。因而孟尝君非但没有责怪他，反而一再满足他的要求。事实证明，孟尝君的判断是明智的，后来在孟尝君的成功与保全之事上，冯谖起了至关重要的作用。

孟尝君门客三千，吃住都在孟尝君府上，如此巨大的花销，光靠他的俸禄是远远不够的。于是孟尝君就在自己的封地——薛城向老百姓放债收取利息，用以维持庞大的支出。有一天，孟尝君派遣冯谖到薛城去收债。冯谖临走之前，向孟尝君告别时说："我回来的时候需要买什么东西吗？"孟尝君说："你自己看着办吧，我家缺什么就买点什么。"冯谖到达薛城之后，就把欠债的百姓都召集到一起，让他们拿出债券来核对。当时，老百姓们正在发愁该怎么还债，冯谖却当众假传孟尝君的话：还不出债的，就一概免了。老百姓听了之后将信将疑。为了让大家相信，冯谖干脆点起一把火，把所有的债券都烧掉了。冯谖回到临淄之后，就把收债的情况告诉了孟尝君。孟尝君听后十分生气地说："你把债券都烧了，我这里的三千人要吃什么啊？"冯谖听完之后不慌不忙地说："我走之前您不是说过，您缺什么就买什么回来吗？我觉得您这儿别的不缺少，唯独缺少的是老百姓的情义，所以我把'情义'买回来了。"由此，孟尝君的声望越来越高。后来，齐国国王开始重用孟尝君。秦昭襄王听说齐重用了孟尝君，非常担心，于是暗中命人去齐国散播谣言，说孟尝君收买民心，估计是想当齐王了。齐湣王听信了这些谣言，认为孟尝君名声过高，已经威胁到了自己的地位，于是决定收回孟尝君的相印。孟尝君被革了职，只能回到他的封地薛城去。这时候，他豢养的三千多门客大多已经散了，只有冯谖还跟着他，替他驾车赶往薛城。当孟尝君的车马离薛城还有一百里的时候，薛城的百姓就扶老携幼，出来迎接。孟尝君看到这番情景，十分感触，对冯谖说："你过去给我买的'情义'，我今天看到了。"

不久之后，冯谖又对孟尝君说："一只兔子需要有三个洞藏身，才能不被猎人捕杀。您现在住在薛城，就像兔子只有一个洞一样，是非常危险的！如果齐国的国君对您不满意，想要杀您，您就连其他躲的地方都没有啊！因此，您现在还不能垫高枕头，安心睡觉！"孟尝君听完之后就说："那我应该怎么办呢？"冯谖说："这件事就交给我去做吧！我会让您

冯谖对孟尝君说："狡兔有三窟才能免于一死。"于是他出谋划策，为孟尝君办了几件大事，巩固了孟尝君的地位。

像狡兔一样，有三个安全的藏身之所的！"于是，冯谖就去找梁惠王，告诉他孟尝君十分能干。梁惠王立刻派人带着一千斤黄金、一百辆马车去请孟尝君到梁国做相国。这一消息传到齐国，齐国的国君立刻紧张起来，他赶快用隆重的礼节请孟尝君回去重新做相国。同时，冯谖又建议孟尝君在薛地建立宗庙，用以保证薛地的安全。等到薛地的宗庙建成以后，冯谖就对孟尝君说："现在您藏身的三个洞都已经挖好了，从现在开始，您就可以把枕头垫高，安心地睡觉了。"

人的才能不同，因而各有专长，冯谖虽没有出众的专长，却有着运筹于帷幄之中、决胜于千里之外的谋略。当年孟尝君没有嫌弃冯谖，而是一再满足冯谖的需求，使冯谖非常感动。而冯谖也没有让孟尝君失望，终于通过自己的努力使孟尝君受到了人们的爱戴，在孟尝君落魄之时，又帮助他东山再起，并为他想好了周密的保全之策。这与当年孟尝君能够知人善任不无关系。

胡雪岩用人所长，不忌其短

胡光墉，字雪岩，徽州绩溪县人，是著名的徽商。他曾经开办庆余堂中药店，后来做了浙江巡抚的幕僚，为清军筹备军饷和器械。1866年，胡雪岩协助左宗棠创办了福州船政局，在左宗棠调任陕甘总督之后，他开始主持上海采运局局务，替左宗棠大借外债，为其筹备军饷、订购军火。后来，他倚仗湘军的权势，在各省设立了二十余处阜康银号，并经营起了中药、丝茶业务，操纵了江浙一代的商业，其资金最高时达两千万两以上。于是，有人说"为官须看曾国藩，为商必读胡雪岩"，由此可以看出胡雪岩在商界的影响和成就。

胡雪岩（1823—1885），清朝时期著名的徽商。有人评价他时说："为官须看曾国藩，为商必读胡雪岩。"

谈到胡雪岩的成功，一方面是由于他善于经营，与清政府的多名高级官吏建立良好的关系，从而获得较好的发展机会，也得到了别的商人无法企及的庇护；另一方面是由于他不拘一格任用人才。

胡雪岩在用人上注重量体裁衣，因才适用。在他经营的钱庄里，"所用号友皆少年明干，精于会计者"。开办庆余堂中药店时，胡雪岩用重金聘用长期从事药业经营、熟悉药材业务又懂得经营管理的行家担任经理，又聘任熟悉药材产地、生产季节、质量优劣的人做经理的副手，负责进货业务。他还选择熟悉财务的人担任总账房。上述的这三种人被列为头档雇员，称为"先生"。他们能写会算，懂得业务，善于经营，属于穿着长衫的"脑力劳动者"，待遇丰厚；先生之下，是二档雇员"师傅"，他们稍微懂得一些药物知识，会切药、熬药、制药，实践经验比较丰富，是穿短衣、在工场里劳动的"熟练工人"，工资待遇比先生低；在师傅以下就是"帮工"，他们都是临时雇来的，主要从事搓丸药等一些简单的劳动，一般都是计件付报酬。由于上下等级界限分明、分工明确、能位相称、酬劳合理，胡雪岩的钱庄、药店运转起来非常灵活，相互之间的协调性也非常好。胡雪岩能够根据每个人能力的不同安排不同的职位，使得各种人才能够发挥自己的能力，另外，能力高的人也能得到较好的待遇和地位，从而激发了他们的积极性。

胡雪岩故居一角。胡雪岩故居位于杭州市河坊街、大井巷历史文化保护区东部的元宝街，建于清同治十一年（1872），是一座富有中国传统建筑特色又颇具西方建筑风格的美轮美奂的宅第。

除了知人善任之外，胡雪岩的过人之处还在于能够用人长处而不忌讳别人的短处，即用人能够扬长避短。有很多人在别人看来是"败家子"，但在胡雪岩这里却受到重用，成为能够发挥特殊作用的人才。这一切都得益于胡雪岩善于发现这些人的长处，并将他们的长处最大化，从而弥补他们的短处。这其中，胡雪岩重用陈世龙就是一个很好的例子。

陈世龙自幼父母双亡，因而缺乏教育和家庭的温暖。长大后，他成了一个整天混迹于赌场的"混混"，不仅嗜赌如命，还沾染了许多恶习。这无疑是他的一个硬伤，因为从来没人敢用一个赌徒为自己工作。胡雪岩却没有忌讳陈世龙的缺点，而是给了他一次机会。因为胡雪岩了解到，尽管陈世龙是个赌徒，但是他从没有吃里爬外的行为，还是很讲义气的。在与陈世龙第一次见面时，胡雪岩就对陈世龙说，要想跟自己干就必须戒掉毒瘾，今后再也不能赌博，否则，会立即辞掉他。陈世龙当即爽快地答应了。为了试探陈世龙是否真心悔改，胡雪岩给了他50两白银。陈世龙拿到钱以后，赌瘾又犯了，于是跑到赌场去。虽然他很想把这50两白银作为赌注大赌一场，但是他想起了自己与胡雪岩的约定，如果他再次赌博就是违背了当初的承诺，今后会无脸去见胡雪岩，胡雪岩知道此事也一定会将自己扫地出门的，这样一来自己又会沦为被人看不起的"小混混"。想到这一切，陈世龙控制住了自己，虽然在赌场里待了很长时间，但他最终未下赌注。最后陈世龙走出赌场，买了些酒痛饮一番，庆祝自己没有食言。

胡雪岩看陈世龙果然守信用，就开始调教、重用他。胡雪岩时常把他带在身边，发现了他的很多长处：一是非常灵活，与人结交的时候从不露怯，打得开场面；二是不出卖朋友，比较讲义气；三是说话算话，极有血性。在发现了陈世龙身上的这些优点之后，胡雪岩就让他帮助自己在场面上应酬。后来见他口齿伶俐，还专门教他一些洋文，让他直接和洋人打交道、做生意。就这样，慢慢地，胡雪岩将陈世龙调教成了自己经商跑江湖的得力助手。陈世龙也非常感激胡雪岩的提拔之恩，为其尽心效力。

其实，胡雪岩身边的很多人都是在他的调教下才逐渐发挥出了自己的长处，弥补了自己的短处，从而为胡雪岩的事业做出贡献的。胡雪岩在用人上有如此过人之处，他能成为近代极具影响力的红顶商人也就很正常了。

刘劭认为，人的才能因人而异，故而所适于从事的职业也不相同，并不是每个人都能具备德、法、术三种才能。即使是不完备的人，也有他所适于从事的职业，关键要看领导者能不能发现偏才之人所偏的才能，并且根据此人所偏之才使用他。胡雪岩很显然就做到了这一点。在他身边的很多"败家子"，显然不完备地具有德、法、术三种才能，但他们总或多或少地拥有一种才能。胡雪岩善于发现他们所具有的才能，并将其发挥到最大化，从而弥补了他们的不足。这无疑是胡雪岩的聪明之处，也是他的成功之处。

宋太祖的用人智慧

宋太祖赵匡胤是宋朝的开国皇帝，涿州（今河北涿州）人。他武艺高强，曾创太祖长拳，在后周时，领宋州归德军节度使，掌握兵权。建隆元年，赵匡胤发动陈桥兵变，"黄袍加身"，夺后周政权，建宋朝，史称北宋。结束了五代扰攘局面的宋太祖在用人方面颇有独到之处，他善于利用不同人的特点来发挥他们不同的作用。北宋之所以能够结束五代十国的纷争局面，统一全国，与宋太祖的用人智慧不无关系。

说到宋太祖的用人智慧，最令人称奇的就是他能利用别人的短处来为自己办事。

北宋初年，中原尚未统一，有好几个国家与北宋并立，其中南唐就是与北宋接壤的一个政权。但

宋太祖赵匡胤（927—976），北宋王朝的建立者，960年发动陈桥兵变，黄袍加身，代周称帝，建立宋朝，定都开封。

因为国力日渐衰落，南唐遂向北宋称臣，双方约定南唐每年向北宋纳贡。有一年，南唐派使者前来纳贡，所派使者是江南名士徐铉。徐铉是个非常厉害的文人。据说当时南唐有"三徐"，都是学识渊博、见多识广的大学者，徐铉则是其中声望最高的一个。按照惯例，宋朝应当派官员去做押运使，从徐铉处接收贡品。宋太祖命宰相挑选合适的官员做押运使，去接受贡品。结果满朝文武害怕自己的学识不及徐铉而丢面子，纷纷推诿，不敢当这个押运使。面对这种情形，宰相也一筹莫展，不知道究竟选谁最好，毕竟此事关系到朝廷的尊严和权威，不能轻视。他只好向宋太祖请示。

宋太祖听完宰相的话后，没有发表意见，只是说他要亲自挑选。宋太祖知道徐铉学问通达古今、口若悬河，想应付他的话就需要一个在口才、智慧上与其平分秋色的文官，但是想找到这样的人很不容易。他突发奇想，有了一个对付徐铉的妙计。宋太祖让宦官传旨召殿前司，要他们列出十个不识字的殿中侍者的名单来。等到名单送来，他连看都没看，拿起笔随手圈了一个名字。宋太祖的选择让满朝文武大吃一惊，连宰相也不解其中的奥妙，但是这是皇帝亲选的，自己又没有合适的人选，因而便遵旨催促那个被选中的侍者赶快动身。

那个侍者也非常奇怪，自己胸无点墨，从未担任过使者，根本无法胜任。但由于是皇帝钦点的，他也不敢多问，只好前去接受贡品。他到了江边，一上船，徐铉就滔滔不绝地谈古道今，词锋锐利，周围的人都对他的能言善辩而佩服不已。但是那个侍者因为没什么文化，一点也听不懂，自然也回答不出来什么，只是一个劲地点头称是。徐铉不了解这个人的深浅，心想不能在宋人面前丢脸，见他不说话就觉得心里没底，为了维护面子，就越发喋喋不休地说个不停。就这样一连几天，两个人一直都是一个不停地说，一个漠然以对。徐铉已经说得口干舌燥，疲惫不堪，却一直没有人和他论辩，最后也不吭声了。徐铉的智慧在有学问的人那里也许能够显现出来，但是对于一个不识字的人而言，他的高谈阔论只不过是天书，根本就没有任何用处。使者用沉默应对徐铉的针锋相对，因此不用担心自己会因为没有学识而被别人

永昌陵前的石狮。永昌陵是宋太祖赵匡胤的陵墓。陵墓的四个门外各置石狮一对。石狮左牡右牝，牡狮卷鬣，牝狮披鬣。南门外二狮为行狮、立姿，相顾对视，高1.9米、长3.08米、宽0.82米。东、西、北门石狮皆蹲踞昂首，高1.58~2.05米，长1.7米，宽0.7~0.9米。

耻笑。这样一来，徐铉想借讥讽宋朝人，让整个宋朝丢脸的目的就无法实现了。

假如当时宋太祖选择一个学识不及徐铉，但是又有几分文学底蕴的人去做押运使，此人对徐铉所说肯定不会一无所知，那么，他定然不会保持沉默。一旦他与徐铉交流，就会陷入徐铉的圈套中。这样，徐铉让整个宋朝丢脸的目的就达到了，从而会使天下人耻笑宋朝无人。宋太祖选择的使者并不是知道自己应该保持沉默，而是他太过愚钝，不得不保持沉默。宋太祖用一个愚钝的人去对付一个才高八斗、学富五车的智者，利用的就是此人的短处，但这个人的短处在一定条件下却成为他的长处。宋太祖的用人智慧确实是非常高明的。

摩根重用强于自己的人

摩根公司创始人、华尔街的大富豪J.P.摩根是享誉世界的成功企业家。他的成功在美国家喻户晓，他的用人故事也因此为人所津津乐道。

有些领导不能接受强于自己的下属，因为他们认为这样会威胁自己的权威性，但是摩根却是一个敢于重用强于自己的人的领导。这也许正是摩根能够在美国商界叱咤风云的重要原因。摩根重用塞缪尔·斯宾塞和查理斯·柯士达的故事就印证了这一点。

塞缪尔·斯宾塞出生于乔治亚州，是个土生土长的南方人。他比摩根小10岁，十分精明强干。他在南北战争时期曾做过骑兵，战争结束后，在乔治亚大学攻读工程学，毕业后进入摩根公司下属的巴尔的摩—俄亥俄铁路公司工作。由于他非凡的才能，很快就被提拔为总裁室的特别助理。在助理职位上工作了不久，他就被破格提升为副总裁。恰巧此时，这条铁路线由于财政赤字濒临破产，斯宾塞就接管了这条危在旦夕的铁路线的管理，可谓是"受命于危难之际"。他全心全意地经营这条铁路，终使铁路运营起死回生。随着铁路焕发新颜，他的卓越管理才能也在这一过程中得到了最充分的发挥。任职于下属公司的塞缪尔的才能引起了摩根的主意。尽管在摩根看来，塞缪尔·斯宾塞在管理方面的才能远超过自己，但还是决定重用他。摩根

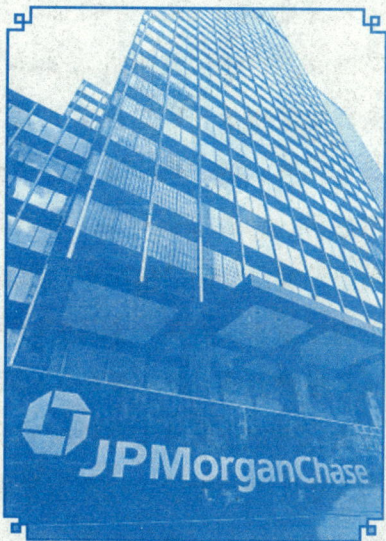

现在的摩根大通于2000年由大通曼哈顿银行及J.P.摩根公司合并而成，并于2004年与2008年分别收购芝加哥第一银行和美国著名投资银行贝尔斯登和华盛顿互惠银行。

提升斯宾塞为公司总裁，而斯宾塞也没有辜负摩根的期望，他更加努力工作，进一步贡献自己的力量。在斯宾塞的精明管理下，这条铁路线非常出色地偿还了公司的800万美元的欠款。由此，斯宾塞更加得到摩根的重视和信任。后来，斯宾塞成为摩根集团的重要领导人。在摩根公司发展壮大的过程中，斯宾塞的贡献是不容否认的。

柯士达也是被摩根重用的比他自己强的人，他比斯宾塞小五岁，更加年轻，也更具有进取的精神。柯士达的祖先从事过各种商业活动，因而他从祖先那里继承了许多优良品质。他工作兢兢业业，非常勤奋，每天早晨五点多就起床，六点左右就出门上班了，而且一直工作到深夜，有时甚至是通宵。除了勤奋之外，他还极具商业头脑和效益观念，能够用最小的成本换取最大的收益，这一能力让很多人难以望其项背。摩根知道，柯士达要比自己强很多，他既具有勤奋的精神，又具有高超的赚钱本领。但他丝毫没有忌讳这一点。在他看来，比自己强的人才更应予以重用，使他为自己效力。在华普摩根共组辛迪加投资银行的时候，摩根用挖墙脚的方式将柯士达引入自己的公司。

摩根对于柯士达的加入非常高兴。柯士达刚刚进入公司不久就被委以重任，这在常人看来是不可思议的。柯士达对此也非常感激，他更加勤奋地工作，用

美国摩根银币。摩根银币正面为自由女神头像，头饰束带上有"自由"字样，四周文字为"合众为一"，下方为代表美国独立时13州的13颗星以及铸币年号。人物形象生动亮丽，很有立体感和少女皮肤的质感。银币背面是一只霸气十足的老鹰，双爪紧握橄榄枝与箭，币周上方文字为"美利坚合众国"，下方为"一美元"，鹰头上方有"我们信奉上帝"的字样。

自己的实际行动回报摩根的重视。有一次，柯士达接到摩根发出的"铁路摩根化"的命令后，立即花一个月的时间去调查铁路。为了全面彻底地进行调查，柯士达简直是披肝沥胆，呕心沥血。他不仅乘火车观察，还走下月台，静坐在飞驰而来的列车旁，彻底查看枕木与铁轨的状态，甚至，他还会亲自坐在火车头里进行观察。经过大量实地的勘察、检测以及勤奋钻研，柯士达最终出色地完成了摩根交给他的任务。从此之后，摩根对柯士达倍加器重，不断地提拔他。柯士达对于摩根的信任和重用也非常感激，即使后来坐上了较高的位置，仍然保有自己勤奋和敬业的优良品质，为摩根公司的发展呕心沥血，用自己的行动证明了摩根当年选择他是正确的。

斯宾塞和柯士达成为摩根的左膀右臂，为摩根集团的发展壮大发挥了重要作

用。他们都是比摩根更强的人才，但是摩根重视他们的优势，不忌讳他们比自己强，敢于重用他们。事实证明，比摩根强的人才在摩根的领导下使公司的发展更为快速和成功，丝毫没有影响摩根本人的权威，也没有影响公司的发展。敢于并善于重用比自己强的人才，这也许是摩根能够在华尔街更加成功的重要原因吧。

卡耐基慧眼识人才

卡耐基是美国的钢铁大王，在他所属的领域里是像比尔·盖茨似的人物。卡耐基在工业上的大获成功，与他能够慧眼识人并且大胆重用人才有着密切的关联。这一点充分体现在他对齐瓦勃的发现和重用上。

齐瓦勃出生在美国乡村，在青少年时几乎没有受过什么像样的学校教育。后来，他来到隶属于钢铁大王卡耐基公司的一个建筑工地打工。从开始干活的那一天起，齐瓦勃就抱定了要做同事中最优秀的一个的决心。当其他人消极怠工抱怨着工作辛苦的时候，齐瓦勃却独自热火朝天地干着。与此同时，他还默默地积累着建筑经验，并利用工作之余自学建筑知识。工作的辛苦和体力消耗丝毫未影响他工作的积极性，也没有使他放弃对知识的追求，反而能让他在工作中检验知识，从而更好地理解知识。对于一个没有受过良好教育的人来说，能够在如此艰苦的环境下学习，并坚持自己的信念是非常难能可贵的。

一天晚上，卡耐基去公司巡视，看见休息时间其他人都在闲聊，只有一个年轻人躲在角落里静静地看书。他就走过去，看了看这个年轻人手中的书籍，又翻开他的笔记本看了看，什么也没说就走了。不久，卡耐基就提升这个年轻人——齐瓦勃为技师，他觉得这个年轻人能够利用业余时间学习工作方面的专业知识，他的本职工作更能够做好。卡耐基并未在意齐瓦勃的学历和教育背景，他认为对于一个真正有才能的人而言，能力和进取精神比学历更重要。卡耐基没有对齐瓦勃进行深入的考查和测验，仅凭齐瓦勃的日常表现就能断定齐瓦勃的才能和品质，这是非常厉害的识人之术。

齐瓦勃果然没有让卡耐基失望，他的工作非常出色。后来，齐瓦勃又凭着自己的努力一步步升到了总工程师的职位上。25岁那年，齐瓦勃当上了这家建筑公司的

安德鲁·卡耐基，美国工业史上最著名的人物，他征服钢铁世界，成为美国最大的钢铁制造商，功成名就之后，又几乎将全部财富捐献给社会，由此成为美国人心目中的英雄。

经理。这对一个打工者而言已经算是奇迹了。但是齐瓦勃并未满足于自己的成功，而是以更大的热情投入到工作中，从而使公司取得了更好的业绩，他自己的价值也进一步体现出来。而这一切无疑是卡耐基早就预想到的。齐瓦勃兢兢业业。虽然已经当上了总经理，却仍然每天早早地来到建筑工地。卡耐基钢铁公司的股东兼工程师琼斯发现了齐瓦勃超人的工作热情和管理才能。他问齐瓦勃为什么总来这么早，齐瓦勃回答说："只有这样，当有什么急事的时候，才不至于被耽搁。"于是，在新工厂建好后，琼斯便毫不犹豫地提拔齐瓦勃做了自己的副手，主管全厂事务。后来琼斯因事故丧生，齐瓦勃便接任了厂长一职。几年后，卡耐基又做出了一个很大胆的决定：任命齐瓦勃为钢铁公司的董事长。齐瓦勃上任后仍然每天以饱满的热情工作，在他的管理下，钢铁公司的业绩年年攀升。为此，很多人都佩服卡耐基当年的英明决定。

齐瓦勃无疑是一个既有才能又具有优良道德品质的人，但是如果得不到卡耐基的重用，也许这个人才会一直被埋没在工人的队伍里。可以说，卡耐基成就了齐瓦勃，同时也成就了自己的公司。卡耐基在选人用人上并没有考虑一个人的出身和学历，而是将他日常表现出来的勤奋和敬业精神作为参考标准，这无疑是卡耐基的过人之处，也正因为他的知人善任才使得自己的公司能够成为世界一流的公司。

堤义明独特的用人之道

西武集团是日本的一个经营饭店、铁道、百货等服务行业的庞大的企业集团。而堤义明就是这个集团的创始人和老板。西武集团能够成为享誉全日本的集团公司，与堤义明独特的用人之道有着密切的联系。尽管他的用人之道存在很多争议，但他仍执著地认为自己是正确的，而且用自己的行动和集团的业绩证明了自己用人之道的成功之处。

堤义明在人才的选拔上并不过分强调候选人的聪明才智。在集团中，一些在外人看来不是特别聪明的人反而得到了堤义明的重用，那些在外人看来非常聪明并且很有才华的人却往往得不到重用，甚至有些聪明人都进不了西武集团。这一点让大家感到匪夷所思。因为在大家的认识中，无论哪个行业，都是需要聪明人的，商业界更是如此。堤义明反其道而行之绝不是因为他昏庸无能，而是他有一套自己的人才哲学。在他看来，聪明人未必值得信任和被委以重任。他曾说过自己对聪明人没有信心。他认为，很多聪明人认为自己会永远聪明，便不思进取，最终成为落伍者，还以为胜人一筹。聪明人的这种毛病，在企业界到处可见。这与毛泽东同志说的"谦虚使人进步，骄傲使人落后"有着异曲同工之妙。堤义明一般会对有自知之明、诚实又肯不断努力充实自己的人委以上层职务。这些人尽管在智商上可能比不上那些聪明人，但他们有谦虚和进取的精神，因而他们更愿意学习，不断地充实自己，不断地进步，因而能够更适应公司和社会的变化，为公司的发展贡献自己的力量。

堤义明，比尔·盖茨之前的世界首富。松下幸之助曾赞誉他："堤义明君是集创业与守业于一身的第二代，他身上有帝王素质，如果是在古代，他就是中国唐太宗那样的盛世明君！是中兴之祖！"

堤义明非常重视情商和责任感，他认为，一个人要想担任领导职务，他的智商或许不用特别高，但是他必须要具有较高的情商和责任感，只有这样的人才值得信任。堤义明尤其注重对员工的家庭责任感的考查。在提升一名主管人员出任高级部门经理的时候，他一定要见见这个人的太太，了解他的太太对他的认识和他在家中的表现。在提升一名高级经理为公司董事时，除了这个人的太太，堤义明还要见见他的孩子，了解他的家庭状况。从公司创办以来，在提拔职员时，堤义明都坚持这个程序。在他看来，如果一个人不能让妻子儿女感到安心满足，他就不可能承担企业的重大寄托，也很难让无数的职员安心地追随自己做事。

有许多人批评堤义明，还有他选用人才的办法，说他是一个对别人带有深度怀疑态度的人，属于企业界的暴君，而他选用人才的办法更是偏激。但是，令人感到奇怪的是，凡是跟随堤义明做事的人，个个都勤勤恳恳，敬业爱职，对公司高度忠诚，愿意献出自己的才干和力量。这就足以证明，就企业的总体利益来看，堤义明选用人才的方法是没有错的。

此外，堤义明要求一个出任重要职位的人除了要具备实用的才学，还要具备谦虚的做人态度和高尚的品德。就像堤义明自己所说的那样："我并不是要天才人物为我做事，天才是不会为职业尽责的，我要用的是有责任感的诚恳的人，他们会在自己的工作岗位上感到满足，从职业中获得快乐。这样的人才是企业界最需要的人才。"在每年招聘数以千计的年轻人进入西武集团的过程中，堤义明采取一贯的平等政策，不管你是一流大学还是二、三流大学文凭，只要通过他特定的测试，就可以成为西武集团的一分子。这种作风使西武集团内部形成了一种风气，没有人会拿自己的大学资历来炫耀，甚至都不提学历问题，职位高低全凭进入集团之后的工作表现来决定。这种不看重学历只看重员工能力的做法，能够很好地吸纳人才，从而使他们更好地为集团服务。

堤义明的用人之道在于对人才的评价标准由一元化变为多元化。谦虚和勤奋的精神，高尚的道德品质，较高的家庭责任感，成为他选人用人的重要标准，而这些素质对于企业的领导者而言无疑是非常重要的，这也是他的西武集团能在短短20年的时间中成为日本三巨头之一的原因。

用人所"短"，企业发展创奇迹

人们在用人时，都讲究"用人所长"，这几乎已经成为管理学上的一个定式。同样因为这种心理，刘劭把事业或功业分成了十二类，仿佛非这十二类人不能成就大业。实际上，在管理学上还有一种做法，叫做用人所"短"。

人必有所短，但这"短"未必没有用处。司马光在《资治通鉴》中说过："夫人之材，各有所宜，虽周孔之材不能偏为人之所为，况其下乎？"倘若我们在用人的时候一味地盯着对方的短处，就会看不到对方的长处。许多人才就会因此被我们忽视。

某位职业经理人刚到一家公司任职就碰到一个难题。原来，该公司的董事长夫人介绍来一位员工，此人虽然上班时遵守工作纪律，不早退不迟到，但由于为人比较愚笨，整天不说话，自然也不会请教别人，因此工作总是做不好。这位经理人几度想炒掉此人，但由于对方是空降的"关系户"，又不好那样做。为了安排这个人的工作，他伤透了脑筋：倘若让此人在公司闲着却照发工资，董事长夫人是高兴了，但其他员工肯定有意见；倘若给此人再安排其他工作，而他依旧沉默寡言，自然还是什么也干不好。这时，恰好公司正在建设的工地需要一位仓库看管人员，但这份工作太枯燥，谁也不愿意去，以前那位仓管员就是由于耐不住寂寞，经常跑出去找人聊天而被撤职的。最终，这位经理决定派让他烦恼的那个员工去管理仓库。没想到，这个员工在仓库看管人员的岗位上干得很好。他的沉默寡言和内向性格使他没有过多的烦躁感，从而在仓库里待得很安心，且尽职尽责。

这位经理任用这个员工的成功就在于他转换了思维，从用人所"短"的角度出发，发现了原本让人头疼的员工身上特有的优势。这种用人观在现代企业管理中屡见不鲜。好孩子集团的总经理宋郑还就巧用这种管理观念，使企业得到了顺利发展，创造了我国童车行业的一个奇迹，产品连续十年国内销量第一，国内市场占有率高达25%以上，共申请1000多项专利，企业生产的高档童车还连续五年居美国童车市场销售量的第一位。

宋郑还在用人上的聪明之处就在于，他能做到用人所"短"。在好孩子集团的发展过程中，宋郑还发现，集团内总有一些人身上存在着这样或那样的"短"。比如，有的人性格毛躁，总是坐不住；有的人谨慎胆小，总怕出事、有麻烦；有的人争强好胜，总是要和别人斗一斗；有的人个性比较严肃，对于人情世故很不在乎。于是，他对人事问题进行了思考：怎样才能既不伤害这些人，还能化这些人的短处为长处呢？最后，他就想到了通过用人所"短"这个方法来调整岗位。

好孩子集团的总经理宋郑还创立的好孩子集团，创造了我国童车行业的一个奇迹。

推销工作需要一个人不停地到处走动，宋郑还就让坐不住的人去搞推销；车间的工作安全是重中之重，胆小怕出事的人比较细心，那就让他们去负责安全事务；争强好胜的人喜欢竞争，比较抗压，很好，就让这些人去完成突击性任务吧，正好一举两得；那些经常板着脸、六亲不认的，就让他们去负责纪检工作，这样一来肯定没有人敢要滑头。如此安排之后，每个人的短处都成为了长处，企业的各方面工作也变得井井有条。

宋郑还巧用一位厂长的故事在好孩子集团内部广为流传。这位厂长是一个不拘小节的人。在他眼里，一些问题根本算不上是问题：产品有色差，包装箱上有不规范的钉子等都是"小毛病"，何必要在乎呢？他这样的性格对企业严把质量关很不利，也让宋郑还很头痛。但这个人却具有很强的鼓动和指挥能力，善于打硬仗。于是，宋郑还就让他去负责对细节要求不那么严格的中档车间。结果，这位厂长带领自己所领导的工厂拿下了集团优秀企业称号。

在产品的包装中有一道工序时常会出现质量问题，而这些质量问题时常出在同一类工人身上，但这些工人都很能干，工作责任感也强。出现这个问题的原因到底是什么呢？经过研究，宋郑还发现，不是这些工人不用心，是这道工序不适合这些人。这道工序复杂精细，需要那些能够静下心来不怕麻烦的人来做。于是，他把工人的工作进行了调整，把急性子和干活求快不求精的人调开，把慢性子和做事细致的人调到这里来。从此，产品包装质量全部过关了。为了严把质量关，宋郑还专门挑选比较固执的员工从事产品质量检验工作，使出厂产品合格率达到了100%。

宋郑还这化短为长的用人方式使得企业的员工能够充分发挥自己的特点。从技术人员到普通工人，他们不需要担心受到没有道理的指责，都能够全身心地投入到工作中。可以说，好孩子集团的迅速发展，与总经理宋郑还在用人上的聪明是分不开的。

在一般人的眼中，短就是短；在有见识的人看来，短也有长。所谓"尺有所短，寸有所长"说的就是这个道理。成功的企业管理者如能悟到这个道理，企业与个人的事业又何愁不能兴旺发达呢？如果企业管理者能正确认识到员工的短处，并进行恰当的安排，比强行让其改变要有效得多。

某IT公司的一位业务员最痛苦的事情就是与文字打交道，最喜欢的事情就是与客户周旋。她说："每当我看见表格、文件、与客户会谈的报告、费用表等东西时，立刻就会神经紧张。"事实也的确是这样。这个在与客户打交道时游刃有余、谈笑风生的女职员，一坐到办公室就一筹莫展。公司的主管了解到这一情况后，采用了非常灵活的工作方式，一方面让她充分发挥销售优势，一方面专门为她拨过来一个职员帮她处理文字方面的工作。就这样，她解除了后顾之忧，把精力全部投入到产品推广方面，不但没有影响工作，还将工作绩效提高了一倍。公司从她提高的销售利润中拿出一小部分贴补为她单独调用员工所需的开支，最后的剩余利润远远高于她自己一面销售，一面头疼于文字工作的时候。

试想一下，如果这位业务员的主管不是多找一个人帮她，而是让她每天陷入自己干不来且干不好的文字工作中，相信用不了多久，她就会被自己的劣势支配甚至折磨，以至于影响到她对自己优势的发挥。

清代思想家魏源讲过这样一段话："不知人之短，不知人之长，不知人长中之短，不知人短中之长，则不可以用人。"如果大才小才、奇才怪才、"庸才""不才"都被我们拿用人所"短"的方法研究一番，那么，会有多少千里马奔腾而至？所以，倘若管理者能转变观念与眼光，企业到处都会充满生机。作为用人者，切勿轻易否定某人。

让合适的人做合适的事

"让合适的人做合适的事"，这是许多企业在人才运用上的制胜之道。无论是高新技术企业海信，享誉啤酒行业的青岛啤酒厂，还是奋勇争先的格兰仕，都反复强调这个用人原则。而这个用人原则也是这些企业成功招揽人才的秘诀之一。

作为国内大型高新技术企业，海信集团已经有30多年的历史，经营领域先后涉及家电、通信、信息、商业、房地产、智能商用设备，等。这个在国内外拥有20多个子公司，产品远销近百个国家和地区，净资产达48亿元的集团，发展的每一步都与领导者卓越的用人理念密不可分。海信的企业精神是"敬人、敬业、创新、高效"，其中"敬人"是海信企业精神的核心，更是海信人力资源理念的根本出发点。在"敬人"这一核心精神的指导下，海信非常重视人的合理配置，其中一条重要的用人原则就是让合适的人做合适的事。

海信集团实行严格的员工考核制度，海信人力资源管理人员将其作为激发员工表现优点，削弱缺点的手段。在海信集团的管理人员看来，"人才更主要是相对而言的，归根结底要看他们适不适合企业，而不是单纯以学历、过往成果来衡量。合适的人如果放在合适的位置上，他就是人才。"因此，在考核员工时，海信的管理人员认为，尽管"人人都是好人"，但管理者更要承担起"让人人成为好人"的责任。这份责任就是让合适的人走上合适的工作岗位，做自己擅长的工作。这种用人原则，使海信将人才战略作为第一战略，也让海信的麾下集中了大量的人才。也正是这些人才，让海信在世界级企业的道路上不断前行。

作为我国最早的啤酒生产企业，青岛啤酒股份有限公司一直是行业内的领头羊。在全球经济一体化的形势下，这个企业提出了"向国际巨头看齐，打造一个国际品牌"的口号。为了实现这一目标，青岛啤酒公司提出了"人为先，策为后"的人才任用原则，把人才的竞争作为未来企业竞争的内容之一。为此，该企业在2007年提出了"合适的人做合适的事"的人才任用理念。这是一种包容的用人之道，不求全责备，不求完人，只用能力，因此员工更具个性化特征，每个员工都在这里找到了施展才华的舞台。

青岛啤酒博物馆。

在青岛啤酒公司，招聘人才时既重学历，又不唯学历；既重经历，又不唯经历。企业为招徕的人才提供原动力，为他们创造良好的文化氛围，使他们乐于释放自己的能量，自觉挖掘自身的潜力。与此同时，公司还为员工制订个人的职业生涯规划，不断提高他们自身的价值。在这里，企业倡导"人人都是人才"的理念，在这里，每个人都感到自己与别人是平等的，都有发挥能量的空间。

如今，这种人才任用观念已经成为青岛啤酒公司招揽人才时的主要原则，成为这个企业腾飞的重要推动力。

最后来看格兰仕集团。这个企业经过多年的发展，在中国总部拥有13家子公司，在全国各地共设立了60多家销售分公司和营销中心，在韩国首尔、北美洲等地都设有分支机构。格兰仕能够取得目前的成绩，与其"合适的人做合适的事"的用人观密不可分。

格兰仕企业文化的核心是"人定胜天，永不言败"，将人的作用放在了首位。为此，公司极其注重人才的任用。公司为给员工提供个人发展空间而建立了师徒制，同时在为员工进行职业生涯规划时，注意根据员工个人的行为、性格特点拓展其职业生涯中所需的才能与素质，使他们在今后的职业道路上越走越宽。正是这种用人原则，培养了格兰仕员工不畏困难、做事执著的特点，也使得员工在分工和合作越来越紧密的工作中，形成行动化的企业文化，认识到了高科技产品对企业和个人的价值，找到了归属感。正是这种用人原则形成的企业文化，使格兰仕正加速向世界级品牌、国际一流企业进军。

由以上不同领域的三家公司的用人原则可见，"让合适的人做合适的事"是成功企业的共同理念。每个人的才能各异，所以一个人不可能在所有行业或职位上都做得非常优秀。每个人因其才能不同，所适合的职务也就不同。如果不考虑一个人的具体才能，让他去从事并不适合他的职务和工作，就不能发挥出这个人的聪明才智。在现代管理中，一些领导一旦发现下属在自己的职位上表现得不好，就会认为这个下属是无能之辈，却不从自身找原因，即自己在安排职务时是否考虑过该下属的才能适不适合。其实，那些在自己岗位上表现平庸的人大多是被放错地方的人才。管理者必须要认识到这一点，适当调整方略，才能使自己的公司获得更好的发展。

材理第四

夫辩有理胜，有辞胜。理胜者，正白黑以广论，释微妙而通之。辞胜者，破正理以求异，求异则正失矣。善难者，务释事本。不善难者，舍本而理末。

经典再现

夫建事①立义②，莫不须理而定。及其论难③，鲜④能定之。夫何故哉？盖理多品而人才异也。夫理多品，则难通。人材异，则情诡⑤。情诡难通，则理失而事违⑥也。

夫理有四部⑦，明⑧有四家，情有九偏，流有七似⑨，说有三失，难有六构⑩，通⑪有八能。

若夫天地气化，盈虚损益，道之理也。法制正事⑫，事之理也。礼教宜适⑬，义之理也。人情枢机⑭，情之理也。

四理不同，其于才也，须明而章，明待质而行。是故质于理合，合而有明，明足见理，理足成家。是故质性平淡，思心玄微⑮，能通自然，道理之家也。质性警彻⑯，权略机捷，能理烦速⑰，事理之家也。质性和平，能论礼教，辩其得失，义礼之家也。质性机解⑱，推情⑲原意，能适其变，情理之家也。

四家之明既异，而有九偏之情。以性犯明，各有得失。刚略之人，不能理微，故其论大体，则弘博而高远；历纤理，则宕往⑳而疏越。抗厉㉑之人，不能回挠，论法直，则括处而公正；说变通，则否戾㉒而不入。坚劲之人，好攻其事实，指机理，则颖灼㉓而彻尽；涉大道，则径露而单持。辩给之人，辞烦而意锐，推人事，则精识而穷理；即大义，则恢愕㉔而不周。浮沉之人㉕，不能沉思，序疏数，则豁达而傲博；立事要，则熿炎而不定。浅解㉖之人，不能深难，听辩说，则拟锷而愉悦；审精理，则掉转而无根。宽恕之人，不能速捷，论仁义，则弘详而长雅；趋时务，则迟缓而不及。温柔之人，力不休强，味道理，则顺适而和畅；拟疑难，则濡懦而不尽。好奇之人，横逸而求异，造权㉗谲，则倜傥而瑰壮㉘；案清道，则诡常而恢迂㉙。此所谓性有九偏，各从其心之所可以为理。

若乃性不精畅，则流有七似。有漫谈陈说，似若流行㉚者。有理少多端，似若博意者。有回说合意，似若赞解者。有处后持长，从众所安，似能听断者。有避难不应，似若有余而实不知者。有慕通口解[31]，似悦而不怿者。有因胜情失，穷而称妙，跌则掎跖[32]，实求两解，似理不可屈者。凡此七似，众人之所惑[33]也。

夫辩有理胜，有辞胜。理胜者，正白黑以广论，释微妙而通之。辞胜者，破正理以求异，求异则正失矣。夫九偏之材，有同、有反、有杂。同则相解，反则相非，杂则相恢[34]。故善接论者，度所长而论之。历之不动，则不说也。傍无听达，则不难也。不善接论者，说之以杂反。说之以杂反，则不入矣。善喻者，以一言明数事。不善喻[35]者，百言不明一意。百言不明一意，则不听也。是说之三失也。

善难[36]者，务释事本。不善难者，舍本而理末。舍本而理末，则辞构[37]矣。善攻强者，下其盛锐，扶其本指，以渐攻之。不善攻强者，引其误辞，以挫其锐意。挫其锐意，则气[38]构矣。善蹑失[39]者，指其所跌。不善蹑失者，因屈而抵其性。因屈而抵其性，则怨构矣。或常所思求，久乃得之。仓卒谕人，人不速知，则以为难谕。以为难谕，则忿构矣。夫盛难之时，其误难迫。故善难者，征之使还。不善难者，凌而激之，虽欲顾藉，其势无由。其势无由，则妄[40]构矣。凡人心有所思，则耳且不能听。是故并思俱说，竞相制止，欲人之听己，人亦以其方思之故，不了己意，则以为不解。人情莫不讳不解，讳不解，则怒[41]构矣。凡此六构，变之所由兴也。

然虽有变构，犹有所得。若说而不难，各陈所见，则莫知所用矣。由此论之，谈而定理者，眇矣。必也聪能[42]听序，思能造端，明能见机，辞能辩意，捷能摄失[43]，守能待攻，攻能夺守，夺能易予。兼此八者，然后乃能通于天下之理。通于天下之理，则能通人矣。不能兼有八美，适有一能，则所达者偏，而所有异目矣。

是故聪能听序，谓之名物之材。思能造端，谓之构架之材。明能见机，谓之达识之材。辞能辩意，谓之赡给之材。捷能摄失，谓之权捷之材。守能待攻，谓之持论之材。攻能夺守，谓之推彻之材。夺能易予，谓之贸说之材。通材之人，既兼此八材，行之以道。与通人言，则同解而心喻。与众人言，则察色[44]而顺性[45]。虽明包众理，不以尚人。聪睿资给，不以先人。善言出己，理足则止。鄙误[46]在人，过而不迫。写人之所怀，扶人之所能。不以事类犯人之所婟，不以言例及己之所长。说直说变，无所畏恶。采虫声之善音，赞愚人之偶得。夺与有宜，去就不留。方其盛气，折谢不吝。方其胜难，胜而不矜。心平志谕[47]，无适无莫，期于得道而已矣。是可与论经世而理物也。

迷津指点

①建事：办成事情。

②立义：确立观点。

③论难：辩论问难。

④鲜：很少。

⑤情诡：性情差别。

⑥事违：事与愿违。

⑦理有四部：即下面所说的道理、义理、事理、情理。

⑧明：公开，明显。此处指外在表现。

⑨似：似是而非。

⑩构：构成。

⑪通：通晓。

⑫正事："正"通"政"，政事。

⑬宜适：适合时宜。

⑭枢机：言语。

⑮玄微：微妙，玄远。

⑯警彻：敏锐透彻。

⑰烦速：繁杂急迫之事。

⑱机解：机敏聪颖有悟性。

⑲推情：推想性情。

⑳宕往：豪纵不羁。

㉑抗厉：性情高尚严正之人。

㉒否戾：不合情理，乖戾、悖谬。

㉓颖灼：尖锐鲜明。

㉔恢愕：恢廓直率。

㉕浮沉之人：性情浮躁不沉稳的人。

㉖浅解：理解问题肤浅而见解不深。

㉗造权：制造权谋。

㉘瑰壮：瑰丽雄壮。

㉙恢迂：迂阔，不切实际。

㉚流行：指正在盛行的学说。

㉛慕通口解：仿效那些精通道理的人马上说出。

㉜掎跲：勉强坚持以为依据。

㉝惑：迷惑。

㉞恢：宏大宽广。此处引申为相容。

㉟善喻：善于解说事理。

㊱善难：善于辩难。

㊲辞构：构成的言辞烦见，废话连篇。

㊳气：生气。此处指通过说话或脸色表现出来的生气情绪。

㊴蹑失：利用他人错误。

㊵妄：胡乱，随便。

㊶怒：比愤更强烈的情绪。

㊷聪能：听力敏锐。

㊸摄失：弥补失误。

㊹察色：察言观色。

㊺顺性：顺从人的性情。

㊻鄙误：鄙陋与失误。

㊼志谕：志向明确。

古文译读

办理一件事情确立一种观点，都必须依照道理而论定。至于在讨论辨明道理的时候，却很少能有定论。何以如此？大概是评判事物的道理有众多的种类，人的才智见识也各有不同的缘故。道理有众多种类，就会使人难以讲通。才智见识多有不同，往往会让性情有差别；性情有差别，道理难讲通，这样一来的后果就是道理有失、事与愿违。

道理有四大种类，因而产生的外在表现有四种，人的性情偏颇有九种，似是而非的现象有七种，论说道理时造成的失误有三种，非难时所构成的情绪有六种，而要想通晓天下之理则必须具备八种能力。

至于天地阴阳之气所化成的万物，有盈虚损益的变化，这些都是符合万物发展变化的道理。用法令制度治理政事，这是关于人事的道理。用万物发展变化的道理教育人们使他们适合时宜，这是关于义的道理。通过人物语言了解其性情，这是关于性情的道理。

道理、事理、义理、情理这四种道理各有不同，对于人才来说，四理必须依靠其外部表现才能彰显，而外部表现是依赖于内部资质的。因此，人才的资源必须与道理相符合，符合之后就会有其外部表现，外部表现充分了，道理也就体现出来了，道理充分了，就形成一家之理。因此，资质平正清淡，思考微妙玄远的事物，能够通晓自然本性的，就是道理之家的表现。资质敏锐观察透彻，权变谋略机敏而迅捷，能够处理繁杂急迫的事务，就是道理之家的表现。资质性情温和平缓，能够阐述礼义教化，论说其中的得失，就是义理之家的表现。资质性情机敏聪颖有悟性，推究性情而察知其本意，能够适应性情的变化，就是情理之家表现"情理"的家数。

道理、事理、义理、情理四家的外部表现已经不相同，由此生出的性情也有九种偏颇。因性情侵扰而使外部表现受到损害，就使四家各有得失。性情刚烈而心思粗疏的人，不能处理细微的事，因此他在议论事物概貌时，会显得博大而高远；而在审察纤微的道理时会豪纵不羁疏忽遗漏。性情高尚严正的人，不能屈服折节，论说法律所适用的地方时，会执法审察刑狱公平端正；但在谈论灵活变通方面，则会出现悖谬不合情理的情况。性情坚定强劲的人，喜欢钻研具体事务的真实情况，在谈论具体事物变化的道理时，敏锐鲜明而明白透彻；而在谈论宏观道理时，则直截了当所持义理单薄。言辞雄辩的人，词语丰富而情意急切，如果推究人事，就会说出很多精妙见识而穷尽事理；而一旦推究大义就会恢廓直率而不周到。性情浮躁不沉稳的人，不能深入思考，排列疏密远近亲疏顺序时，则豁然通达而且范围广大；如果要确立事物的关键时，则如烈火而不能稳定。理解问题肤浅而见解不深的人，不能深刻地问难，听他人论辩解说时，就会误以为得到像剑刃一样的犀利的语言而愉快欢悦；如果审视精妙玄远的道理时，则会颠三倒四，没有根据。性情宽容能体察别人心理的人，无法快速看到反应，论述仁义的道理时，可以宽宏和顺高尚文雅；追赶时务潮流时，则会迟缓而难以企及。性情温顺的人，他的力量不能完美而强大，体味道理时，能顺适而和畅；在决断处理疑难的时候，就会优柔寡断而迟疑不决。崇尚奇巧而尚异求奇的人，纵横奔放追求标新立异，制造权谋实行诡诈时，可以表现得不同寻常瑰丽雄壮；按照清静无为之道做事时，则会违反常规下不切实际。这就是人们所谓的性情的九种偏颇，他们分别把产生于各自内心所自以为是者看做普遍适用的道理。

至于那些性情不纯正畅达的人，则有七种似是而非的表现：有的人散漫大谈陈旧学说，貌似他的学说时下正在盛行的。有的人道理不充分却涉及广泛，貌似其学说含义宏大广博。有的人迂回曲解却迎合人意，貌似赞赏仿佛善解人意的。有的人在别人之后发表意见，持赞许态度，顺从众人的心意，貌似能判断谁是谁非的。有的人不明白别人所说但假装加以轻视不作回应，貌似已经知道，实际是确实不知其解的。有的人仿效那些精通事理的人马上加以回应，貌似因有所悟而显出高兴的样子，实际上内心并不高兴的。有的人因追求在论辩中获胜却失其常情，已经理穷而自以为奇妙而难以尽意，他的理已屈还勉强坚持以为依据，理屈词穷心里想着停止辩论，而嘴上还滔滔不绝地说，貌似他的理论颠扑不破一样。大凡这七种似是而非的表现，都是易于使众人迷惑，分辨不清的。

辩论，有因其道理而取胜的，有因其言辞而取胜的。因其道理而取胜的，能正是非而推广自己的理论，解释微妙的玄机而能通达。因其言辞而取胜的，排斥正理而追求异见，如果追求异见，那么正理就因此而失去。那九种性情各有偏颇的人才，其性情有同、反、杂三种。性情同的则会与别人的观点融为一体，性情反的就会与别人的观点互相非难，性情杂的则能容纳别人的观点。。因此，善于与人交谈的，要忖度对方的长处与之谈论，多次劝说之后对方还无所变动，就不应当再劝说，周围无通达的人听就提不出非难了。不善于和别人交谈的，以错杂相反的理论与别人论说，就会与对方的想法格格不入。善于开导别人的，用很少的语言就可以说明几种事理。那些不善于开导别人的，说很多话也不能说明一种意思。说很多话也不能说明一种意思，别人就不会再去听取。这就是论说方面的三种偏颇失误。

善于辩难者，致力于抓住根本而舍去末节；而不善于辩难的，则是舍弃根本而去注意末节。舍弃根本而去注意末节，就会构成言辞的繁复，出现废话连篇的情形。善于攻驳刚强的，应当减弱对方的盛锐之气，抓住其根本宗旨而依次攻驳；不善于进攻强大对手的人，则会找出对方谬误的言辞来挫败他的锐气。用这种方法挫败他的锐气，就会使他说话和表情都显出生气的情绪。善于利用对手过失的人，当对手出现失误时，对着他的失误不去进逼；而不善于利用对手过失的人，则会趁他理屈的时候进一步挤压使他受挫。趁他理屈的时候挤压他，就会使得他怨言丛生。有的人时常思虑来追求义理，历时很久才有所发现。然而他却让别人马上接受这个道理，别人不能迅速接受，就会认为这个人难以理喻。把别人看做难以理喻的人，别人就会因愤怒而与之争辩。当别人气盛而出现语言错误的时候，应该回避其错误，不要进一步逼迫。因此，善于对待别人语言错误的人，指出其失误之后却让他有挽回的余地。而不善于对待别人语言错误的人，就会以对方的失误来侵犯欺凌他，使他做出更激烈的反应，对方即使顾虑爱惜自己的面子，但却无法挽回。无法挽回就会使他妄言狂辩。大凡人心有所思虑的时候，耳朵就不能听得很清楚别人在说什么。因此，在别人思虑的时候去和他谈话，制止别人的谈话，只想要他人都听自己的言论，而此时他人因为正思虑问题的缘故，没有听进去，如此一来就认为他人不能理解自己的意图。按人的常情来说都很忌讳不被理解，因为忌讳他人不能理解，就会造成怒气填胸。由于上边所说的六种情况这六种偏失后，谈话中的纠纷就会因此而产生。

然而在辩说中虽有各种情绪的变化构成，最终还是要以确定的真理取得成功。如果只是陈说而不加辩难，只是各自陈述其见解，那么就无法得知哪种道理是可用的了。由此看来，泛泛而谈没有辩论而确定的道理，是盲目的。必须做到听力敏锐得能分辨声音大小细微的差别，善于思考道理而能追溯到事物的开端，善于明察事理而能预见到玄机，善于运辞措意而能表达心中的想法，善于迅捷行事而能弥补一时的失误，善于坚守自我而能抵挡强敌来攻，善于凌厉进攻而能战胜严密的防守，善于夺人所守论点而能将其化为我所有。能够兼有这八种能力，然后才能对天下的事理通达；对天下的事理通达，就能够透彻地了解人了。不能兼有这八种才能，只有其中一种才能，所获得的成就是偏颇的，因而是各自以偏才建立自己名声的。

因此，听力敏锐得能分辨声音大小细微差别的人，可以叫做名物之才。善于思考道理而能追溯到事物的开端的人，可以叫做构架之才。善于明察事理而能预见到玄机的人，可以叫做达识之才。善于运辞措意而能表达心中的想法的人，可以叫做赡给之才。善于迅捷行事而能弥补一时的失误的人，可以叫做权捷之才。善于坚守自我而能抵挡强敌来攻的人，可以叫做持论之才。善于凌厉进攻而能战胜严密的防守的人，可以叫做推彻之才。善于夺人所守而能化为我所有的人，可以叫做贸说之才。具备上述各种才能的人就是通才，他们能够遵循事物的规律发挥这些才能。与通才论说，就会见解相同而内心明白；与一般人论说，就能通过观察人的表情来顺应人的性情。他们虽然明白并掌握众多的道理，却不会因此而自以为高人一等；他们虽聪明而富有天资，却不会因此而凌驾于众人之上。美言出于己口，说理完备之后就不再多言；别人出现低下的错误，看到这些错误也不去穷追猛打。替他人抒发情怀，帮助他人发挥才干。不用类似的事冒犯他人，引起别人的嫉恨，不用比喻的语词涉足自己的长处。无论劝说正直刚毅的人还是劝说权变诡诈的人，都不会畏惧与厌恶。虫声虽难听，也要能获得它发出的好听声音；愚人虽然见解少，也要能称赞他偶然得到的心得。获得和给予都恰到好处，离开或留下都毫不迟疑。当其气势正盛的时候，也能不惜弯腰致歉；当战胜对方，辩难获胜的时候，也能做到胜而不骄。心气平和而志向明畅，在坚持一定目标下，善用灵活权宜手段，只期望能够掌握事理而已。这种通达的人才，便可以与他谈论治理国是管理民众的道理了。

　　诚如刘劭所言，人们在讨论辩明道理的时候往往不能得出定论，因为人的才智和见识并不相同。不同资质性情的人与不同的道理相符合，就不会形成不同的类别。由于人的资质不同，因而人们的说话和表达方式就各有特点，但是并非所有人说话和表达都能鞭辟入里，有些人并不懂得说话的技巧，因而暴露出各种弊端，有的人则懂得说话的技巧，因而能得到人们的认可。当今社会是一个多元化的社会，对于人们的说话技巧和语言表达提出了更高的要求，这一点无论是对领导还是对下属都是一样的。能够掌握恰当的说话艺术可以使自己的工作锦上添花，不善于说话的人就可能输得很惨，因而，我们有必要掌握一些说话的技巧。古今中外很多名人都是通过说话艺术获得成功的，他们的成功案例对于现代的管理也有借鉴意义。

墨子善沟通而育弟子

　　墨子是春秋时期鲁国人，中国古代著名的思想家、教育家和军事家。他的思想自成一派，后来就发展成为墨家思想，其中的"兼爱、非攻、尚贤"的思想对我国的传统思想具有重要的影响。除了思想方面的成就，墨子在哲学、军事、物理学方面都有很大的建树，同时他也是一个非常厉害的教育家，擅长与弟子沟通和交流，能够用非常智慧和恰当的方式让学生了解其中的道理。墨子善于沟通的这个优点不仅使他得到了弟子的拥护和尊敬，也使得他的学问和观点得以流传。

　　墨子有一个弟子叫耕柱，非常优秀。墨子对他也很器重，有什么重要的事情都会交给他去做。但是，墨子不仅不夸奖耕柱反而经常责骂他，这使得耕柱非常委屈。为什么自己这么优秀却老是被老师训斥呢？别人看着也觉得非常奇怪。有一次墨子再一次当众责骂了耕柱，耕柱越想越觉得委屈，自己难道真的这么差劲吗？于是他鼓足勇气来到墨子的跟前问："老师，难道我真的这么差劲，以至于老是遭到老师责骂？"墨子当然知道耕柱是在向自己诉苦和抱怨，但是他并没有生气，而是问了他一个问题："我想问

墨子，春秋时期鲁国人，中国古代著名的思想家、教育家和军事家。

你，假如我现在要到太行山去，依你看是应该用良马拉车呢，还是用牛来拖车？"耕柱回答说："即使再笨的人也知道要用良马来拉车。"墨子就问他："为何不用老牛呢？"耕柱想了想回答说："理由很简单啊，因为良马能够承担重任，值得驱使。"墨子微笑着点了点头说："你答得很对。我之所以时常责骂你，也是因为你能够担负重任，值得我一再教导和匡正。"耕柱听到此言才彻底领悟到墨子的良苦用心，继而感到非常惭愧，连忙向墨子道歉。从此以后，耕柱做事更加小心谨慎，即使受到墨子的批评也能心甘情愿地接受，并加以改正。后来，耕柱成为一个很厉害的人物。

墨子没有埋怨耕柱对他的误解，而是用巧妙的比喻告诉耕柱自己的真正用心，这样既可以使耕柱彻底地了解自己的心意，也使他知道自己是一匹值得驱使和重用的良马。说话技巧在这儿就起到了多重作用。

有一次，墨子给他的弟子讲授论辩之术，其中两个弟子围绕"多说话有没有好处"的问题争论得面红耳赤，谁也无法说服谁，于是他们就向老师求援。其中一个学生子禽问墨子："老师，您认为多说话有没有好处？"墨子想了想就说："青蛙、苍蝇、蚊子日日夜夜不停地叫，嘴巴也叫干了，舌头也喊乏了，可是没有一个人欣赏它们的叫声。雄鸡在黎明时打鸣，只要叫声一起，天下的人们都为之振奋起来，开始新一天的劳动和生活。你看，多说话未必有好处，要紧的是，话要说得切合时机！"试想一下，

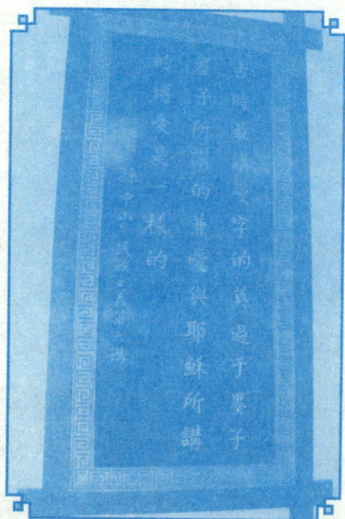

孙中山先生题于墨子纪念馆内的碑文。墨子纪念馆位于山东省枣庄市滕州荆水河滨，是目前世界上唯一一座专门研究墨子及其学说的场馆。

如果墨子直接告诉子禽多说话没好处，一方面并不具有很强的说服力，另一方面也可能会陷入与徒弟辩论的尴尬境地。墨子绕开这个问题，用比喻的方式告诉学生说话的多少并不是问题的关键，评价多说话是否有好处，关键看说话时是否能够把握时宜，在恰当的时间和地点说恰当的话。蚊子、苍蝇虽叫个不停，却得不到人们的赏识，因为它们的叫喊没有任何价值可言；雄鸡黎明时的几声啼叫能让大家喜欢，是因为它的叫声是合时宜的，且极具价值。通过简单的比喻，墨子既给出了令人满意的答复，又使弟子懂得了非常深刻的人生哲理，这些都充分体现了墨子的语言智慧。

墨子能够将非常深奥的道理用浅显易懂的比喻表达出来，让人们更好地了解。

他的这种独特而富有智慧的沟通方法和技巧，使他成为一代教育大家，也使墨家思想能够为人们接受并广为流传。

触龙巧言说服赵太后

战国时期，战国七雄并立的局面因秦国的日益强大而发生改变，秦国开始对各国发动进攻。由于其他国家的国力难以与秦国抗衡，因而它们一般会寻求与他国联盟的方法来对抗秦国。而且，为加强两国之间的信任，双方一般会互相交换本国的贵族来做人质，以防一方背信弃义。触龙说赵太后的故事就是在这样的背景下发生的。

当时，赵太后刚刚执政，秦国趁赵国国内局势不稳，突然向赵国发动了进攻。赵国显然不是秦国的对手，于是，赵太后急命使臣向齐国求救。齐国并未拒绝赵国的请求，但是提出让长安君作为人质的条件。这个条件本不算苛刻，但是赵太后坚决不同意。原来，长安君是赵太后的小儿子。因为也是她最为疼爱的儿子，做人质有危险，而且生活得不如在国内舒适，因而赵太后不愿让长安君去齐国受苦。可是齐国却坚持要求以长安君为人质，其他人都不行，否则不会救赵。赵国形势十分危急，各位大臣都极力劝赵太后同意让长安君做人质。他们想尽各种办法，仍不能说服赵太后。事情发展到最后，赵太后甚至告诉自己的左右，谁敢再来说让长安君做人质，她就将唾沫吐到他的脸上。此言一出，群臣皆不知所措。因为这样看来赵太后是铁了心要维护长安君了，所以大臣们尽管焦急万分，但无人敢再去进言了。

《触龙说赵太后》故事中的赵太后就是赵威后，在《战国策》里有记载。公元前266年，赵惠文王去世，赵孝成王年幼，就由赵威后执掌国政。

国家处在危难之际，总要有人站出来说话。此时一个人决定出面劝赵太后，这个人就是左师官触龙。触龙去求见赵太后。赵太后一听触龙想要见她，想到触龙一定是来劝说她的，所以非常生气，就让触龙进殿，想当面骂他一顿。触龙进殿后，慢慢地小跑到赵太后面前。他没有说关于长安君的事，而是向赵太后谢罪，说："我脚上出了毛病，不能走得太快。但好久没见您了，我怕您凤体欠安就偷偷地原谅了自己，跑来看看您。"太后说："我每天靠车子才能行动。"触龙便问："每天的饮食没减少吧？"太后说："不过吃点稀饭罢了。"触龙说："我近来很不想吃什么，就勉强散散步，每天走三四里，稍稍增加了一些食欲，身体也舒服了很多。"赵太后听到后叹息说："我做不到啊。"赵太后的怒气渐渐消失了，因为她以为触龙只是来向她请安的。

触龙见赵太后的怒气已消，就说："我最小的儿子叫舒祺，不成器得很，而我已经衰老了，心里很怜爱他，希望他能当一名卫士，来保卫王宫。我特意冒死来向您禀告。"赵太后答道："好吧。他多大了？"触龙说："15岁了。不过，虽然他还小，我却希望在我没死之前把他托付给您。"赵太后问道："男子汉也爱他的小儿子吗？"触龙说："比女人爱得还深！"赵太后说："女人才更爱小儿子。"触龙说："我私下认为您对燕后的爱怜超过了对长安君啊。"赵太后说："你说错了，我对燕后的爱远远赶不上对长安君啊！"触龙说："父母疼爱自己的孩子，就必须为他考虑长远的利益。您把燕后嫁出去的时候，拉着她的脚跟，还为她哭泣，不让她走，想着她远嫁，您十分悲伤，那情景够伤心的了。燕后走了，您不是不想念她，可是祭祀时您却说：'千万别让她回来。'您这样做难道不是为她的长远利益考虑，希望她有子孙能相继为燕王吗？"赵太后说："是这样。"

触龙又说："从现在的赵王上推三代，直到赵氏从大夫封为国君为止，历代赵国国君的子孙受封为侯的人，他们的后嗣继承其封爵的，还有存在的吗？"赵太后回答："没有。"触龙又问："不止是赵国，诸侯各国有这种情况吗？"赵太后说："我还没听说过。"触龙说："这大概就叫做：近一点呢，祸患落到自己身上；远一点呢，灾祸就会累及子孙。难道是这些人君之子一定都不好吗？只是由于他们地位尊贵，却无功于国；俸禄优厚，却毫无劳绩，加之又持有许多珍宝异物，这就难免危险了。现在您使长安君地位尊贵，把肥沃的土地封给他，赐给他很多宝物，可是不趁现在使他有功于国，有朝一日您不在了，长安君凭什么在赵国立身呢？我觉得您为长安君考虑得太短浅了，所以认为您对他的爱不及对燕后啊！"赵太后听了触龙的话后恍然大悟，于是告诉触龙说："就按照你说的，把长安君送到齐国去吧。"随后，赵国派了近百辆车陪同长安君去了齐国。齐国见长安君已到，便发兵解救了赵国的危机。

触龙能成功说服赵太后，原因在于能够说清事实和利害，让赵太后自己去权衡利弊。运用对比的方法曲折地达到自己的说服目的，这是非常明智的。但是，还有一点非常重要，触龙并没有在一开始就进入主题，而是与赵太后聊家常，这样就使得赵太后的警惕心和气愤之情彻底消除，进而能听得进触龙的建议。这就是触龙抓住了辩难的重点，做到了"务释事本"。

曹丘生用语言改变季布

"一诺千金"的成语大家都很熟悉，但或许没有几个人了解它的出处。这个成语是从西汉一个叫曹丘生的人的话中演变而来的，当时他用个成语不但赞美了季布的诚信，还成功地改变了自己在季布心中的形象，由一个令季布非常讨厌和鄙视的人成为了季布府上的座上宾。这个转变发生的最根本原因就在于曹丘生的语言技巧。

要说曹丘生，我们还要先了解季布此人。

季布是西汉初年人，此人性情耿直，为人正直，乐于助人，常常仗义疏财救济乡里人和灾民，因而受到人们的拥戴。季布也是一个具有文韬武略之能的贤士。在项羽起兵反秦后，季布投靠了项羽，并屡建奇功。他数次打败刘邦，使得刘邦差点成了他的刀下鬼。后来楚汉之间的战局发生了转变，垓下之战中楚军大败，项羽因"无颜以对江东父老"而愤然自杀于乌江畔。楚军溃散，季布也就成了无主之将。刘邦做了皇帝后，对当年数次败于季布之手差点丢了性命的事耿耿于怀，就下令缉拿他。

季布，曾经是项羽的部将。刘邦打败项羽之后，悬赏千金捉拿他，后救免了他，并且拜他为郎中。季布为人仗义，喜欢打抱不平，留有"一诺千金"的故事。

季布的邻居周季得到了这个消息，就冒着杀头的危险将季布送到鲁地一户姓朱的人家。朱家是关东一霸，素以"任侠"闻名。朱家的主人素闻季布的为人和名声，很欣赏季布的侠义行为，就尽力将季布保护了起来。不仅如此，他还专程到洛阳去找汝阴侯夏侯婴，向夏侯婴说明情况，希望夏侯婴能够解救季布。夏侯婴与刘邦从小就很亲近，后来跟随刘邦起兵，转战各地，为刘邦立下了汗马功劳。他很同情季布的不幸，于是就在刘邦面前为他说情。刘邦最终赦免了季布的死罪，还封他为郎中，不久又任命他为河东太守。

曹丘生是楚地的人，能言善辩，专爱结交权贵。季布与曹丘生曾经是邻居，但季布为人耿直，不喜欢像曹丘生这种专爱巴结权贵、油嘴滑舌的人，因而就很瞧不起他。后来曹丘生听说季布做了大官，便非常想巴结季布。但是他知道季布的正直和自己在他心目中的印象，贸然前往拜见肯定得不到好处，因而他特地请求国舅窦长君给季布写一封信，把自己介绍给季布。窦长君早就知道季布对曹丘生印象不好，劝他不要去见季布，免得惹出是非来，但曹丘生坚持要去拜见。窦

长君被逼无奈，只好写了一封推荐信，派人送到
季布那里。

  季布读了信后很不高兴，因为他本来就对曹丘生有偏见，现在曹丘生又利用皇亲国戚来引荐自己，明明是在炫耀自己的人脉。想到这里，季布就气不打一处来。他本不想见曹丘生，但是碍于窦长君的情面又不得不见，所以他准备等曹丘生来时，当面教训教训他。过了几天，曹丘生来拜访。季布一见曹丘生就面露厌恶之情，曹丘生心里也很明白，但他对此毫不介意，依然恭恭敬敬地向季布施礼，然后不紧不慢地说："我们楚地有句俗语，叫做'得黄金百两，不如得季布一诺'。您是怎样得到这么高的声誉的呢?您和我是邻居，如今我在各处宣扬您的好名声，这难道不好吗?您又何必不愿见我呢?"季布觉得曹丘生的话很有道理，于是就不再讨厌他，还热情地款待他，留他在府里住了几个月。曹丘生临走时，季布还送他许多礼物。曹丘生也确实信守承诺，到任何地方都不忘宣扬季布如何礼贤下士，如何仗义疏财。由此，季布的名声越来越大。

  曹丘生用寥寥几句话就转变了季布对自己的看法，这是为什么呢? 因为曹丘生没有借他们是邻居来拉近关系，也没有列举自己认识的名人来提高身价，而是将季布的好名声予以升华，使得季布内心的厌恶之情稍有化解，而后又说季布能得到好的名声与他的宣传不无关系，表明他对于季布是有价值的，即他今后可以继续在众人面前为季布作宣传，让他的好名声更加流传。

  这个故事表现了曹丘生的说话艺术，同时也反映了话语的力量，正所谓"下其盛锐，扶其本指，以渐攻之"。

烛之武一语退秦兵

  春秋战国时期，人才辈出，其中有很多智者不用一兵一卒就能够让敌军退却，挽救国家的命运，靠的就是自己的聪明才智和精湛的语言技巧。他们或者长于逻辑，或者精于事理，或者通晓天文地理，或者了解天命，因而能灵活运用语言，不战而屈人之兵。郑国的烛之武可算是其中的佼佼者，他仅凭几句话就说服秦王退兵，并使得秦晋联盟土崩瓦解，不仅解救了郑国，也避免了生灵涂炭的悲惨后果。

  郑国在当时是一个小国家，与晋国毗邻。晋国的国君对于郑国的国土觊觎已

久，早就想将其吞并，但是又觉得仅凭自己的国力攻打郑国可能会造成很大的损失，因而想与一个强国联合进军，于是想到了西面的强国秦国。不久，晋国的国君派使臣出访秦国，进行游说，想让秦国和自己一同攻打郑国。当时秦国的国君是秦穆公，听到这个主意后爽快地答应了。秦晋两国约定共同攻打郑国，成功后利益共享。

不久以后，秦晋两国的联军就将郑国国都包围起来，郑国危在旦夕。形势万分危急，郑国国君马上召集各位大臣商讨对策，最后决定派烛之武到秦国去，试图通过谈判来化解这次危机。烛之武受命于危难之际，马上出发。但是当时郑国国都已经被包围了，根本就出不去。到了深夜，万籁俱寂之时，郑国国君郑文公亲自把烛之武送到城墙上，用一个筐把烛之武送下城墙。烛之武趁夜秘密潜入秦军之中，拜见秦穆公。秦穆公还算开明，接见了烛之武。烛之武见了秦穆公，没有哀求，也没有说要用金钱或其他利益来换取秦穆公退兵，因为他知道这是毫无意义的。他见到秦穆公后很诚恳也很镇定地说："大王，我虽为郑国人，理应为郑国安危着想，但是这次我冒死前来见您，却是为了秦国的利益。"秦穆公一听冷笑一声，觉得这个人说话很荒诞，便用反问的语气说："你为我们的利益着想？"秦穆公的反问意思是，他不相信烛之武会这样好心，当然他也想听听烛之武的高见，因而他让烛之武接着说。

烛之武十分镇定和诚恳地说："秦晋两国围攻我们，我们知道郑国就要灭亡了。不过，请您想一想，灭亡了我们，对您的秦国会有什么好处呢？郑国在晋国的东边，贵国又在晋国的西边，与郑国相距千里。我们灭亡之后，贵国能隔着晋国来管理我们的国土吗？所以这国土恐怕只会落入晋国人的手中。贵国与晋国相邻，实力也相当，晋国一旦并吞了郑国，国力就超过贵国了啊！替别人出力去兼并土地，而削弱了自己的力量，聪明人能这么干吗？大王可要三思啊！"

烛之武讲到这里时，秦穆公的眉头突然一动，显出略有所思的样子，看来是对烛之武所言有了几分认可，但是还不能肯定。烛之武稍停了一下，猜到秦穆公应该已经有所松动，话锋一转，继续说道："现在的晋国是很想称霸的，他灭掉郑国以后就会满足吗？一旦时机成熟，他会再向西扩展，难道不会侵犯到贵国的利益吗？"烛之武的几个反问让秦穆公惊出一身冷汗，他连忙点头，并说："先生所言，有几分道理。"烛之武见秦穆公有进一步的松动，便大谈让郑国存在的意义。他说："如果郑国能够继续存在，对您并无坏处！我们可以作为东道主，招待贵国的过往使者和军队，供应他们的一切补给，这样不就非常有利于贵国利益的实现吗？"秦穆公听到这里，甚觉有理，于是点了点头，没有说话，这恰恰反应了秦穆公的犹豫和徘徊。烛之武借机数落晋国君主的不是，他说："晋惠公并不是一个知恩图报的人，当年您给他很多恩惠和照顾，他也答应要用瑕、焦两座城池来报答您，事实如何呢？他早晨刚刚回国，晚上就筑起工事来防备贵国，哪有什么信誉可言？所以，您千万不要做那种帮助晋国而削弱自己国家力量的事情啊，否则后患无穷。您是贤明的君主，一定已经考虑到这些了。"

　　秦穆公听了烛之武的话后，沉思了良久，越发觉得烛之武的话非常有道理。在反复权衡之后，他便派人到郑国与郑国国君达成协议，单方面撤回军队。晋国人听说此事后非常恼火，但是由于战前的部署全被打乱，因而也不得不撤回军队。

　　就这样，烛之武仅靠几句话就劝退了秦晋联军。烛之武的成功与他的说话技巧有莫大的关联。面对强秦，靠苦苦哀求和据理力争是无法解决问题的，而应当从对方的利益出发，找到他们的利益关节，让他们进行利益的平衡。在某些时候，以对方的利益为出发点，话语更能令人信服。这正是刘勰所说的"善难者，征之使还"。

毛遂勇敢进言联楚成功

　　毛遂是战国时期赵国公子平原君的重要谋士，成语"毛遂自荐"讲的就是关于他的故事。毛遂富有谋略，善于辩论，多次为平原君排忧解难，深得平原君的信任。在他身上，我们不止能看到一个谋士的智谋和雄辩，同时也能看到一个侠士的侠义和勇敢。很多时候，毛遂取得成功不仅要靠他的智慧和雄辩，还需要他过人的勇气。事实上，一个人即使掌握着很好的说话技巧，但是没有胆量的话，也是办不成事的。而毛遂则是一个有勇有谋的人。

　　战国后期，七国虽仍然并立，但是秦国的实力已远远大于其他国家。公元前262年，秦国出兵围困了赵国都城邯郸，赵国面临着非常危险的局势。赵国相国平原君带领20名文武全才的门客来到楚国，想让楚国出兵救援赵国。这20人中就有非常有名的谋士毛遂。

毛遂墓。毛遂墓地位于现在的山东省滕州市官桥镇西南部、京沪铁路西侧约50米处。墓前有一座碑，高5米，锥形，四面书有"毛遂自荐"四个大字。

　　平原君一行来到楚国，楚考烈王立刻接见了他，并与他在大殿上商讨救赵的事。其他门客都在台阶下等着不得入殿。此时的楚考烈王因连年与秦军交战都大败而归，故而非常害怕秦国军队，嘴上虽然说自己恨秦国，同情赵国，但心里没有任何想帮助赵国的意思。

任凭平原君如何哀求或提出多么丰厚的条件，楚考烈王都表示不会出兵。两人从早上一直谈到中午也没有结果。而此时赵国的情势非常紧急，稍有耽搁就可能有亡国的危险。毛遂见此情形，实在按捺不住心中的不满和焦虑，拿着宝剑大步闯入了大殿。进入殿中后，毛遂高喊："联合不联合，不就一句话的事嘛，为何从早晨谈到中午还没有结果？"楚考烈王见此人如此无礼，

毛遂自荐，毛遂是平原君的食客，其自荐的故事现在已经发展为成语，比喻自告奋勇，自己推荐自己担任某项工作。

便问平原君他的来历。平原君说是他的门客。楚考烈王见一个门客竟敢如此嚣张，便大声骂道："滚出去，我和你的主人谈国家大事，你上来干什么！"毛遂丝毫没有畏惧，怒视他，拿着宝剑靠近他，并对楚王说："大王敢斥骂我不过是仗着楚国的军队，你我相距不过十步远，楚国的军队救不了你。你的性命就看我是否出剑了。你当着我的主人的面这样训斥我太失礼了。"楚考烈王看到毛遂杀气腾腾，就不敢再训斥他，而是微笑着说："先生是不是有话要说？但说无妨。"毛遂见楚王的态度转变，知道机会来了，便说："我听说商朝的汤王只有70里的土地，最后却打下了江山；周武王也不过百里土地却能够统一天下。他们依靠的不是兵多地广，而是能够根据形势发展自己。楚国土地有5000余里，精兵上百万，按说更有条件称霸，但实际情况怎样呢？那个白起不过是个酒囊饭袋，只用了区区几万人就在第一仗占领了您的国都，您被迫迁都陈州，第二仗就掘了楚国先王的陵墓，第三仗把你祖先的庙宇也烧了，连你九泉之下的祖先都不放过。这真是百年的耻辱啊！身为赵国人，我们都感到非常害羞，难道大王您就不感到耻辱吗？今天我的主人跟您来谈合纵抗秦的事，正是要为楚国报仇，并不只是为了赵国啊！"话说到这里，毛遂就不再说话，而是静等楚王的回应。

毛遂的话，就像针尖一样深深地刺向楚考烈王的心脏，他的脸变得通红。楚考烈王确实与秦国有不共戴天的仇恨。听了毛遂的话，他的仇恨之情被激发起来，远远超过了恐惧之心，立刻答应了赵国合纵抗秦的建议，并与平原君歃血为盟，签订了合纵抗秦的协议。协议签订后，楚考烈王派出军队帮助赵国夹击秦国，由此，秦国消灭赵国的阴谋并未得逞。

本来这是一场没有结果的求援，但是由于毛遂挺身而出，敢于冒死闯入大殿强行进谏，方把楚考烈王说服。在这个过程中，有两个因素起了重要作用：第一是毛遂的勇气，当他看到平原君与楚孝烈王的谈判无效时闯入大殿，这是一种勇气；当楚考烈王训斥他时，他却以杀害楚考烈王为要挟，此为第二种勇气。第二是毛遂雄辩的口才，他没有高谈楚国出兵的种种好处，而是将楚国与秦国的仇恨提出来，这无疑可以激发楚王的仇恨心理，进而答应与赵国合纵抗秦。很显然这两方面都是极为重要的，尤以第一方面为甚，假如毛遂没有闯殿的勇气，那他连说话的机会都没有了，又何谈发挥自己雄辩的口才呢？

尼克松挽救政治生命的秘诀

尼克松是美国历史上较有作为的总统，他在任期间，美国的国民经济得到了很大恢复，访华和全面收缩政策，为美国赢得了较好的发展环境。正是因为杰出贡献，他得以成功地连任美国总统。但是后来因为水门事件，他不得不引咎辞职。其实在尼克松的职业生涯中，他不止一次遇到过政治危机，但是他均能通过自己杰出的口才化危机为机遇，不但没有失去做总统的机会，反而赢得了大家的欣赏。其中最有名的当属"切克尔斯狗的故事"。

1952年，尼克松被提名为艾森豪威尔的副总统候选人，他的政治生涯的小高潮马上就要开始了。但是，当尼克松紧张忙碌地准备竞选的时候，有家报纸突然报道了尼克松曾接受他人贿赂的事。政界和舆论界像炸了锅一样，都将矛头指向尼克松。共和党和民主党的领导人都认为尼克松不适合做副总统，因为他们知道，一旦一个人被认为腐败或接受过别人的贿赂就意味着他的政治生命的终结，因为人民不会信任一个腐败的人。艾森豪威尔也决定放弃尼克松，因为他已经"臭名昭著"了，用他做副总统会影响到政府的威信。尼克松感到自己身上的压力很大，他本想放弃这次竞选，但是这样做无异于默认自己受贿的事实。那样的话他的政治生命才算是真正的终结了。他决定给自己辩护，决不能让这种谣言毁了自己。如何为自己辩护呢？即使他当着大家的面向上帝发誓，也未

尼克松是美国历史上较有作为的总统，其杰出的口才多次使自己化危机为机遇。

必会有人相信的。在这个这时候，狡辩只能使事情越抹越黑，因而必须找到更为恰当的辩护方式。经过仔细的研究后，尼克松选择了一种非常温馨而又极有说服力的方式来为自己辩护。

一天晚上，电视中出现了尼克松夫妇、尼克松的两个女儿和一只黑白斑点的小狗团坐在尼克松书房里的画面。这个场景非常温馨，尼克松就在这个场景中用非常平和而又诚恳的语调开始了他的辩护。尼克松说自己从未为自己或家人花过一分不属于自己的钱，也没有接受过别人的金钱的赠与。到目前为止，他所接受的陌生人的馈赠就只有眼前的这只小狗。他说："在选举之后，我们的确收到了一份礼物，信不信由你。我们进行这场竞选的前一天，巴尔的摩市通知我们有一个包裹寄来。我们取了包裹，你知道是什么吗？它是一条西班牙长毛垂耳的小狗，身上有黑白的斑点。它被装在一个木条箱中，从德克萨斯远道而来。我六岁的女儿喜欢极了，给它起了名字，叫切克尔斯。这是一位住在德克萨斯的人听说我的两个女儿希望得到一条狗后寄来的。我讲这件事就是想说，无论他们说什么，我都会收养这条狗。"尼克松成功了，后来人们都相信他是清白的，民众也开始支持他。这就直接使得艾森豪威尔等人改变了对他的看法，他们决定由他来担任副总统。由此尼克松的政治生命得以保全，也使他更加得到选民的拥护。尼克松通过自己的口才为自己积攒了人气，也为自己将来的总统道路铺好了路基。

年轻时的尼克松夫妇和他们的两个女儿。

尼克松的辩护看似非常平淡，实际上是非常有学问的。他没有高谈阔论，而是将大家带入一种温馨的场景中，消除大家的抵触心理。通篇的辩护没有提到自己受贿的事，而是用讲故事的方式告诉大家，当时自己收到的只是一条小狗，而不是外界所说的金钱。尽管没讲明白，但是明眼人一看就知道了。这样就起到了摆事实的作用，有力地驳斥了外界的传言。因为外界的传言可能就是针对这个包裹的。于是，传言便不攻自破了。另外，尼克松声明自己会收养这只狗，一方面向世人展现了他有爱心，另一方面也使人们看到了他的大度，因为这只狗差点让他失去政治前程，可是他却没有迁怒于狗。

尼克松的故事告诉我们，真正能够说服别人的不一定是高谈阔论或义正词严，有时候用一种诚恳的方式来表达自己的观点会起到更好的效果，因为"善言出己，理足则止"。

叶锦满：平和辩说成就管理

诚如刘劭所言："夫理多品，则难通。人材异，则情诡。情诡难通，则理失而事违也。"在讲道理的时候，说理人需要具有一定的说理技巧，也就是我们常说的沟通艺术。这种沟通艺术体现了一个管理者的管理水平。许多成功的管理者都在这方面有独特的心得。叶锦满就是如此。

叶锦满，这个戴着细框眼镜，有着黝黑的皮肤和大鼻子的典型的香港人，总是让身边的人感到放松。在绿茵场边，他会用随和的笑容给人带来心旷神怡的感觉。熟悉叶锦满的人都说，这是一个精于沟通艺术的管理者，无论是对员工还是对家人。

在叶锦满的履历表上，我们看到，他先后任香港资讯科技国际公司的副总裁、总裁，香港海洋资讯科技有限公司的执行董事兼中国部总经理，运科保安（控股）有限公司的董事总经理，传真创意广告公司和人力资源公司的董事长，以及Ascensus公关公司主席。如今，他是上海滨海高尔夫俱乐部有限公司的总经理。这是一个纵横商场多年的人，他在成功的过程中积累了许多宝贵经验。而这些经验中，最值得我们学习的，当推他出色的沟通艺术。

正如叶锦满所言，无论哪个行业，管理都是一样的，都是要求管理者解决沟通当中的问题。沟通中有一个重要的内容就是辩说艺术。叶锦添就掌握了这种巧妙的辩说艺术。就像刘劭所说："坚劲之人，好攻其事实，指机理，则颖灼而彻尽；涉大道，则径露而单持。辩给之人，辞烦而意锐，推人事，则精识而穷理；即大义，则恢愕而不周。"叶锦满在与人沟通时，就体现了"坚劲之人"和"辩给之人"的特点。

叶锦满很有亲和力，在与人谈话时能够让谈话者感觉不到压力，能把自己心中的所思所想轻松地表达出来。这样一来，他就能从对方的言语中发现问题所在，找到对方关注的问题。然后，他再用轻松的语调、恰当的语言把自己的观点表达出来，让对方明白和接受。叶锦满的语言从不尖刻刺耳，与人沟通时态度非常平和，总是从有益的道理入手。正是因为这种风格，人们在与他沟通时都比较容易接受他的劝说，工作上的许多问题也就因此迎刃而解了。

想知道叶锦满这种沟通艺术是如何形成的，就要了解一下他的成长经历。

叶锦满毕业于香港中文大学，是文学、经济学双料学士。这种专业基础使他具有了出色的语言表达能力。大学毕业后，叶锦满受聘进入香港资讯科技国际公司任职。在这里，他遇到了自己的伯乐——公司的董事长叶国华先生。

从叶国华的身上，叶锦满不但学到了杰出的管理方式、深入浅出的说理方式，也学到了平和的辩说艺术。尤其是这种平和的辩说艺术，直接影响了他后来在管理中与人沟通的方式，使他形成了利用沟通解决问题的管理方法。正如叶锦满自己所说："在我的职业生涯中，叶先生对我的影响很大。他的宏观理念，他对人的眼界高低的深刻分析、他的企业文化都带给我很大的启发。他既是我的上司，也是我的老师，又是我的朋友，他灌输给我的很多想法对我现在管理市场的理念都有很大触动。"

此后，除了在工作中不断向叶国华先生学习之外，聪明的叶锦满不断地提高自己的管理沟通能力。尤其是当他到极具挑战性的德国分公司工作后，面对语言不通等沟通障碍，他将自己从叶国华身上学到的那种平和的辩说艺术运用到了自己的实际工作中。

初到德国时，叶锦满面临的首要问题就是语言不通。语言是沟通的工具，语言不通，自己和德国同事就无法协调工作。后来，他想到了一个办法，那就是借助当地中国留学生的能力。于是，在当时德国公司的会议上，常常见到这样的情形：中国留学生将叶锦满的想法译成德文告诉德国同事，然后再将对方的想法传达给他。每逢遇到问题表述不清时，德国同事一着急就易怒，这时，叶锦满就利用自己那种平和的沟通方式让对方沉静下来，然后接着进行下面的工作。这种沟通方式一开始颇费心神，尤其是双方的意思有时要多次表达之后才能让对方明白。随着时间的流逝，不但双方的沟通越来越顺畅，而且叶锦满的那种平和的辩说艺术也在中国留学生和德国同事心中留下了深刻的印象。

现在回想起来那是一段有趣的日子，但在当时，为了达到这种平和的辩说效果，叶锦满不知付出了多少辛苦。那时，为了克服语言的障碍，他不断地总结当天的事情，思考要解决的问题，反复地想如何和相关的人沟通，沟通时要注意运用怎样的沟通艺术。可以说，在德国的两三年，叶锦满接受了考验，增加了阅历，学会了独立思考、创造机遇、解决问题，这些使他能在迎接今后的各种挑战时都充满了勇气。更主要的是，在与德国同事的沟通中，他的平和辩说艺术日臻高超，常常能在平和的言谈中解决问题。

在德国的经历让叶锦满再次认识到管理的精妙之处。从此，任何企业在叶锦满的眼中都仅仅是一个企业，管理的共性决定了沟通是解决问题的关键，而平和的辩说艺术则是最佳的解决问题的方法。为此，无论是管理保安公司还是管理滨海高尔夫球场，叶锦满总是以开放的态度听取员工的意见。他会走入基层，和各个级别的员工进行平和的沟通，即使是高尔夫球场的一个小小的球童，他也会对其表示尊重，在平和的言语中表达自己的观点，解开对方思想上的疙瘩。

不只是在内部管理中，就连在与客户沟通上，叶锦满也巧妙地把平和的沟通艺术运用得出神入化。在面对高尔夫球场的客户时，叶锦满尤其如此。我们都知道，高尔夫是一种高雅的艺术，也是一种与人沟通的最佳语言。叶锦满便巧妙地利用了高尔夫的这个特点，常常把与客户沟通的地点选在高尔夫球场上。在轻松的出杆和进球的过程中，在轻言慢语的谈话中，一些问题便得到了解决，叶锦满与客户之间的感情也得到了加深。

纵观叶锦满与人沟通的艺术，我们看到一种如春风般平和的特点，或许有人说这不是辩说的特点，但要知道，即便是刘劭也指出了不同的辩说的优缺点。万事万物皆有利有弊，其实在运用辩说艺术与人沟通时，换一种方式，或许会别有洞天。

说话也是一种艺术

有这样一个包含哲理的小故事：

某一天夜里，有位国王做了个梦，梦见自己的牙齿都掉光了，醒来后，他招来智者为他解梦。

智者说："陛下，您很不幸，每掉一颗牙齿，您就会失去一位亲人。"

国王大怒："你这个大胆狂徒，竟敢胡言乱语，马上给我滚出去！"

国王找来另外一位智者，向他诉说自己的梦。智者听完后，回答说："高贵的陛下，您真幸福呀，这是一个吉祥的梦，意味着您比您的亲人更长寿。"

国王听了眉开眼笑，命人奖赏这位智者一百两黄金。

智者走出宫殿时，一个侍从走过来请教他："真是令人惊讶，您同第一位智者说的是一个意思，为什么您能够得到奖赏呢？"

智者语重心长地说："很简单，这是由说话的方式方法决定的。真理就像一块宝石，如果抓起来丢到别人脸上，就会造成伤害，收到宝石的人也不会高兴。可是如果放进精美的盒子里，诚心实意地奉上，对方必定会欣然接受。"

这个故事告诉我们，说话的技巧对人有非常大的影响。同样一件事，沟通效果好了，人就会得到"奖赏"——工作顺利、职位提升、事业发展等，而如果沟通效果不好，人们就会像故事里的第一个智者一样，得罪了别人，搞砸了事情。所以，说话绝对是一种艺术。在刘劭笔下，无论是名物之材、构架之材、达识之材、赡给之材，还是权捷之材、持论之材、推彻之材、贸说之材，甚至通材，其实都掌握了说话的艺术。

曾看过这样的一个故事：

有个人搬到了一个新地方，他想在自己新居的后院搭间工具房，专门用来放剪草机、铲子、锄头这些整理花园的工具。当然，这种工具房大多是屋主用现成的材料自己拼装而成的。没想到，他兴高采烈地拼装到一半时，他的邻居跑来抗议，说他这是在违章乱盖房。这个人很生气，跑到建管处去问，得到的回答是：如果盖的是十英尺乘十英尺以内的工具屋就不违章；反之，超过这个标准的就是违章的。于是他回家去拿尺子量了量自己买的材料，发现尺寸恰好超出规定两英尺，他连忙去换成合适尺寸的材料再重新组装。工具屋建成后，这个人想去臭臭那个邻居，告诉他自己不是好欺负的。但他又觉得这样做不妥，毕竟大家抬头不见低头见的，把关系弄僵了也不好。可是，他刚刚和人家起了口角，该如何修复呢？想来想去，他换了一种方式去和邻居交流，没有炫耀自己的新工具屋，而是拿着点心对邻居说："真是谢谢你，幸亏你提醒我，不然我的工具屋大了两英尺，就会因为违章而被拆除，我就白盖了。"邻居听了也很高兴。结果这个人不但和邻居消除了矛盾，还成了朋友。

在这里，我们可以说这个人是"赡给之材"，很善于说话，能够运辞措意来与邻居搞好关系。

美国知名主持人林克莱特有一次在一档电视节目中访问一名小男孩，他问小男孩："你长大后想做什么呀？"小男孩天真地回答："我要当飞行员！"林克莱特接着问："如果有一天，你的飞机飞到太平洋上空，突然所有的引擎都熄火了，你会怎么办？"小男孩想了想说："我会先告诉坐在飞机上的人绑好安全带，然后系上降落伞跳出去。"这句话令现场的观众笑得东倒西歪，小男孩一下子有点不高兴。林克莱特没有笑话小男孩，而是继续注视着小男孩，问："你为什么要这样做呢？"没想到，小男孩流下两行热泪，说出一句话，让现场的人再也笑不出来了——他认真地说："我是去拿燃料，我还要回来！"

林克莱特可以说是"名物之材"，因为他观察细微，发现了小男孩回答问题后细微的心理变化，引导着孩子说出自己内心的真实想法，从而使小男孩的形象一下子从"自私、不负责任"变成了"虽然想法有些幼稚却坚守岗位"。林克莱特的做法其实也是说话艺术的一种表现。

那么，怎样在说话的时候运用刘劭在"材理第四"中所说的辩说艺术，从而达到自己说话的目的呢？很简单，要善于察言观色，找准说话的时机，意即要具有名物之材和构架之材的能力；要能预知事情的结局，巧妙措辞，即具有达识之材和赡给之材的能力；要能抓住时机，及时补救，即具有权捷之材和持论之材的能力；要能当说时说出，当收时收住，即具有推彻之材和贸说之材的能力。

总之，说话的艺术数不胜数，不是一朝一夕就能明明白白地总结完的。我们要掌握说话的艺术，除了要注意说话的方法之外，还要注意说话的情境，说话时表达的方式、举止、语气、言论内容等。此外，说话不同于画画，我们没有机会不断修改来达到最佳效果，一开口就收不回来，所以要想好了再开口。在说话时，还要学会运用含蓄和幽默的表达方法，以达到"意在言外"的目的。总之，要想真正掌握说话的艺术，还需要我们平时多读书，多学习，多注意。

西点军校训练带来的启示

"材理第四"中强调"四理不同，其于才也，须明而章，明待质而行"，这其实指出了培养人才的一个重要的方面：沟通能力。如今，在培养人才的过程中，人们都已经注意到了沟通能力的重要性。西点军校是美国的著名军校，它的教学理论和方法非常有名，已经成为全世界企业家的学习宝典。在训练学员时，西点军校就把沟通能力的训练作为一项教学重点。

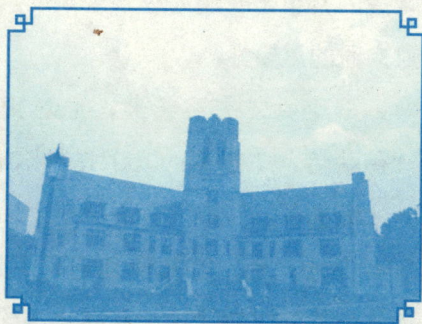

美国军事学院，常被称为西点军校，是美国第一所军事学校，也是世界四大军校之一。

在西点军校，新学员必须学会怎样与他人沟通，以及怎样用谦虚的态度对待他人。他们认为，这是必需的军人素养，也是良好沟通的开始，能够让西点的学员在离开西点步入社会之后也成为受欢迎的人。西点军校的教官们告诉每一位学员，沟通带来理解，理解带来合作。如果不能很好地沟通，就无法理解对方的意图，而不理解对方的意图，就不可能进行有效的合作。在军队作战中，沟通是一大关键。

沟通是双方的事情，只有双方都为沟通努力和行动，沟通才会成功。为此，西点的教官教导学员，要了解对方的需要。所以，在沟通时，一个人必须先学会从对方的言语中了解对方真正想表达的意思，并把握时机，给予对方最理想的回应，从而达到良好的互动。

可以说，西点军校的沟通能力训练可以推广到各行各业的方方面面，当然，这种能力也是企业管理者应当具备的。

沟通能力对于任何企业的管理者来说都非常重要。加强企业内部的沟通，既可以使管理人员的工作更加轻松，也可以使普通员工大幅度提高工作绩效，同时还可以增强企业的凝聚力和竞争力。而促进企业与外部的沟通交流，则可以推动企业的发展、推广企业的社会形象。

在某公司里，上下级之间的办公气氛非常融洽，团队合作非常协调。有人询问其中的奥秘，这个公司的管理者笑着说"有效沟通"。事实上正是这样。在这个公司，当问题发生时，问题的双方都会积极地解决问题，共同协调解决问题的方法，而不是互相推诿。同时，在双方沟通时，彼此都能真正做到说有用的话，用心听对方的话，从而让沟通顺畅地进行下去。

其实，对于个人来说，沟通能力也一样重要。有效的沟通能够化解矛盾、增强交流，使人与人之间的关系达到最佳状态。所以说，沟通的技巧不仅是管理者应该掌握的，也是普通人应该了解的。古代有一个笑话，就形象地说明了普通人之间有效沟通的重要性：

一个秀才去买柴火，他对卖柴的人说："荷薪者过来！"卖柴的人听不懂"荷薪者"（担柴的人）是什么意思，但是听见了"过来"两个字，就把柴担到秀才面前。

秀才问他："其价几何？（这柴要卖多少钱？）"卖柴的人还是听不懂这句话，但是知道秀才话里面有个"价"字，就说了一下价钱。秀才接着说："外实而内虚，烟多而焰少，请损之。（你的木材外表是干的，里头却是湿的，燃烧起来，会浓烟多而火焰小，请减些价钱吧。）"这下可好玩了，卖柴的人一个字也没有听懂，见秀才还在那儿摇头晃脑，他干脆挑起柴担走掉了。秀才在集市上转了半天也没有买到柴火，因为卖柴的庄稼汉都听不懂他文绉绉的话。

这个故事中的秀才之所以没能买到柴火，就是因为他没能做到有效沟通，导致谈话的另一方无法理解自己的意思。这也说明了沟通中使对方明了自己的意思，进行有效的沟通的重要性。

无论是普通人还是企业的管理者，都要注意沟通能力的培养。有的成功人士，即使剥夺他现有的所有物质财富，把他放到完全陌生的环境去，他也能够在几年之后重新获得成功，因为他拥有一项在全世界都受青睐的能力——沟通能力。

企业的管理者一方面要善于和上级沟通，另一方面要重视与下属的沟通。这就要求管理者在管理中必须注意沟通的方式与方法。例如，在批评的时候，要注意在责备对方的同时告知其改进的方法及奋斗的目标，既让员工愉快地接受，又不致挫伤员工积极进取的锐气。在此，我们提醒所有的管理者，沟通是企业管理的重中之重，只有沟通才能创设良好的企业文化氛围；只有沟通，才能使上下协调同心；只有沟通，才能使合作长久。自然界中狡猾凶残的狼其实就深谙这个道理。

狼在自然界中以凶恶著称，不过，你别小看这种动物，它们的沟通能力真是让人叹为观止。我们都知道，自然界中大都以武力来决定谁是王者，狼与狼之间也是这样。所不同的是，狼与狼之间的武力沟通几乎很少是抱着置对方于死地的目的，它们常常以温和的手段解决问题。

举个例子来说，如同狗靠在树干、石头或其他可能的任意界线物上撒尿，以气味昭示领域信息一样，狼也是这样。狼用这种标志告诉其他同类，这是自己的势力范围。这其实就是一种温和的沟通方式。而其他的狼也在嗅到同类的信息后，会自觉离开这块已经有主儿的领地。这种行为也极其绅士，就像现代人尊重别人的隐私权，企业中同事之间提前告知，进行工作的协调一样。当然，狼有时也会用武力的方式沟通。面对自己领地的入侵者，当发现温和沟通无效后，它们就会用长嗥来示威，最后才会动用武力。这也和我们与竞争对手之间的沟通类似，先礼后兵。正是因为狼的这种有效的沟通方式，所以狼群中很少发生内讧，更不用说置对方于死地的事件了。

无论是西点人利用有效沟通建立自己的高效团队，还是狼利用有效沟通达到群体的平衡，都在启示我们，沟通能力是企业和个人发展的关键。因为有了沟通，人与人之间才能达到平和的生存状态，也才能让许多战争消弥于无形。

材能第五

夫能出于材，材不同量。材能既殊，任政亦异。

经典再现

或曰：“人材有能①大而不能小，犹函②牛之鼎不可以烹鸡。”愚③以为此非名④也。夫能之为言，已定之称。岂有能 大而不能小乎？凡所谓能大而不能小，其语出于性有宽急⑤。性有宽急，故宜⑥有大小。宽弘之人，宜为郡⑦国，使下⑧得施其功，而总⑨成其事。急小⑩之人，宜理百里⑪，使事办于己。然则郡之与县，异体⑫之大小者也。以实理⑬宽急论辩之，则当言大小异宜，不当言能大不能小也。若夫鸡之与牛，亦异体之小大也，故鼎亦宜有大小。若以烹犊，则岂不能烹鸡乎？故能治大郡，则亦能治小郡矣。推此论之，人材各有所宜，非独⑭大小之谓也。

夫人材不同，能各有异。有自任⑮之能；有立法使人从之之能；有消息⑯辨护⑰之能；有德教⑱师人⑲之能；有行事⑳使人谴让㉑之能；有司察㉒纠摘㉓之能；有权奇㉔之能；有威猛之能。

夫能出于材㉕，材不同量㉖。材能既殊，任政㉗亦异。是故自任之能，清节之材也。故在朝㉘也，则冢宰之任，为国则矫直㉙之政。立法之能，治家之材也。故在朝也，则司寇之任，为国则公正之政。计策之能，术家之材也。故在朝也，则三孤之任，为国则变化㉚之政。人事之能，智意之材也。故在朝也，则冢宰之佐，为国则谐合㉛之政。行事之能，谴让之材也。故在朝也，则司寇之佐，为国则督责㉜之政。权奇之能，伎俩之材也。故在朝也，则司空之任，为国则艺事㉝之政。司察之能，臧否之材也。故在朝也，则师氏之佐，为国则刻削㉞之政。威猛之能，豪杰之材也。故在朝也，则将帅之任，为国则严厉之政。

凡偏材之人，皆一味之美。故长㉟于办一官，而短于为一国。何者㊱？夫一官之任，以一味协五味㊲。一国之政，以无味和五味。又国有俗化㊳，民有剧易㊴，而人材不同，故政有得失。是以王化㊵之政宜于统大，以之治小，则迂㊶。辨护之政宜于治烦㊷，以之治易㊸，则无易。策术之政宜于治难，以之治平，则无奇。矫抗㊹之政，宜于治侈，以之治弊㊺，则残㊻。谐和之政宜于治新，以之治旧，则虚㊼。公刻㊽之政宜于纠奸㊾，以之治边㊿，则失众。威猛之政宜于讨(51)乱，以之治善，则暴(52)。伎俩之政宜于治富，以之治贫，则劳而下困⁵³。故量能授官⁵⁴，不可不审⁵⁵也。凡此之能，皆偏材之人也。故或能言而不能行，或能行而不能言。至于国体之人，能言能行，故为众材之隽也。

人君之能⁵⁶，异于此。故臣以自任⁵⁷为能，君以能用人为能。臣以能言为能，君以能听为能。臣以能行为能，君以能赏罚为能。所能不同，故能君⁵⁸众材也。

迷津指点

①能：能够，有能力。

②函：包含，容纳。

③愚：谦词，指"我"。

④名：形容。

⑤性有宽急：性情有宽缓和急狭之分。

⑥宜：应当，适合。

⑦郡：古代行政区划名。

⑧下：下属。

⑨总：总揽。

⑩急小：性情急躁气度狭小。

⑪百里：古代一县辖地大约是一百里内，所以这里百里指代县。

⑫体：实体，这里是指地域。

⑬实理：实际治理。

⑭独：仅仅，只是。

⑮自任：自我修养洁身自好。

⑯消息：变化，此处指在变化中周旋自如。

⑰辨护：治理，修护。

⑱德教：品德修养的教育。

⑲师人：让人效法。

⑳行事：出使之事。

㉑谴让：责备。

㉒司察：督察。

㉓纠摘：检举揭发。

㉔权奇：用奇谋妙计建立功业。

㉕材：才智。

㉖量：限度，量度。

㉗任政：承担国家政事。

㉘朝：朝廷。

㉙矫直：矫正使之从弯曲变成笔直。比喻改邪归正。

㉚变化：这里是指随机应变，灵活变通。

㉛谐合：和谐，和睦。

㉜督责：监督问责。

㉝艺事：技艺，艺术。

㉞刻削：苛刻严酷。

㉟长：擅长。

㊱何者：设问词，可译为“为什么”。

㊲一味协五味：官员各司其职，合力获得治国成就。

㊳俗化：习俗教化。

㊴剧易：激烈平和。

㊵王化：君王的德化。

㊶迂：不合时宜，不切实际。

㊷烦：烦乱。

㊸易：安定，平安。

㊹矫抗：不与世俗同流合污，以表现自己的高尚情操。

㊺弊：弊病。此处指民俗之弊。

㊻残：此指百姓受到残害。

㊼虚：虚假不实。

㊽公刻：公正苛刻。

㊾奸：奸佞。

㊿边：边境，边疆。

(51)讨：征讨。

(52)暴：此处指暴政残害百姓。

(53)劳而下困：徒劳无功使百姓困苦不堪。

(54)量能授官：根据才能授予官位。

(55)审：慎重。

⑤⑥人君之能：指任用群才的君主，怀有不偏不倚的中庸平淡之心，发挥各种人才的能力。

⑤⑦自任：用自己的能力去建功立业，取得官爵。

⑤⑧君：统辖，主宰。

古文译读

有的人说："人才能任高级职务不能任低级职条，这就好比能够煮牛的鼎器不能够用于烹煮鸡一样。"我认为这种说法是不对的。才能成为一个词，已经形成了一个专门的术语，怎么还有能担任高级职务的人才没有担任低级职物的人才呢？所谓能担任高级职务不能担任低级职务，这种说法是就人的性情有宽缓和急狭之分而论的。人的性情有的宽缓有的急狭，所以其任职应该有高有低。宽缓的人适合治理郡国，这样的人能够使用下属，让他们施展自己的才能，而自己总揽全局完成郡国长官的职责。而性情急躁心胸狭小的人适合治理一个县，使得一切事务都能亲自管理。然而郡与县在地域上有大小的区别。从实际情况与性情有宽缓和急狭关系的角度去论说，就应当说，适宜治理地方大小有区别，不能够说治理大地方不能治理小地方。至于说鸡与牛也只是物体大小的区别。因此，鼎器也有大小的区别，如果鼎可以用来烹煮牛犊，难道就不能用来烹煮鸡吗？所以，能够治理好大的郡城的人，也同样能够治理好小的郡城。由此可以推论，不同能力的人才都有其适宜担当的职位，不能只用大小高低去概括。

人不同，才能也各有其异。有的人才有自我修养洁身自好的才能；有的人才有制定法律使人服从的才能；有的人才有能在变化中周旋自如，用智谋权术监管、修护政事的才能；有的人才有以德教人让人效法的才能；有的人才有充任使节对别国进行谴责的才能；有的人才有督察是非检举揭发的才能；有的人才有能用奇谋妙计建功立业的才能；有的人才有威武勇猛震慑敌国的才能。

人的能力源自人的才智，人的才智又有大小的不同。人的才能既然有大小的不同，那么其所承担的国家的政事也有所不同。所以有洁身自好不与世俗同流合污的能力的人是清节家之才，因而在朝廷中可以担任冢宰，他治理国家，则实行矫正邪僻提倡正直的政治。有制定法律，建立法制使人遵守的能力的人是法家之才，因而在朝廷中可以担任司寇，他治理国家，则会实行公正无私的政治。有谋划奇计妙策的能力的人是术家之才，因而在朝廷中可以担任三孤，他治理国家，则会实行随机应变，灵活变动的政治。有通晓人情事理才能的人是智意之才，因而他在朝廷中可以担任冢宰的副手，他治理国家，则会实行和谐融洽的政治。有使节才能的人是谴让之才，因而在朝廷中可以担任司寇的副手，他治理国家则会实行督察问责的政治。有奇思妙想能力的人是伎俩之才，因而在朝廷中可以担任司空，他治理国家，则会实行推崇技艺的政治。有监察检举能力的人是臧否之才，因而在朝廷中可以担任师氏的副手，他治理国家，则会实行苛刻严酷的政治。有威武勇猛能力的人是豪杰之才，因而在朝廷中可以担任将帅，他治理国家，则会实行严肃厉害的政治。

凡是偏才的人，全都是只有一种特长。因此，偏才在一个具体职位上能够发挥其长处，而放在治理国家的重任上则会显出其短处。这是为什么呢？偏才在一个具体职位上，会和其他的人合力获得治国的成就。然而治理国家的重任则要求用具有普遍意义的方法调动百官的能动性。何况各地有不同的风俗教化，人民中有激烈与平和的区别，而人的能力不同，所以用他们执政就会有得有失。因此实行用王道教化政治的人适合统理国家大政，如果用他们来治理小事，则不合时宜，不符合实际。实行用智谋权术治理修护政治的人适合治理纷乱，如果用他们来治理安定局面，则会失去安定。实行权术谋略政治的人适合治理危难的局面，如果用他们来治理常态局面，则不会出现奇迹。实行与众不同政治的人适合治理奢侈，如果用他们来治理弊端，则会使百姓受到摧残。实行和谐政治的人适合治理新创立的局面，如果用他们来治理旧局面，则会造成虚假不实。实行公正严苛政治的人适合纠察奸佞狡诈，如果用他们来治理边疆地区，则会造成百姓逃亡。实行威慑刚猛政治的人适合讨伐叛乱，如果用他们来治理善良的百姓，则会对百姓残暴不仁。实行推崇技艺政治的人适合治理富裕的地区，如果用他们来治理贫困的地区，则会徒劳无功使百姓困苦不堪。所以，要通过衡量一个人的才能授予相适应的官职，这是不能不审查清楚的事情。凡是具有上面所说的各种能力的人都是偏才。他们当中有的善于言辞但却不善于行动，有的善于行动却不善于言辞。至于兼具多种才能的人，既善于言辞又善于行动，这是众多人才中的精英。

君主的能力与这些人不同。因此，大臣以用自己的能力去建功立业为长处，君主以任用贤才发挥他们的能力为长处；大臣以能介绍自己的才能为长处，君主以善于倾听臣下之言观臣下之行为长处；大臣以能实践自己所说为长处，君主以能赏罚得当为长处。君臣各自的长处不同，所以君主能够统治着众多人才。

前沿诠释

刘劭此番言论主要阐明能力与职位的辩证关系。的确，正如他所言，选拔人才的时候，不仅要考虑其能力大小，更应该考虑其所具备的能力是否与其所在职位的性质相适应，这样才能达到才位相辅相成的最佳效果。其实，细心留意古今中外，不管是古代帝王对群臣的提拔任命，还是当今企业的人力资源管理，才位相适、因材施用，都是一个领导者在招纳贤才的过程中必不可忽视的用人之道。

吴士宏在TCL的黯然谢幕

吴士宏，一个令世界瞩目的名字，一颗中国IT行业的璀璨明星，一个巾帼不让须眉的女中豪杰。她从一名默默无名的医护人员，到后来进入IT行业，通过自己的艰苦奋斗和锲而不舍、不甘落伍的精神，成为IBM、微软、TCL等众多企业的领军人物，她的事迹为许多年轻人所膜拜。然而，2002年，在吴士宏的事业正处于如日当空的巅峰期时，她却离开了倾心的TCL集团，黯然地从电子行业中淡去自己昔日的光芒。

从一名医护人员腾飞为中国IT行业的知名人物，"打工皇后"吴士宏被《商业周刊》（亚洲版）列为"亚洲风云人物"，她的辉煌事迹也为许多人津津乐道。这位看上去温婉柔情的女子实际上曾操纵着中国IT企业巨头的命脉。1986年，吴士宏进入IBM。1998年2月，她又接受微软的聘请，成为微软中国总公司的总经理。1999年，她从微软辞职，接受李东生的邀请，进入TCL集团有限公司，并担任TCL集团常务董事及副总裁、TCL信息产业（集团）有限公司总经理、TCL控股的翰林汇公司董事长等职务。然而，三年后，吴士宏却转让出自己在TCL的所有股权，告别TCL。

吴士宏，被媒体称为"打工皇后"，曾被评为"亚洲风云人物"。1986年进入IBM。1998年2月受聘微软中国公司总经理，1999年8月从微软辞职；1999年12月1日加入TCL集团有限公司，任TCL集团常务董事副总裁，TCL信息产业（集团）有限公司总经理。2002年离开TCL。

这个曾经在IT企业叱咤风云的女强人，曾被外界罩上了耀眼夺目的光环，她如此黯然谢幕，是何原因呢？

其实，综合众多IT界人士的分析，不难发现，吴士宏的辞职是源于其前期对TCL的错误市场引导。这也印证了刘劭所说的话：一个人的才能必须与其职位相适应。吴士宏的领导才能为世界所公认，TCL当时正是看中她先前在IBM、微软等打下宏伟江山后所赢得的国际知名度和丰富的领导经验，再加上她过硬的英语能力，所以将她招来以领导

TCL开拓国外市场。然而，吴士宏的能力更适合在已经成熟稳定的公司发展品牌项目，对于TCL的新兴信息行业的驾驭，吴士宏显然有些力不从心。

吴士宏当时之所以决定离开微软加入TCL，原因在于，她觉得TCL是一个能让她实现自己远大理想的舞台。恰巧，她的理想和TCL总裁李东生的理想相同，这个理想便是将中国IT企业打造成国际知名的、有国际竞争力的跨国企业。她认为，理想的实现需要企业最高领袖的认同，于是，她在1999年12月正式加入TCL集团，在新的天地开始大展宏图，提出了"将中国的企业做到国际上去"的长远发展目标。当时的TCL集中生产传统大型家电，在市场中拥有较好的口碑，可以说，传统家电业是TCL的命根子。吴士宏在决定TCL产业发展路径之前，先对当时的TCL企业进行了全面细致的了解。经过一段时间的接触后，她制订了一份企业战略规划方案。由于吴士宏之前就任的企业都是高新信息行业的巨头，她似乎"旧情"难忘，建议对TCL的信息化进行大规模拓展，以TCL现有的覆盖全国的销售网络为基础，大规模发展信息产品，制定TCL新产品的推广战略。加之考虑到TCL的PC销售量是几十万，而彩电的销售量是几百万，她又建议将二者结合，推出"天地人家，伙伴人家"这样一个以家庭作为消费市场的战略布局。这个战略并不止是开发信息业新产品如此简单，她的目的更多是希望以日后发展的IT产品带动整个企业的提升，最终使信息产品代替传统家电成为TCL发展中的中流砥柱，最终实现TCL从传统家电制造企业和销售厂商到信息化国际大企业的蜕变。这无疑是一个企业巨大的产业结构转型战略，关系到整个企业的资源配置和产业整合，牵一发而动全身。但究竟这场"革命"能不能给TCL带来更好的收益，包括吴士宏在内的任何人都不能在起伏不定的市场经济面前妄下结论。不过，这个决策得到了TCL集团上下的认可和支持。

2000年10月，TCL推出新的战略布局，其中首打环节是将新创办的"亿家家"网站作为信息家电提供增值服务的平台。通过"亿家家"网站，TCL的销售渠道由原先的传统模式扩展到可以通过电子商务物流平台经销的模式，从而扩大了市场规模，人们可以轻松地在家中上网，用鼠标点击购买TCL的相关产品，进行便捷的网上购物。当初，吴士宏对这项业务拓展方式信心十足，她觉得"亿家家"网站的前景十分光明，可以顺利地促进TCL产品销售的信息化和电子化发展。

2001年，吴士宏寻求以教育作为突破口，推行"教育互联1+4"方针。这一年，TCL依靠"亿家家"网站技术，联手国内众多名牌大学和教育机构，推出了"电大在线""华大网络""四中龙之门"等远程教育项目。吴士宏指出，在"天地人家"布局中，所谓"天"便是指与互联网相关的项目，即为广大中国家庭提供教育的开放式远程教育。所谓"地"就是"亿家家"家庭信息化服务网络中通过网络进行物流配送，从而服务中国家庭生活的系统。"人家"便是指全线互联网接入的终端设备。

同年，TCL的新信息成果HiD在深圳首次公开亮相。所谓HiD，是英文Home information Display的缩写，产品的中文名全称为"家庭信息显示器"。TCL公司表示，这款显示器的最大特点在于它作为高清大屏幕显示器既能接受高清数字信号，又有VGA接口，可兼做电视、电脑、数码相机、数码摄像机、可视电话等产品的显示器。吴士宏说，这是彩电行业的一次改革创新。

TCL的战略一步步出台后，吴士宏曾在媒体面前表示"这次将不会失败"，可见她当时信心十足。对于可能的失败，吴士宏说："我觉得有两层意义，一个是自己的成败，一个是企业的成败。企业一定要往成功的地方去做，我相信，不管我的理想多么难以实现，只要遵循企业运作的规律，我有整个团队，有李东生一起把握、避免因个人给企业带来的损失，有可能接近自己的理想。在这种意义上，我觉得我不会再失败了。"

然而，市场的反响并没有吴士宏想象的那么强烈。吴士宏那看上去很完美的"天地人家"布局实际上忽视了市场的实际需求，甚至已经与当时的市场需求和互联网发展趋势脱节了。不能与时俱进的产品是无法在市场上立足的，TCL在这次转型过程中所推出的所谓新信息家电在中国没有多大的实用性，因而销售量极不乐观。这场轰轰烈烈的企业转型也暴露出了吴士宏在企业业务运作上的能力缺陷，以至于后来TCL的一位员工在接受采访时如是评价吴士宏在TCL的功绩："她的优点是处理事情果断干练。"至于她的业务运作能力有多高，员工没有做任何评价。甚至有人对外宣称，吴士宏这次的改革失败得很彻底，TCL所谓网站、HiD都白白投资了。

事已至此，"吴士宏神话"几近破灭，TCL转型不成功，TCL集团以大局为重，为竭力降低企业损失，不得已要求吴士宏交出股权。吴士宏的谢幕已成定局，不可扭转。

2002年12月1日，TCL对外界宣布：本集团与吴士宏女士三年签约期已满，现双方不再续约。吴士宏从此离开了这个曾被她视为可以供自己大展宏图的舞台。

"打工皇后"吴士宏的黯然谢幕，又带给我们什么样的启示呢？当然还是要回归刘劲的箴言。所谓能力与职位必须相适应，如果吴士宏能选择自己擅长并颇有经验的成熟公司的产品进行稳定运作，或许她会创造出更令世人惊叹的成绩。无论是一个企业人，还是其他事业的工作者，都应先摸清自己有什么样的能力、适合哪方面的职位，方可去寻找供自己大鹏展翅的天空。

松下电器霸业下的员工管理智慧

每个公司的快速稳定发展，都是全体员工齐心合作的结果。在此过程中，需要员工各施其能，互相配合，因此领导者要善于发现员工的长处和短处，善于扬长避短而非求全责备。同时，每一个组织都是以人为单位构成的，所以，将合适的员工放在合适的岗位，是一个公司成功运营的关键。

松下电器作为全球家电行业的巨头，在耀眼的品牌光辉背后，有其不为人知的企业管理方针。松下公司十分注重完善企业人事制度，坚持以"人"为核心，努力打造公司内部"软件"的优质高效运行模式。

松下公司特别强调员工的能力与职位的相适应。松下是个庞大的集团，员工数量上万，然而人才市场的人才缺乏状况也曾让松下陷入人才难求的困境。当时，松下坚持"适才专用"的原则，以发挥员工最大的能量，把企业做好。小材大用或者大材小用都是不科学的用人方式。集团上层高管一致认为，只雇用优秀的人往往会让公司陷入尴尬处境，因为优秀的人大多会在工作时抱怨这抱怨那，可能觉得自己的能力与现在担任的职位根本不相符，因而对待工作的认真度可能不高。相反，不太优秀的人在得知自己被大公司接受之后，往往会心存感激，这种感激促使他们尽可能地发挥自己的才干，认真工作。所以，松下公司的高管们并不把目光单单集中在优秀的精英身上，他们善于从不同层次挖掘有不同才干的员工，不断加强自己的"软件设施"。

日本松下电器公司总部大楼。

由于公司人员数量过多，松下高管考虑到不可能对每个员工都进行详尽的了解，因此，他们更多的是鼓励员工毛遂自荐，有某方面才干的员工可以向自己的上级推荐自己。也就是说，员工应该通过自荐的方式寻求与自己能力相适应的职位，而不是通过传统的公司上级对下级的考核来安排。这样做便使员工的积极性得到极大的提高，也使松下的用人原则得到最大限度的体现。这一举措，其实起源于松下公司的一次小小的内部招聘。

曾经有一段时间，松下公司急需广告经办人，便在公司内部进行招聘。结果，公司上上下下这么多的员工，居然没有一个自愿报名的。经过了解，原来他们都不好意思自己开口。面对这种局面，松下高管们开始思考：员工不敢表现自己的才能，会阻碍高层人员挖掘有潜力、有才干的优秀人才，因此必须推出政策以鼓励员工自荐，让公司更方便地了解到每个员工的才干。毕竟这么庞大的一个公司，人力资源部门不可能一天到晚自上而下关注地每个员工的工作情况与能力。为了使每个人都能获得与自己的能力相适应的工作，最好还是让员工本人挖掘自己身上的才干，了解自己的性格兴趣和优点缺点，以此寻求适合自己的岗位。

　　不过话说回来，要想了解自己有哪方面的才能、才能有多大，并不是一件容易的事情，这可能需要经过一些成功或失败的事例，才能正确评估自己。所以，松下公司提出，每个员工在审视自己的才能的时候，要心平气和地对待人与人之间能力差距的现实，冷静地考察和接受自己的能力程度以及相应的职位，继而认真稳重地为自己的职位负责。当然，松下公司的言外之意还包括暗示员工心中要有这样一种观念：人与人之间有着密切的关系，谁都不能脱离社会群体而单独生存，因此，在公司中，那些做适合自己的工作并最终有所成就的人，往往比好高骛远、只知道拼命争功夺利的家伙要更被公司认可。因为他们的成功和荣誉不仅属于个人，也属于整个公司。换言之，如果你明明知道自己对某一职位似乎没有很强的应对能力，却偏偏为了所谓的个人利益或者感情而接受不适合自己或者自己根本无法胜任的工作，那么失败又何尝不是常有之事呢？松下公司是明智的，它知道纵使集团庞大，用人颇多，也不能盲目扩充，同时还劝诫员工不要盲目追求升职，而应脚踏实地在适合自己的岗位上尽自己的责任。

　　松下公司旗下的一家代理店开始只是一个规模很小的公司，后来随着公司的发展，销售量频频上升，员工队伍也不断壮大，从最初的几十人增长到一百多人。正当大家都感到十分高兴，对代理店的前途充满信心的时候，公司竟渐渐变得不景气。这到底是为什么呢？代理店的社长兢兢业业地工作，用心经营，尤其是公司规模越来越大之后，他投入了更多的精力和时间经营公司，丝毫不肯松懈。社长对这样的结果始料未及，非常忧虑：我花了毕生精力，投入那么多，最后也没有获得较好的回报，这是不是因为后期公司员工队伍的过度膨胀造成的呢？以前公司较小，上上下下也就几十个人，这样我可以关注到每一个人的工作细节，而每个员工也都能较好地了解我的旨意和工作方针。后来公司规模扩大了，我就没有足够的能力管理这么多的员工，不能完全照顾到所有人了。社长认识到了自己的能力与此时手头的工作不相适应，就勇敢地做出决定：把公司拆分为两家，并从公司中挑选出一位十分能干的主管担任新公司的社长，命他精心料理新公司的各项业务。半年以后，老社长继续发挥自己的经营才能，创造了公司的新业绩，其总销售额达到开张时销售额的两倍。公司前途又变得格外光明了。当然，这一切，都得益于当初老社长的果断决定。因为，每个人的能力有限，通过之前的一次失败，老社长得以正确估量自身的能力限度，从而寻找到自己在公司的正确位置。如果当初这位老社长执迷不悟，一味扩大公司规模的话，恐怕现在正为公司倒闭而伤感不已呢。

职位大小并不是最重要的，重要的是在这个职位上你能不能成功。这就是松下灌输给员工的思想。当然，一个人的能力不是一成不变的，因此，他可以胜任的职位也并非固定的。如果一个人可以在工作的磨炼中提升自己的能力，那么相对应地，其职位也会随之上升。

在日本，大多数企业都存在着一种名曰"年功序列制"的升职制度，即将员工的工作时间作为升职的标准。在这种制度下，个人实力反倒成为升职的次要考虑因素。不过，松下公司并不接受这一套。松下公司虽然重视元老级人物，但也会对有能力的年轻员工大力提拔。实力是松下考核员工是否能升职的第一要素。

很多人反映，在松下电器公司待了很长一段时间了，却一直都停留在原来的职位，没有什么调职的机会。确实，松下公司在人事变动方面的反应总有些"迟钝"，它更注重的是员工能在自己的岗位上稳打稳扎，至于升职，那是以后的事。不过为培养出更多优秀的人才，松下也会定期做一些调职决策。在"迟钝"的调职氛围下，员工们一旦习惯了某一职位后，就会安土重迁，因为他们不太喜欢到陌生的新环境去重新摸索和习惯新的事物。至于不定期的临时调职，拥有成千上万员工的松下公司觉得过于麻烦，所以干脆制定了一个公司规章——员工进入公司之后，必须在两年之内变换五项不同领域的工作职位。这种变换规则必须维持十年之久。十年之后，员工可以通过了解自己的能力进行自我推荐，经过高管考查审核之后，得到比原先更高一个层次的固定职位。

此外，松下还很注重员工与员工之间的配合。不同能力性格的员工搭配协作，往往可以取得"一加一大于二"的绝佳效果。当然，首先必须了解每位员工的长处和短处，再考虑如何通过有机结合使他们相互之间能取长补短，提高工作效率。例如，在同一个部门中，高层领导小组的成员往往性格不能过于接近。因为如果几个人都是优柔寡断型的性格，那么对于一个问题，讨论半天还是没有什么结果；如果几个人都是果断坚决型的性格，那么势必会你不让我，我不让你，最后争论得面红耳赤。所以，最佳的搭配是一个人具有敢裁决的果断性格，一个人具有行政的能力，一个人具有协调彼此的能力，这样组成的团队便能取长补短，各尽其能，工作效率也能大大提高。

松下公司的创始人松下幸之助先生认为，公司管理员工的关键在于"人事协调"。这种说法与中国古谚"三个臭皮匠，顶个诸葛亮"有些大同小异。人的能力有大有小，采用一个人的观点，不如集合众多人的观点，这样也能避免陷入思维的误区，能更加辩证地寻找企业发展的突破口。面对众多拥有不同才能和性格的人才，领导者的职责就在于统筹这群各种各样的下属，当他们因意见不同而出现分歧时，能及时调解并采取相应的措施平衡各方，缓解他们之间的关系，同时也要利用他们各自的优势与劣势，通过彼此限制来互相牵制，既相互合作、分工实施，又相互制衡、互相监督。这样下来，实现"一加一大于二"的工作成效自然不在话下。

松下幸之助。日本松下公司的创始人。他强调公司管理员工的关键在于"人事协调"。

正因为有"适才专用"的用人理念，松下公司才成就了世界电器行业巨头的伟业。在公司内部员工管理上，其成功范例让世界为之瞩目。

汽车大王帕尔柏用人的成与败

帕尔柏是美国著名的汽车大王，他率领的团队位居美国汽车销售行业的前列。在事业发展的过程中，帕尔柏杰出的管理才能也为人所称道。其中，帕尔柏在用人方面的经验教训能够给我们不少启发。

一次，帕尔柏的公司要开辟汽车代理业务。在仔细研究自己的团队后，帕尔柏决定重新开辟一个途径，建立自己的汽车营销团队。为此，帕尔柏多方搜罗人才，想找一个具备管理才能的人来带领这个团队。

终于，工夫不负有心人，帕尔柏从一家大型汽车制造公司高薪请来了一位管理人员，将汽车营销业务交到了这个人的手中。他的想法是，这位管理人员既然来自汽车制造公司，一定非常了解汽车业的情况，是汽车方面的"行家"，那么他做起汽车销售来自然是得心应手。

然而，结果出人意料。这位新上任的营销主管的确对汽车业十分内行，也非常了解汽车，他甚至能说出汽车所有零部件的名称，以及从哪里可以买到它们。不过遗憾的是，他对汽车的销售、销售人员的管理、如何控制不必要的销售费用、营销策略方面的知识等一窍不通。总之一句话，他不是一个营销方面的合格领导者。

在另一方面，这位营销主管的出身决定了他的做事方式。由于来自汽车制造公司，他习惯于流水线式的固定管理模式，而这种管理模式根本不适合具有灵活性特点的汽车营销行业。要知道，汽车营销是买与卖之间的拉锯战，营销人员要学会如何与厂方据理力争，抓到畅销车的货源；学会如何与购买者谈判，抓住购买者的心理，使他们心甘情愿地掏出钱来。最终，由于在营销方面的能力不足，这位新上任的营销主管使帕尔柏建立营销团队的希望落空了。

经过深入思考，在全面考查了这位前营销主管的才识之后，帕尔柏意识到自己用错了人。他明白了，一个成功的管理人员并不一定是全才，懂得汽车生产的未必熟悉汽车营销。要用一个人，就要用其所长。

于是，帕尔柏重新与猎头公司联系，让他们帮助寻找一个懂经营、懂销售的人才。他要求这个人必须了解汽车的行情，在推销汽车中有自己独到的见解，同时还要注意成本的核算。最终，帕尔柏成功地找到一位能够满足自己需要的营销主管。

新主管上任后，很快就表现出了他在营销方面的才华。这位新主管不但采用多种营销手段，还能在推销公司的汽车时，注意解说公司汽车的特点，另外，他还擅长合理调配资金，控制营销过程中的成本。就这样，在新主管的领导下，帕尔柏公司的汽车销售业绩节节攀升。

帕尔柏的前期用人失误和后期用人成功提醒了我们，当公司的业务不断发展，需要输入新鲜的"血液"时，我们要注意引入人才与公司业务发展的适应性。如同输血要选择血型相同的血液一样，人才的引进也是如此。输血不当，就会造成病人死亡，同样，用人不当，也会给企业的发展造成障碍，使企业走下坡路，甚至使企业"不治而亡"。所以，管理者在引进人才的时候，一定要注意用人的正确。

如何做到正确用人呢？可以注意以下几点：

一、请具有实践经验的行家里手来帮助自己对寻找到的人才进行评判。也就是说，要用熟悉岗位的人来招聘新人。这样招进来的人才能为我所用，才能推动工作的开展。

二、抛开虚名，寻找真正的人才。这里所说的虚名即一些耀眼的光环，如"专家""能手"之类的名号，以及学历的局限。许多杰出的人才并不是科班出身，也没有耀眼的履历，但这并不妨碍他们展现自身的才华。因此，在寻找自己的千里马的时候，一定不要像帕尔柏前期一样只注重名头，而是要找到具有真才实学的人。

最后要注意的是，在寻找人才的时候，要理解"合适"一词。所谓合适，

人物志谋略全本

并不是十全十美。那些所谓十全十美的人才常常是缺少创新性，不敢大胆开创工作局面，解决不了具体的困难和棘手问题的人。所以，与其浪费资源用这样的人，不如选用那些能独当一面的人才。诚如刘劭所言："所能不同，故能君众材也。"一个知人善任的管理者不仅应该知道什么样的人是人才，而且能够明辨什么样的人适合做什么事，了解人才的基本特点和条件，包括每个人的才干、性格和不足等。换句话说，只有像刘劭所说，"使下得施其功，而总成其事"，我们才能成就自己的事业。

学习汤姆·彼得斯的用人思维

汤姆·彼得斯是被整个西方世界称为"商界教皇"的顶级商业布道师。《财富》杂志把他评为"管理领袖中的领袖"，经济学家称他为"超级领袖"，《商业周刊》形容他为"商业最好的朋友和最可怕的梦魇"。

这样一个拥有众多头衔的商业人物，在自己的著作中多次强调，管理学中的一个重要原则就是用人。他无论是在被称为"美国工商管理圣经"的《追求卓越》一书中，还是在《乱中求胜》《解放管理》《管理的革命》等企业管理经典之作中，都强调了用人的重要性。而他本人也在企业管理中巧妙用人，为管理界提供了宝贵的经验。

汤姆·彼得斯出生在美国巴尔的摩附近，他在斯坦福大学毕业时，获得了工商管理硕士学位和博士学位。此后，他来到了麦肯锡公司工作。三年后，他开始进行"卓越公司"计划，并和罗伯特·沃特曼一起出版了《追求卓越》一书。此后，他在工作实践中总结出一系列的管理经验，尤其强调了创新对企业管理的重要意义。这种创新，也包括用人的创新。

汤姆·彼得斯曾指出：雇用合适的员工是一家公司所能做的最重要决定。而在实际工作中，他也是这样去做的。在他看来，倘若管理者在一开始时就雇用了不合适的人，那就意味着不能指望这些人把该做的事做好。汤姆·彼得斯提倡，管理者应当使

汤姆·彼得斯，被西方世界称为"商界教皇"，世界十大管理大师之一。

员工团队成为智力资本积累的中心，鼓励员工提供最专业的服务。在人才聘用上，汤姆·彼得斯主张管理者应该"做人才的伯乐，招募与众不同者"！他说：管理的

本质就是发挥每个员工的激情和才能。对于管理者来说，把员工放在最前沿是必要的；而对于员工来说，能够被放在最前沿，这是对他们能力的认可。

汤姆·彼得斯针对企业管理作了一个形象的比喻。他说，一个企业应该像一个大教堂，能够充分地培养人才。一个企业要能够让公司里面多样化的员工充分发挥他们的才能、天赋、精神和活力，只有这样，大家才能共同追求卓越。

汤姆·彼得斯认为，一个企业能够成功，其中有一方面的原因就是其认可员工，让员工实现自己的价值。现在，他的这种用人观已经在许多企业中被广泛应用。

历史悠久的星巴克连锁咖啡公司在管理中就秉承了汤姆·彼得斯的用人观。在星巴克公司里，员工第一，顾客第二。2006年11月，星巴克对外宣布，中国市场所有员工（包括工作一年以上的兼职）都能拥有星巴克的股票期权，而在其他企业，股票期权是只有高层管理者才能拥有的。同时，中国星巴克有"自选式"的福利，员工可根据自身需求和家庭状况自由搭配薪酬结构，公司内部有旅游、交通、子女教育、进修、出国交流等福利和补贴，可以按照员工的不同情况给予补助。在传统商业模式的利益金字塔中，最顶尖的是股东，当中的是顾客，最底层的是员工，而星巴克却颠覆了这一传统模式，将员工作为最重要的资产，然后是顾客，最后才是股东。

星巴克之所以这么做，其原因就在于它的管理者能够清醒地认识到：只有企业对员工好，员工才会对顾客好；如果企业只把顾客当成上帝，却让员工受委屈，那企业的支柱就会倾斜。员工是一家企业的基石，没有他们，就不会有企业的长远发展。

除了星巴克，许多企业也在管理中遵循"把员工放在第一位"的原则。这些企业不仅为员工创造了良好的工作环境，而且为员工提供了很多学习技能、发展自我的机会。如大连JMS医疗器具有限公司的董事长及相关管理人员，坚持每天下班后教授员工日语，不但培养了员工的企业认同感，也为员工提供了学习机会。员工在这样的企业中工作，自然会感到快乐，工作起来也就格外认真，客户便能得到最完美的服务，企业未来的发展自不待言。

企业管理就是人才的管理

说到企业管理方面的知识，我们要提到一个人：陈丕宏。陈丕宏是宏道及华美宏大的创办人、董事长兼首席执行官，美国《商业周刊》曾冠之以"世界领袖"头衔，称赞他是全球对电子商业最有影响力的25人之一。这位在电子商务领域创下惊人业绩的人坦陈：企业管理的要义就在于人才管理。

陈丕宏是一位华裔企业家，他在1989年创立赢家科技公司（Gain Technology），走上了创业之路。1993年，陈丕宏创立了宏道资讯（Broad Vision），并在三年后于美国纳斯达克证券市场上市。2005年9月，陈丕宏出任新浪公司的董事。

这位在商场上行走多年的企业家，不只掌握了丰富的电子商务的知识，也有着许多成功的人才管理的秘诀。他多次谈到人才管理的重要性，并称其是管理的重中之重。

陈丕宏，华裔企业家，宏道及华美宏大的创办人、董事长兼首席执行官。

陈丕宏的人才管理主要体现在以下几方面：

陈丕宏强调人才管理对于企业的重要性。在他看来，所谓的企业管理就是人力资源管理，或者说，人力资源管理就是企业管理。对于一个企业来说，其他管理部门都已经达到高度的制度化、自动化了，但人力资源管理仍然是靠人来做的，因而对于管理者的要求更高。同时，其他部门的成长也需要人才来支撑，因而人才就是企业的核心。一个CEO需要的人才，应该是那种能分担其很多专业上的事务的人，意即专业人才。

陈丕宏认为，企业的人才不一定都要科班出身，不一定是技术型的。比如，他的公司里就曾有一个来自宝洁公司的董事。那个人虽然不懂IT领域的东西，却是一个不折不扣的销售精英。所以，企业需要的管理人员应当是具有实际能力和丰富经验的人，而不一定是深知本行业技术与知识的人，那样用人未免过于狭隘。陈丕宏本人在用人上就遵循了这样的原则。在最初经营公司的时候，他事必躬亲，每一个环节、每一个销售项目都要参与，甚至创下了一年在天上飞20万里航程的"成绩"。用他自己的话说，就是："我是航空公司最好的客户。"不过，当他的人才管理观越来越清晰的时候，他调整了自己的管理观念，开始让专业的人做专业的事。当然，这里的"专业的人"是指在某一领域出类拔萃的人。他放手让手下的人去做一线的工作，培养他们，让他们能胜任更重要的工作，承担更大的责任。另一方面，在使用人才和任用人才的过程中，陈丕宏进一步发现了许多"偏才"和"怪才"。而这些偏、怪之才也为公司的发展提出了许多新点子，创造出了许多新产品。

在人才管理上，陈丕宏认为，企业要发展，一定要得员工之心。而为了得其心，首先就要安其心。要想让员工安心，就得让员工从精神上和物质上富足。只有这样，员工才能团结起来，才能全心全意为公司工作，使公司不断发展壮大。也只有这样的企业，才能成为同行业里的领头羊。

陈丕宏的管理原则和刘劭所说的"以能用人为能"的原则是一致的。尤其是陈丕宏放手任用人才的策略，显示了他用人的大将之风。套用企业家李嘉诚的经商箴言中的一段话加以表述，应该是："假如今日没有那么多的人替我办事，就算我有三头六臂，也没有办法应付那么多的事情，所以成就事业最关键的是要有人能够帮助你，乐意跟你工作，这就是我的哲学。"一个好汉三个帮，越多的人支持你，你的事业就会越圆满。

真正的领导能够成就他人

"一个成熟的领导人愿意为他人提供价值，能够成就他人，帮助追随者实现所有的潜能；他不看重别人能为自己做些什么，而是关注如何正确认识人的价值，使其获得尊严。"这是领导力专家马克斯韦尔总结的领导力法则。这个法则恰恰符合了刘劭在"材能第五"中强调的用人观："臣以自任为能，君以能用人为能。"

马克斯韦尔是多家企业的创始人，同时也是享誉美国的领导力研究专家和培训大师。他在全球各地发表有关领导力的演讲，宣传自己的企业管理的主张，倾听他的演讲的人数多达几十万。他所创导的领导力理念，在财富500强企业、美国西点军校和NBA等机构中广为传播，并得到实证。

马克斯韦尔认为，一个真正的领导者应该帮助追随者，使其也成为领导者，拥有自己的愿景和想法。真正成熟的领袖人物具有一种"仆人"精神，他愿意为其他人服务，为其他人创造更多的价值，能够成就他人，把别人放在更重要的位置上。

在马克斯韦尔看来，真正的领导者应当是愿意成就他人的。当一个员工对一位真正的领导者说"我很高兴为您工作"时，他会纠正说："你不是为我工作，而是和我一起工作。"因此，真正的领导者能够正确认识员工的价值，善于把员工安排到正确的位置。这样，员工不仅愿意把他最好的一面展现给你，实际上也能够把他最好的一面奉献给你。

如果将马克斯韦尔总结出的这种观点，和刘劭所谈到的君主任用人才的原则进行对比，我们会发现它们的相似之处。二者提倡的用人艺术都包括领导者要学会大智若愚，给下属发挥才能的机会。

从古到今，成功的帝王和企业家在管理国家或企业的时候，也成就了别人。唐太宗李世民铸造了"贞观之治"，也以朝堂上涌现大批能臣而闻名；李嘉诚成为华人首富，他的长江实业集团中也出现了众多杰出的管理者。试想一下，如果唐太宗事必躬亲，李嘉诚鞠躬尽瘁，结果会是怎样的呢？唐朝初年的人才会有英雄无用武之地的感慨，长江实业会变得后继无人。所以，成功的领导者往往具有管理全盘、放权给他人的智慧。

做领导者的，不一定要事事比下属清楚、明白。领导过于精明能干的话，下属就知道自己有了靠山，于是凡事必请示，做事不动脑。这样一来，累的是领导，闲的是下属。这就是如今职场中，那些精明能干、凡事喜欢亲力亲为的上司们的下属往往都没有什么决断力和自主性的原因。相反，那些"懒"领导不干涉下属的工作细节，也不多过问下属的工作，反而让下属磨炼出了较强的解决问题的能力。

某集团公司里存在一个奇怪的现象，同样是下属的子公司，甲公司和乙公司的经理是两个性格截然不同的人，前者奇"懒"无比，后者兢兢业业。但年终集团公司进行效益考核的时候竟然发现，奇懒无比的甲经理所管理的公司业绩惊人，员工干劲十足；而兢兢业业的乙经理所管理的公司业绩平平，员工散漫，上下离心。原因何在呢？其实就在于懒与勤的区别。

正是因为甲经理"懒"，所以他放权给下属，下属的能力得到锻炼，才华得以表现，于是人人争先；正是由于乙经理的勤奋，下属们没有表现的机会，即使做了工作，却因为乙经理明察秋毫，容不得一点儿错误，导致大家没有成就感。人们在工作时如果总是感到时时被监督、被考查，那就没什么动力可言了。

当然，这里所说的"懒"不是指无所作为，而是有意识地抓大放小。领导者要做把握宏观的人，而不是事必躬亲、事无巨细的后勤管理人员。这也许就是马克斯韦尔成就他人的领导力的秘密吧。

"阿波罗现象"教你管理聪明人

在企业管理的过程中，存在着种种值得深究的现象，它们往往会成为一个新理论的开端，令管理者深思。

根据调查，在一些企业中，95%的聪明型企业都失败了，成功的只有5%。管理学将这种现象戏称为"阿波罗现象"。"阿波罗现象"就用来指代最聪明人组成的团体。

　　我们在生活中可以发现，由聪明人组成的团队的事业常常会失败。细细分析其中的原因，可以知道这是由聪明人的特点决定的。聪明人最大的特点是有自己的主见，但也正是由于太有主见，于是每个人观点中的弱点恰能吸引对方的眼球，而这恰恰又是被对方攻击的目标。所以，由聪明人组成的团队，表面上看是精英团队，其实往往潜藏着危机。

　　让我们盘点一下许多属于聪明人团队却最后失败的例子。先来看历史上最著名的刘备团队。这个团队中有卧龙诸葛亮和凤雏庞统，在质量上来说不可谓不高，结果呢？这个团队最后的结局是凤雏被乱箭射死，卧龙病死五丈原，团队散了。再来看近代历史上的另一个聪明人团队——唐初时李建成的团队。这也是由一群聪明人组成的团队，团队首领李建成，堪称聪明人；团队军师魏徵，那也是精通谋略之人。结果，这个团队最后也散了，死的死，被收编的被收编。相反，许多并非都由聪明人组成的团队，最终反而获得了成功。

　　团队都是由人组成的，不管是聪明人还是笨人，都是由团队的管理者指挥和任用的。所以，团队的失败与成功和管理者的用人本领有直接的关系。由此可见，聪明人团队的失败，其实反映了管理者用人方面的不足。而要解决这个问题，就需要参透刘劭所说的"材能既殊，任政亦异"的观点。

　　正如刘劭所说，"能出于材，材不同量。材能既殊，任政亦异"，管理者在领导聪明人的时候，要从中发掘核心人才。领导者要将自己的精力放在把团队中的潜在人才发掘出来上，并将不同的人才放在不同的位置上，从而达到任人所能、任人所长的目的。

　　在管理聪明人组成的团队时，管理者要注意最重要的一点，那就是倾听。因为团队领导者只有通过倾听才能理解并欣赏每个人才的潜在贡献。在倾听的同时，管理者还要统一团队成员的思想，这就是管理者的意志的体现。比如，李嘉诚无论如何放权，那些重大商业案例的决定还是要有他的参与，甚至一些大的投资还要有他的首肯。

　　一个团队、一个企业要健康发展，不能单靠一个人或是"少数派"的力量，那样纵使在短期内能爆发式成长，也不是长久之计，要锻造长久事业必须靠团队上下一心的努力才行。因此，管理者的工作之一就是给团队中的"聪明人"加上一份责任感，让他们明白，个人的行为不能超越公司，个性的张扬不能罔顾公司的体制，个人的才能不代表真理。既要让精英们在团队中发挥领头羊作用，保留他们的天赋，充分发挥其优势，又要团结大家，从而完成各项指标，保证目标实现的辅助力量。

　　要破解"阿波罗现象"，就要在团队管理中建立一套完善的管理体系，如果没有这个体系，就难以解决层出不穷的问题。管理者必须考虑：怎么以有效的管理制度使团队中的人都能够获得生存和发展的空间。虽然在实际管理中，很多时候会照顾精英，但我们对于精英的要求和一般成员是一致的，即使精英拥有很多荣誉，在制度面前我们也要一视同仁。

　　最后，管理聪明人时，团队管理者还要具有服务精神，及时为下属作好服务。如提供必要的福利，为下属打通一些有关的渠道，让下属工作起来畅行无阻。管理者要经常拿出提出问题的领导态度："为了能使你更轻松地工作，我能为你做什么？"

　　以上所说的原则被刘劭精辟地归纳为："臣以能言为能，君以能听为能。臣以能行为能，君以能赏罚为能。所能不同，故能君众材也。"领导者要和聪明人具备不同的本领，才能统摄全局，并能够管住聪明人，这就是"阿波罗现象"背后所包含的用人艺术。

利害第六

盖人业之流，各有利害。夫节清之业著于仪容，发于德行。法家之业，本于制度，待乎成功而效。术家之业，出于聪思，待于谋得而章。智意之业，本于原度，其道顺而不忤。臧否之业，本乎是非，其道廉而且砭。伎俩之业，本于事能，其道辨而且速。

经典再现

盖人业之流[1]，各有利害[2]。夫节清[3]之业著[4]于仪容，发[5]于德行[6]，未用而章[7]，其道顺[8]而有化[9]。故其未达[10]也，为众人之所进[11]；既[12]达也，为上下之所敬。其功足以激浊扬清[13]，师范僚友[14]。其为业也无弊[15]而常显[16]，故为世之所贵[17]。

法家之业，本[18]于制度[19]，待[20]乎成功而效[21]。其道前苦[22]而后治，严[23]而为[24]众。故其未达也，为众人之所忌[25]。已试[26]也，为上下之所惮[27]。其功足以立法成治，其弊也为群枉[28]之所仇[29]。其为业也，有敝[30]而不常用，故功大而不终[31]。

术家之业，出于聪思[32]，待于谋[33]得[34]而章。其道先微[35]而后著[36]，精[37]而且玄[38]。其未达也，为众人之所不识[39]。其用也，为明主[40]之所珍[41]。其功足以运筹[42]通变。其退也，藏于隐微[43]。其为业也，奇而希[44]用，故或沉微[45]而不章。

智意之业，本于原度[46]，其道顺而不忤[47]。故其未达也，为众人之所容矣。已达也，为宠爱之所嘉[48]。其功足以赞明计虑，其敝也，知进[49]而不退，或离[50]正以自全[51]。其为业也，谞[52]而难持[53]，故或先利而后害。

臧否之业，本乎是非，其道廉而且砭[54]。故其未达也，为众人之所识。已达也，为众人之所称[55]。其功足以变察[56]是非，其敝也，为诋诃[57]之所怨。其为业也，峭[58]而不裕[59]，故或先得而后离众。

伎俩之业，本于事能[60]，其道辨[61]而且速。其未达也，为众人之所异[62]。已达也，为官司[63]之所任。其功足以理烦纠邪[64]，其敝也，民劳而下困。其为业也，细而不泰[65]，故为治之末也。

迷津指点

①流：流变。

②利害：长处和短处。

③节清：清节家。

④著：明显，显现。

⑤发：表现，表露。

⑥德行：道德品行。

⑦章：显著，明显。

⑧顺：顺应。

⑨化：教化。

⑩达：发达，显达。

⑪进：推荐，荐引。

⑫既：已经。

⑬激浊扬清：本指冲去污浊的水，浮起清澈的水。后用来比喻惩治排斥邪恶，奖赏弘扬善事。

⑭师范僚友：当做同僚人学习的楷模。

⑮弊：弊病，害处。

⑯显：显赫。

⑰贵：器重，推崇，崇尚。

⑱本：事物的本质或基础。

⑲制度：这里是指法令、律令。

⑳待：等待。

㉑效：成效，效果。

㉒苦：艰辛，艰苦。

㉓严：威严。

㉔为：治理。

㉕忌：忌恨。

㉖试：出任，任用。

㉗惮：害怕，畏惧。

㉘群枉：众多邪僻的人。

㉙仇：仇恨，憎恨。

㉚敝：丢弃，弃置。

㉛终：善终，好的结果。

㉜聪思：聪明敏锐，善于思考。

㉝谋：谋划，计谋。

㉞得：成功。

㉟微：隐蔽，不外露。

㊱著：显露，明显。

㊲精：精妙。

㊳玄：玄远。

㊴识：认识，知道。

㊵明主：英明的君主。

㊶珍：珍爱，爱惜。

㊷运筹：策划，谋划，决策。

㊸隐微：隐隐约约，十分细微。

㊹希：通“稀”，稀少。

㊺沉微：深藏。

㊻原度：追溯源头，揣度变化。

㊼忤：忤逆，违抗。

㊽嘉：喜欢，嘉许。

㊾进：进取，这里指当官。

㊿离：离开。

(51)全：保全。

(52)谞：智慧，才智。

(53)持：保持，持久。

(54)砭：古代用石针扎在皮肉上治疗疾病。这里引申为批评。

(55)称：称赞，称誉。

(56)变察：辨别考察。“变”通“辨”。

(57)诋诃：诋毁，毁谤。

(58)峭：严厉。

(59)裕：宽容，宽宏大度。

(60)事能：处理事情的能力。

(61)辨：通“办”，办理，治理。

(62)异：突出。

(63)官司：古代官府的一种说法。

㉞理烦纠邪：处理烦琐事务，匡正邪僻。烦，繁杂，烦琐。邪，邪恶，不正当。

㉟泰：大。

古文译读

各种人才在功业流变的过程中，都表现出长处与短处。清节家的功业通过行为举止表现出来，而这些举止都是来自于自身的道德品行，这些道德品行在他们被任用之前就十分明显，他们的道德顺应人心而具有教化功能。所以，当他们还没有发达显赫的时候，就已经被众人所推荐；当他们已经发达显赫的时候，则被上下尊敬。他们的作用足以扬善抑恶，并且作为同僚人学习的榜样。他们所进行的事业没有什么弊病，反而功德显赫，因此被世人所重视和推崇。

法家的功业的基础在于建立国家的法制和律令，而且必须等到成功以后才能见到成效。法家开始建立威严的时候有一个艰苦的过程，威严建立后才能收到治理的效果，法家建立威严是为了对付大众。因此，法家在还没有发达显赫的时候就被众人所憎恨；当他们被任用的时候，则被其上级和下属所畏惧。他们的作用足以建立法律的威严，成就国家的治理，但他们的弊病是被众多邪僻的人所仇恨。他们所进行的事业也有被搁置而不被重用的时候，所以即使他们的作用大也不会有很好的结局。

术家的功业以聪明敏锐思虑深远为其根本，必须等到计谋成功以后作用才能彰显于天下。他的思想体系有一个从隐微到显著的过程，精妙而且玄远。术家在还没有发达显赫的时候是不被众人所认识的；当他发挥作用的时候，则被英明的君主所器重和珍视。他的作用足以筹划谋略通达变化。当他们离开职位的时候，便会将自己的计谋和谋略隐藏得很隐蔽。他所从事的事业，因神奇而很少被人所用，因此有的人便深藏而不显露。

智意家的功业的根本在于追溯源头，揣度变化。他的这套方法顺应时宜而不与之抵触。因此在他还没有发达显赫的时候，就被众人所包容接受；当他已经发达显赫的时候，又被宠爱他的人所赞赏。他的作用足以用来帮助贤明的君主制定策略；但他的弊病在于只知道进身而不知引退，有的时候还离开正道来保全自己。他所从事的事业，是运用才智但难以自保的。因此，他们中有的人一开始获利，到后来却招致祸害。

臧否家的功业的根本在于明辨是非好坏。他主张为人清廉，而去批评别人的错误。因此他在还没有发达显赫的时候，就被众人所认识；当他已经发达显赫的时候，则被众人所称誉。他的作用足以明辨是非好坏。但他的不利之处就是会被那些诋毁的人所怨恨。他所从事的事业，严厉苛刻而不能宽容，因此一开始时能得到众人的支持，但后来却离众人越来越远。

伎俩家的功业的根本在于从事技能性的工作。他主张通过技巧不但把事办成而且还要迅速。在他还没有发达显赫的时候，就被众人看做技能突出的人；当他已经发达显赫的时候，则被政府的主管部门所任用。他的作用足以处理烦琐事务，匡正邪僻。但他的弊端在于使民众疲弊，下属困顿。他所从事的事业，细小而不宏大，因此，是治理国家之术的细枝末节。

前沿诠释

此篇中，刘劭详细剖析、比较了清节家、法家、术家、智意家、臧否家和伎俩家这六种各有千秋的人才各自的优劣之势，旨在强调每种人才的不同特点。在现实生活中，被人称誉的人才往往都有自身的独门绝技，但也因术有专攻而不能摆脱其他方面的劣势。回溯历史长河，纵观全世界，许多精英人才都与刘劭所描述的这些类别——对应，他们的优势、劣势在仔细揣测中也可见一斑。另外，作为管理者，也应该充分了解身边分布的这六种人才的特点，使其才尽其用。

"智意" 晁错成也智谋，败也智谋

西汉"文景之治"时期曾烜赫一时的谋臣晁错便是刘劭笔下所描述的"智意家"。

"文景之治"是一个在中国古代历史长河中一直被人称道的时期，汉景帝也因其治国有方而广受赞誉，而其功绩在很大程度上来源于他卓越的用人之术。晁错便是深受汉景帝重用的大臣之一。晁错在朝风光数载，因其非同寻常的聪明才智而一路高升，却最终也因其过人智谋落得狼狈下场，着实令后世子孙为之欷歔不已。

《史记》曾记载过汉景帝对晁错的评价——"智囊"，即刘劭所谓的"智意"。晁错天资过人，加上早年时还有被汉文帝派遣到异地向圣人学习的经历，故而学识渊博，可谓无所不知，深受当时在位的汉文帝赏识，先后

晁错，西汉文帝时期的智囊人物，因文才出众任太常掌故，后历任太子舍人、博士等，被太子刘启（即后来的汉景帝）尊为"智囊"。

出任太子舍人、门大夫、博士等官职。他在著作《言太子宜知术数疏》中曾说明：君主帝业百年传承的关键在于擅长通晓治国方略。在汉景帝继位之前，晁错在朝野中的地位不仅不断攀升，而且在广大群众心目当中也小有名气。诚如刘劭所说，即为所谓"其未达也，为众人之所进"。

晁错十分关注国家大事，加之见识颇广，常常能提出十分中肯的意见和建议。这些建议在实际运作中都颇有成效，推动了当时汉朝经济的发展，维护了刘氏政权的稳定。

汉文帝十一年，边境形势严峻，匈奴频频来袭。汉文帝决定采取大规模反击战略。晁错知晓后，连忙上书给皇帝，阐述了自己对与匈奴作战的看法。他认为，作战的三要素在于地形、精兵和武器，不同的地形适用不同的兵种和武器。因

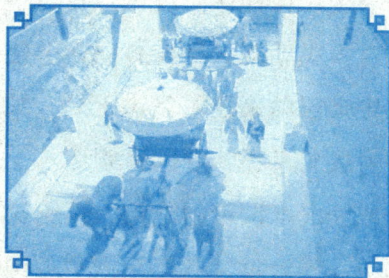

此图是在汉景帝与王皇后同茔异穴的合葬陵园中发掘出的彩陶，该彩陶在一定程度上反映了西汉时期"文景之治"的盛世画面。

此，必须在训练士兵时有针对性地分批指导，使之各有所长。而中原王朝对抗匈奴的最佳方式应该是联合周围的其他少数民族，共同抗击匈奴。汉文帝对此表示赞赏，大赞晁错的深思熟虑。

紧接着，在兵戎交接的紧张时局下，晁错又上书文帝，在戍边方面提出了一个创新性建议——用移民戍边代替"戍卒岁更"制度。所谓"戍卒岁更"，是指戍边士兵每年更替一班，轮换休息。这种戍边制度无疑带来许多诟病，许多戍边士兵苟且偷安，不注重了解和观察边防军情及敌人的动静，以致御敌能力大大下降；此外，许多远赴边疆的士兵水土不服，致使战斗力大大折损。晁错指出，用劝说人民戍边代替通过权势强制性命令士卒戍边，是注重人情需求的表现，可以从利民教化方面出发，规劝部分百姓移民到边境地区，长期生活，安心生产，同时保卫边境。在此过程中，朝廷安抚移民群众，妥善解决他们在移民和安定过程中遇到的困难，给予发展经济的帮助，使民有所居、有所用。另外，戍边优秀者还可以获得朝廷的奖赏。这样一来，既有利于管理百姓，使百姓安居乐业，又有利于高效戍边。汉文帝就采纳了这一建议。

晁错的计谋策划总能得到汉文帝的赞赏，也因此造成他"其蔽也，知进而不退"，"其为业也，谞而难持，故或先利而后害"。晁错聪明绝顶又生性不甘寂寞，在朝廷那个看似圣洁至上实则浑浊不堪的泥潭中，不知分寸，自然免不了处于深陷泥潭不能自拔的狼狈处境。而这一切皆源于晁错的削藩之策。

汉景帝刘启在还是太子时，便十分器重晁错。他深知晁错的深谋远虑绝非一般人所能比，所以在即位后很快将他调任为自己身边的心腹重臣。汉景帝对晁错可谓言听计从。晁错虽是一介书生，但他才智过人，看透了诸侯王的猖獗势力对中央朝廷的巨大威胁，于是上《削藩策》。汉景帝因向来器重晁错之见，加之也对诸侯王的势力极为忌惮，便同意削藩。十几天后，利益受到威胁的七国诸侯叛乱，声称讨伐晁错。大臣袁盎向汉景帝献计杀晁错以平七国之乱。不久后，晁错被腰斩。

晁错墓。该墓在禹州城南13.5公里的晁喜铺村西。有墓冢两座，南为晁错墓，北为其兄晁喜墓。墓冢高数丈，每座占地半亩余，无陵园。原有墓碑，曰"汉御史大夫晁错墓"，高七尺。

然而，晁错之死依然没能平定七国之乱，但智谋出众的晁错却从此从历史舞台上消失了。其实晁错的命运不单是政局所迫，更多是源于其性格缺陷。据《史记》记载，晁错为人"峭直刻深"，即性格苛刻严厉。他拥有常人所不及的聪明才智，所献计策深受皇帝赞赏，在朝廷中显赫一时，以至招来众人嫉妒。官场尔虞我诈，钩心斗角，偏偏晁错不懂得屈伸，不会拉拢人，以至身边没有知己，孤立了自己。所以说晁错成也智谋，败也智谋。晁错惨遭杀害的命运，既令世人惋惜，也终显示其"智意"的深刻借鉴意义。所以说"智意家"虽然才识颇具，但也容易因才智施展不当而惹是生非。

"智意"陈平明哲保身

同样是刘劭笔下的"智意家"，有的"知进而不退"，如晁错；有的则"离正以自全"，充满传奇色彩的西汉开国功臣陈平当属此类。

陈平是随刘邦出生入死的至交，不过他一开始并不为人所知，而且，认识他的人都觉得他不是一个会出人头地的人物。确实，陈平在年轻的时候作风散漫，行为不轨。后来，陈平效力于项羽，逐渐展露出了自己的聪明才智。然而，陈平深觉在项羽那里自己简直就是个受气包。因为项羽性情焦躁，动不动就责怪他，而他的许多计谋项羽都不予以采纳。于是陈平转而投靠刘邦。刘邦珍惜人才，大赞陈平是个有谋略的人才。陈平也的确在紧要关头先后想出过六个妙计，包括离间钟离昧、无中生有逼走范增、以假乱真巧脱突围、顺水推舟巧顺其意、请君入瓮生擒韩信、假献木偶美女解白登之围，帮助刘邦化险为夷。正因为功勋卓著，陈平一路青云直上，成为汉初大名鼎鼎的丞相。

即使身处于一人之下，万人之上的高位，怀有深谋远虑的陈平也从来没有因为地位显赫而受到皇帝或其他大臣贵族的猜忌，这与陈平圆滑世故，懂得明哲保身有很大的关系。也就是说，陈平很会与上司、同事、下属搞好关系，从而在钩心斗角的朝廷纷争中保全了自己的性命。然而，正如刘劭所说，这种性命的保全，往往是以离开正道为代价的。陈平的一生看似一株东倒西歪的墙头草，但最后得到了善终，终成为政治斗争中始终屹立的不倒翁。

陈平的过人智慧不仅表现在为人处事和保全自己上，还表现在军事上，更表现在处理和君主、大臣、贵族之间的关系上。

陈平，西汉王朝的开国功臣。在楚汉相争时，他曾多次出谋划策帮助刘邦。汉文帝时，曾担任右丞相，后迁为左丞相。

陈平老练精明，善于察言观色、与人周旋，做事既不得罪对方，也让对方有台阶下，又能适度地维护自己的尊严。当然，后者是陈平考虑的次要因素，因为他认为性命往往比尊严更为重要。

有一次，汉高祖刘邦率领军队打完仗后班师回长安，没想到在路上染上了重病。更令汉高祖恼火的是，此刻燕王卢绾叛变了。无奈之下，汉高祖只能再度打起军鼓，重整军队，并命令手下大将樊哙向叛军进发。樊哙是吕后的妹夫，可以说是皇室贵族，此人在战场上英勇无敌，战功累累，深受汉高祖器重。不过，地位高的人总是会受到奸诈小人的诽谤陷害，樊哙率军离开后，便有人在汉高祖面前说起樊哙的坏话："皇上，樊哙这人啊，表面看上去忠厚老实，其实巴不得陛下您早点生病归天啊！"汉高祖听后十分生气，怒斥道："这个樊哙，原来竟有这样歹毒的心肠！朕岂能容他！"于是，他让陈平和周勃立刻赶至樊哙军营，将樊哙拿下，夺走他的军权，并将他斩首示众。陈平和周勃接旨后，便匆匆上路。一路上，陈平悄悄对周勃说："樊哙是吕后的妹夫，又是皇上的故友，这样亲密的大将皇上不可能不懂得珍惜，而现在说斩就斩，这恐怕是源于皇上的一时之怒啊。樊哙对朝廷尽心尽力，忠心耿耿，斩了之后陛下恐怕会后悔。不如我们先将樊哙囚禁起来，再交给皇上处理吧，这样也好让皇上三思而后行啊。"周勃听后点点头。不过，陈平和周勃还未回到长安，汉高祖就因重病驾崩了。听到皇上驾崩的噩耗后，陈平赶紧赶往宫中，将汉高祖生前因听信小人谗言欲将大将樊哙斩首的事情如实禀告给吕后。吕后听后，十分震惊，后来听到陈平说自己没有斩杀樊哙，只是囚禁了他之后，才大舒

一口气，称赞陈平的做法。由此，陈平赢得了吕后的奖赏，为与吕后搞好关系打下了基础。后来当吕后垂帘听政时，陈平便被提升为左丞相。

陈平深受吕后喜爱和信任，但他也不满吕后的肆意专权。不过，在钩心斗角的宫廷中，谁又敢轻易将这种不满写于脸上呢？陈平自然明白其中的道理，所以，他小心翼翼地处理和吕后之间的微妙关系，处处隐忍求全。他曾说："有利于国、民之计则施，无利则敛，不然焉不招祸？"

陈平善于揣摩一个人的性格爱好，他知道吕后很嫉恨才华横溢的人，而自己在军事政治等方面的才能又远远胜过宫中的其他大臣，所以，自己必须谨言慎行。他知道自己处于危险的地位，虽然现在受到吕后的宠爱，但只要稍不注意，就会栽个大跟头，

樊哙墓前的塑像。据《樊哙墓记》记载，樊哙墓原在河南舞阳县，后因其封封地在江夏，樊哙墓被迁到江夏龙泉山天马峰下。

到那时候，想翻身都无能为力。然而，陈平又一心想削弱吕后的势力。为此，在这风口浪尖的时期，他尽可能避免引起吕后的注意。为了掩盖自己的光芒，陈平假装放荡不羁、颓废浪荡，整天衣冠不整，头发凌乱，沉溺于花天酒地和美女音乐之中，过着醉生梦死的荒淫生活。而在朝堂上，他唯唯诺诺，从来不发表任何犀利的意见，顶多只是随声附和，闪烁其词，装出一副平庸无知、愚蠢痴呆的样子。果然，一段时间后，吕后便不再注意陈平了，陈平也得以过上与吕后相安无事的太平生活。

尽管陈平极力让自己淡出吕后的视线，但还是有一些人会来找陈平的麻烦，吕后的妹妹，即樊哙的妻子就是其中之一。因为樊哙被囚禁的事情，吕后的妹妹一直愤愤不平，恨不得陈平马上死去。于是，她经常在吕后面前说陈平的不是："姐姐，你看那个陈平，身为丞相，却从来不管政事，整天只知道吃喝玩乐，怎么能让他担当大任呢！"吕后听后会心地一笑，对她说："这样的人我才愿意器重呢，不太精明，对我没有威胁啊。"陈平知道这件事后，心中大悦，因为他知道自己演戏演得很成功，不仅骗过了吕后，也骗过了吕后身边的人。此后，吕后对他越来越没有戒心。吕后还安慰陈平说："女人、小孩的话都是听不得的，他们说归说，像我们这样亲密的关系，是不需要担心别人的谗言的。"于是，陈平越演越真，越演越显得"忠厚老实"，吕后也越来越欣赏他。

有一次，吕后打算将某一姓吕的远亲立为亲王，不过，为了名正言顺，便召集陈平等大臣商议。吕后问及大臣意见时，性情耿直正气的王陵立刻反对道："万万不可。先皇当年在杀白马时曾立下誓约，规定凡是不为刘姓之人都不得封为王。如有封王者，天下人都应联合起来讨伐他。现在如果封姓吕的人为王，那就是违背先皇的誓约啊！万万不能如此！"吕后听后，顿时怒火中烧，对他的话怀恨在心。陈平见势不妙，为了能让吕后下得了台阶，便接着回答："我倒认为没什么不行的。之前先皇平定天下之后，便封姓刘的人为王，而现在是我们至高无上的太后执政，太后贵姓为吕，自然吕姓的人也可以被封为王了。"吕后听后，转怒为喜，眉开眼笑，夸赞陈平说得好。之后，王陵被吕后剥夺了丞相的大权，贬职为太傅。而王陵本人也感到官场潦倒，生不如死，便以生病为借口请求辞官还乡，在家中安度晚年。此后，吕后更加肆无忌惮地封吕姓之人为王了。

陈平明哲保身，步步退让，虽然保住了自己的性命和地位，但也被后世人看做圆滑世故之徒。其实，这种明哲保身是充满智慧的。陈平在明哲保身的过程中不断积蓄力量，为日后平定吕氏之乱奠定了基础。吕后死后，陈平立刻联系朝中旧臣，一举消灭宫中残余的吕氏势力，为汉王朝做出了巨大的贡献。

陈平墓。此墓位于陕西西安户县石井镇曹家堡村西北约40米处。墓基东西25米，南北30米，高17米，呈覆斗形。墓前有"汉曲逆侯陈公平墓"石碑。

陈平暂时离开正道，保住了自己的性命，这种做法是否违背一个忠臣的标准规范至今仍无法盖棺定论，我们唯一能肯定的是，陈平忠于汉室，也珍爱自己的宝贵生命和丞相地位，他的隐忍退步或许可以解释成他为储备能力而做出的牺牲。不管怎样，比起历史上众多为了正道最终慷慨赴死的英雄，陈平少了些无畏，但也多了些机警。这就是某些"智意家"最为原始的本性吧。

清节家于谦两袖清风朝天去

千锤万凿出深山，烈火焚烧若等闲。

粉身碎骨浑不怕，要留清白在人间！

这首家喻户晓的名诗《石灰吟》，正是于谦一生的真实写照。

于谦是明代著名的清官和民族英雄，因清高的节操而闻名古今，为百姓群众所爱戴，被尊称为"于青天"，并与岳飞、张煌言并称"西湖三杰"。于谦即是刘劭所谓"清节家"的典范。

于谦年少时便是一个才思敏捷的神童。有一天，于谦的母亲给他梳了个双髻，他走在上学路上时，有一个和尚恰巧经过，看到他头上梳着的双髻，觉得特别好笑，便想嘲笑他，就说："牛头且喜生龙角。"于谦听到后，不假思索地回应道："狗嘴何曾长象牙。"和尚听后，大吃一惊，顿时哑口无言，不知如何应对。放学后，于谦回到家里，对母亲说："娘，今天有个和尚嘲笑我这双髻，我明天就不梳这个发型了。"母亲点点头。第二天，母亲便给于谦梳了三个髻。然而，很不巧，又被昨天那个和尚碰到了。和尚看到后，又开始嘲笑于谦："三角如鼓架。"于谦听后很是恼火，但仍从容镇定地回应道："一秃似擂槌。"和尚继而无语，惊愕一阵之后，回过神来，和蔼地夸赞眼前看上去还是小不点的于谦，说："这孩子，将来必定成为国家的栋梁啊！"

于谦，明代著名的清官和民族英雄，因清高的节操而闻名古今，百姓尊称其为"于青天"。

又有一次，于谦骑着马从小桥走过，正好碰见当地的太守。太守见他穿着红衣服，便想考考这个据说是神童的小孩，就给于谦出了上联"红孩儿骑马过桥"，于谦听后，随口便接出下联："赤帝子斩蛇当道。"太守听后大赞。

因为自身的聪明才智，于谦于永乐十九年在科举考试中成为进士。宣德元年，汉王朱高煦在乐安州起兵反叛，于谦跟随明宣宗朱瞻基征讨叛军。后来，朱高煦势单力薄，难敌大明朝的军队，只好投降。一日，明宣宗让于谦当着包括自己及朱高煦在内的众多人之面细数朱高煦的罪行。于谦义正词严，声色俱厉，朱高煦吓得魂飞魄散，趴在地上不停地打战，拼命地说自己罪该万死。明宣宗感到十分满意。在处死朱高煦后，于谦被任命为御史，巡按江西。

于谦诗作《石灰吟》。

千锤万凿出深山
烈火焚烧若等闲
粉身碎骨浑不怕
要留清白在人间

在江西，于谦发现许多囚犯是被冤枉的，便下决心整顿当地治安，为当地老百姓申冤。当地的官员长年欺压骚扰百姓，致使民不聊生。于是，于谦上疏奏报官员的罪行，并请求皇上派御史逮捕这些腐败的官员。于谦在江西立下大功，威望渐渐地增加，百姓都十分尊敬他。明宣宗知道后，觉得于谦是个可以承担重任的清正官员，而当时恰巧宫中需要增设各部右侍郎为直接派驻行省的巡抚，于是明宣宗将于谦推荐给吏部，并提升他为兵部右侍郎以及河南和山西的巡抚。于谦不负皇帝所望，到任之后，微服出巡自己所管辖的所有地区，走访当地百姓，了解当地的民生。同时，他还重视建设或革新，只要是有利于百姓的建设都着力做好。他把当地这些富有意义的建设上报朝廷，获得明宣宗的允诺。在于谦的治理下，正统六年，河南、山西等地储存的谷物已达到当时国家的较高水平。于是，于谦又一次上书朝廷，请求朝廷改变以往先把粮食收到官府的举措，在每年三月命令各府州县上报缺少粮食的贫困农户，并先把菽秫、黍麦、稻子等谷物分发给他们。等到秋收后，有能力偿还的农户便把粮食还给官府，而年老有病和贫穷无力的农户则可以不用偿还。而州县官吏任满，在离开之前必须储存好朝廷规定的预备粮，否则不准离任。另外还需要有监察官员对这项措施进行监督审查。明宣宗觉得这是个利于百姓的举措，便下诏令各州县按照于谦所说的执行。穷苦百姓因此获得足够的粮食维持生计，纷纷感谢于谦的廉政。当时，在于谦管辖之地，几乎每年都会发生水灾、旱灾等自然灾害，于谦总会及时向明宣宗上报，并将朝廷的拨款及时分发给底层的受难百姓。黄河的堤岸因涨水被冲垮，于谦便下令修建，加厚防护堤，并在河畔修建防护亭，派遣数名下属担任亭长，负责督促修缮堤岸的工作。此外，他还下令种树、打井。百姓们感激不尽，纷纷夸赞于谦是个关爱百姓的好官。

为百姓废寝忘食的于谦并没有享受多高的待遇，这也是他自己要求的。明宣宗以及后来继任的明景帝都十分看重于谦，也曾先后多次想给予于谦一些物质上的奖赏，包括为于谦修建新的府第，赏赐黄金等贵重财物。但于谦每次都一一谢绝。东宫改易以后，明景帝下诏，凡是兼东宫太子宫属者可以支取两份俸禄。许多大臣都兴高采烈地接受了朝廷的奖赏，只有于谦一个人三番两次地推辞谢绝。这倒不是因为于谦自己已经十分富裕，相反，他的生活十分简单俭朴，连百姓看了都觉得心疼——怎么如此显明清高的好官，住的是这么破旧简陋的房屋啊！的确，于谦的房子也只是能够遮挡风雨罢了，但他并不追求自己有多好的生活条件，他的愿景，正如诗人杜甫所言："安得广厦千万间，大庇天下寒士俱欢颜，风雨不动安如山。呜呼，何时眼前突兀见此屋，吾庐独破受冻死亦足。"皇帝曾赐给于谦西华门的府第，但他怎么也不肯接受，还推辞说："皇上啊，现在国家这么多灾难，穷苦百姓还有很多，百姓都没有好房子住，微臣怎么敢自己安居啊。"于谦说得严肃庄重，但皇帝还是不准他这么"虐待"自己，便告诉于谦："府第你可以不要，不过你不可以什么奖赏都不拿，不拿就是违抗圣旨。我这里有玺书、袍服、银锭之类的，你必须拿去。"无奈之下，于谦只好收下这些奖赏。不过，一回到家，于谦便偷偷把皇帝所赏赐的金银财物都封好，并写上说明，放到一个角落，直到生命的最后一刻都没有动用。

与于谦的清明相反，当时的明朝政治比较昏暗。正统年间，宦官开始活跃于政坛上，企图篡夺大权。各种宦官贼臣作威作福，肆无忌惮地招权纳贿。在这其中，宦官王振掌控的权力最大，可谓一人之下，万人之上。每当朝会之时，大臣们但凡见到王振，都必须献上百两白银作为供奉。当然，百两只是个底数，如果哪个大臣能献上千两白银的话，便可以受到王振的盛情款待。于谦看到如此贪污腐败的局面非常痛心，认为这是大明王朝政

于谦故居。位于浙江杭州市清河坊祠堂巷41号。明成化二年（1466），于谦案昭雪，故宅改建为怜忠祠，以资纪念。如今，故居的忠肃堂、思贤庭、古井已照原貌修缮一新，原有的旗杆石、造像碑等遗物，亦一并展出。

治的大污点。他表示决不与王振之流同流合污，每次进京奏事，从来不带任何礼品献给王振。于谦的朋友关切于谦的性命安危，曾劝告他说："于谦啊于谦，难道你不知道，现在朝廷上下的人都要献礼给王振吗？王振大权在手，随时都可能把你杀掉。你如果不对他献殷勤，恐怕会不利于你自己，早晚会被陷害啊。"于谦听后大笑，无所谓地甩了甩两只袖子，对朋友说："不必了，我别的没有，只有我这两个袖子中清爽的风啊。如果王振需要的话，我送他这个便是。"后来，于谦还特意因此事写了一首诗，名曰《入京》，以激励自己要深明大志，不与世俗同流合污。这首诗的内容是："手帕蘑菇与线香，本资民用反为殃。清风两袖朝天去，免得闾阎话短长！"其中，"闾阎"意为里巷，于谦一心只想清清白白做人，这样才不愧对上天，也省得周围人，尤其是百姓们说长道短。后两句表现了于谦一身正气的清高节操。从此，"两袖清风"的故事开始流传开来，众人无不称赞于谦的高风亮节和其为官之清廉。不过，于谦的清高虽然赢得了民众的称赞和爱戴，也自然地引起了宦官王振的厌恶和不满。王

杭州于谦祠。明朝弘治二年，于谦的冤案平反，孝宗皇帝为表彰其肆国致忠的功绩，赐谥号为"肃愍"，并在他的墓旁修建祠堂，取名为"旌功祠"。

振便把于谦当做自己的眼中钉，时刻想借机除掉他。

于谦性情刚强，不肯卑躬屈膝，他看不起朝廷中那些懦怯无能却整日贪污荒淫的大臣和贵族，而那些人也不喜欢他，憎恨他的人越来越多，以致为自己埋下了祸根。天顺元年，于谦被一群奸臣诬告，以所谓的"谋逆罪"被朝廷冤杀。

纵使于谦是含冤死去的，他心中一定也深觉死得其所，因为，他的清高节操让他无愧于他所热爱的国家和百姓，更无愧于自己的宏伟壮志。

海子是当代的清节家

把海子归入刘劭笔下的六种人才类型中的清节家范围内，似乎会引起较多人的质疑。毕竟，海子的追求与所谓的清高脱俗的节操是不是能够等同还有待商榷。诚然，生活在较为安定的新中国的海子，自然不比古代封建王朝的官员，更有为国效力的良好机会。对于这个时代的所谓"清节"，是通过对比衬托出来的。正如古时候的清高大臣大都是由当时的政治背景以及周围的纨绔子弟、荒淫奸臣衬托出来的一样，海子亦是通过当时微妙的社会背景和周围人的状态凸显出了自己的清高脱俗。

海子原名查海生，出生于一个穷苦的农村家庭。1979年，年仅15岁的海子考进北京大学法律系，并在大学时代开始他的诗歌创作生涯。1983年，海子从北大毕业并被分配到中国政法大学哲学教研室工作。然而，六年后，在海子生日那天，他在山海关卧轨自杀，结束了年仅25岁的生命。海子用他的死向世界宣告内心的圣洁和清高。

敏感，脆弱，感性，悲伤，这些似乎就是人们心中的海子形象。然而倘若海子只是如此简单地离开人世，如今捧着他的诗歌细细品读的人便读不出什么滋味了。海子不可能这么片面和消极。相反，海子热爱自己，热爱生活，也热爱他身边的人。他的清高理想与残酷现实有了隔阂，所以他失望过，但绝对没有绝望过。因为我们可以从海子的诗歌中读出他对美好事物的眷恋和向往，对生命脱俗清高的崇拜和关切，这种热腾腾的气息如此令人心神荡漾。他就是这么一个率真单纯的人，单纯到没有一丝世俗的杂念，他的所有圣洁心绪都存活在自己铸造的童话国度中，尽情飞舞和欢腾。诗歌就是海子的

海子，原名查海生，1979年入北大法律系学习。1983年到中国政法大学哲学教研室工作。1989年在山海关卧轨自杀。

灵魂，海子的灵魂就是清高的抽象物。

村庄、土地、庄稼、太阳……这些都是在海子诗歌中频繁出现的意象，这些意象也成为海子诗歌象牙塔的构成部件。我们可以发现，所有这些都充满了积极向上的感觉，尤其在海子的艺术化下，它们仿佛被赋予了生命，活跃在海子的生命里。不管是对爱情的忠贞执著，还是对事业的追求攀登，海子都是怀着崇高的理想去努力实践的。

从北大到法大，海子都是能在众人之中脱颖而出的优秀人才。然而，这样的人才却带着丰富的个人感情色彩和圣洁清高的感性，因此，即使有过人的才智，却容易被世俗的尘埃遮蔽了光芒。海子拥有一身清高脱俗的志气，他从不愿主动去拨开世俗的灰色阴霾，所以，渐渐地，世俗将他越埋越深。

也许，海子和历代的清高人士最大的区别只是在于历代清高者可以在混沌的世俗中保持自己的高洁情操，即"出淤泥而不染，濯清涟而不妖"，因此，他们可以生存得很好。但海子不同，他的清高无人赏识，甚至在有些人眼里是不正常的表现。所以，他只有通过死亡这种极端的方式来捍卫他自己圣洁清高的灵魂。

远离喧嚣，海子守护着自己的圣洁与清高，与世长辞，然而，他是幸福的。

霍姆斯——一代法家坎坷的生前身后

奥利弗·温德尔·霍姆斯是20世纪初美国最高法院大法官，他被公认为美国最高法院最伟大的大法官之一。霍姆斯几十年的法官生涯是一代"法家"的真实写照，他具备着法家生活应有的智慧和能力，也同时遭遇着法家不可避免的艰难处境。

1882年年底，霍姆斯放弃在哈佛大学法学院的任职，开始就职于马萨诸塞州法院，从此开始他近20年名不见经传的州法官生涯。1900年，霍姆斯当上马萨诸塞州最高法院首席法官。然而，由于名不见经传，20年来所接的案子都很琐碎，因此他很少以法官的身份被世人承认，更多时候是以哈佛校友或内战老兵的身份在各地发表演讲，他的舆论身份也不过是个出色的演说家而非法官。

然而，霍姆斯不愿意放弃自己的远大抱负，甚至有些自负地相信自己将会超越马歇尔，成为新时代最

奥利弗·温德尔·霍姆斯（1841—1935），美国著名法学家，曾担任美国最高法院大法官，对普通法的创立有重要贡献。

伟大的法官。时不我待，20年过去了，他依旧不得志，他渐渐地萌生绝望，感到前途渺茫。

在又一次竞选联邦最高法院首席法官失败后，霍姆斯索性破罐子破摔，在纪念马歇尔就任最高法院首席法官一百周年的演讲中，公开表达对自己坎坷命运的怨恨和不公。他用诗人般的口吻调侃马歇尔纯属运气的就任，并且自命不凡地宣传只有像他这样身经百战的老兵才能真正改写美国的历史。然后他又对《联邦党人文集》的价值和马歇尔的能力提出怀疑，含沙射影地表达他深邃的思想观念，以显示自己的怀才不遇。

其实，当霍姆斯讥讽马歇尔的好运时，他绝没料到自己才是真正的幸运儿。1902年11月，霍姆斯终于如愿以偿地出任新一届联邦最高法院法官，而这纯属他的至交罗斯福为巩固自己的权力所采取的举措。职位的升迁让这个法家为世人所知，但并未得到较好的评价，媒体舆论称他"才气多于理智"，"有天分但是并不伟大"。

霍姆斯在联邦最高法院任职的时候正是进步自由主义者改革时期。霍姆斯反对当时自由放任的保守派的所谓福利性社会立法，信奉达尔文的观点。他认为，个人生活和社会生活无非只是暴力和对有限生存资源的各种争夺。他怀疑价值存在的意义，坚持司法克制主义或司法顺从主义哲学，坚决反对法官干预议会和政府立法。1905年，在洛克勒诉纽约州一案中，霍姆斯宣布纽约州的立法违宪。从此，他声名鹊起，引起舆论的关注。此后他的许多做法都被视为关注劳工等弱势群体的英明举措，声望大大提高。1916年，《哈佛法律评论》发表了纪念霍姆斯75岁生日的论文集。自此，霍姆斯开始成为公众人物。1931年，《哈佛法律评论》又推出纪念霍姆斯90岁生日的论文集。他甚至还被誉为"哲学之王"和"法理学领域最伟大的人"。

然而霍姆斯的出名却没给他带来太大的好处，他依然面对许多敌对势力的攻击。霍姆斯在苦苦攀登立法司法事业这座高峰时屡屡被人中伤，这种中伤到他死都没有终结。1935年，霍姆斯因肺炎病逝。当时，法西斯的阴霾已经开始悄然弥漫，人们注意到了霍姆斯生前与法西斯主义理论的近乎亲缘关系的言论思想。于是，1940年后的短短几年内，霍姆斯被推向风口浪尖。众多法学家集体声讨霍姆斯的极权主义哲学，此前霍姆斯的追随者也都纷纷倒戈。

虽然这场轰轰烈烈的声讨风波随着"二战"的结束也渐渐平息，但霍姆斯的威望和名声遭到严重损害，难以恢复。随后，部分法学家开始重新审视霍姆斯。法学家如是评论他："霍姆斯是美国历史上具有转型意义的法学家，他的部分理论对美国法理学具有原型意义，但部分错误理论从极端外在观点看待法律，以致没有人能为他的政治哲学辩护。"

但凡一种颇受争议的政治哲学，在风水轮流转的政治斗争的不同阶段中总会以不同的面目亮相。此后，关于霍姆斯言论适宜与否的争议在政权交替和实证主义法学家们百家争鸣的过程中经历着一波又一波的洗刷。可以说，霍姆斯这位法家自始至终都没有得到一个真正美好的结局，如果他在天有灵，恐怕也会因世间的争论而不得安息。

然而，我们依然需要肯定霍姆斯作为一代法家所做出的伟大贡献。正如大部分法学家所言，"他对于美国法理学最重要的意义是他的破坏力，他留给美国法理学最重要的遗产是他的根深蒂固的怀疑主义"。霍姆斯最大的特点便在于其一生致力于立法司法事业中，虽然自身兢兢业业，拥有伟大的创举，然而法律处于风口浪尖的地位却决定着他的声誉在变动局势中有随时垮台的危机。霍姆斯的坎坷遭遇成为刘劭笔下之法家遭遇的现代版真实写照，着实令人嗟叹。

术家乔·吉拉德的沉与浮

世界著名的汽车推销大师乔·吉拉德35岁前并不为人所知晓，这正符合刘劭所说术家的"沉微而不章"。

乔·吉拉德从小就有严重的口吃问题，这种生理疾病成为他职业选择的重大障碍，以至三十几岁的乔·吉拉德换了40个工作后依然一事无成。1963年，35岁的乔·吉拉德在建筑生意上又一次失败了，他身负巨额债务，走投无路。经历多次失败后，朋友都弃他而去，但乔·吉拉德乐观地说："没关系，我会笑到最后。"

几年后，这个不被人看好的失败者居然成为了世界瞩目的推销大师！短短15年内，他一共销售了13001辆（每次只卖一辆）汽车，这项记录打破了世界吉尼斯纪录，因此他被誉为"世界上最伟大的推销员"。乔·吉拉德49岁时便退休了，但他所保持的世界汽车销售纪录至今无人突破。而吉拉德到底是怎样从沉溺的绝路中峰回路转，最终浮出水面，成就大业的呢？

吉拉德自己总结说："有人问我，怎么能卖出这么多汽车？有人会说是秘密。我最讨厌的就是有人装模作样地说什么秘密，这世上没有秘密。我用我的方式成功。"

刚做汽车销售时，吉拉德只是公司42名销售员中最普通的一个，他也对周围环境乃至这个职位的要求不是很了解。一开始做销售职业时，吉拉德也没有多少销售经验，后来的这些销售方式都是他在自己的细心摸索中掌握的。他十分注重生活的每个细节，可以说，善于留意每个细节，既是他为人称道的"谋略"，也是他实现由沉到浮的关键。

"一个成功的推销员在推销产品的同时，总能成功地把自己推销出去。或者说，在成功地把产品推销出去之前，你必须先把自己给推销出去。"吉拉德这样认为。为了成功地把自己推销出去，吉拉德一直坚持他多年养成的习惯——只要碰到人，左手马上就会到口袋里去掏出自己的名片，递给人家。看上去，这似乎是种愚蠢的行为，然而，吉拉德留意到，越是愚蠢尴尬的事情越是那些成功、有钱的人士经常干的事情。既然自己有志于成功，便要从这些细微事情上开始注意。而这种递名片的细小事情，其实也是推销自己的一种有效的方式。吉拉德觉得，名片至少可以让看到的人（不管是有意识还是无意识地看到）知道自己是干什么的，卖什么的，以至在需要的时候可以与自己取得联系。经过长年累月的积累，推销员便可以被很多人知晓，生意便源源不断了。有时，他甚至在看体育比赛的时候也借机推销自己。他花了许多钱买了个座位最好的票，在看比赛时携带了数万张名片。当然，他不是像派传单的人一样在观众席上一张一张地派发，而是在人们欢呼的时候把名片扔出去。名片落在许多人手中，于是大家便注意到这个叫做乔·吉拉德的推销员，噢。他推销的是汽车，好像自己近日确实需要买一辆汽车，那不如就联系他看看吧。看吧，吉拉德果然聪明，观众们似乎都把注意力从激烈的比赛和令人尖叫的体育明星上转移到吉拉德和他所推销的汽车上了。这便是吉拉德的聪明之处。他的智谋从这些细小事件中便可凸显出来。

吉拉德还十分注重研究自己的面部表情。他认为，笑容是成功的推销员不可缺少的工具，而且这笑容不止是局限于脸部，更重要的是要通过手脚、眼神等的配合，向顾客传达快乐的感觉。每当我们看到乔·吉拉德，都会被他富有感染力的笑容所震撼，心中也跟着舒坦起来。这富有感染力的笑容确实给他带来很大的好处。"当你笑时，整个世界都在笑。"吉拉德说。有一天，吉拉德遇到一个垂头丧气的年轻人，于是便好奇地问道："你是干什么的？"年轻人说："唉，推销员啊。"

吉拉德一听，郑重其事地告诉那个年轻人："推销员怎么能像你这样垂头丧气的呢？如果你现在不是推销员而是个医生，恐怕你的病人现在也快不行了。做一个成功的推销员，首先就应该有富有魅力的笑容啊。"

如何能让回头客越来越多呢？为了做到这一点，吉拉德可算是费尽心机。他的秘诀就在于——及时将之前有过联系的顾客的相关信息都记得清清楚楚。他把所有客户的档案都建立起来并储存好。不管这些客户最终有没有购买他的车，他都待他们如亲兄弟般，在进行必要的联系时总能让客户觉得，吉拉德时刻都记得他们。被人关心惦记是件无比温馨的事情，因此客户们对乔·吉拉德的印象也越来越深刻。吉拉德自己也说：他所记录的这些客户信息其实不止是简单的文字和数字，更多的是爱，是自己对客户的爱，因此，他与客户交谈的过程，实际上是他传递爱的过程。客户们觉得舒适温暖，自然就会更倾向于在他这里买车。这又是吉拉德成功推销自己的计谋。后来，他创造的这套客户服务系统也被世界许多公司所采用。

全世界汽车推销员业绩的平均纪录是每周卖7辆车，而乔吉拉德每天就可以卖出六辆。而在申请吉尼斯纪录时，吉尼斯世界纪录调查组曾为了探求吉拉德销售的汽车是不是成批卖给某些出租汽车公司的，就随便打电话给其中购买过他的汽车的客户，他们惊奇地发现，每个客户都会脱口而出："这车是乔卖给我的。"说话的口气就好像他们和

乔·吉拉德连续12年荣登世界吉尼斯汽车销售第一的宝座，获得"世界上最伟大推销员"的称号，49岁退休之后主要从事写作和演讲，思想鼓舞了无数人。

吉拉德之间就是好朋友。经过专门的审计后，最终确认，乔·吉拉德的确是通过自己的成功推销手段，靠自己实实在在的能力一辆一辆地把汽车推销出去的。于是，吉尼斯组委会正式宣布乔·吉拉德为"全世界最伟大的推销员"。乔·吉拉德获得这个光荣的称号是名副其实的。

乔·吉拉德这个名字一炮打响，他的名声也越来越响亮。许多人排着长队，争着要见到吉拉德，并且购买他推销的汽车。有一次，吉拉德花了不到20分钟的时间便将一辆汽车卖给一个人，后来，那个客户告诉吉拉德："其实我就是在这里工作的人。我来你这里买车，是为了学习你的推销技巧。"

诚如刘劭所说："出于聪思，待于谋得而章。其道先微而后著，精而且玄。其未达也，为众人之所不识。其用也，为明主之所珍。其功足以运筹通变。"术家

必须等到他们的计谋得以成功实施的时候才能彰显于天下。乔·吉拉德可谓大器晚成，但金子总会发光的，在无数次跌倒后的崛起中，吉拉德爆发出自身潜在的能力，开启了自己人生的辉煌之路。

"臧否"工程师在"二战"中让善恶界线分明

库尔特·格尔斯坦是"二战"时期的一位德国工程师，同时也是一个虔诚的基督信徒。他曾经是纳粹德国的一名军官，但在认识到纳粹的惨无人性后，毅然偷偷成为纳粹的"告密者"。在德国沦陷为希特勒的根据地后，曾经身为纳粹一分子的格尔斯坦依然保有宗教给予他的圣洁心灵，到处宣扬基督教的博爱。

善恶分明的格尔斯坦后来几乎到了疯狂的地步。有一次，在剧院中，正当周围人都在安静地观看电影的时候，他突然跳出来，大声责骂电影中某个反对基督教的剧情。格尔斯坦还不停地向周围人派发反对纳粹的小册子。据说，他一共派发了8000多份。

更为疯狂的是，1940年12月，格尔斯坦做出了一个令他的亲人朋友大为震惊和担心的决定——他申请加入德国武装党卫队，成为纳粹精英中的"告密者"。"我只有一个愿望，那就是清楚地观察整个纳粹的机制，然后将之公之于众，消灭纳粹！"

作为党卫队的军官，格尔斯坦曾亲眼目睹了纳粹分子的各种残暴行为。有一次，他亲眼见到纳粹将载有6000多人的一列火车逼近一座大楼，最终将所有人用有毒气体杀死。1941年，格尔斯坦的嫂子伯莎·艾比林被纳粹党逮捕，并在纳粹实施的"安乐死计划"中被谋杀。格尔斯坦再也按捺不住了，他决定将纳粹的所有暴行传递给当时的同盟国。

然而，如何能不被纳粹发现地将消息传递出去呢？这可不是那么容易就能办到的。1942年，格尔斯坦被纳粹命令出去购买一百多千克的液化氢氰酸。格尔斯坦知道氢氰酸是用来杀人的，所以自己执行这个命令其实就等于间接杀人或者协助杀人。然而，出于长远计划考虑，他还是无奈地执行了命令。但只要能阻止杀戮行为的发生，格尔斯坦都会尽力阻止。为了与纳粹作斗争，他几次销毁

奥斯维辛集中营正门。建于1940年4月的奥斯维辛集中营是波兰南部奥斯维辛市附近大小40多个集中营的总称，曾关押过欧洲国家以及部分亚洲国家的政治犯、战俘和平民，有"死亡工厂"之称。第二次世界大战后，奥斯维辛集中营被辟为揭露纳粹罪行的波兰国家博物馆。

了装运回来的有毒气体，并曾计划将杀人材料中的刺激性物质去除，以减轻无辜者被虐杀时的痛苦。在善与恶面前，格尔斯坦怀着善心却做着恶事，不管他的本意如何，他还是沦为了纳粹杀人机器中的一个零件。但格尔斯坦坚持着自己的信念——"两害相权取其轻"，他认为暂时的牺牲换得的终将是全盘胜利。

然而，这样一个善恶分明的人最终却没有被正义之人所接受。格尔斯坦小心翼翼地计划着，但最终还是伤害了自己。他在纳粹党期间，确实尽自己全力为减少杀戮和对外传递军情做出了许多贡献，就如那次毒气杀戮事件，他知道后第一时间通告了当地的瑞士人和瑞典人，并通过德国基督教会将此信息传递给梵蒂冈。然而，他的努力没有换来多大的回报，同盟国认为这样一个纳粹分子实在不值得相信，因此也没有对他提供的情报给予太多的关注。

"二战"结束后，作为曾经的纳粹分子，格尔斯坦免不了要接受国际法庭的刑事惩罚。他深知自己为纳粹做了许多残害生命的事情，但他也坚信自己的善恶分明和不断地告知纳粹消息的努力可以换来法庭的谅解。所以，格尔斯坦坦诚地向法国人自首。在法庭上，他自信地将自己的报告交给逮捕他的人之后，便满心期待着他人对自己的称赞。然而，法国人根本不管这些，他们的观点是：既然是纳粹分子，既然是为纳粹暴行

第二次世界大战后，纽伦堡国际法庭对纳粹战犯进行审判。图为纽伦堡国际法庭当年审判纳粹战犯的情景。

做过事情的人，都是害群之马，不可饶恕。后来，格尔斯坦在巴黎监狱中黯然度过余生，据说最后是自杀而死。

那么，格尔斯坦"善恶分明"却最终得不到好结局的故事给我们什么启示呢？刘劭说"臧否之业，本乎是非，其道廉而且砭"，"其功足以变察是非，其敝也，为诋诃之所怨。其为业也，峭而不裕，故或先得而后离众"。看来，在特殊的时代背景下，想当一个善恶分明的臧否家并不是一件容易的事情。但凡提起善恶分明，我们脑中最先想起的无非是"正义""耿直"之类的字眼。但善恶分明在特定环境中往往只能是"心有余而力不足"。格尔斯坦说到底也只是个工程师，在战争中为了善而成为了恶的牺牲品。那么，其他那些为了分辨善恶、除恶扬善的人呢？他们的命运是否也如此坎坷？我们给予这类人的，应当是崇高的敬意，还是严肃的否认？这些都值得我们深思。

接识第七

然则何以知其兼偏，而与之言乎？其为人也，务以流数杼人之所长而为之名目，如是兼也。如陈以美欲人称之，不欲知人之所有，如是者偏也。

经典再现

夫人初①甚难知，而士②无众寡皆自以为知人。故以己观③人，则以为可知也。观人之察人，则以为不识也。夫何哉？是故能识同体④之善⑤，而或失异量⑥之美。何以论其然？夫清节之人以正直为度⑦，故其历⑧众材也，能识性行之常⑨，而或疑法术之诡。法制之人以分数⑩为度，故能识较方直之量⑪，而不贵变化之术。术谋之人以思谟⑫为度，故能成⑬策略之奇，而不识遵法之良⑭。器能⑮之人以辨护⑯为度，故能识方略之规⑰，而不知制度之原⑱。智意之人以原意为度，故能识韬⑲谲⑳之权㉑，而不贵法教㉒之常。伎俩之人以邀㉓功为度，故能识进趣㉔之功，而不通道德之化。臧否㉕之人以伺察㉖为度，故能识诃砭之明，而不畅㉗倜傥之异。言语之人以辨析为度，故能识捷给㉘之惠，而不知含章㉙之美。

是以互相非㉚驳，莫肯相是㉛。取同体也，则接㉜论而相得㉝。取异体也，虽历久而不知。凡此之类，皆谓一流㉞之材也。若二至已上，亦随其所兼，以及异数。故一流之人，能识一流之善。二流㉟之人，能识二流之美。尽有诸流，则亦能兼达众材。故兼材之人与国体同。

欲观其一隅㊱，则终朝㊲足以识之。将究其详，则三日而后足。何谓三日而后足？夫国体之人兼有三材，故谈不三日不足以尽之。一以论道德，二以论法制，三以论策术，然后乃能竭其所长，而举㊳之不疑。

然则何以知其兼偏㊴，而与之言乎？其为人也，务㊵以流数杼㊶人之所长而为之名目㊷，如是兼也。如陈以美欲人称之，不欲知人之所有，如是者偏也。不欲知人，则言无不疑。是故以深说浅，益深益异㊸。异则相返㊹，反㊺则相非。是故多陈处㊻直，则以为见美。静听不言，则以为虚空。抗㊼为高谈，则以为不逊。逊让不尽，则以为浅陋。言称一善㊽，则以为不博。历发㊾众奇，则以为多端。先意㊿而言，则以为分美。因失难之，则以为不喻[51]。说以对反，则以为较己[52]。博以异杂，则以为无要。论以同体，然后乃悦。于是乎有亲爱之情，称举之誉，此偏材

135

之常失。

迷津指点

① 初：本源，开始，这里是指从来，向来。

② 士：即士大夫，古代封建制度中的文人和士族。

③ 观：观察。

④ 体：类型，风格。

⑤ 善：优秀。

⑥ 量：器物，这里引申为人才。

⑦ 度：标准。

⑧ 历：经历，阅历，这里引申为观察、审视。

⑨ 常：恒常不变。

⑩ 分数：法度，规范。

⑪ 量：才能。

⑫ 谟：通"谋"，谋划，计谋。

⑬ 成：肯定。

⑭ 良：驯良。

⑮ 器能：气度和才能。

⑯ 辨护：负责管理。

⑰ 规：规划，谋划。

⑱ 原：根本，本源。

⑲ 韬：隐藏，隐秘。

⑳ 谞：智慧，智谋。

㉑ 权：变动，变通。

㉒ 法教：法令制度的教化。

㉓ 邀：追求。

㉔ 趣：通"趋"，趋向，趋附。

㉕ 臧否：是非好坏。

㉖ 伺察：侦探观察。

㉗ 畅：长，以……为长。

㉘ 捷给：善于言辞，口才伶俐。

㉙含章：俊秀含蓄。

㉚非：诋毁，诽谤。

㉛是：认为是正确的。

㉜接：接近，靠近。

㉝得：融洽和睦。

㉞一流：一种类型。

㉟二流：这里是指同时具备两种类型的长处。

㊱一隅：某一方面，某一部分。

㊲终朝：某一个早晨。

㊳举：推荐，推举。

㊴偏：偏才。

㊵务：务必，必须。

㊶杼：通“抒”，抒发，这里是介绍的意思。

㊷名目：称赞。

㊸异：不同看法。

㊹相返：相反。

㊺反：反对，违背，抵触。

㊻处：处事。

㊼抗：声音高亢。

㊽一善：指拥有某一方面的才识。

㊾发：揭发，阐明。

㊿先意：揣摩他人的意思，这里引申为在自己还没说之前，别人抢先说出了与自己相同的见解。

(51)喻：通“愉”，欢愉，愉快。

(52)较己：自己与自己较量。

古文译读

一个人的性情深处是很难被清楚地了解的，不过，士大夫们却自以为不管自己的学识有多少，都可以清楚地了解他人。所以，他们根据自身情况观察他人，以为这样就可以识别和了解他人；然而，当他们看到别人在观察人的时候，却会认为他们不会识别人。这到底是为什么呢？这是因为士大夫们只能识别和了解与自己类型相同的人的优秀方面，至于与自己类型不相同的人的优秀方面，他们不会留意到。那应如何说明确实是这样的情况呢？有清高节操的人，以正直的品行作为标准，因此他们在观察各种人才的时候，能够了解品行恒常不变的益处，但会对谋略的欺诈产生疑惑。崇尚法律制度的人，以法律为标准，因此他们会对同样端正严肃的人大为欣赏，而不欣赏变幻莫测的谋略。崇尚权术谋略的人，以绝妙的谋略为标准，因此他们欣赏奇妙的智谋，而不懂遵守法制的好处。崇尚气度和才能的人，以统辖治理为标准，因此他们明白方略的规定，而不了解法律制度的根本作用。崇尚理智变通的人，以探究意旨为标准，因此他们能欣赏隐藏智谋的技术，而不欣赏常规的法律教化。崇尚技艺才能的人，以功名利禄为标准，因此他们欣赏能让大家进取的作用，而不欣赏仁义道德的教化。崇尚褒贬是非的人，以侦查监视为标准，因此他们懂得指责批评的好处，而不懂凭着卓异突出不同寻常为长处。善于言辞的人，以剖析辩论为标准，因此他们欣赏口才伶俐的人，而不欣赏含蓄内秀的人。

因此，这些不同类型的人相互指责和反驳，谁都不肯承认对方是正确的。与相同类型的人在一起，就会交谈融洽，关系亲密；而与不同类型的人在一起，即使经历了好长一段时间，也不能了解对方。凡是这样的人，都被称为具有某一种才能的人才。如果具有两种以上的才能，那么这些才能将随着他所同时具备的智慧，达到不同的等级。所以，具有某一种才能的人，也只能了解这一种人才的优秀方面。同时具备两种才能的人，便能同时了解这两种人才的优秀之处。能完全了解所有类型人才的人，就能同时了解所有类型的人才的长处。所以，同时具备多种才能的人就如同国体一般重要。

要想观察识别一个人某一方面的才能，用一个早晨的时间便足以观察清楚了。但要想观察识别他的全部情况，那么至少需要三天的时间。为什么需要三天时间呢？作为国体一样的人才，会同时具备至少三个方面的才能，因此与他谈论少于三天时间是不能完全了解他的。第一天与他讨论道德，第二天与他讨论法律制度，第三天与他讨论策略谋划，然后才能完全了解他的优秀方面，从而可以毫不犹豫地将他推荐上去。

然而，该如何知道一个人是全才还是偏才，从而与他进行交流呢？那就看他的为人吧。如果一个人向不同类型的人才介绍他人的优秀之处，并且给予他人中肯的评价和由衷的称赞，那么他就是全才；如果一个人只是向外界宣扬自己的优秀之处，并想得到他人的称赞，却不想了解他人有哪些才能，那么他就是偏才。不想识别和了解他人才能的人，无不对他人的言论表示质疑。用深刻的道理解释浅显的事情，就会显得更加深奥莫测；遇到不一样的观点就会回避，遇到对立的看法就会诋毁。所以，对于那些不停说话而又经常直言不讳的人，会被认为在表现自己的长处。对于安静倾听而不发表意见的人，会被认为是没有知识的。对于面对面坦诚交谈的人，会被认为是傲慢不恭敬的。对于十分恭敬谦虚的人，会被认为是没有见识。对于只称赞某一种才能的人，会被认为学识狭隘。对于能够阐明各种类型人才优秀之处的人，会被认为头绪混乱。对于在自己还没说之前抢先说出与自己相同观点的人，会被认为要争夺自己的风光。对于根据自己的过错进行责备的人，会被认为不通达事理。对于用反例阐述问题的人，会被认为有意要跟对方较量。对于见识广泛，涉及多种知识技能的人，会被认为论说不得要领。只有在与自己同类型的人谈话时，他才会感到欣喜欢畅，于是会表现出自己的喜爱亲切之情，并给予称赞和推荐，这便是偏才经常犯的错误。

前沿诠释

刘劭从识别和了解人才的话题出发，指出人们在识别人才时容易犯的错误——因为自己的知识所限而片面地了解一个人的才能。确实，在日常生活中，我们总会发现，许多人往往会对与自己兴趣相投的人表现得十分和悦，然而，对于其他与自己擅长的方面并不相同的人，则会因为见识的狭隘而无法识别他人的才华。如何拨开云雾认识到更多有才之士的优秀之处呢？关键还在于拓展自己的视野，克服观察的片面性，从而不再犯各种因见识短浅而忽视人才的错误。

胥臣助晋襄公走出用人误区

春秋战国时期，胥臣是晋国有名的谋士，他见识广泛，见解深刻，是晋襄公治理国家的得力助手，深得晋襄公信任。尤其在识人用人方面，胥臣帮助晋襄公摆脱了自己窄浅的见识，使之以更为客观全面的方式提拔了许多优秀的人才。

有一次，晋襄公让胥臣向自己推荐国中的优秀人才。胥臣想了想，便将自己熟知的郤缺推荐给晋襄公："陛下，郤缺这个人能文能武，十分有才华，将来必定是国家的栋梁啊。"正当晋襄公考虑的时候，宫中的廷尉大臣反驳道："陛下，万万不可听从胥臣的意见啊。这郤缺乃是罪臣郤芮的儿子，父亲犯了大罪，想必其儿子也不可靠，怎么可以让这样危险的人担任朝中的要职呢？"大臣们听后议论纷纷，均表示反对。此时，原本犹豫不决的晋襄公也觉得这话说得有理，决定不重用郤缺。

胥臣深知大臣们的反对针对的是郤缺的家世背景，对此他早有准备，义愤填膺地反驳道："敢问众位大臣，父亲有罪，儿子就一定要受到牵连，不能重用了吗？父亲的罪过难道会传给自己的儿子吗？想当年，大禹的父亲也是获罪在狱，舜帝不过只是惩罚了他的父亲，大禹根本没有受到牵连。更重要的是，舜帝知道大禹是个有作为的人，反而重用了他，正因为如此，才有后来大禹治水的佳话啊。大禹难道不是一个很有才能的人吗？今天的郤缺也是如此，难道可以因为他的父亲有罪而使他的才华不能得以施展吗？陛下如若因此而不重用他，是埋没人才的错误举动啊！"

晋襄公，晋国国主，晋文公之子，继父位为君，垂拱而治，使晋继续称霸于诸侯。他温文尔雅，善纳谏言。

晋襄公听后，又犹豫了，他向胥臣说出自己内心的担忧："郤缺的父亲有罪，国家惩治了他，郤缺一定对此怀恨在心。现在寡人担心的便是，如果任用郤缺的话，他会不会计较先前寡人对他父亲的惩罚而不愿意为国家效力呢？"

胥臣不紧不慢地回答道："陛下不必为此担忧。士为知己者死。郤缺的父亲被惩治，那是因为他犯了罪，罪有应得。郤缺是个明白事理的人，不可能因此而对陛下怀恨在心，否则他也算不上是一个优秀的人才，我也不可能将他推荐给您了。更重要的是，倘若陛下现在重用郤缺为大臣的话，就会显示出君王的宽宏大量和不拘一格的爱才风范，郤缺心中必定会对您深怀感激。而这件事如果传到外面，人们就会这样想：君主连罪臣的儿子都能任用，他真是英明啊。这样一来，天下的贤士都会纷纷投靠于您。陛下千万不能对罪臣的儿子怀有偏见，这样只能遮挡自己识别优秀人才的慧眼。再说了，您刚才担心郤缺会不愿意为国家效力，这也是没有什么根据的。想当年，管仲还曾经用箭射伤了齐桓公呢，本来按道理管仲应该会被抓起来处罚，但后来齐桓公却没有和他计较，因为深知他是个优秀的人才，不能因为自己的私利而错失良将，所以齐桓公不计前嫌地重用管仲，让他担任齐国的相国。最终，管仲帮助齐桓公称霸诸侯，成就了伟业。所以，今天陛下也应当效仿当年齐桓公的做法啊。"

晋襄公听后，依然不以为然地说："管仲是个奇才，而郤缺也不过如此，怎么可以和管仲相提并论呢？这两件事情是不可以类比的，如此说来，我又怎么需要像齐桓公那样呢？"

胥臣接着说道："管中窥豹，可见一斑。观察一小部分的斑纹，便可以知道整只豹子的大致情况，观察一小片叶子，便可以知道秋天是否已经到来，而观察一个人的外貌神色及其行为，便可以知道他的为人特点和才能大小。我便是这么观察郤缺的。这些天，我一直都在留意他的一些细微事情，从中知道他是个难得的优秀人才。前些日子，我从鲁国回来，刚好在路上遇见郤缺和他的妻子一起在农田里锄草。于是我便停下来观察他俩的一举一动。只见他的妻子将饭碗高高地举在头顶上，十分温柔恭敬地请自己的丈夫回屋吃饭。而郤缺也以同样恭敬温柔的态度对待自己的妻子，他俩相敬如宾，相处得十分和睦。当然类似的事情还有很多。从这些小事中，我便能全面地了解郤缺的为人。他虽然是个罪犯的儿子，但自己能严格地遵循礼教，饱读诗书，见识颇广，善于谋略，待人又十分客气，这样的人简直就是道德的榜样啊！如果陛下能重用这样的人，就可以在全国百姓面前树立起标准的道德模范，百姓们见此也会纷纷效仿，如此一来，陛下便可以通过德行统治国家，百姓们讲究礼节和道德，便会少了许多纠纷和暴行，并且恭恭敬敬地接受您的统治，安安心心地成为您的子民。这样稳定和谐的国家必然会得以强盛啊！"

一次，胥臣外出时路过冀国，远远看见郤缺和妻子相敬如宾的场面，于是就向晋文公推荐郤缺，原因是"敬，德之聚也"。

晋襄公和朝中的大臣们听后顿时恍然大悟，大家终于心悦诚服地点点头，纷纷夸赞胥臣的聪明见解。晋襄公感激地对胥臣说："这次真是多亏了胥臣，让寡人走出了误区，否则，我就会因为世俗的偏见而丧失了一位辅佐自己的优秀人才啊。"于是，他听从胥臣的建议，立刻将郤缺召进宫中，任用他为下军大夫。果然，胥臣没有看错人，郤缺的才华让晋襄公和朝中大臣都十分震惊，他办事有方，为晋国的强盛作出了许多贡献。晋襄公十分满意，胥臣和郤缺都因此受到晋襄公的极大奖赏。

这个故事给我们的启示是：走出误区是管理者应当注意的问题。刘劭揭示了人们在识别人才时因偏见而常犯的错误，这种偏见便是阻碍自己正确全面地了解一个人的所谓误区。走出误区，既需要自己不断地拓展视野，增长见识，也需要认真悉心地听取他人的意见，以帮助自己从多种角度揣摩一个人的真正实力和内心世界。

孟孙释鹿得人

春秋战国时期，鲁国的国君孟孙是个善于用人的贤明君主。一次偶然的机会，在打猎中，他重新认识了身边的一名臣子，发现此人竟是个优秀的人才。这个人就是秦西巴，他足智多谋，为鲁国作出了巨大的贡献。

当时，孟孙带着自己的臣子秦西巴出宫打猎。在打猎过程中，孟孙生擒了一只长得特别好看的小鹿，十分高兴，命令秦巴西将小鹿送回宫中饲养，以供观赏。

秦西巴十分善良，本不愿意虐待小动物，然而君命至上，只好遵命去办。不过，在回宫的路上，秦西巴发现有点不对劲，似乎听到有凄凉的声音，后来这声音越来越近。秦西巴回头望过去，发现在队伍后面紧跟着一只体型较大的鹿。这只大鹿一边奔走一边哀号着，声音十分凄厉。而且更为奇怪的是，大鹿每叫一次，被囚禁在笼中的小鹿便跟着应和一声，也叫得十分凄厉。秦西巴见到这一情景后，立刻明白：这一大一小的两只鹿是一对母子啊。孩子被俘，作为母亲的大鹿是何等心痛啊！秦西巴于心不忍，未经孟孙同意，便将绑在小鹿身上的绳子解开，把它扶到地上。那只大鹿看到小鹿被放回地上之后，根本不顾秦西巴这一大拨军队对自己的生命威胁，直奔到小鹿旁边，舔了舔小鹿的嘴巴。然后，两只鹿便匆匆跑开，消失在远方的树林里。

秦西巴自知自己虽然是出自善良之心，但未经君王同意便擅自放走小鹿，是违抗圣旨的行为。果然，孟孙打猎回宫后发现心爱

秦西巴看到小鹿跟母鹿依依不舍，心里实在不忍，就放走了它们。

的小鹿被秦西巴私自放走了，十分生气。他立刻把秦巴西找来，火冒三丈地质问道："秦西巴！你干吗私自把寡人的小鹿放走了！违背君令，该当何罪？"秦西巴自知冒犯君主，无言以对，只好收拾东西出了宫。

很快，一年多就过去了。这时，孟孙见自己的儿子已到了读书年龄，便想为他寻找一个学识渊博又认真负责的好老师。可惜的是，朝中上上下下没有谁能让孟孙满意。后来，朝中的大臣纷纷推荐优秀的老师，无奈孟孙都不喜欢。正当孟孙为此事苦恼费神的时候，他忽然想起一年多前被自己赶出宫的臣子秦西巴，顿时觉得豁然开朗。孟孙深知秦西巴绝对是自己需要的那个老师，于是便派人去寻找秦西巴，

将他再度请进宫中，担任太子的老师。

孟孙身边的重臣都对孟孙的这个举动大为惊异，他们纷纷询问孟孙："陛下，当初您将秦西巴赶出宫去，是因为他犯了自作主张，将小鹿放走的过错，如今您又将他请回宫里，那他之前所犯的错误难道就可以一笔勾销不再追究了吗？他可是有罪的啊！这到底是为什么呢？"孟孙听后笑着回答道："之前的事，其实应该说是寡人的不妥。秦西巴本性仁慈善良，所以才不忍心让小鹿失去自由，将小鹿放走。这样的人其实是个优秀的人才！寡人当初错怪了他，实际上是因为自己的片面见识和一时的喜好而致啊。如今寡人明白，一个对小动物都如此怜悯爱惜的人，对待他人也绝对是善良温和的。宁愿自己冒着被赶出宫去的危险，也不忍心伤害可怜的小动物，这说明秦西巴其实是一个善良忠诚的好臣子。所以，寡人现在又重用他，让这样忠诚善良的人担任太子的老师，寡人真是无比放心。"

当年被孟孙错怪谴责的秦西巴的仁慈之心终于打动了君主。再度被孟孙重用之后，秦西巴不负他的期望，忠心耿耿地教导太子，辅佐孟孙执政，大受孟孙喜爱。

孟孙的行为是值得赞扬的。他肯放下架子，不计前嫌，能透过事情看本质，全面认识到一个人的真实内心。于是，他成功地使自己身边的优秀羽翼失而复得。这就是历史上有名的"释鹿得人"的故事，它给我们的启示便如刘劭所说的，认识一个人不能单凭自己的一时喜好。

苏宁电器：人才不分贵贱

提到苏宁电器，消费者并不陌生。这个全国家喻户晓的家电零售连锁巨头，将自己的发展前景定位为赶超沃尔玛。几年前，很多人或许会嗤笑苏宁电器，认为它是异想天开，但苏宁电器引人注目的发展已经告诉人们，这个目标并不远。其中，管理者采取的一系列纳才之举，为企业的发展带来了巨大的推动力。

这个企业深知人力资源是第一资源的道理，因此，从人才培养和人才储备入手，为企业的发展打下了坚实的基础。而这个坚实的基础，也加速了苏宁电器的发展，让来自不同领域、不同地区，拥有不同学历的人有了自己的舞台，从而为苏宁电器的发展贡献自己的一份力量。

张近东，苏宁电器董事长兼总裁。

苏宁电器在招揽人才上奉行的原则是人不分贵贱，不分高低，品质第一。简言之，只要你是人才，只要你人品好，在苏宁电器就有你的发展空间，你就可以发挥自己的才智，为企业，也为你自己开创一片天地。

苏宁电器秉持的人才观是："人品优先、能力适度、敬业为本、团队第一。"我们可以这样理解这个人才观的含义：

"人品优先"实际上包含三层含义：首先，这个人必须是一个勤奋、诚实、正直的人，即个人品质要出色。毫无疑问，这一点是做人的基本品质。倘若一个人缺乏这些基本品质，那他即使再优秀也是用不得的。不少先例都证明了这一点。其次，要具有基本的职业素养，即要有责任心，做事公私分明，富有敬业精神。无论做什么行业，责任心都是第一位的。一个有责任心的人，在做任何事情的时候，都会考虑到自己所做事情的影响。而公私分明和敬业精神，则是古今职场人士必备的素质。第三方面是文化融入。所谓

苏宁电器门店。

文化融入，也就是指苏宁电器聘用的人的价值观要与苏宁电器的企业文化相融合。说得通俗一些，就是这个人要适合在苏宁电器工作，就如同钥匙和锁一样，必须适合。当然，这一点无论是对个人还是对苏宁电器都是非常关键的。

在苏宁电器某地分公司家电销售部中，有一位来自农村的低学历业务员，按说一般企业是不愿意要这样的人的。不过，这个人的人品很好，在进入苏宁之前已经在多家公司做过销售员，积累了丰富的销售经验。在苏宁电器招聘时，他本着碰碰运气的想法投了简历。没想到，在初试的时候，他坦诚的自我介绍打动了负责招聘的人力资源部经理。在随后的复试中，他更是以真诚做事的风格让人连声赞叹。最终，他得以进入苏宁电器，成了这里的一名员工。在工作过程中，他以自己良好的人品和出色的服务态度得到同事和客户的好评，多次被评为优秀员工。

所谓"能力适度"，指的是进入苏宁电器的人，不管是在哪个部门，其能力要与苏宁电器的工作相符。苏宁电器在这里强调的"适度"原则，既为不同行业、不同层次的人提供了机会，也表现了苏宁电器人才任用的一个最重要的原则：合适的人做合适的事。苏宁电器的管理人员深知"能力是相对于岗位而言的"道理，他们知道，只有将一个合适的人放在合适的岗位上，才能让他充分实现自身的价值，发挥自己的潜能。如此一来，既满足了企业的需要，也让员工工作得开心。

正是这种开放的人才观，让苏宁电器得以招揽到各行各业的精英。不过，这

并不代表苏宁电器在人才选用上要求不严格。相反，苏宁电器选拔人才的程序是非常讲究的。

在人才选用上，苏宁电器讲究"严进"原则。所谓严进，即每个到苏宁电器应聘的人员都要通过严格的笔试，并且至少要经过三到六位考官的两轮面试。第一轮面试考查应聘者的基本情况和综合素质，第二轮面试则考查应聘者的能力。前者由人力资源部门主持，后者则由人力资源部门和用人部门共同完成。像上面例子中说的那位业务员，苏宁电器就对其进行了人品、逻辑思维能力、职业意向和价值取向方面的考查，最后还考查了他的相关专业背景和技能。所以，苏宁电器对进入本公司工作的人实际上都是经过了严格的背景调查的，只要这个人有一项不良记录，就不会对其打开大门。

苏宁电器还有一条用人原则，它充分体现了苏宁电器用人不持偏见的特点，那就是苏宁电器"不用职业经理人"。这话听起来似乎有些矛盾，一家企业要发展，为何不用职业经理人？其实，这里所说的不用职业经理人，是指苏宁电器的经理人都是由自己培养的，不用"空降兵"。这更加突出了苏宁电器用人不分贵贱的原则：只要你具备相应的能力，苏宁电器就为你提供舞台，让你施展才华，最终成为管理者。

苏宁电器任用人才不分贵贱还体现在苏宁高层团队的人员构成上。看一看苏宁电器的高层团队，你从中找不到企业创办人的亲属。这是因为苏宁电器从创业开始就坚决摒弃家族制。到如今，苏宁电器已经实现了人才的社会化和多元化。

近几年，苏宁电器提出了"事业经理人"的说法，目的是给不同出身的人提供平等的发展机会。正如苏宁电器的董事长张近东所说："我们提出事业经理人，一方面是希望能立足于长远发展；另一方面也希望广大员工在为企业付出的同时，能够分享企业的成长，这是一种主人翁的价值观。""事业经理人"让进入苏宁电器的人能够一步一步走向管理岗位，圆自己的事业梦。

为了帮助不同起点的苏宁员工尽快成长，苏宁电器设立了人才培养计划，以项目来划分。如今，苏宁电器实施的人才培养梯队，已经包括总经理梯队、采购经理梯队、店长梯队、督导梯队、销售突击队、蓝领工程等十多项。这些不同种类的人才培养梯队，也为人才的发光发热打下了基础。

正是这种不分贵贱的择人观，使得苏宁电器中的人才有了更多的机会展示自己。而苏宁电器提供的众多晋升机会，也让苏宁电器的员工与希望同行。由此来看，苏宁电器的成功和这种人才培养机制与不分贵贱的用人观有着密不可分的关系。它恰好符合了刘劭在"接识第七"中所谈到的识人观和用人观。

西门子多角度选择人才

诚如刘劭所言，人才有"全才"和"偏才"之分，不同类型的人才各有其擅长和欠缺之处。要识别一个人才，其实是要费一番心思的。这强调了企业的管理者在选择人才上的重要性。无形中，这也提醒企业的管理者，在选择人才上不妨多角度入手考查，这样得到的人才用着才能放心。

"我们要力求成为全球的竞争者"，定下这一目标的西门子公司在选择人才方面总是从多角度出发。公司人事部总监瓦·施皮茨经常做的工作就是到各高等院校访问，在那里物色公司未来的管理人才。他们通过这种途径选择刘劭在"接识第七"中所说的"全才"。这些"全才"用施皮茨自己的话说，就是"高天赋的人"。当然，在高等院校寻找"高天赋的人"，相关要求是很高的，如良好的考试成绩，优秀的语言能力、沟通能力，以及值得肯定的实习表现。此外，还要求人才具有广泛的兴趣、好奇心、改进工作的愿望，以及在紧急情况下的冷静沉着和坚毅顽强等品质。

西门子公司也注重在公司内部挖掘和培养人才。西门子公司在遇到公司内部有空缺职位时，总是先在企业内部张贴广告，充分挖掘内部人才潜力，只有当在企业内部找不到合适的人选时，才向外界招聘。为了发现公司内部的人才，为人才提供机会，西门子公司专门设置了一个干部培训中心和13个基层管理人员培训中心。每年有80名公司的管理人员在这里接受培训。在培训中，受训者要培养三种能力，即专业技术能力、激发和调动个人及团结力量的人事能力，以及将内部和外部利益协调统一为企业整体利益的能力。前两种能力主要针对基层和中层管理者，后一种则针对高层管理者。可以说，西门子公司是在培养刘劭所说的"偏才"。

西门子公司为每个优秀人才提供良好的发展通道。该公司在选用人才时，还有一个奇特的招数，那就是要求所招的人的能力要高于所聘岗位一级甚至两级，而不仅限于所聘岗位的要求。这个要求乍一听有些大材小用的意思，实际上却为员工下一步发展创造了条件，可谓用心良苦。对于工作勤奋，不断进取的员工，西门子公司此举等于为他们提供了晋升的机会。进入西门子公司后，员工在工作一段时间后，倘若表现出色，一定会得到提升。正是由于开始选用的起点高，所以，即使本部门没有职位可供提升，这个人也会被安排到别的部门。于是，优秀员工在西门子公司就可以根据自己的能力设定发展轨迹，一级一级向前发展。

西门子的人才选用经验表明，任何一家企业在选择人才的时候，都可以从多角度出发，既要善于从外部搜寻人才，也要善于从内部挖掘人才。而且，企业在选择人才的时候，对"全才"和"偏才"都应当包容，不过前提是对这些人才的使用要得当，要抓住这些人才的特点，根据人才的特点加以任用。

如同刘劭对人才进行了划分一样，司马光主编的《资治通鉴》也把人分成四种：第一种是圣人，品德才能都达到了很高的层次；第二种是君子，品德好，且也有才能，相比之下，德大于才；第三种是愚人，无德又无才；第四种是小人，有一定才能，甚至有较高才能，但品德很差，才大于德。在选用人才的时候，刘劭和《资治通鉴》对于人才的划分都值得我们思考、借鉴。

量才适用，人才任用的关键

现代企业中常会出现这样的现象：一个在某企业才华出众的人，在被聘用到另一企业之后却表现不佳，甚至"江郎才尽"，做不出什么成绩来。这是为什么呢？

在谈到这个问题之前，我们先来看一个小故事：

某人听闻自己的朋友养了一只非常擅长捕猎的豹子，内心羡慕不已，他也想养一只豹子帮他捕捉动物。于是，他特意用一对上好的白璧将朋友的豹子换到手。

得到豹子之后，这个人非常高兴，大宴朋友以示庆贺。在酒席上，酒过三巡之后，他命人把豹子牵到院子里给朋友们观看。朋友们一看，这只豹子的确长得威风凛凛，都夸他有眼光，得到了一只好豹子。这个人非常得意，得意扬扬地夸耀说："我的豹子不但强壮、勇猛，而且本事非常大，没有它抓不到的动物！"

这个人对这只豹子十分宠爱，他让人给豹子拴上镀金的链子，用美丽的丝绸做豹衣，天天喂豹子新鲜的畜肉。他自己则常常摸着豹子的脑袋和豹子交流感情，告诉豹子自己有多么喜爱它，对它的期望有多大。

一天，这个人正在和豹子交流感情，一只大老鼠从房檐下跑过。他急忙解开豹子，让它去扑咬老鼠。可那只豹子漫不经心地看了老鼠几眼，还是趴在那里不动。这个人非常生气，大骂豹子不知恩图报。几天后，他又让豹子去抓一只跑过的老鼠，豹子还是不理不睬。这个人发怒了，用鞭子狠狠地抽打豹子，边打边骂豹子是没用的畜生。可怜的豹子大声嗥叫着，用眼神哀求他。但这个人却无动于衷，继续惩罚豹子。最后，如果不是闻讯赶来的朋友阻止了他，可怜的豹子就要被打死了。朋友说："我听说宝剑虽然锋利，但用来补鞋却不如锥子；丝绸虽然漂亮，但用来擦脸还不如一尺粗布。豹子虽然凶猛，但捉起老鼠来还不如猫。你怎么不用猫来捉老鼠，放开豹子去捉野兽呢？"这个人恍然大悟，知道自己把豹子用错了地方。后来，他听从朋友的建议，养了一只猫来捉老鼠，放豹子到山林里狩猎。结果猫把老鼠捉完了，豹子也大展雄威，捉了很多野兽。

这个故事的主人公在一开始时犯的错误就是没能"量才适用"，导致豹子的长处得不到发挥，而他也得不到相应的回报，从而上演了鞭打豹子的闹剧。人才的使用也是同样的道理。人无完人，正如刘劭分析的一样，不同类型的人有着各自的优点和缺点，倘若对人才求全责备，那就无人可用了。如果戴着有色眼镜去找各方面都好的人才，最终找到的一定是庸才。所谓的"全才"，在当今社会中几乎是不存在的。换句话说，每个人都有自己专长的一个方面，即每个人都是"偏才"。

正是因为"全才"几乎不存在，所以，在企业任用人才的过程中，量才适用就成了关键。杰克·韦尔奇就曾经说过："现代科学管理要求管理者必须善于区分具有不同才能和素质的人。"管理者必须善于量才适用，才能让人才最大限度地发挥自己的才能。

在寺庙中，我们看到不同的佛像被安排在不同的位置，那是因为他们的作用不同。其中关于庙门中笑脸迎客的弥勒佛，就曾经有过一个有意思的故事。

当初，弥勒佛自己守着一座庙，既要迎客，又要管账。虽然香火还算旺盛，但由于他生性豪爽，对什么事都满不在乎，做事总是丢三落四，导致庙里的开支入不敷出。另一边，韦陀佛也独自守一座庙，虽然他黑口黑面，招来的香客不多，甚至到了门可罗雀的地步，但他却能把有限的收入管理得很好。于是，如来佛祖就想到了量才适用的方法，将他二人放在同一座庙里，并进行分工：弥勒佛负责公关，每天笑迎八方香客，韦陀佛负责管财务，严格把好财务关。结果，由于两人分工合作，各有所长，庙里的香火呈现出欣欣向荣的景象。

佛祖对于弥勒佛和韦陀佛量才适用的故事，表明了它的重要性。面对人才，我们只有做到"量才适用"，善扬其长，力避其短，才能发挥出人才的最大潜能，使之创造出惊人的成绩。

当然，在量才适用的同时，还要努力做到人才之间的才能互补。这对于企业管理者来说也非常重要。我们再来看看佛祖的管理智慧。

高僧唐玄奘要去西天取经，佛祖为他安排了三个徒弟：孙悟空、猪八戒、沙僧。这个安排自有其道理，你们看：孙悟空好动、能打，做护卫；猪八戒嘴巴好，可以为唐僧解闷，做秘书；沙僧憨厚，任劳任怨，可以处理日常事务。这样一分配工作，绝妙的师徒组合就形成了。三个徒弟之间互相取长补短，最终有苦有乐地完成了西天取经的任务。

佛祖的用人智慧告诉我们，在量才适用的同时，要注意人才之间的互补。企业用人也是如此，如果能在量才适用的同时注意人才之间的能力互补，就能打造出一个过硬的团队，创造出辉煌的业绩。

学习70%的求才法

倘若问一个企业的管理者，他愿意选用什么样的人才，回答基本都是：选择优秀的人才。但日本"经营之神"松下幸之助却对此持截然不同的观点，那就是雇用中等人才，即70%的求才法。

何谓70%的求才法？那就是在一个公司中，雇员大多是评分时能打70分的中等人才。这个理论似乎和刘劭在"接识第七"中的观点矛盾，但实际上不然，这恰好反映了刘劭对于不同类型的人才的特点的分析。因为有才华的人"互相非驳，莫肯相是"，无法精诚合作，而中等才能的人则更能互相讨论，听从对方的见解。那么，如何在企业的人才任用中巧妙地使用这种70%的求才法呢？先来看一看松下幸之助是怎么做的。

在松下幸之助刚刚创建松下公司的时候，公司里雇用的大多是学历较低的人。一方面是由于当时人们的受教育程度普遍较低，初中或高中毕业的人就已经相当于现在的本科或研究生了，绝大多数人只具有小学文化程度，所以雇员学历低是普遍现象。而另一方面，这则是由松下幸之助的用人原则决定的。松下幸之助坚持公司要招收中等人才，即在公司的一些职位上雇用可以打70分的中等人才就可以，绝不用满分或高分的人才。这种情况一直持续到1934年，松下公司才雇用了两名中专毕业生。当然，现在的松下公司也不会再雇用文化程度过低的人了，毕竟社会也在发展，大众的学历在普遍提高。

但是，松下公司发展到了今天，这种人才任用的原则仍然没有改变，你甚至会发现，松下公司中做得最好的人，不是在学校里名列前茅的好学生，而是最适合他所担任的职位的中等人才。

或许许多人对松下公司此举不以为然，甚至认为松下公司这么做是为了降低成本。我们不否认，一名研究生和一名本科生在工资待遇上会有所差别，但重要的是，精明的松下幸之助为什么坚持这种70%的求才法，其背后的奥秘是什么呢？

原因就在前文笔者指出的刘劭的那句话中。松下公司认为，那些能力顶尖的人才一般比较自负，因此，他们很容易对公司的现状和自己的职位产生抱怨之情。当他们对现状不满意的时候，就会产生消极心理，进而对工作缺乏热情，责任心也随之下降，工作的结果反而不如认真工作的中等人才。中等人才最大的优点就是他们不会因自恃才高八斗而骄纵，比较容易满足，很重视自己得到的每一个机会，对工作积极努力。正是因为这个原因，他们反而会将同一份工作做得比顶尖人物更加优秀。

所以，松下幸之助说："世上没有完满的事情，公司能雇用70分的中等人才，说不定反而是公司的福气呢，何必非找100分的人才呢？"

我们身边的不少企业，总是抱着寻找顶尖人物的想法，他们动用大量人力、物力去寻找这些顶级人才。但这些顶级人才心气比较高，认为自己应该得到非常高的待遇，应当受到主管的青睐。一旦他们在工作中不能达到预期的目标，就会心理失衡，对工作失去兴趣，心存怨气，甚至严重影响工作，结果花费巨资得到的顶尖人才，还不如不费力气招聘的中等人才好用。

所以，企业在人才的选用上，与其招揽一堆优秀人才，不如按一定的比例选用一些中等人才，让优秀的人才起到带头作用。这样，中等人才和优秀人才互相补充，其效果或许远胜于聚集一群优秀人才。

"时装大王"用人不求完美

南罗珍服装公司是美国时装行业的佼佼者，其创办者戴维·施瓦兹被誉为"时装大王"。这个人在几十年的时间中，将自己的公司经营得声名远扬，生意蒸蒸日上。如今，南罗珍服装公司已经拥有20多个分公司，在美国5万多家服装公司中成就十分出众。

商界人士都知道，经营时装相对于其他行业来说，是相当具有挑战性的，而且其成功率并不高。原因就在于，时装业是紧随时代脚步的行业。伴随着人们审美能力的提高，人们对时装的要求越来越高。于是，时装行业的经营也更为艰难。据统计，在西方，每年总有1/5到1/4的时装厂因为抵抗不住同行的竞争而关门。由此可见，能使一家大时装公司几十年长盛不衰，该是一件多么不容易的事情。然而，戴维·施瓦兹就做到了。他之所以能成功，还要从他的个人经历和用人原则入手去寻找答案。

少年时的施瓦兹由于家庭贫穷，不得不在15岁那年高中辍学，做了一名工人。三年后，他进入史特拉登服装公司做了一名业务员。随着他的工资由3美元提高到18美元，他的野心也被激发出来，开始想创办自己的公司。不久之后，他用自己积攒的7500美元作为资本，成立了一家小小的时装公司。

时装公司最重要的是要有自己的时装设计师，然而施瓦兹缺乏资金，因此请不到有名气的时装设计师，他的时装公司只能制作一些普通的衣服。施瓦兹为此感到寝食难安，总觉得自己的产品没有特色，缺乏竞争力。一天，他到一家时装店去推销成衣。那家服装店的老板看到他的衣服，马上就评价它们是由三流的时装设计师设计的，还直言不讳地判断说施瓦兹的公司可能根本没有设计师。施瓦兹被这位老板的眼力吸引住了，两个人攀谈起来。

经过交谈，施瓦兹发现这位名叫杜敏夫的老板非常自负，而且对时装设计有着独特的认识。原来，这位老板曾经在三家服装公司干过，但最后都由于过度自负，不能容忍自己提出的时装设计思路被老板否定，因此愤然辞职。杜敏夫找不到支持自己设计的老板，在无奈之下，只好开起了服装店。

听到这些，凭着自己在多年的推销经验中历练出来的识人之智，施瓦兹感到一丝灵感在涌动。他知道，服装设计师不同于其他行业的从业人员，他们都极富个性，在他们眼里，自己的才能能否被赏识是一件极为重要的事情。施瓦兹看到了杜敏夫的价值，恳请他做自己公司的时装设计师。经过数次诚恳的登门相邀，杜敏夫终于接受了施瓦兹的邀请，正式加入他的公司。

杜敏夫一进入公司，就为施瓦兹的公司出了大力。他建议采用当时最新的衣料——人造丝，并且设计出了好几种受欢迎的款式。这些产品一经上市就为施瓦兹的公司带来了巨大的利润。不仅如此，由于施瓦兹的公司是第一个采用人造丝做衣料的公司，南罗珍服装公司的品牌迅速打响。不到10年，施瓦兹的名字在服装界就已经尽人皆知。

分析施瓦兹的成功，最重要的就在于他敢于任用一个有瑕疵的人。在别人看来，杜敏夫是别人不愿意用的设计师，他过于自负，不能与别人和谐相处，这样的人不值得雇用。但施瓦兹认识到，人才的价值瑕不掩瑜，一个人在某方面有专长，其缺点就是次要的。于是他大胆任用杜敏夫，而杜敏夫也不负他所望，为他带来了巨大的利益。

作为管理者，就要具有施瓦兹的这种用人观，对人才不求完美，不因人才的一点瑕疵就不敢任用。反之，管理者应该在慎重考查的基础上，大胆任用有瑕疵的人才。在这一点上，中国古代的卫侯大胆任用苟变的故事也为我们提供了实例。

战国时的卫国是一个经常受到周围大国侵扰的小国，卫侯苦觅良才却收获甚微。一天，子思向卫侯推荐了一个叫苟变的人，说他是一个能攻善战的人才，可以统率大军五百乘（在春秋战国时期，不同国别的战车包含人数也不同，一乘战车人数约在35~125之间）。卫侯有些犹豫，说自己知道苟变具有统率军队的才能，是一个不可多得的将军。但是，他听说苟变在做官的时候曾经搜刮老百姓的两个鸡蛋吃，所以不敢用他。子思委婉地告诉卫侯，古往今来的贤明君主在选用人才时就如同木匠用木材一样，取其所长，弃其所短。就拿几抱粗的木材来说，从表面上看，这是相当好的木料，但是如果中间有几尺已经腐坏了，高明的木匠也不会扔掉整个木材，而是选用其他部分的好料来使用。选用人才也是这个道理。现在各国纷争不断，非常需要有才干的人。各国都在招贤纳士，卫侯您如果因为两个鸡蛋的问题把一个能率领千军万马、能守善攻的将军丢弃不用，倘若让邻国知道了，一定会笑话卫国啊。卫侯明白了子思的意思，采纳了他的建议，任用苟变做了大将军。

无论是施瓦兹还是卫侯，他们在任用人才上最终都做到了不求全责备，而这正是管理者应当明白的道理。聪明的管理者往往能够找出人才的可取之处，任用"有瑕之玉"正是他们的高明所在。

用对"偏才"出奇效

刘劭说，偏才是那些"陈以美欲人称之，不欲知人之所有"的人，他们"以深说浅，益深益异。异则相返，反则相非"。因此，"偏才"经常犯这样那样的错误。所以，许多企业在用人上对偏、怪之才避之唯恐不及。殊不知，偏、怪之才倘若任用得当，将会对企业的发展产生不可估量的作用。不过，其中关键还是要看企业的领导人，看他们是如何任用这种"偏才"的。

众所周知，我国著名的数学家陈景润就是一个"偏才"。他偏就偏在生活能力很差，却在数学领域有专长。如果不是担任厦大革委会主任的王亚南在福州街头偶遇陈景润，把他带回了厦大数学系，让他有机会重新接触自己喜爱的数学；如果不是华罗庚的极力推荐，恐怕陈景润早已"泯然于众人"，消失于茫茫人海之中，数学王国的天空也不会闪耀起他这颗璀璨的明星。

所以，一个人是"偏才"没关系，关键看如何用。那么对于"偏才"应该如何任用才能发挥出他们在相关领域的作用呢？我们就从"偏才"的两种类型入手，看看如何任用"偏才"。

对于"偏才"的任用，首要一点就是舍其不足之处，用其所长。试想，倘若一个人擅长产品开发，却安排其去做产品营销；反之，另一个人擅长产品营销却让其进行产品开发。最终，前者不能促进市场的扩大，后者也不能推动新产品的开发。这样的结果无论是对"偏才"还是对其所在的公司来说都是不幸的。因此，企业领导人在决定雇用一个人的时候，要详细了解其所长，并确定这种所长是公司需要的。当然，这对几乎所有的领导者而言都是一个难题。正如古人所说："事之至难，莫如知人。"辨人才难，辨别"偏才"是否可用更难。

而一旦决定选用"偏才"之后，对"偏才"的管理便显得至关重要。对于不同类型的"偏才"，要按不同的原则来使用。

对于品德良好，但缺乏某一专业才能的人，应用其品德上的长处。这样的人可以用来做行政管理，但也要注意对其加以引导和培养，增加他们的专业水平和职业技能。要知道，这种品德良好的"偏才"，其实是企业中不可多得的人才。他们在提高职业素质之后，往往会成为一个企业的支柱，在技术和精神双方面支撑起企业的未来。

对于在某一技术领域有专才却不善于社交的"偏才"，可安排他们进行技术研发，同时要针对其为人处世能力不足的方面进行沟通，告诉他们谨慎处事的秘诀，让他们在日常的人际交往中正视自己的不足，注意虚心学习，同时也可以避免因逞强好胜而引起的是是非非。

下面，笔者总结出使用"偏才"中易出现的问题，希望企业的管理者能够注意：

1.莫因短弃长。

2.不以己之长去量他人之短。

3.不因小过抛弃人才。

4.用其智者，避欺诈；用其德者，避其直。

5.用人长时遮其短处。

6.用其胸怀者不计其短；用其德行者，不挑小病。

总之，每个人都有优点和缺点，在用人时必须坚持扬长避短的原则。用人者贵在有发展眼光，能够发挥人才之长，及时帮助其改正缺点，或是帮助他们把短处变成长处。倘若眼中只看到人才的短处，那么就无才可用了。相反，如果用全面而包容的态度去对待人才，我们就会发现生活中处处有可用之人。

对于一个人来说，其优点和缺点、长处与短处并不是固定不变的。优点扩展了，缺点也就受到限制。在使用"偏才"时充分发扬其所长，这本身就是克服其短处的重要方法。要知道，人的长处和短处是相伴相生的，那些长处比较突出、成就比较大的人，缺点也往往比较明显。比如，有人冲动急躁，有人过于不拘小节，有人总是很马虎……因此，管理者在选用人才时要善于发扬人才的长处，以便做到人尽其才、才尽其用。至于那些胆大艺高、才华出众但由于某种原因受人歧视、打击而有争议的"偏才"，管理者更要力排众议、态度鲜明，给予有力的支持。

宽容不代表放纵，在用"偏才"时也要加入一些制度限制，使其行为不出格，不危害企业，这才是真正的爱惜人才、爱惜事业。用人学研究表明，高明的领导者在管理职员时，应利用爱人之心包容他们，按照职员行为的准则来约束他们。所以说，有了绝对不可违反的准则，必然会在良好的秩序下实现管理，领导者也就可以正常地行使权力。制定不随意改变的管理制度、规范是高明的领导者进行管理的最根本途径。

趋利避害，巧用"偏才"，这也是用人的一门学问！

英雄第八

故一人之身，兼有英、雄，乃能役英与雄。能役英与雄，故能成大业也。

经典再现

夫草①之精秀②者为英，兽③之特群④者为雄。故人之文武⑤茂异⑥，取名于此。是故聪明秀出⑦谓之英，胆力⑧过人谓之雄，此其大体⑨之别名也。若校⑩其分⑪数⑫，则互相须⑬，各以二分⑭，取彼一分，然后乃成⑮。

何以论其然⑯？夫聪明者英之分⑰也，不得⑱雄之胆，则说⑲不行⑳。胆力者雄之分也，不得英之智，则事㉑不立㉒。是故英以其聪谋始，以其明见机，待㉓雄之胆行之。雄以其力㉔服㉕众，以其勇排难㉖，待英之智成㉗之。然后乃能各济㉘其所长也。若聪能谋始，而明不见机，乃可以坐论㉙，而不可以处事。若聪能谋始，明能见机，而勇不能行，可以循常㉚，而不可以虑变㉛。若力能过人，而勇不能行，可以为力人㉜，未可以为先登㉝。力能过人，勇能行之，而智不能断㉞事，可以为先登，未足以为将㉟帅。必聪能谋始，明能见机，胆能决㊱之，然后可以为英，张良㊲是也。气力过人，勇能行之，智足断事，乃可以为雄，韩信㊳是也。体㊴分不同，以多为目㊵，故英、雄异名。然皆偏㊶至㊷之材，人臣之任㊸也。故英可以为相，雄可以为将。若一人之身兼有英、雄，则能长世㊹，高祖㊺、项羽㊻是也。

然英之分以多㊼于雄，而英不可以少也。英分少，则智者去㊽之。故项羽气力盖世㊾，明能合㊿变，而不能听○51采○52奇异，有一范增○53不用，是以陈平之徒○54皆亡○55归○56。高祖英分多，故群雄服○57之，英材归之，两得其用。故能吞秦破楚，宅○58有天下。然则英、雄多少，能自胜之数○59也。徒○60英而不雄，则雄材不服也。徒雄而不英，则智者不归往也。故雄能得○61雄，不能得英。英能得英，不能得雄。故一人之身，兼有英、雄，乃能役○62英与雄。能役英与雄，故能成大业也。

迷津指点

① 草：泛指各种植物。

② 精秀：秀丽完美。

③ 兽：泛指各种猛兽。

④特群：超群出众。

⑤文武：文才和武艺。

⑥茂异：卓越非凡。

⑦出：突出，超群，出众。

⑧胆力：胆识和力量。

⑨大体：本身的素质。

⑩校：考察、考订。

⑪分：名分。

⑫数：遭遇。

⑬互相须：互相依存，互相配合。

⑭分：一半。

⑮成：完满。

⑯然：正确。

⑰分：事务的本身，这里引申为自身的素质。

⑱得：具有，具备。

⑲说：主张，言论。

⑳行：实行，实施。

㉑事：事业。

㉒立：成就，成功。

㉓待：依靠，凭借。

㉔力：威力，力量。

㉕服：使人驯服，征服。

㉖排难：解除危难。

㉗成：成功。

㉘济：增益，有利于。

㉙坐论：坐下并讨论，这里专指古时候没有固定职位，专门陪同君王讨论政治，实际上却毫无实权的大臣。

㉚循常：遵循常规，按照常规处理事情。

㉛虑变：思考变化。虑，思考，考虑；变，变化。

㉜力人：力气大的人，这里专指只知道埋头苦干的人。

㉝先登：比别人先到达目的地，这里指作战的先锋。

㉞断：判断。　／

㉟将：将帅，统领军队的长官。

㊱决：决定。

㊲张良：汉高祖刘邦的谋臣，秦末汉初时期杰出的政治家、军事家，汉王朝的开国元勋之一，"汉初三杰"之一。

㊳韩信：西汉开国功臣，中国历史上杰出的军事家，"汉初三杰"之一。他为汉朝的天下立下了赫赫功劳，是中国军事思想"谋战"派代表人物。

㊴体：素质。

㊵目：名称。

㊶偏：某一方面。

㊷至：极其，特别。

㊸任：职位，职责。

㊹长世：永存于世。

㊺高祖：指汉高祖刘邦。

㊻项羽：秦末农民起义军的领袖，自立为西楚霸王，秦亡后与刘邦争夺天下，后兵败自刎。

㊼多：超过。

㊽去：离开。

㊾盖世：压倒当世，没人能胜过。

㊿合：符合，这里指适应。

51听：接受，听取。

52采：采取，选择。

53范增：项羽的谋士，被尊称为亚父。

54徒：这种人。

55亡：逃跑。

56归：归附，依附。

57服：信服，佩服。

58宅：占领。

59自胜之数：决定胜败的先天因素。

60徒：徒然，仅仅。

61得：顺应。

62役：驾驭。

古文译读

草木当中完美优异的被称为"英"，猛兽中突出超群的被称为"雄"。因此，人类当中文才和武艺卓越非凡的人才，也用这些名称作为称号。所以，聪明过人的人被称做"英才"，胆识和力量非凡的人被称做"雄才"，这是名称上的大体差异。如果考察这二者的名分和境遇，他们是相互依存，相互配合的，分别将他们一分为二，然后互相拿取对方的一半，才能变得完整圆满。

如何来论证这些说法是正确的呢？聪明才智是英才自身的素质，但如果不具备雄才的胆识，那么他的主张也就不能用于实行。胆识和力量是雄才自身的素质，如果不具备英才的智慧，那么他的事业也不能成功。因此，英才能依靠他的聪明才智事前谋划，依靠他的明识远见观察时机，同时也还要凭借雄才的胆识去实施。雄才依靠他的威力使众人驯服，依靠他的勇敢解除危难，同时也还要依靠英才的智慧才能成功。这样，他们方可增益他们各自的长处。如果一个人能依靠他的聪明才智先进行谋划，但却不能观察时机，见机行事，那也只能做不切实际的空谈大论，而不能考虑如何应对具体的变动。要是他的智慧能够事前进行谋划，依靠他的明识远见见机行事，但却没有足够的勇气去行动，那么这可以让他遵循常规行事，但却不能让他考虑如何应对具体的变动。如果一个人有超凡的力气，而没有足够的勇气去行动，那么他可以做一个大力士，但却不能担任作战时的先锋。如果他有惊人的力气和足够的勇气，而没有足够的才智判断，那么他可以当作战的先锋而不能担任将军。必须是能依靠聪明才智事先进行谋划，依靠明识远见见机行事，有足够胆量决定大事，这样才能被称做"英才"，张良就是这样的人才。有超常的大力气，有足够的勇气行动，也有足够的智慧决定大事，这样才能被称做"雄才"，韩信就是这样的人才。"英才"和"雄才"的素质成分在不同的人身上表现得不尽相同，以自己较强的一方面来命名自己，因此会有"英才"和"雄才"这两种不一样的称谓。尽管如此，他们都是在某一方面十分突出优异的人才，可以胜任大臣这样的重任。因此，英才可以担任宰相职位，雄才可以担任将帅职位。如果有一人身上同时具备英才和雄才所拥有的素质，那么他的名声就可以永存于世，汉高祖、项羽就是这样的人才。

然而英才的素质胜过雄才，而且英才的素质不能缺少。一个人一旦缺少了英才的素质，那么他就不是一个聪明机智的人了。因此，项羽虽然有压倒当世的力量，能明识远见随机应变，但他不懂得听取采纳奇特的计谋，即使有一个足智多谋的范增也不重用，所以最终像陈平这一类的人才都离他而去。汉高祖本身英才的素质很多，所以众多雄才都为之折服，英才也归附于他，这两种人才都能得到他的重用，因此他能够吞灭秦国攻破楚军，独占天下。由此可见，具有多少英才或雄才的素质，就能取得胜利。只具有英才的素质而没有雄才的素质，那么雄才不会被他驯服；只具有雄才的素质而没有英才的素质，那么英才也不会归附于他。所以，雄才虽然能与雄才和谐相处，却不能与英才相投；英才虽然能与英才和谐相处，却不能与雄才相投。因此，只有当一个人身上同时具有英才和雄才的素质，才能同时驾驭英才和雄才。能同时驾驭英才和雄才，才能因此成就伟大的事业。

前沿诠释

此番言论中，刘劭将广为人知的"英雄"二字分为"英才"与"雄才"。"英才"和"雄才"都是人才不可或缺的基本素质，二者相辅相成，缺一不可。一个人必须同时兼备这两种素质，才能招贤纳士，最终成就自己的丰功伟绩。贯古通今，在追求成功的道路上，最终成功的人都同时兼备"英才"和"雄才"这两种素质，而最终失败的人很可能因为只拥有二者中的一者，甚至二者都不具备。至于如何兼具二者，通过了解古今中外的典型人物事例，我们可以从中获得启发。

孙坚的盖世智谋与勇武

孙坚是东汉末年的著名将领。细数三国时期的众多英雄好汉，智勇双全的代表非孙坚莫属，他曾被史学界称为"汉末智勇双全第一神将"。

孙坚年少时便是个神童。17岁那年，他与父亲前往钱塘。路上偶遇一群劫匪，孙坚独自一人将劫匪的头子杀死，拿回所有财物。此事被官府查明后，孙坚很快升职，担任代理郡尉。后又因其组建部队剿灭许昌叛乱有功，他又被升为盐渎县丞。汉灵帝中平元年，黄巾叛乱，朝廷大帅朱俊推荐孙坚担任军中重职。孙坚独自招募了一千多人马，与朱俊一同攻击颍川和汝南郡方向的起义军。在战场上，孙坚神勇无比，所向披靡，很快便平定叛乱。因此，孙坚再度受到朝廷奖赏，升任为别部司马。

孙坚智勇双全的特点集中体现在他与董卓对抗的过程中。可以说，孙坚是第一个看出董卓怀有不轨之心的人。汉灵帝中平三年，边章、韩遂在凉州制造骚乱，中郎将董卓出兵前往抵御讨伐，然而打了半天都没什么进展。于是朝廷又派司空张温代理车骑将军去讨伐，张温举荐孙坚任参谋军事，一同前往叛乱之地。张温到达军营，便拿出诏书要见董卓。董卓见有人要取代他的军事地位，心中十分不快，他故意拖延时间，过了半天才去营中与张温和孙坚相见。张温责备董卓时，董卓不但不知悔改，还出言不逊，专横傲慢。而孙坚则在一旁默默地注视着，若有所思。事后，孙坚对张温说："我观察到董卓这人打了这么久仗都未见成效，还丝毫没有一点认错的意思，而且神情傲慢，举止无礼。他这么长时间都没有平定叛乱，不仅没有为朝廷建功，反而耽搁了我们平定叛军的计划。我觉得留着他简直就是给自己惹事，这样的人迟早会带来灾难，我们应该找个借口将他杀了，否则后患无穷啊！况且，您现在是朝廷委命的军队主帅，军中的一切都要听您指挥调度，根本无须担心董卓的部署。"张温觉得言之有理，却因为优柔寡断的性格最后还是放了董卓一条生路。韩遂投降后，孙坚因军功升为议郎。中平四年，长沙人区星起义，自称大将军，率领一万多乌合之众，到处制造骚动。朝廷任命孙坚为长沙太守，前往剿灭。经过多年交战，孙坚在剿匪方面身怀绝技，到任之后，他先安顿好当地居民，然后严肃地命令手下的官员："你们这些人只要留心管好百姓的事务即可，要善待百姓，认真处理官府文书，一切事务都按规矩操办。至于剿匪平定叛乱的事情，就不用你们操心了，交给我负责就行！"此后，他又率兵巧施妙计，仅仅花了一个月时间便将区星之乱平定了。当时，周朝、郭石等人也在零陵、桂阳一带起义，孙坚得知他们都是和区星相呼应的叛贼，便越过郡界，平定了叛乱。如此巨大的功绩让孙坚一下子风光起来，朝廷知

孙坚，东汉末期地方军阀，著名将领。据记载，他"容貌不凡，性阔达，好奇节"，是孙武的后裔，因官至破虏将军，又被称为"孙破虏"。

道孙坚前前后后的功绩后，册封他为乌程侯。 当时，庐江太守陆康的侄子担任宜春县令，被敌兵围困，于是就派人向孙坚求救。主簿劝孙坚慎重行事，小心惹祸上身，不要越界征讨。孙坚回答道："我这人平日就没有什么文才和品德可以值得称赞了，唯一能展现自己才华的方式就是打仗剿匪。我现在越界征讨，是为了保卫整个国家。如果我因此而获罪，我也心甘情愿，无愧于天下！"于是，他整顿队伍声援宜春。谁知，敌人听说孙坚前来援助，闻风丧胆，竟然直接逃走了。可见当时孙坚的威猛无敌早已深入人心。

公元189年，汉灵帝驾崩。此后，董卓篡夺大权，开始恣意妄为的暴行，京城

上下经历着一场空前庞大的劫难。孙坚听说董卓专权的事后，长叹一声："唉，如果当年张温听了我的话，杀了董卓，朝廷的状况就不会像现在这样了!"

此后，天下诸多势力纷纷起兵讨伐董卓，孙坚也参与其中。在鲁阳休整部队时，孙坚严格训练部队，厉兵秣马，为进军讨伐董卓做好充分的准备。

初平元年冬天，孙坚决意进军讨伐董卓。董卓听说孙坚要起兵，便派东郡太守胡轸带兵前往鲁阳，抵抗孙坚的部队。当时，孙坚正和下属谈笑风生，没料到胡轸的骑兵突然来袭。孙坚不慌不乱，从容地命令部属回去整顿各自的部队，不得私自走动。敌人的骑兵步步逼近，孙坚却若无其事地继续喝酒聊天。他的下属十分担心，然而孙坚一点都不害怕。他慢悠悠地离开座位，登上城楼指挥军队，有条不紊地排出巨大的军阵。然后，孙坚大声地对将士们喊道："众军听令，打起你们的精神来，没有我的号令，不许离开半步！"此时胡轸也已赶到鲁阳，看到城中孙坚的军队阵势宏大，士兵们个个斗志昂扬，心中一悸，自认为打不过，便灰溜溜地撤兵离去了。孙坚不战便让敌人撤兵的妙计，展现了其过人的胆识和智谋。

初平二年二月，孙坚率豫州兵向梁东进发攻打洛阳。没想到，此战非常不顺利。当时孙坚被董卓手下的将领徐荣带兵包围，险些丧命。孙坚遭此大败，不仅没有灰心丧气，反而越挫越勇。他悉心收集散兵，暂时先在攻占的阳人城休息整顿军队，以待良机。董卓听闻孙坚不但没死，还攻占了阳人，就决定趁孙坚大伤元气之时将其拿下，于是又派胡轸为大都护、吕布为骑督，带五千兵马攻打孙坚部队。

胡轸、吕布一干人到达广城时天色已暗，然而部队离阳人城还有几十里路。胡轸认为，经过白天的长时间赶路，士兵和战马都已十分疲惫，理应先驻军休息一晚，明早再赶路。然而吕布等人反驳道："这样做不行，到时阳人城中的贼兵或许已经闻讯逃脱了，如果我们不趁势追赶的话，就没有这么好的机会了。怎么可以休息呢?是打仗重要还是休息重要啊！"胡轸只好听从众人的意见，率军连夜向阳人城进发。

到达阳人城后，胡轸发现城中的守备十分森密，很难偷袭成功。而这时，胡轸军队的士兵们早已又饿又渴，无力战斗，胡轸只好命令军队先在附近安营扎寨，稍作歇息。谁知道，吕布吩咐手下散布谣言，称孙坚得知他们到达后将趁夜来袭。黑夜中，将士们不明真假，十分慌乱，到处乱奔。而在城中时时注视着敌军的孙坚早对他们之间的内讧了如指掌，于是，他趁机率兵出城攻击，在黑暗中将胡轸的军队一举击败。

董卓知道胡轸和吕布被孙坚打败后，心中惧怕，想通过联姻的方式与英勇威猛的孙坚交好，以便了却自己的心病。于是，董卓亲派部将李傕前去孙坚处，提出要结亲之事，并以朝廷重要官职作为诱惑，劝说孙坚投靠董卓。面对诱惑，孙坚毅然拒绝，并义正词严地痛斥道："董卓简直是逆天行事的恶人，颠覆王室，无恶不作，现在如果我不把他杀了，向天下昭示，我便死不瞑目。难道你觉得我还会和狗贼结亲？"孙坚的这番话震慑了当时在场的人，李傕也大惊失色。话传到董卓耳中，董卓大有感触，对长史刘艾说："当年，孙坚小小一个佐军司马便在战场中展现自己的雄才大略，确实不是凡人啊！现在天下人大部分已归心，只要杀掉袁绍、袁术、刘表，还有孙坚，天下人自然会服从于我！不过，这个孙坚并不是那么好解决的，大家千万要注意。"

可以说，当时在讨伐董卓的各路英雄豪杰中，孙坚带领的军队是唯一数次与董卓军队进行正面交锋并且取得大胜的军队。他的英雄气概，包括卓越的军事智谋和过人的英勇胆识，让当时跋扈的董卓也不得不为之胆寒，也使后世人赞叹不已。

成吉思汗智勇双全真英雄

历史往往总爱把人进行对比，在同时代的佼佼者中，智勇双全的英雄人物常常能独当一面。成吉思汗就是他那个时代智勇双全的真英雄。

这个被誉为"欧洲战争之父"的蒙古帝国大汗，是中国历史上举足轻重的大人物。他之所以能成为时代的精英，原因并不单单是由于他的英勇非凡，更在于他的智勇双全。他的智慧渗透着对战争的辩证看法和卓越的军事才能，他的勇猛则使他驰骋沙场，横扫中国乃至亚欧大陆，成为那个时代亚欧政治军事舞台上叱咤风云的人物。正因为如此，有些人认为，在政治上，智勇双全的成吉思汗远比之后的拿破仑更胜一筹。成吉思汗便是刘劭笔下"英才"与"雄才"的集合体，堪称真正的"英雄"。

在大多数人心目中，英雄成吉思汗之所以为英雄，是因为他创造了历史的奇迹，在极短的时间内，利用极少的兵力便攻占了极广大的土地，统治了极多的人民。殊不知，要做到这一点需要兼备智与勇。

成吉思汗，名字儿只斤·铁木真，蒙古族，世界历史上最伟大和杰出的政治家、军事家之一。

都说蒙古人是骑在马背上的民族，幼年的成吉思汗——铁木真也不例外。先天因素决定了成吉思汗体格粗壮、个性粗犷。与此同时，蒙古氏族部落之间频繁的战火摩擦也使铁木真从小就亲历各种战争实践，在年轻时便受部落推举，接受部落军事指挥的任务。他杰出的军事才能，便是在频繁的实践当中锻炼出来的。

早期，成吉思汗的战略思想并不成熟。十三翼之战，明明敌强我弱，铁木真却非要和敌人硬拼一场，结果损失惨重，狼狈而逃。后来，在不断的摸索当中，铁木真逐渐积累经验，锻炼自我，在随后征讨金兵的战斗中屡屡获胜。1212年秋，成吉思汗率军进攻金朝领地西京，与金朝元帅奥屯襄对抗。成吉思汗审时度势，巧施谋略，用一小支队伍引诱奥屯襄到自己的埋伏圈里，最后大胜金兵。此间，成吉思汗注重运用知己知彼的军事原则，在发动战争前三思而后行，做好充分准备，不轻举妄动。他不间断地观察金国的军情，恰到好处地运用消耗战略、培养降将势力、以夷制夷等方式，最终一举推翻金朝。这些均体现了他的智。

成吉思汗运筹帷幄，对军队的部署组织十分严谨有序。他从一开始便颁布了一系列严厉的军令制度，从上到下进行整顿，使得军队纪律格外严明。因此，成吉思汗所领导的军队凝聚力很强，大兵小将服从一切指挥。在军事训练上，利用草原的天然优势，成吉思汗要求军队每年都进行几次大规模围猎。他曾说："就像商人带的衣服和好东西能用于获得钱币一样，军队的将士应教育他们的儿子学会射箭、骑马、格斗等武艺，并让他们经常训练，通过训练把他们练得勇敢无畏，使他们像商人那样掌握他们的本领。"通过严格而频繁的训练，成吉思汗拥有了一支震撼全世界的骑兵队伍，为日后的骑兵之术奠定基础。这同样体现了他领导力上的智。

此外，成吉思汗在长期的实践磨炼中掌握了一套套成熟的战术，包括进攻战、运动战、迂回攻击战法、口袋战法、歼灭战法等，这也是他智勇双全的核心表现。成吉思汗所打之战，攻击多，抗击少，进攻气势极为令人震撼。而所谓运动战，则是成吉思汗一贯采取的战略方式，即从方圆几千里的战场范围外线作战，包围合击，出其不意，攻其不备。迂回攻击是成吉思汗作战的又一大特点。他利用蒙古骑兵快速、灵活的优势，如果遇到强劲敌军，则可瞬息四散，无影无踪，敌人根本无法追击。口袋战法又称拉瓦战术，以利诱为主。成吉思汗时不

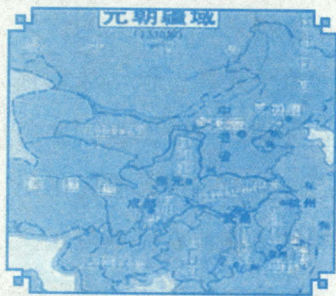

元朝疆域图。成吉思汗善征战，在位期间曾经很多次发动对外征服战争，征服地域达西亚、中欧的里海海滨。

时会调遣少部分精兵遗弃一些财物，引诱敌人到目的地，最后事先埋伏好的军队趁机出击歼灭敌人。成吉思汗打仗次数数不胜数，但打败仗的次数却极少，其中一大因素就在于其"穷追不舍"的歼灭战法。虽然《孙子兵法》曰"穷寇勿追"，但成吉思汗却背道而驰，作战时集中兵力，速战速决，以破竹之势片刻间歼灭敌人。

至于成吉思汗的勇猛，想必不用多说也深为大众知晓。一代天骄的铸成需要将"英"之睿智和"勇"之无畏相结合。刘劭之言就是对成吉思汗的完美诠释。

农民英雄张献忠

张献忠在史书中是一个农民英雄的典范。张献忠出生在一个农民家庭里，年少时家里十分贫穷。他曾读过书，但迫于生计不得不中途辍学跟随父亲一起去四川卖枣子。苦难的现实让从小吃了不少苦的张献忠看清了最底层人民的艰辛和当时社会的腐败黑暗。有一次，他的父亲不小心把驴拴在一个地主家的石坊上，结果驴粪弄脏了石坊的柱子。地主家的家丁发现后，把他的父亲毒打了一顿，还强迫他的父亲用手擦掉所有的驴粪。这事给年幼的张献忠的心灵蒙上巨大的阴影。从此，张献忠滋生了对地主豪绅的深仇大恨，他下定决心等自己长大后一定要翻身做主人。

长大后的张献忠参军当了一名普通的兵士。不过，张献忠比其他兵士要勤奋刻苦，他在军队中认真完成任务，并坚持每天习武，最终练出一身好武艺，也结识了一群志同道合的朋友。后来，他被调到延安府当捕快，总算能出人头地。但是，在官府中，小小的捕快仍然受到大官的欺压，最终张献忠被革职，贬到延绥镇充军。充军时，张献忠又因犯法被囚禁起来，这次他将被判斩首，幸好主将陈洪范看在他平日立下许多战功的分儿上，加上觉得张献忠将来应该有大的作为，为他求了情。张献忠最后免于死罪，但活罪难逃，总兵官王威下令重重打了张献忠一百军棍，并将他关进监狱。张献忠出狱后，穷困潦倒，毫无出路。正在他苦于生存无计的时候，陕北农民揭竿起义的消息传进张献忠耳中。张献忠心中大为振奋："这不就是我翻身的大好时机吗？"于是，他毅然加入农民起义军，开始了他的传奇生涯。

1630年，张献忠响应王嘉胤的号召，在米脂起

张献忠（1606—1647），字秉忠，号敬轩，明末农民起义领袖，曾建立大西政权，与李自成齐名。

义，宣称推翻明朝统治，并自号"八大王"。张献忠作战时英勇无比，很快成为三十六营的主要首领。另外，他又能谋善战，多次使用计谋击败明军。 王嘉胤死后，张献忠和李自成归顺了高迎祥，高迎祥自称为闯王，张李二人则号称闯将。经三人商议后，张献忠与高迎祥进攻东部地区。后来张献忠与李自成出现内讧，张献忠便自己率领部下攻打长江流域去了，而李自成则攻打黄河流域。

　　1637年，张献忠的军队遭到明军总兵官左良玉部的围攻，损失惨重，张献忠本人也受了伤。此时的情况极为艰难，然而张献忠却不慌不乱，整顿军队后，决定于次年正月继续率领起义军进驻谷城。后来，为了保存实力，他接受明政府的招安，被封为副将。继而，张献忠在王家河驻扎，并将王家河更名为太平镇，以表示自己停止起义的决定。 此后，张献忠一直加强军队的军事训练，既不按原来的计划将自己的起义军解散，也没有加入对抗李自成起义军的战斗，他稳扎稳打，小心翼翼，使自己的军队在保持实力的基础上越来越壮大。从这里，我们可以看出张献忠的深谋远虑，他从长远大局考虑，决定通过接受朝廷招安来暂时隐藏自己的实力，使自己的军队有充足的时间和物质条件积蓄力量，最后在关键时刻爆发出无穷的威力。

　　身居朝廷中的张献忠对充斥着各种索贿和敲诈的腐败黑暗的官场十分厌恶，朝中官员对他的百般刁难也让张献忠越来越憎恨朝廷。此时，李自成又不断地鼓动他反明，最关键的是，在招安的这段时间，张献忠的军队已经达到空前强大的状态。不久，张献忠重新率领部下精兵，大举反明旗帜，再次开始反明战斗。

　　每次战斗，张献忠都会亲自上前线带兵指挥，他的勇敢无畏感染了身边的众多将士。有一次，张献忠的起义军被明军围困在白土关，形势十分危急。在这个紧要关头，张献忠镇定自若地对将士们说："现在我们遇到了强劲的对手，形势紧迫，我们除了破釜沉舟把命豁出去决一死战之外，别无他法。弟兄们与我出生入死，我感激不尽，但今世可能无法报答，弟兄们，我们再不拿出最后的勇气，恐怕都要成为俘虏了。与其死在那群腐败昏庸的官吏手里，不如我们浴血奋战，光荣地牺牲在战场上！"张献忠激情澎湃的肺腑之言打动了将士们，整支军队的士气顿时上升。随后，张献忠亲自率领将士撕开重重包围，与明军拼个你死我活，最后居然把几万人马的明军消灭了。张献忠的起义军最终以少胜多，赢得战争的胜利。此后，农民军称赞他们的领袖简直勇猛如虎，加上他面色显黄，因而张献忠在军队中便有了一个充满霸气的外号——"黄虎"。

　　张献忠不仅是勇猛善战的"雄才"，更是个足智多谋的"英才"。据史书记载，张献忠"用兵最狡"。张献忠在谷城驻扎期间，曾拜谋士徐以显为师，认真学习孙武兵法，然后将兵法运用于军事演练，大大提高了农民军的作战能力。1635年，张献忠决定和高迎祥一起攻打明朝中都凤阳城。凤阳是明朝开国皇帝朱元璋的老家，因此有重兵把守。张献忠思考良久，决定挑元宵佳节那天攻打凤阳。张献忠这样决定是源于其善于揣度他人心思的智慧。正如他所料，元

张献忠攻城图。张献忠作战时勇敢无畏，感染了身边的众多将士。

宵佳节当天，守城的官吏没想到农民军会那么大胆在节日里攻打过来，所以放松了警惕。官吏们只顾着吃喝玩乐，根本没心思守城。于是，张献忠和高迎祥秘密派遣三百名军士化装成商人、车夫、和尚、道士和乞丐等，混入凤阳城，作为农民军的内应。混入城内的农民军遵循张献忠的命令，在城中四处放起火来。随后，张献忠亲自率领大军，向凤阳城发起总攻。明军这才从歌舞声乐中惊醒，当他们发觉不妙时，已经来不及抵抗了，城中的官吏只好狼狈逃走。凤阳城便这么被农民军攻占了。

1642年，张献忠又决意攻打明朝东南战略重镇——庐州。张献忠深知这座城池地理位置十分优越，明朝非常重视，派有重兵防守，很难攻破。为了制定正确的战略，张献忠先通过投降的明朝官吏了解庐州的地势，随后他又派人化装为普通百姓潜入庐州作为内应。城外的农民军向张献忠密报了朝廷学使将要去庐州的消息，于是张献忠又派一些农民将士化装成商人埋伏在城内，专门截取朝廷学使的信牌。张献忠乔装打扮成书役迎接学使，并设计在中途将学使杀死。随后，张献忠穿上学使的衣饰，扮成学使，又吩咐农民军假扮成迎接学使的书役，自己乘着富丽堂皇的马车，带着精兵，大摇大摆地往庐州前行。庐州的官员们听到朝廷的学使已大驾光临，急忙打开城门，迎接"学使"的到来。张献忠和众多农民军便顺利地混进庐州城。进城之后，张献忠向周围的农民军使了个眼色，欢迎的礼炮连响三声后，张献忠和众农民军便一起抽出身上藏着的短刀，三两下将迎接的官吏杀了。庐州的其他官员得知所谓的学使是农民军假扮的消息后，惊惶失措，吓得四处逃走。农民军里应外合，张献忠几乎不损失一卒一马，便将军事战略要地庐州顺利地攻取下来了。

在与明军对抗的战斗中，张献忠不断地显示出自己卓越的军事才华，他先后采用"避实捣虚""以走致辞敌"等战术，将明军耍得团团转，使其十分疲惫。接着张献忠趁势开杀，在开县黄陵城打败明军，随后率兵直取襄阳、光州等地。

张献忠攻占武昌后，自称"大西王"，不久之后，又率兵攻下长沙。张献忠

将所到之地均纳入统辖范围。为了博取人心，他向当地人民宣布：只要跟从自己，便可以免征三年的钱粮。同时，每到一地，他都会将因在明朝监狱中的百姓释放出去，并将官府的财物分发给穷苦百姓。张献忠对军队要求十分严格，严禁士兵践踏农民土地、随意私闯民宅。于是，百姓们纷纷归顺了他。

1644年8月，张献忠又率领近六十万大军将成都攻下，此后很快将四川大部分地区都控制了。由于张献忠也是农民出身，所以他对当地的农民十分关心，推行了许多利民的政策，深受当地群众的称赞。张献忠所到之处，无不为百姓所拥戴。当时民间还流传着这样一首民谣："前有邵巡抚，常来团转舞；后有廖参军，不战随我行；好个杨阁部，离我三天路。"这首民谣唱的是张献忠成功击退明军的事情，是对农民领袖张献忠智勇双全、体恤民情的歌颂。许多地方的农民听说张献忠的农民军要来，高兴得不得了，纷纷争着燃上香火，做好香喷喷的美餐欢迎农民军。张献忠礼贤下士，待农民也十分和蔼热情，丝毫不摆架子。在张献忠的感染和鼓动下，许多穷苦农民也都纷纷加入起义军的队伍，因此，张献忠的起义军队伍越来越壮大，一时成为农民军里最强的力量。

见统辖之地越来越广，张献忠觉得大势基本已定，自己的宏伟霸业基本上已经看见曙光，便又改称号为秦王，宣告建立大西国，将成都改名为西京，作为大西国之都。随后，张献忠自命为大西国皇帝，开始对自己辖下的地区进行统一管制。

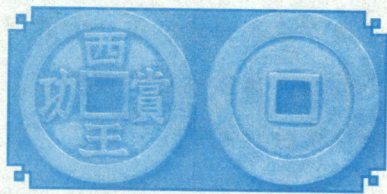
大西政权货币。

可惜，好景不长，在张献忠入川建国的同时，全国形势起了变化，北方满清大军也在悄然进攻中原。后来，李自成的起义军退出北京，清军入关。张献忠起义军开始深陷困境之中。1647年1月，在叛徒刘进忠的带领下，清军闯进张献忠起义军的军事腹地——凤凰山。张献忠率部与清军死战，最终死于清军的乱箭之下。他的智谋和勇猛，也随着他的生命一同离开世界。

总而言之，张献忠是一个英勇有谋的农民英雄，在明末农民战争中所发挥的巨大作用，也为他赢得了智勇双全的美名。

有勇有谋的英雄德川家康

德川家康是日本德川王朝（江户幕府）第一任君王暨征夷大将军，他在日本混乱的战国时代，扫平群雄，开创历时二百六十余年的政权，以75岁高龄逝世，是日本战国末期杰出的政治家和军事家。作为江户幕府的第一代将军，他的有勇有谋为世界瞩目。而其这一特点与刘劭所言"若一人之身兼有英、雄，则能长世"。

德川家康为日本成就了大和魂的精神堡垒。有人曾问德川家康："杜鹃不啼，而要听它啼，有什么办法？"德川家康回答道："等待它啼。"在日本战国时代，等待，这个看似平常却决定胜负的战略，也只有德川家康深深地领悟到了。这是德川家康的智慧之一。

1568年，德川家康的同盟者织田信长进军京都，从此开始实现统一全国大业的第一步。而这时，德川家康也开始采取东进政策。1570年，德川家康协助织田信长在姊川打败浅井氏和朝仓氏，随后合攻今川势力，率军攻打曳马野。后来，他甚至把治所迁往曳马野。但这时局势依然不乐观，武田信玄也想夺权，他屡次出兵远江和三河，给德川家康造成很大的障碍。

1572年10月，武田信玄动员数万人往京都方向出击。德川家康得知后便率领自己手下的五千人以及织田信长的援军三千余人迎战武田信玄部于三方原。因为双方兵力悬殊，德川、织田联军战败。此战德川家损失惨重，但武田信玄却很敬佩德川手下的士兵勇猛顽强的气势。武田信玄手下的猛将马场信房曾对武田信玄说："我观察到，三河军的尸体，头朝我军倒下的都是脸朝下，头朝滨松倒下的都是脸朝上，这说明这些士兵都是向前冲杀时被杀死的，没有想逃跑的。"德川家康因此获得"海道

德川家康，日本战国末期杰出的政治家和军事家，江户幕府的第一代将军。

一雄"的好名声。后来，武田信玄继续西征，但攻下野田城后却因病重而突然折返。在折返途中，武田信玄病逝。武田信玄死后，织田信长消灭了室町幕府以及浅井氏和朝仓氏，成功地解决了之前所面临的重大危机。

此后德川家康的势力渐渐强盛起来，统一大势已趋近，德川家康一边率部与武田对抗，一边建设内部集团。1575年5月，继承了武田家的武田胜赖率数万人攻打德川手下的方奥平信昌驻守的长筱。尽管当时德川军只有五百多人，但他们临危不惧，织田信长命令士兵每人带一把木柴，扎成一道栅栏，动用几千火枪兵轮流出击，成功射死上千武田氏骑兵。这是日本历史上有名的以少胜多的战役。1581年，德川家康攻陷了远江的高天神城，武田氏从此被驱逐出远江。1582年，木曾义昌背叛武田军。织田信长和德川家康趁机入侵武田领地，武田军节节败溃，后来武田胜赖与妻子切腹自尽。至此，德川家康成功实现大一统之业，并在

后期积极招降武田家的旧下属。

在如何对待敌军旧属方面，德川家康再一次显现他的勇略和智谋。他勇于招纳武田家的旧属，赢得了人们的信任和爱戴。

战胜武田家后，织田信长自称"天下人"，在上洛受封为右将军，并委任家臣明智光秀督建浩大工程安土城，开始谋划攻打中国的主意，企图一统天下。1582年6月，织田信长手下的明智光秀谋反，织田信长被杀。织田信长的死，使德川家康掌控的大权越来越大。

德川家康开始谋划攻打明智光秀的计策，不过羽柴秀吉抢先把明智光秀杀了。德川家康便决定放弃进军京都的计划，转而准备与织田信长昔日的家臣丰臣秀吉抗衡。于是，他下了东进的决心。作出这个决定，德川家康鼓起了很大的勇气，因为东进的难度难以想象。不久，德川军攻占了甲斐和信州，在与北条军作战的后期，双方达成协议，和平解决问题。到1583年，德川家康的势力范围空前壮大，先后占领三河、远江、骏河、甲斐及信浓南部地区。

然而，如何治理领地，却是一件让德川家康很头痛的事情。毕竟经历战乱后的地区经济政治皆不稳定。德川家康苦思冥想，决定在家臣安排上划分等级，包括高级家臣和下级家臣。他先在靠近江户并方圆一万石以下的地方设立一些下级家臣，此后，再在方圆一万石以上的地方设立高级家臣，以保证高级家臣的分布面较广。相对而言，关东的西南部分布较为稀疏，而东部以及边境地带则较为密集。此后，德川家康又推行有利于自己控制家臣的措施，其中包括将封地换算为产量，并分给家臣。当时东海道地区兵农分离进行得比较慢，家臣和自己的封地还紧密地联在一起，德川家康深知，这种情况如果不及时解决则后患无穷，因而必须好好控制家臣的土地。德川家康审时度势，充分发挥自己的聪明才智，对所属家臣采取给予封地的形式，通过土地来控制家臣。此外，为了协调领地中的租佃关系，德川家康在较为落后的农村中推行实名登记的政策。德川家康命令任何农户都必须在土地登记册上填写自己的姓名，并标上自己的人名肩书。这样一来，农户自然十分高兴，因为土地实名登记标志着自己享有土地的占有权和耕作权。而在德川家康看来，这一登记也表明农户负有承担交付年贡的义务。

除了土地上的改制，德川家康也很重视当地工商业的发展。他陆续推出许多明智的措施。他把三河的小山新市称做"乐市"，并免除各种税役。后来，他又整顿工商业团体，统一全国范围内使用的度量衡，并鼓励外地商人来当地进行贸易。这一举措开始的时候，为了吸引外商前来经商，德川家康费了好大周折。最初，为了使交通运输更加畅通无阻，他安排部队挖掘沟渠，并在人群密集的地方设立了道中云马役。此后，他又让自己旧领地的一些有经验的商人前往新领地，管理当地的工商业，以维持市场秩序。渐渐地，领地的经济实力越来越强，而这也为德川家康一统天下奠定了坚实的经济基础。

德川家康的文韬武略在他多年的征战与治理生涯中被彰显得淋漓尽致，以致后世有人尊称他为日本历史上最值得效仿的英雄。不过，我们需要辩证客观地对待一个人，德川家康并不是完人，但无论如何，他的有勇有谋在当时深得人心，所以他才能取得"能役英与雄，故能成大业也"的结果。这也是他名流千古的最重要因素吧。

贝尔斯登管理层有谋无勇终酿破产悲剧

贝尔斯登曾是美国第五大银行及第二大债券承销商，是一家有着长达85年历史的资深金融机构，是世界各国商业银行中的佼佼者。2008年，这个庞大的公司在短短一周时间内，股价急剧下跌，从原先的30美元跌到4.8美元，最后以每股10美元的价格被摩根大通收购。

摩根大通公司宣布收购贝尔斯登的时候，全球一片哗然。其实早些时候，曾任贝尔斯登首席执行官的阿兰·施瓦茨便已无奈地同意将贝尔斯登以每股2美元的价格卖给摩根大通。后来股价上涨到10美元，施瓦茨表示这已是不幸中的大幸。

施瓦茨的手下阿兰·敏茨不明白为什么公司会以这样的悲剧收场，质问施瓦茨道："如此贱卖公司，你怎么向公司上上下下的一万多名员工解释呢？这到底是怎么回事？"施瓦茨十分无奈，在如此短暂的时间内让一个庞大的公司倒闭了，他既愧疚难堪又张皇失措。据施瓦茨表示，当时他没能预见新的金融市场风暴，以致他

位于纽约曼哈顿区的贝尔斯登公司大楼。

到危急时刻根本无法想出一个应对措施，最终导致了贝尔斯登的悲剧。

然而，深知内部情况的人士都表示，贝尔斯登之所以被收购，其根源在于管理层的有谋无勇、优柔寡断。其实扭转局势的良机并不是没有，只不过管理者不善于把握，在时机来临之时缺乏必要的胆识，犹豫不决。这就是"英雄第八"中所说的"若聪能谋始，而明不见机，乃可以坐论，而不可以处事"。

2007年7月下旬，贝尔斯登的悲剧便已开始初露端倪。当时，公司旗下的两只投资次级抵押贷款的对冲基金便已破产，贝尔斯登股票因此大跌。贝尔斯登的高层管理者见势不妙，急忙召开一次紧急电话会议，企图通过决策以安抚公司的投资者。然而，会议似乎进行得不是很顺利，公司的某些高管表示这次的失利对贝尔斯登来说并没有造成多大的影响，毕竟贝尔斯登自身并没有拥有规模多大的次级抵押贷款，所以，这次事件基本上不必引起多大重视。公司总裁凯恩和公司的财务顾问甚至竭力夸赞道："贝尔斯登拥有充足的现金储备，现在我们手中的现金已经达到了114亿美元，拥有这样的储蓄，我们根本不必担心这件小事。"

　　沃伦·斯宾克特曾是贝尔斯登的联席总裁，也是这次两只对冲基金所属部门的负责人。然而，不久之后，他便离开自己的职位，因此外界有传言：这次投资次级抵押贷款对冲基金的破产，导致总裁凯恩将斯宾克特推下了台。

　　至于时年35岁的总裁凯恩本人似乎也因为这两只对冲基金的破产而成为媒体关注的焦点。处在风口浪尖上的凯恩所承受的社会舆论压力越来越大。那次针对性的会议召开后，事情似乎便也不了了之，因此社会各界人士纷纷抱怨凯恩对市场的危险信号没有较高的警惕，没有拿出较好的调整方案。而在那段时期，凯恩和斯宾克特两个人为了参加一场桥牌比赛，在田纳西州的纳什维尔待了一个多星期。显然，贝尔斯登的高层领导者似乎对这次破产并没有给予过大的关注。后来，时任贝尔斯登联席总裁的施瓦茨和KKR的创始人亨利·克拉维斯商讨了有关KKR收购贝尔斯登20%股份的事宜，看样子贝尔斯登还是有扭转形势的大好时机的，高层管理者们十分欣慰。这次收购交易开始进行得十分顺利，但在后期，谈判出现了分歧，在短短两个星期内，收购谈判便宣告失败了。不过，贝尔斯登的高管们并没有放弃寻找新出路的希望，公司继而重新收到了其他的注资提议。他们分别与这些公司进行谈判，但都进行得很不顺利，所有公司都纷纷拒绝。至此，贝尔斯登已然丢掉了一个又一个绝佳的融资和证明信誉的机会。

　　正当贝尔斯登为收购股份的事情忙得焦头烂额的时候，又一场灾难席卷而来。当时，全球抵押贷款市场正延续着疲软的走势，住房价格已大幅下降，许多大金融公司纷纷冲减住房贷款支持资产的价值。而贝尔斯登自然也不能例外，更何况贝尔斯登拥有巨额抵押贷款和相关债券业务，而这些资产的价值已经达到了560亿美元的高额。而此时此刻，在贝尔斯登内部也时常爆发关于抵押贷款的各种冲突。因此，贝尔斯登公司中的一些资深专家便认为，公司内部的抵押贷款部门负责人务必要调整自己的投资方式。

究竟该如何渡过这场金融风暴的难关呢？贝尔斯登的高层管理者坚信不疑地认为："只要我们斩断繁多的仓库，便可以顺利渡过难关，扭转局势。"然而，这次的扭转需要的不只是高管们的深谋远虑，更需要的是他们豁出去往前冲的勇气。

不幸的是，自从斯宾克特离开贝尔斯登后，公司似乎便已经缺少如此有勇有谋的主要领军人物了，新继任的总裁施瓦茨为人谨慎小心，从来不敢大胆行事，这就造成了最终优柔寡断迟疑不肯下决定的错误态度。施瓦茨刚刚上任，对公司的主要经济来源——债券和抵押贷款业务并不怎么熟悉。不过，为了表示自己的关心和重视，他还是决定亲自管理公司的资本市场业务。从一开始，施瓦茨就乐观自信地表示，自己有能力使公司的抵押贷款和债券业务停止下滑的趋势。

此后，安联保险公司与贝尔斯登也进行了10%非权益股份交易的谈判，但这次谈判依然没有得以圆满结束。

因为凯恩的身体问题，贝尔斯登资深交易员、前CEO格林·伯格执掌了贝尔斯登的实际大权。伯格细心地研究了富国和其他看跌资本，深刻地认识到贝尔斯登的危机存在之处。很快，伯格向公司所有高管们警告道："现在局势不稳定，金融类股的对冲风险十分之大，公司面临的问题正是由于过多的抵押贷款资产导致的，因此我们必须立即清仓。"对此，贝尔斯登的另外两位高层管理员蒙查克思和梅耶也表示，伯格的意见十分中肯。然而，总裁施瓦茨似乎没有对此抱以多大的热忱，他总是那么小心翼翼，每件事情都要瞻前顾后考虑半天，因而也没做出什么实际的努力。

不过，这其间还是有好消息让贝尔斯登的员工振奋起来的。2007年10月22日，贝尔斯登与中国中信证券达成交易共识，随后，贝尔斯登宣布在亚洲建立合资公司，其中包括与中国中信证券所交叉投资的10亿美元计划。这笔资金让处于水深火热中的贝尔斯登暂时缓和了一小阵，贝尔斯登的股价也有小幅度的上扬。在外人看来，贝尔斯登似乎找到了走出危机的出路，然而公司内部的人并不这么觉得。由于施瓦茨的犹豫不决，公司一直没有清仓，依然拥有巨大的抵押贷款资产，债券业务也处在危险之中。好景不长，很快，资不抵债的贝尔斯登又一次回到了从前，股价渐渐跌下。而贝尔斯登的竞争对手们也公布了抵押贷款方面的坏账损失：美林公司公布了80亿美元的资产冲减损失；摩根士丹利的相关亏损则达到近40亿美元。

2007年12月20日，贝尔斯登公布了公司的第四季度业绩。受抵押贷款资产贬值的拖累，公司开业以来出现首笔季度赤字。巨大的亏损引发了公司员工的不满情绪，而此时，离贝尔斯登被收购的日子似乎也不远了。

贝尔斯登最终被摩根大通收购的消息在美国被金融海啸袭击时期成为一时的议论话题。导致贝尔斯登破产的因素是多样的，然而主要原因还是因为其高管优柔寡断，有谋无勇。这样的悲剧给我们的启示很简单，高层管理者在进行重大战略决策的时候，需要寻找慎重考虑与大胆尝试之间的平衡点，既不能鲁莽行事，也不能瞻前顾后，优柔寡断，既要有谋略，又要有敢于吃螃蟹的大无畏精神，这才能成就大业。用刘劭的话来说，应是"夫聪明者英之分也，不得雄之胆，则说不行"，任何成功都必然是谋略与胆识的综合。

两个搭档，成就"统一"神话

诚如刘劭所言："聪明秀出谓之英，胆力过人谓之雄"，"若校其分数，则互相须，各以二分，取彼一分，然后乃成"。倘若被称为"英"和被称为"雄"的人协手合作，定能打下引人注目的江山来。古代拉大旗打天下是如此，当今商场的拼搏也是如此。

在当今中国的企业家中，就有两个人完美搭档，他们联手打造出一个年销售额达21.5亿元的民营润滑油王国。这两个人就是霍振祥和李嘉。如果按刘劭对"英"和"雄"的定义，前者可被称为"英"，后者则可被称为"雄"。当然，这两种品质或许在这二人的身上都兼而有之。这一英一雄各自表现出了怎样的特质？他们是怎样走到一起，联手开创一番事业的呢？

说起霍振祥，那绝对是一个"草根精英"。20世纪80年代，35岁的霍振祥在家中蒙难的时候毅然下海创业。作为家中的老大，他责任心很重，深知自己承担着全家的生活重任。在贷款27000元后，他开创了自己的运输公司。到80年代末，他的运输公司

霍振祥，1993年创建北京统一石油化工有限公司，任董事长兼总经理。

已经小有规模，年收入近30万元。然而，或许正如孟子所说，"天降大任于是人也，必先苦其心志"，不久，一次意外变故使他损失近70万元。回忆起当时的情景，他说：车队的十辆大黄河车，一百来人"就像是国民党撤退一样，人病的病，车坏的坏，撞的撞，连拉带拽逃回北京"。

这次失败让他深深地意识到自己对市场的判断与现实差距太大，做运输生意看来是不行了。于是，他将目光投向润滑油市场。当时，润滑油是以特批商品的

面貌出现在市场上的，在国家的严格控制下，只有石油公司、农机公司和物资局三个销售渠道。而且，政策规定一吨汽油只能配给五公斤润滑油。而当时中国的汽车因常年行驶，跑、冒、滴、漏油现象严重。霍振祥意识到，市场对润滑油的需求量很大，这绝对是个好商机。于是他寻找机会，找到了润滑油的货源渠道。

1989年，霍振祥在六里桥开起了一个小店，专营润滑油。他的经营方式特别简单，当时，北京南口村有个地方可以用废机油换好机油（机油是润滑油的一种），霍振祥发动大家买来三轮车，载上大水桶到汽车修理厂、汽车运输公司收集废机油，然后再去南口村换好机油拿回来卖。据霍振祥说："我们服务好，桶刷得干净，还倒给别人钱。"在那个润滑油紧缺的年代，霍振祥的这个打着综合商店名头的小店（石化产品仍然是专营）吸引了全国各地的客户。这个小店生意最好的时候，一些司机为了能买到润滑油，甚至带着大包小包土特产送给霍振祥，即使是这样，他们也要排三四天队才能买到。

1991年前后，霍振祥经过对市场的考察，发现了另一个赚钱项目，那就是生产具有一定技术含量的调配油。他在丰台路口租下五六亩土地，用土作坊的形式进行生产，而配方则是用一万或者两万块钱从正规的调和油生产厂家买来的。最终，这个霍振祥自称质量只能凑合过关的调和油项目，让他的生意从百万做到了千万。1995年，霍振祥迅速发展起来的公司落户在北京大兴区，他投入500万建起了厂房。

刘劭说："草之精秀者为英"，"聪明秀出谓之英"。无论是从前者还是后者来看，霍振祥都可以当之无愧地被称为"英"。他从一辆解放翻斗车做到11辆车的运输公司，从几百万的润滑油生意做到几千万的调和油生意，无不体现其"英"的特点。

"英"要与"雄"结合在一起，才成为英雄，与霍振祥搭档的"雄"在哪里呢？在霍振祥的工厂建起不久，他的搭档李嘉出现了。

李嘉比霍振祥小20岁，于北京建工学院毕业后曾闯荡法国，回国后在一家制桶企业做销售负责人。用霍振祥的话说，"他很聪明，比如他会让自己的下属轮番向你轰炸，单子差不多时他才亲自出马，集中精力攻破；他口才很好，相当会推销，其实制桶企业没有什么核心技术，但是他却能够讲自己的产品是合资企业生产的，达到了什么标准"。正是看到了李嘉的这些优点，霍振祥才邀请李嘉加盟自己的统一石化。

二人合作后，在最初的半年里，李嘉负责采购、销售和新工厂的选址及工商注册，和霍振祥一起与相关的水、电及政府部门打交道，充分表现了其善于维护各方面关系的能力。在经过这段时间的考查后，霍振祥将李嘉任命为统一的总经理，自己退居幕后做了董事长。

霍振祥性格内向，做事大胆；李嘉性格外向，做事比较谨慎。在霍振祥看来，李嘉的学习能力强，面对困难如饮甘泉。因此，霍、李二人虽然年龄相差悬殊，性格迥异，却彼此信任。正是这种信任，使二人之间完美合作，将统一石化送上一个又一个发展的顶峰。这对搭档的合作也成了行业内的佳话，人们都羡慕他们两个人能够如此默契地配合。

李嘉，壳牌统一（北京）石油化工有限公司总经理。

2000年，润滑油业的发展进入转折点。李嘉想抓住这个时机，"调出本土化的配方"。当时，生产润滑油的基础油都可以在市面上买到，而添加剂的供应商则集中在壳牌等几家公司手中，这几家公司按照配方向客户提供产品时机与量的最佳数据。这种机会，在业内人看来，"调出壳牌喜力或者美孚一号的润滑油并不难"。但是李嘉失算了，他花了200万从壳牌买来的技术和配方并不为国内消费者接受，尽管统一的产品价格只有市场上同类产品的一半。

在这次失败后，霍振祥仍然全力信任和支持李嘉。李嘉重新审视国内市场，总结经验，认识到：模仿是没有出路的，统一必须创出自己的产品。聪明的李嘉最终发现了国内消费者的消费习惯，用看图说话的产品策略引导消费者购买统一的产品。最终，在当时还只有四五种润滑油产品的润滑油行业进入细分时代时，他们牢牢把握住了这次机会，也使统一的年销售额迅速从600万元蹿至3000万元。

此后，李嘉还针对中国市场的特点，分别开发了专门为新出租车生产的润滑油以及为超过20万公里以上的出租车使用的润滑油。如今，统一石化仍然保持每20天推出一种新产品的研发速度，已经开发了万余种产品。

伴随着李嘉和其团队在销售渠道上采用的灵活多变的游击战术，统一石化牢牢控制了中国的二、三级市场。伴随着统一石化的市场的扩大，统一石化也开始了自己的企业形象再造。在品牌宣传上，2004年统一石化以3600万拿下象征中国经济晴雨表的CCTV广告A特段第一标，与此同时，统一也成为东风等多家汽车厂商的指定车用润滑油，并有望在大众汽车的车用润滑油中分得一杯羹。

统一石化，这个正式成立于1994年的润滑油企业，在10年间，以每年超过

50%的速度在增长，占据了中国润滑油市场的半壁江山。它从二、三线市场切入，打造出了自己的品牌，逐步侵蚀包括国际知名品牌在内的对手们在高端市场的份额。

如今，在统一石化这个民营润滑油王国内，民营企业家霍振祥和职业经理人李嘉联手，打了一场又一场漂亮的战役。李嘉的精明和自信与霍振祥的稳重和老成相得益彰，双方将"统一润滑油"不断发展壮大。

成功组合，创造事业神话

无论是刘劭在"英雄第八"中提到的张良、韩信之于刘邦，还是范增之于项羽，无不强调了成功组合的重要意义。而在成功组合中，英才的聪明机智，雄才的胆识力量，只有结合得恰当、互补，才能创造事业的神话。不论是历史上著名的刘邦集团、唐太宗李世民集团，以及清朝时的康熙集团、乾隆集团，还是上面我们提到的商场上的霍李集团，他们之所以取得成功都依赖于组合成员之间的良好配合，互相弥补。倘若没有彼此之间的默契，没有彼此的配合，何谈神话的创造？

在当今企业的发展中，许多成功企业有着自己的管理模式。这种模式通常是一个成功的老板周围环绕着一群业务骨干，而且我们发现，倘若这些骨干力量在个性和才能上和自己的老板过于相似，那么这个企业就会存在许多问题，甚至出现两虎相斗的现象。反之，如果骨干力量和自己的老板之间是互补的，这个企业的发展往往比较健康。

不妨看看现实中的名企，海尔的张瑞敏和杨绵绵，一个做战略，一个做执行；海信的周厚健和于淑敏，前者掌舵，后者冲锋；联想的柳传志和杨元庆、郭为，前者以智慧统领全局，后两人充分发挥各自的才智。正是企业老板和骨干力量之间互相搭配，他们才能做到能力互补，从而使企业管理达到较高的境界。

的确，和与自己差异过大的人在一起工作是困难的。你要接受对方不一样的观点、不一样的习惯，就像唐太宗和魏徵一样。不管是帝王还是老板，他们本身已经是人中的龙凤，非常自信，而且都有着自己的成功经验，认为自己的想法才是最棒的，自己做事的方法才是最好的，自己管理企业的方法才是最恰当的。现在，要让这些人接受与自己的性格和习惯完全不同的人的意见，需要多么大的勇气和力量。但是，正是这种"存异"的勇气和力量，才成就了那些成功的帝王和企业家。正是这些不同的想法和习惯，让人们能够不断反思，而不是一味地沉浸在自己的胜利之中。

因此，想成就一番大事业的企业家应当勇于突破自己，选择和自己能互补的人作为搭档。要知道，一个下属如果和老板过于相似的话，这个下属就失去了存在的意义。每个人都只有一个脑袋，有谁见过两个脑袋的？那就成了怪胎了。所以组合中必须存在差异和互补的配置。当然，在这个过程中，两个人之间免不了会产生各种摩擦，发生不同思维的撞击。但这是实实在在的好事。因为正是在这些摩擦和撞击中产生的新点子、新思想，才使企业的成长有了源源不断的活水。

在企业发展的初期，企业老板的确需要和自己一样的人来加强执行力，促使企业更快地成长。这符合企业的发展过程，也是可以理解的。但在企业发展起来后，就需要引入和老板的性格互补的人才，或是"张良"式的人才，或是"魏徵"式的人才，前者为勇往直前的老板出谋划策，让其变得沉稳，后者时时劝谏老板，让老板听到不同的呼声，反省自己。在互相配合中，企业也能得到有效的管理。

所以，一个感性的老板一般要配合一个理性的总经理，一个外向的老板常常要配合一个内向的总经理，一个长于思考的老板要配合一个惯于操作的总经理。这才是成功的组合，完美的配合，也是企业成长的需要，创造事业神话的前提。

八观第九

八观者，一曰观其夺救，以明间杂。二曰观其感变，以审常度。三曰观其志质，以知其名。四曰观其所由，以辨依似。五曰观其爱敬，以知通塞。六曰观其情机，以辨恕惑。七曰观其所短，以知所长。八曰观其聪明，以知所达。

经典再现

八观者，一曰观其夺①救，以明间杂。二曰观其感变，以审常度。三曰观其志②质，以知其名。四曰观其所由③，以辨依似。五曰观其爱敬，以知通塞④。六曰观其情机，以辨恕惑。七曰观其所短，以知其长。八曰观其聪明，以知所达。

何谓观其夺救，以明间杂？夫质有至、有违，若至胜违⑤，则恶情夺正，若然而不然⑥。故仁⑦出于慈⑧，有慈而不仁者。仁必有恤，有仁而不恤者。⑨厉必有刚，有厉而不刚者。若夫见可怜⑩则流涕，将分与则吝啬，是慈而不仁者。睹危急则恻隐，将赴救则畏患，是仁而不恤者。处虚义⑪则色厉，顾利欲则内荏⑫，是厉而不刚者。然则慈而不仁者，则吝夺之也。仁而不恤者，则惧夺之也。厉而不刚者，则欲夺之也。故曰：慈不能胜吝，无必其能仁也。仁不能胜惧，无必其能恤也。厉不能胜欲，无必其能刚也。是故不仁之质胜，则伎力为害器⑬。贪悖⑭之性胜，则强猛为祸梯⑮。亦有善情救恶，不至为害，爱惠⑯分笃，虽傲狎⑰不离，助善著明，虽疾恶⑱无害也。救济过厚，虽取人，不贪也。是故观其夺救，而明间杂之情，可得知也。

何谓观其感变，以审常度？夫人厚貌深情⑲，将欲求之，必观其辞旨，察其应赞。夫观其辞旨，犹听音之善丑。察其应赞，犹视知之能否也。故观辞察应，足以互相别识。然则论显扬正，白⑳也；不善言应，玄㉑也；经纬玄白㉒，通也；移易无正，杂也；先识未然㉓，圣也；追思玄事，睿也；见事过人，明也；以明为晦，智也；微㉔忽㉕必识，妙也；美妙不昧㉖，疏也；测之益深，实也；假合炫耀，虚也；自见其美㉗，不足也；不伐㉘其能，有余也。故曰：凡事不度㉙，必有其故。忧患之色，乏而且荒。疾疢之色，乱而垢杂。喜色愉然以怿，愠色厉然以扬。妒惑之色，冒昧无常。及其动作，盖并言辞。是故其言甚怿而精色不从者，中有违也。其言有违而精色可信者，辞不敏也。言未发而怒色先见者，意愤溢也。言将发而怒气送之者，强所不然㉚也。凡此之类，征见于外，不可奄违。虽欲违之，精色不从。感愕以明，虽变可知。是故观其感变而常度之情可知。

何谓观其至质，以知其名？凡偏材之性，二至以上，则至质相发，而令名生矣。是故骨直气清^㉛，则休名生焉。气清力劲，则烈名生焉。劲智精理，则能名生焉。智直强悫，则任名生焉。集于端质，则令德济焉。加之学，则文理^㉜灼焉。是故观其所至之多少，而异名之所生可知也。

何谓观其所由，以辨依似？夫纯讦性违，不能公正。依讦似直，以讦讦善。纯宕似流，不能通道。依宕似通，行傲过节。故曰：直者亦讦，讦者亦讦，其讦则同，其所以为讦则异。通者亦宕，宕者亦宕，其宕则同，其所以为宕则异。然则何以别之？直而能温者，德也。直而好讦者，偏也。讦而不直者，依也。道而能节者，通也。通而时过者，偏也。宕而不节者，依也。偏之与依，志同质违，所谓似是而非也。是故轻诺，似烈而寡信。多易，似能而无效。进锐，似精而去速。诃者，似察而事烦。讦施，似惠而无成。面从，似忠而退违。此似是而非者也。亦有似非而是者。大权，似奸而有功。大智，似愚而内明。博爱，似虚而实厚。正言，似讦而情忠。夫察似明非，御情之反，有似理讼，其实难别也。非天下之至精，其孰能得其实？故听言信貌，或失其真^㉝。诡情御反，或失其贤。贤否之察，实在所依。是故观其所依，而似类之质可知也。

何谓观其爱敬，以知通塞？盖人道^㉞之极，莫过爱敬。是故《孝经》^㉟以爱为至德^㊱，以敬为要道^㊲。《易》^㊳以感^㊴为德，以谦为道。《老子》^㊵以无^㊶为德，以虚^㊷为道。《礼》以敬为本。《乐》以爱为主。然则人情之质，有爱敬之诚，则与道德同体，动获人心，而道无不通也。然爱不可少于敬，少于敬，则廉节者归之，而众人不与。爱多于敬，则虽廉节者不悦，而爱接者死之。何则？敬之为道也，严而相离，其势难久。爱之为道也，情亲意厚，深而感物。是故观其爱敬之诚，而通塞之理可得而知也。

何谓观其情机，以辨恕惑？夫人之情有六机：杼其所欲则喜；不杼其所能则怨；以自伐历之则恶；以谦损下之则悦；犯其所乏则媢；以恶犯媢则妒；此人性之六机也。夫人情莫不欲遂其志，故烈士乐奋力之功，善士乐督政之训，能士乐治乱之事，术士乐计策之谋，辩士乐陵讯之辞，贪者乐货财之积，幸者乐权势之尤。苟赞其志，则莫不欣然。是所谓杼其所欲则喜也。若不杼其所能，则不获其志。不获其志，则戚。是故功力不建，则烈士奋。德行不训，则正人哀。政乱不治，则能者叹。敌能未弭，则术人思。货财不积，则贪者忧。权势不尤，则幸者悲。是所谓不杼其能则怨也。人情莫不欲处前，故恶人之自伐。自伐，皆欲胜之类也。是故自伐其善，则莫不恶也？是所谓自伐历之则恶也。人情皆欲求胜，故悦人之谦。谦所以下[43]之，下有推与之意，是故人无贤愚，接之以谦，则无不色怿。是所谓以谦下之则悦也。人情皆欲掩其所短，见其所长。是故人驳其所短，似若物冒之。是所谓驳其所乏则媚也。人情陵上者也，陵犯其所恶，虽见憎，未害也。若以长驳短，是所谓以恶犯媚，则妒恶生矣。凡此六机，其归皆欲处上。是以君子接物，犯而不校。不校，则无不敬下，所以避其害也。小人则不然。既不见机，而欲人之顺己，以佯爱敬为见异，以偶邀会为轻，苟犯其机，则深以为怨。是故观其情机，而贤鄙之志可得而知也。

何谓观其所短，以知所长？夫偏材之人，皆有所短。故直之失也，讦。刚之失也，厉。和之失也，懦。介之失也，拘。夫直者不讦，无以成其直，既悦其直，不可非其讦，讦也者，直之征也。刚者不厉，无以济其刚，既悦其刚，不可非其厉，厉也者，刚之征也。和者不懦，无以保其和，既悦其和，不可非其懦，懦也者，和之征也。介者不拘，无以守其介，既悦其介，不可非其拘，拘也者，介之征也。然有短者，未必能长也。有长者，必以短为征。是故观其征之所短，而其材之所长可知也。

何谓观其聪明，以知所达？夫仁者，德之基也。义者，德之节也。礼[44]者，德之文也。信者，德之固也。智者，德之帅也。夫智出于明。明之于人，犹昼之待白日，夜之待烛火。其明益盛者，所见及远。及远之明难，是故守业勤学，未必及材。材艺精巧，未必及理。理义辩给，未必及智。智能经事，未必及道。道思玄远，然后乃周。是谓学不及材，材不及理，理不及智，智不及道。道也者，回复变通。是故别而论之，各自独行，则仁为胜。合而俱用，则明为将。故以明将仁，则无不怀。以明将义，则无不胜。以明将理，则无不通。然则苟无聪明，无以能遂。故好声而实，不克则恢。好辩而理，不至则烦。好法而思，不深则刻。好术而计，不足则伪。是故钧材而好学，明者为师。比力而争，智者为雄。等德而齐，达者称圣。圣之为称，明智之极名也。是故观其聪明，而所达之材可知也。

迷津指点

① 夺：压倒，胜过，这里指被迫改变原来的意志。

② 志：通"至"，达到，这里指表现出来。

③ 由：缘由，这里指源自内心的本意。

④ 通塞：指境况的顺畅与阻滞，这里引申为情感表达的通畅与阻滞。

⑤ 若至胜违：此处联系上下文，应实为"若至不胜违"（原文省略了"不"

字），意为：倘若极善的品质无法压倒邪恶的性情。胜，压倒，克服。

⑥若然而不然：好像应该这样但却完全不是这样。然，这样，如此。

⑦仁：仁爱之情，泛指人与人相互亲近的广义的道德观念。

⑧慈：慈爱之心，多指长辈对小辈的慈爱之情。

⑨仁必有恤，有仁而不恤者：根据意思推敲，"必"应意为"一般情况下"，整句的意思是：有仁爱之情的人，一般情况下会体恤他人，但也有虽有仁爱之情却不体恤他人的特殊者。恤，体恤。

⑩可怜：值得怜悯同情的人。

⑪虚义：神圣的道义。虚，指中国古代哲学中无形无相的"道"和宇宙的原始状态。

⑫内荏：内心怯懦。

⑬害器：制造祸害的工具。害，祸害，祸患；器，器具，工具。

⑭贪悖：贪婪糊涂。贪，贪婪，不知足地追求；悖，糊涂。

⑮祸梯：招来祸害的梯子，比喻祸害发生的原因。

⑯爱惠：慈爱与恩惠。

⑰傲狎：态度傲慢言语不敬。傲，傲慢；狎，轻侮，侮辱。

⑱疾恶：憎恨邪恶的人和事。

⑲厚貌深情：指外表显得忠厚老实，而内心的情感却深藏不露。

⑳白：明白通晓。

㉑玄：心里明白。

㉒经纬玄白：言辞上、心里面都明白。经纬，处理，治理。

㉓未然：还未发生的事情。

㉔微：极其细微的事物。

㉕忽：古代非常小的度量单位名称。

㉖不昧：不晦暗，明亮，这里指不掩饰。

㉗美：指外貌、声色、才艺、品德等的美好。

㉘伐：夸耀自己的功绩和才能。

㉙不度：不符合往常的态度。

㉚不然：不这样，这里指不该干或干了也不能成的事情。

㉛骨直气清：性情刚强坚毅，气质高雅纯洁。气，气质。

㉜文理：纹理，色彩缤纷交错的花纹，这里指人的才华。文，通"纹"，

花纹。

㉝失其真：失去本来的意图或面目。

㉞人道：人类社会的道德规范。

㉟《孝经》：儒家经典之一。作者不详，主要讲述封建孝道，宣传宗法思想。

㊱至德：最高尚的德行。

㊲要道：重要的道理。

㊳《易》：也作《周易》《易经》，儒家经典名著之一，包括《经》和《传》两部分，通过象征天、地、雷、风、水、火、山、泽八种自然现象的八卦，推测未来自然界和人类社会的变化，并认为阴阳为两种相互作用、产生万物的势力。

㊴感：感应，这里指人与自然的互相感应。

㊵《老子》：也作《道德经》《老子五千文》，道家经典名著之一，主要提出"道"这一核心思想，其中包含有朴素辩证主义思想。

㊶无：无为，指道家所主张的顺其自然，无为而治的思想。

㊷虚：虚无，指道家所指的"道"的本体，无形无相。

㊸下：谦让，特指向地位和才能比自己还低下的人谦让。

㊹礼：古代社会贵族等级制度的社会道德规范，儒家主张用此统治国家。

古文译读

观察考究一个人的品德才智的八个方面是：

第一，观察他在帮助他人时表现出的另一面，以此考察他品质的复杂性。第二，观察他的情绪受到影响时的变化，以此研究他往常的态度。第三，观察他的素质及其外在表现，以此得知他具有的名声。第四，观察他行为的缘由，以此识别他的情感依靠和表象。第五，观察他对人是亲切还是恭敬，以此得知他的境况是顺畅还是阻滞。第六，观察他的情绪变化的根由，以此得知他对待别人是宽容还是猜忌。第七，观察他在性情方面的不足之处，以此明白他在品行方面的优点。第八，观察他的聪明才智，以此了解他将成就的事业。

什么叫"观其夺救，以明间杂"？人的品质有极为善良的，也有极为邪恶的，如果善良的品质无法压倒邪恶的品质，那么邪恶的品质就会使人丧失正直的品行，使人变得好像应该这样而却完全不是这样。因而虽然仁爱之情源自慈爱之心，但也有怀有慈爱之心但却没有仁爱之情的人。具有仁爱之情的人一般情况下都会体恤他人，但也有虽然具有仁爱之情却不体恤他人的特殊者。严厉端正的人一般情况下有刚强正直的性格，但也有虽然严厉端正但却不刚强正直的特殊者。至于看到可怜的人就流泪，而要把财物分给别人时却很吝啬，这样的人有慈爱之心却没有仁爱之情。见到危难之势就产生同情之心，而要前去救济他人时又害怕惹上祸患，这样的人有仁爱之情却不体恤他人。面对神圣的道义神态庄重，但考虑到个人欲望时却内心怯懦，这样的人严厉端正却不刚强正直。然而，有慈爱之心却没有仁爱之情的人，吝啬会使他丧失慈爱之心。有仁爱之情但却不体恤他人的人，恐惧会使他丧失仁爱之情。严厉端正却不刚强正直的人，个人欲望会使他丧失严厉端正的性格。所以说，慈爱之心不能胜过吝啬，就不一定能有仁爱之情；仁爱之情不能胜过恐惧，就不一定能体恤他人；严厉端正的性格不能胜过个人欲望，就不一定能刚强正直。因此，一旦邪恶残忍的品性占了上风，技艺和力量就会成为制造祸害的工具；一旦贪婪糊涂的性情占了上风，强壮勇猛就会成为祸害发生的根由。当然，也有出于善良的品质而去救助邪恶的人，不至于造成危害；也有真诚深厚地对他人怀有慈爱恩惠的情意，即使受到傲慢和轻蔑的对待也不离弃的人；有扶助善良之事，彰显贤德明治，即使憎恨邪恶的人和事，也不认为有多大危害的人；救济他人的财物过于丰厚，即使索取他人的东西，也不算贪婪。因此，观察一个人在救助他人时的意志和行为，以此明白“观其夺救，以明间杂”的内涵。

什么叫“观其感变，以审常度”？人都是外表看上去忠厚老实，但内心情感却深藏不露的，要想探究一个人的品行，就必须观察他言谈的意图，观察他的应对是否得当。通过观察他的言谈意图，就可以听出他的话音中所透露的善与恶；通过观察他的应对是否得当，可以看出他的智力能否胜任大事。因此，通过观察一个人的言谈意图和应对得是否得当，就可以互相识别对方的品性。那么，言论显明，弘扬正义的人，明白事理；不善于言辞应对的人，深沉隐约；处理事情黑白分明的人，通达博识；言辞的意图不停变化，没有目标的人，都会杂乱无章；能预料到未来发生的事情的人，圣明非凡；追求不断思考玄妙的哲理的人，深邃明智；观察和认识事物的能力超过一般人的人，聪明机敏；把自己的聪明才智隐藏起来，表现得深沉含蓄的人，善于谋略；能了解任何细微事物的人，神奇绝妙；对美好事物毫不掩饰的人，开朗轻松；越观察越觉得知识广博的人，充实真切；凭借附和别人，自己夸耀自己的人，空虚肤浅；自己主动向外界显露自己优秀一面的人，才智贫乏；不随便炫耀自己功绩和才华的人，见识甚广；所以说，凡是做事不符合往常态度的，一定有其原因。忧虑祸患的神色，疲乏而慌张。患病痛苦的神色，混乱而且污垢混杂。欢喜的神色，愉快欢悦。怨恨的神色，严厉张扬。嫉妒疑惑的神色，轻率无常。这些神色联系着人们的举动，而且与他们的言辞相一致。因此，言谈语气很欢悦，但神情脸色却并不与之相一致的人，内心一定有矛盾。言谈语气不是很和谐，但神情脸色却真诚可信的人，他的言辞不够机敏。话还没有说出口，愤怒的神色就表现在外了，说明心中的怒气郁积过度了。将要把话说出来，而且愤怒的情绪伴随着表现在外的人，说明要干不该干或者干了也不能成的事情。所有这些类型，征兆都表现在表面，不可能被掩盖或违背。即使想要违背，神情与脸色也不会与之一致。受到影响的情绪和直率的言辞都显露在外，即使发生变化也可以被知道。所以，考察一个人的情绪受到影响时的变化，便可以知道他往常惯有的态度。

什么叫"观其至质，以知其名"？凡是具有某一方面十分突出的品性，或者具有两种以上非凡能力的人，他们的本性显现出来，就会有美好的名声。所以，性情刚强坚毅，气质高雅纯洁的人，会有美好的名声；气质高雅纯洁，力量坚强刚直的人，会有显赫的名声；明智刚劲，精通道义的人，会有才华横溢的名声；聪明正直，勤勉朴实的人，会有值得信任的名声。这些名声集中在端正的品质上，一个人的美德也就成功地彰显出来了。再加上渊博的学识，那么他就会才华横溢，光彩照人。因此，观察一个人表现出的本性的多少，就可以得知他们具有的不同名声。

什么叫"观其所由，以辨依似"？纯粹攻击别人的恶劣品行，不能公平地对待不同的人和事，揭发别人的行为。看上去似乎很正直，其实是以揭发别人为借口攻击善良的人。常常放荡不羁好像受不了束缚，便不能达到正道之上。放荡不羁的人看上去似乎很通达事理，其实行为的傲慢已经超过了法律的约束。所以说，正直的人揭发别人，一心想攻击别人的人也会揭发别人，他们揭发的行为虽然一样，但目的是不同的。通达正道的人不受拘束，而放荡不羁的人也不受拘束，他们都一样不受到拘束，但其道理是不同的。那么要用什么辨别彼此呢？品行端正性情温柔的人，怀有德行；为人正直而且喜欢揭发别人的人，过于偏激；揭发别人却为人不正直的人，仗势欺人；明晓事理而且懂得克制的人，通达事理；通达事理但时常犯错的人，行事偏颇；放荡不羁又无法克制的人，有所依仗。行事偏颇与仗势欺人，表面上看是相同的，实际上不相同，这就是所谓的"似是而非"。轻易就许下诺言的人，看上去似乎很慷慨大方，实际上却没什么信用；常常出谋划策的人，看上去似乎很能干，实际上却没有什么成效；地位上升得很快的人，看上去似乎很精明能干，实际上却会很快放弃；严厉而苛刻的人，看上去似乎很细心明理，实际上处理事情却很烦琐杂乱；虚情假意地施予别人东西的人，看上去似乎很仁爱，实际上却不会有所兑现。表面上很恭敬顺从，看上去似乎很忠诚，实际上却背后叛乱，这就是所谓的"似是而非"。还有其他"似非而是"的事情。掌控大权的人，看似奸诈狡猾，实际上可以为国家建功立业；智慧很高的人，看似愚笨无知，实际上内心明白得很；宽宏仁爱的人，看似浮夸虚伪，实际上却很厚重老实；直言进谏的人，看似揭发攻击他人，实际上却很忠实诚恳。观察表象以明辨是非，把握别人的感情并反复考究，这就好比审查和诉讼，其中的实际情况很难辨清。不是天底下最精明细心的人，怎么能弄清其中的实际情况呢？所以，听信别人的话语，相信表象，就可能会难以把握他的真实本意；不能把握好什么是虚诈不实的人，就可能失去贤能的人。观察一个人是否有品德智慧，实际上就是在识别它的情感依靠。所以，通过观察一个人所依靠的真实情感，就可以知道类似现象的本质了。

什么叫"观其爱敬，以知通塞"？人类社会道德规范最高的层次莫过于仁爱与恭敬。因此，《孝经》把仁爱当做最高尚的品德，把恭敬当做最重要的规矩。《周易》把人类与自然的感应当做信念，把做人的谦让礼节作为行为标准。《老子》把无所作为当做道德标准，把虚无作为道的本源。《礼记》把恭敬作为根本原则。《乐经》把爱当做主旨。那么，人的感情本质就应有仁爱和恭敬，这是与社会道德规范相一致的，它们影响并征服着人类，因此万物运行的规律没有不顺畅无阻的。然而在人的情感中，仁爱不能比恭敬少。如果仁爱比恭敬少，那么虽然有清高的人归顺于他，但一般人不会跟从他。而如果仁爱比恭敬多，那么虽然清高的人不喜欢他，但愿意接受仁爱的人却愿意为他而死。这是为什么呢？因为恭敬作为一种规范，严厉庄重而使人相互疏远，所以形势难以维持得久。仁爱作为一种准则，会使感情更亲密，深切的诚意会感动万物。因此，观察一个人对人是亲切还是恭敬，便可以得知他的境况是顺畅还是阻滞的。

什么叫"观其情机，以辨恕惑"？人的情绪有六种征兆：欲望得到表达和满足，就会欢喜；才能得不到施展，就会怨恨；自我炫耀超越了别人，就会感到被厌恶；别人谦让自贬又对自己很恭敬，就会高兴；冒犯别人的短处，就会被忌恨；自夸己能犯人所短，就会被人陷害。这就是人的情绪变化时的六种征兆。人的心志中没有不想要顺利地实现自己的志向和心愿的。因此，有志于建立伟业的人，愿意努力奋斗创造功绩；品德崇高的人，愿意致力于监督处理政事的教育事业中；有才能智慧的人，愿意治理国家腐败的政治局势和动荡不定的社会；精明深思的人，愿意出谋划策；善于言辞的人，愿意严谨地发表言论；贪爱金钱的人，愿意积攒金钱财物；依仗君主宠幸的人，愿意显示自己显赫的地位。如果能帮这些人实现他们各自的心愿，那么他们没有一个不喜悦欢乐的。这就是所谓满足了心愿就会喜悦欢乐啊。如果他们的才能得不到发挥，就不能实现他们各自的心愿；不能实现心愿，他们就会觉得悲伤难过。因此，功绩没有创造，有志于建立伟业的人就会愤愤不平。社会道德失去了规范，品德崇高的人就会悲痛伤心。腐败的政治局势和动荡的社会得不到治理，有才能智慧的人就会感叹惋惜；敌人的势力还没有铲除，精明深思善于谋划的人就会深思忧虑。金钱财物不能积攒起来，贪爱金钱的人就会郁郁寡欢。自己的地位不显赫突出，依仗君主宠幸的人就会哀伤痛心。这就是所谓才能得不到发挥就会使人怨恨。人的内心没有不想要让自己地位高于他人的，因此就会讨厌别人的自我炫耀。自我炫耀的人都是想要超过别人的那一类型的人。所以，自我炫耀的人没有不被别人讨厌的。这就是所谓自我炫耀说自己的地位超过了别人，就会被厌恶憎恨。人的内心总是追求超过别人的，所以喜欢别人对自己很谦让。谦让就是对人恭敬有礼，对人恭敬有礼也有推崇欣赏的意思。所以说，人不管贤明还是愚蠢，得到别人的谦让，便没有不显露愉悦神色的。这就是所谓对谦让恭敬，没有人会不高兴。人的内心总是要掩饰自己的短处，而表现出自己的长处。所以，当指出别人的短处时，就会让他怀恨。人的内心总是想着超越地位比自己高的人，如果超越的过程自我夸耀，虽然被厌恶，但也不至于被伤害。如果用自己的长处指责别人的短处，这就是所谓的自夸己能犯人所短就会被陷害。凡是这六种情况，其实归根到底都是想要位居极高的地位。因此，君子与人交往，即使被冒犯了也不计较。不计较没有不对人谦让恭敬的，因而可以避免祸害。见识浅薄的奸诈小人就不是这样，他们既看不出别人情绪变化的苗头，还想要别人顺从自己的意思，错把别人虚假的恭敬当成别人被自己所吸引的表现，把别人因偶然遇到而相邀当做轻视自己的行为，如果触到了他的痛处，他就会深深地怀恨在心。所以，观察别人情绪变化的根由，便可得知他内心是贤明还是丑陋的了。

什么叫"观其所短，以知其长"？但凡在某一方面很有才能的人，都有他们各自的缺点。所以说，正直的人的缺点在于喜欢揭发别人，刚正的人的缺点在于太苛刻严厉，顺和的人的缺点在于太懦弱忍让，清高耿直的人的缺点在于拘泥固执。正直的人不喜欢揭发别人，就不能成为正直的人；既然欣赏他的正直品性，就不可以责怪他喜欢揭发别人；喜欢揭发别人，正是他正直的表现。刚正的人不苛刻严厉，就不能成为刚正的人；既然欣赏他的刚正品性，就不可以责怪他太苛刻严厉；苛刻严厉，正是他刚正的表现。顺和的人不懦弱忍让，就不能成为顺和的人；既然欣赏他的顺和品性，就不可以责怪他太懦弱忍让；懦弱忍让，正是他顺和的表现。清高耿直的人不拘泥固执，就不能成为清高耿直的人；既然欣赏他的清高耿直，就不可以责怪他拘泥固执；拘泥固执，正是他清高耿直的表现。然而，有缺点的人未必也能有优点；有优点的人必定也有缺点表现出来。所以，观察他在性情方面的不足之处，便可以明白他在品行方面的优点。

什么叫观"观其聪明，以知所达"？仁爱是道德的根基，道义是道德的准则，礼节是道德的制度，信念是对道德的坚守，智慧是道德的统帅。智慧源自于贤明，贤明对人来说，就好像白天必须有太阳，晚上必须有烛光一样重要。越是贤明的人，见识就越深远，贤明得十分深远是很困难的。所以，坚守自己的事业，勤奋地学习，也不一定能成为有才能的人；才能技艺精巧，也不一定能通达事理；通达事理，善于言辞，也不一定能聪明机智；聪明机智，能经营事务，也不一定能掌握事物变化的规律；对万物规律思考得很深远，然后才能算得上才智全面。所以说学习知识不如掌握技艺，掌握技艺不如通达事理，通达事理不如聪明机智，聪明机智不如掌握事物发展的规律。事物发展的规律反复循环，不断变通。因此，对上面所说的各种知识品行分别进行讨论可知：它们各自单独实行时，仁爱超过了其他者；合并在一起实行时，贤明统率着其他者。所以，用贤明统领仁爱，就没有不归顺的；用贤明统领道义，就没有不可战胜的；用贤明统领事理，就没有不能通晓的。然而，如果没有聪明才智，也不可以成功。因此，喜欢美好的名声但实际上没什么才能的人，浮夸而不实在；喜欢辩论而懂得礼节的，如果达不到，就是不能切中正理；喜欢法律而爱好思考，但思想不够深刻的，就是苛刻严厉；喜欢计谋而能谋划奇谋的，但谋划能力不足的人，就是狡诈虚伪。所以，同样才能又爱好学习的人中，贤明的人能成为老师；并列能力的人相互竞争时，有智慧的人能成为雄才；相同道德的人中，通达事理的人能成为圣人。圣人这个称号，是聪明才智的最佳称谓。所以，观察一个人的聪明才智，便可以通过了解他所通晓的知识和具有的品行来进行。

前沿诠释

刘劭分别从八个方面提出应该如何全方位审视观察一个人品性才华的观点，以此揭示——人的外在表现与内心情感往往相差甚远。正因为如此，人心难以窥探。不管在职场交际上，还是日常生活中，学习全面深入地观察一个人的是非好坏都是极为重要的社会必修课。其实，通过追溯过往风云人物鲜为人知的事迹，我们也可以从中探索出揭开他人的假面道具的识人真经。

瓦岗寨英雄不识李密"庐山真面目"

不管是历史真实记载还是小说传奇演义，谈到隋末唐初的瓦岗寨起义，世人都大为叹息。就拿演义来说，如果当年的程咬金能坐稳皇帝的龙椅，也许今天的历史就该改写，瓦岗寨的英雄兄弟们一举打下的江山很可能成就又一个名留千古的朝代。然而，英雄不识眼前货，程咬金的退位让李密插了一脚，最终也将浩浩荡荡的英雄起义推向没落的悬崖。

如今看来，这一切是否都应该归因于瓦岗寨众多英雄好汉"不识庐山真面目"呢？

隋末，众英雄好汉不满隋炀帝荒淫暴虐的统治，纷纷结盟起义，其中，当属瓦岗寨势力最为强盛。瓦岗寨的弟兄们与隋朝大军拼了个你死我活，最终打下近乎半壁江山，夺取天下的可能性自然不在话下。

瓦岗寨位于滑县南部，是隋末农民起义军——瓦岗军的根据地。

演义小说中，混世魔王程咬金时任瓦岗寨的皇帝。说来也搞笑，据传，当时瓦岗寨的兄弟们轮流在一面旗子前面祭拜先人，祈求通过先人感应选出担任皇帝的人，即如果轮到谁祭拜的时候，祭坛上的旗子飘动了，谁就做皇帝。前些人都拜祭过了，然而旗子都没有动。轮到程咬金拜祭时，他突然打了一个喷嚏，结果就在此时一阵小风吹来，旗子忽然飘动起来。众人惊叹这是天意，虽然觉得程咬金的能力有待商榷，但还是决定拥立他做瓦岗寨的第一任皇帝。

程咬金当上皇帝纯属偶然，他自己也觉得愧对大家，自己除了一身武艺，别无才能。不过，瓦岗寨不缺各路文才谋士，众英雄忠心耿耿，共同辅佐程咬金做皇帝，创造瓦岗寨的辉煌神话。但是，三年过后，程咬金深感做皇帝太疲惫，又担忧自己无才无能，于是在一天上朝时忧心忡忡地跟众多人感叹道："唉，我这皇帝做得太辛苦了，早起晚睡，还要处理这么多烦琐的事情，多累啊！以后我再也不想这么累了，你们谁愿意当皇帝？我让给你们当吧，反正我是不想当了。"众人不语，纷纷规劝程咬金，然而程咬金心中早有打算，他决定自己另寻"接班人"。于是，众人只好重新推选皇帝。无奈朝上众人纷纷找借口推卸，程咬金一怒，便溜出城外散心去了。

这一溜，撞上了一个从此改写瓦岗寨命运的人物。

当时隋将杨玄感正押送罪臣李密上路，途中恰巧遇上程咬金。程咬金心中本是愤愤不平，正要找人发泄，见李密被囚，仗义之心大发，击退杨玄感，救下李密。程咬金盘问李密的来历，得知李密先前是隋朝的大官，又是皇亲国戚，通晓地理天文，学识渊博，见识广远。程咬金心中大悦，深信此人定是继承瓦岗寨皇位的不二人选。于是，他邀请李密同他一起回城。很快，程咬金便向众人宣布，自己要把皇位传给这个名不见经传的李密。众人虽然感到愕然，但也无可奈何，只能接受。不久后，李密登基，改瓦岗寨为西魏，开始施展自己的文韬武略。

李密，隋末农民战争中瓦岗军后期领袖。他长于谋略，后来在各路起义军中确立了盟主地位。

李密此人，家世背景也颇为显赫。他的祖辈是北周和隋朝的贵族，父亲李宽是隋朝的上柱国，封蒲山公，可谓门第显赫。李密年少时曾担任隋炀帝身边的宫廷侍卫。他为人机灵活跃，在值班时不是很安分守己，所以后来被罢免了差使。李密回老家后，开始发愤图强，攻读大量书籍，立志做一个学识渊博的文人，希望再度被朝廷任用提拔。果然，有一天，李密骑着一头牛出门看望友人，路上，他为了节约时间看书，竟然一边骑着牛赶路一边把书挂在牛角上，抓紧时间看书。碰巧此时隋朝宰相杨素坐着马车经过，注意到了这个勤奋好学的读书人，觉得此人日后定会大有作为，便将他引荐到朝廷中做官。很快，李密走马上任，一路高升，成为隋炀帝的近臣之一。

为官多年的李密深知朝廷决策要义，有丰富的执政经验，再加上显赫的家世背景，怎么说也跟皇室的高贵沾点边，总比瓦岗寨中只知道打打杀杀的草根级英雄好汉更懂宫廷雅礼和治国方略。所以当时程咬金一口咬定他能当皇帝也不是没有道理的。众多英雄开始尝试着信任李密，其中当属王伯当最为忠实。

当然，历史上的真实情况与小说演义有些差异，但李密的登基基本上也是纯属巧合，只不过历史上老实厚道的翟让代替了演义版中的先皇程咬金。据历史记载，李密因叛隋失败到处流离失所，绝望之际忽然萌生一个念头——投奔瓦岗寨。

果然，李密到瓦岗寨后便顺利被王伯当相中，并推荐给当时的皇帝翟让。李密借机显露才华，镇压了瓦岗寨周围的许多盗窃匪徒。翟让心中大喜，十分欣赏李密

翟让（？—617），隋末农民起义中瓦岗军前期领袖，隋东郡韦城人，骁勇有胆略。

的才能。李密本人又步步为营，在军事、政治等方面立下许多汗马功劳，个人威望在瓦岗寨频频上升。众多英雄也渐渐对其大赞和钦敬。然而李密却不满足于现状，他要的显然不仅仅是个人威望，还有瓦岗寨那炙手可热的皇位。

当然，李密心思缜密，城府颇深，不可能把要夺取皇位的欲念写在脸上。所以众人深信李密为人实在、忠厚。翟让更是坚信李密的统治能力远远胜过自己，于是终于有一天，翟让主动让贤，李密顺利登基，不动声色地实现了自己的野心。

李密登基后，众英雄因起先对其才能已大致有所认识，所以颇为信任他。李密虽然前身为朝廷重臣，经验丰富，但其实为人如何，众人不甚了解。瓦岗寨最终认可李密做皇帝，其实大部分原因是看中他显赫的家世背景和所谓的朝廷治理经验。然而，李密是个性情飘忽不定的人，善于投机取巧，并没有什么坚定的主见和强硬的手腕。此外，他也不善于控制下属。在决策上，李密时不时会犯一些特别低级的错误，例如，有人提出弃东都进关中的建议，本来这可以挽救瓦岗寨危难的局势，李密却偏偏说士兵们都是山东人，一定不愿意这么做，所以不采纳这个建议。李密虽然在才华上胜过大多数瓦岗寨的英雄好汉，但正因为如此，他逐渐显露出自己的自负，不懂得咨诹善道，察纳雅言。

后来，李密手下的许多昔日瓦岗寨的英雄好汉都对其十分不满，单雄信最先离开李密投靠王世充。而此时，秦王李世民的势力不断壮大，而且他善于识人，也十分爱惜人才，一心希望能将原来的瓦岗英雄们收归于自己手下。英雄们审时度势，包括秦叔宝、罗成等在内的大部分好汉最终都投靠了李世民。李密渐渐失去人心，最终走向失败。

总而言之，李密缺乏许多领导者应有的素质。更为令人恼火的是，到最后，李密居然忘恩负义，

单雄信（？—621），曹州济阴（曹县）人，少勇健，隋末入瓦岗起义军。617年，任左武侯大将军。618年，率军投降王世充。621年，随王世充降唐，被杀。

杀死了忠厚的翟让。单凭这一点，便可以看出李密的居心叵测和奸邪心计。瓦岗寨在李密的失策领导下最终走向消亡，众多英雄好汉打下的江山毁于他的手里，好汉们到头来，也只能无奈地哀叹："早知今日，何必当初。"

不识人才，陈后主的亡国之殇

南北朝时期南朝末代皇帝名叫陈叔宝，世称陈后主，他那骄奢淫逸、风花雪月的皇帝生活一直为后世人所感慨，并成为反面材料。一览千古众皇帝，成功的统治

者往往都懂得招贤纳士，知人善任，而相反，失败甚至为人所唾骂的皇帝通常都不识人才，有眼无珠。陈后主便是后者中的一个典型人物，他之所以最终把自己的国家推向死亡之渊，除了受自身淫乱的作风影响外，还在于他不识人才的劣根性。

陈后主登基后，整日不忙政务，无所事事。他在灯红酒绿、吃喝享乐方面是历史上出了名的"佼佼者"。刚继位不久，陈后主便嫌弃宫廷内的陈设过于简单，毫无华丽感，没有皇宫高贵典雅的气势，于是下令在临光殿前新建起临春、结绮、望仙三座宫殿。建宫殿动用了最上等的木材，使用了最巧手的工匠。建成后的宫殿金碧辉煌，各种金银珠宝相互辉映。而这三座大兴土木换来的宫殿，竟是给陈后主的爱妃们居住的闺房。陈后主对嫔妃的赏识和爱惜远远胜过对国家人才的提拔和珍视，因而后世有人戏称："陈后主是美女们的伯乐。"上梁不正下梁歪，朝廷中的那些所谓的大臣，包括宰相江总、尚书孔范等，没有一个是真正为国效力的忠厚清官。他们腐朽的腐朽，委靡的委靡，成天的工作无非就是陪着皇帝和他的爱妃们一起听听宫廷雅乐，吟唱几首诗歌，大家觥筹交错，不亦乐乎，完全不把国家安危和百姓生死放在眼里。

陈后主陈叔宝，字元秀，南北朝时期南朝陈国皇帝。582—589年在位，他在位时大建宫室，生活奢侈，不理朝政，日夜与妃嫔、文臣游宴。后隋军南下入建康，陈叔宝被俘，陈国灭亡。

了解了陈后主宫廷的骄奢生活，我们再来看看他所统治的百姓的生活。当陈后主还在吟诗作对、拥抱歌女的时候，百姓却早已被腐朽不堪的朝廷欺压得流离失所，饥不择食了。放眼四周，城里城外，到处尸体横布，他们都是因饥饿或服役而痛苦死去的劳动人民。百姓的生活如火如荼，难道就没有人管一管，关心关心吗？

有是有，然而，势单力薄的正义力量在那个淫乱的时代里，终究被腐朽所湮灭。南朝有位大臣，名叫傅縡，他眼看百姓过着生不如死的日子，十分焦急，而又见君王整日只知道喝酒享乐，不明百姓之苦，十分激动愤慨，便上表朝廷。他对陈后主如此说道："陛下啊，现在百姓流离失所，已经触犯天帝和人民了。天帝和人民一旦动怒，陛下定会遭遇众叛亲离的悲剧啊。再这么下去，陈朝灭亡的日子指日可待了！"陈后主见了奏章之后，怒火中烧，嚷道："好一个傅縡，竟然敢说陈朝将要灭亡！真不是好东西！"一个胸怀天下、爱国惜民的人才，在昏庸无能的君主眼中，不但才能不值得一提，甚至还是害群之马。所以，陈后主派人对傅縡说："傅縡，你要是敢于承认错误，并真心悔改，我这次就放过你，饶你一条小命。如果你不肯认错，就休怪我不客气了。"傅縡是真君子，在捍卫道义与保全自我面前，他毅然选择前者，坚定不移地对传话的人说："我所说的都是实话，我所做的也是为了国家和百姓，哪里有什么做错的！而我的心就像我的面孔一样，如果我的面孔可以改变，我的心才会改变。"这话便又被传到陈后主耳中。不久，忠心耿耿的清官傅縡便被陈后主下令推上断头台，斩首示众。

这就是有才之士遇到无才之君的悲惨下场！

当然，陈后主也有他所爱惜的大臣，然而正如上面所说，这些大臣无非都是些阿谀奉承的贪官污吏，为了奉迎陈后主，他们做事瞻前顾后，实际上毫无才能可言。从朝廷重要大臣的举止上看，便可以知道陈后主的识人之过有多严重。大臣顾总虽然饱读经书，但也只是懂得诗词歌赋，对于国家大事一无所知，当然，其擅长诗词歌赋恰好迎合了陈后主的口味，于是他便被陈后主宠幸着，担任朝廷重臣。之后，他便尾随陈后主享受腐败奢靡的宫廷生活，在陈后主的各种游宴上创作华丽的诗词歌赋。陈后主十分喜欢他的文风，曾一度夸赞宣扬，于是顾总的文章曾在朝庭中被群臣效仿，原因无非是为了奉承陈后主。尚书孔范长得俊美，文章也写得好，所以也深受陈后主的喜爱。孔范为了迎合陈后主，更是费了不少心思。例如，他十分善于为后主掩饰过错，久而久之，陈后主对孔范无比依赖，言听计从。孔范曾对陈后主说："朝廷外面的那些士兵最近好像自己组成队伍了，如果以后这群人要造反，怎么办才好呢？恐怕要严厉地治理咱们的军队了。"于是，陈后主下令，将帅必须严格带兵，一旦有任何闪失，就夺其兵权。于是，朝廷的将帅权力渐渐被削弱，反而朝廷中那群无所事事的文官日益得宠，地位越来越高。这样一来，国家边防镇守的力量越来越弱，士兵早已没有战斗力。然而，陈后主却没有采取任何措施改变现状，甚至把政权都委托给手下这群同样平庸而且穷奢极欲的大臣进行管理。奸臣当道，无所不为，陈朝的灭亡，自然如忠臣傅縡所言，指日可待矣。

陈后主却对这一切一无所知，照样吃喝玩乐，过着荒淫的生活。不知不觉，五年过去了。而就在这五年间，虎视眈眈的北周朝廷势力日益强大，统治者杨坚（即后来隋朝的开国皇帝隋文帝）早已磨刀霍霍，随时谋划着要消灭南方陈朝。当然，这一切不闻外事的陈后主毫不知情。就算后来有点风吹草动，甚至出现风声鹤唳的局势，陈后主也置之度外，毫不理会。在他眼中，吟诗作赋、和美女相依远远比治理难缠的政事更令自己兴奋痛快。

公元588年，隋文帝杨坚亲自下诏列数陈后主的二十条大罪，并将诏书散发到江南各地。有人曾建议隋文帝直接进攻即可，不必这么张扬，但隋文帝说道："如果陈后主担心有一天会被推翻，能就此悔过，不再欺压百姓，我讨伐他还有什么意义呢？我现在将他的罪行告知天下，这又有什么需要保密的！"本来就对陈后主恨得牙痒痒的贫苦百姓，看到诏书后，民心动摇得更加厉害。随后，隋文帝又下令制造战船数十只，由丞相杨素任大元帅，贺若弼、韩擒虎任大将军，率领隋朝五十一万大军，浩浩荡荡地渡江去攻打南边的陈朝。

　　无论从军力还是军心而言，陈朝都远远逊于隋朝大军。面对此情此境，陈后主依然无动于衷，每日依旧深居高阁，花天酒地。在朝廷生死存亡的紧要关头，他甚至还下令修建大皇寺，只不过这座寺庙尚未竣工便被大火所焚。隋朝大军入侵的消息虽然早已从边境飞报到朝中，但陈后主和众大臣依然置之不理。只有仆射袁宪请求出兵抵御，陈后主却不采纳其建议。大难当前，后主陈叔宝"临危不惧"，依然谈笑风生地与众大臣灯红酒绿，甚至被问及隋军的应对之策时，他还笑着对手下的人说："咱们这里的地理位置这么优越，以前北齐都围攻过三次，北周也曾攻打过两次，他们没一个不被摧毁打败的，现在打过来的隋军又算得上什么呢？"奸臣孔范也跟着附和着说："长江自古以来就是隔绝南方与北方的天堑，就算现在隋朝大军想打过来，难道他们还能飞渡？边境的将士们都在争着立功的机会，所以才把事情夸张化了。大家根本不用担心。"就这样，君臣沆瀣一气，没有丝毫的危机感。

　　而此时，杨素率领隋朝水军，已乘着庞大的战船，从永安出发，横渡长江，气势无比宏大。不久之后，对岸的陈朝士兵看到了远处插满旌旗的大船，顿时吓破了胆，战斗力几近丧失。此外，另外的隋军队伍也已兵分七路，抵达江边。

　　江边的求救警报频频上奏朝廷，然而陈后主连看都不看就扔到了一边，继续与爱妃群臣醉生梦死。直到后来，情况实在急迫，有些大臣开始请求商量抵抗隋军的事宜，陈后主才心不甘情不愿地召集大臣在朝堂中商讨应对措施。然而，这个表面功夫的商讨会议怎么可能挽救得了濒临灭亡的腐朽朝廷呢？

　　公元589年，兵分八路的隋军将陈朝的都城建康团团围住。此时，陈后主方从醉梦中惊醒。意识到局势大为不妙的他慌忙将身边的重臣江总、孔范等人招来，命令他们率领陈朝军队进行抵抗。陈朝军队虽说还有十几万人，但无奈没有一个懂得指挥作战的将帅（好的将帅早在前期不是被贬就是被杀了），这群昏庸无能的文臣即便使出浑身解数都不知如何是好。陈后主这下急了，张皇失措，开始计划带着他的爱妃们一起逃跑。然而，没等他开始逃跑，隋军就已经攻进宫廷，生擒了他。至此，荒淫奢靡的南朝陈国终于灭亡。

回溯历史，如果当初陈后主能及时醒悟，在得知隋军准备攻打陈朝之时采纳贤臣的抵抗意见，也许还有一丝存活的希望。然而，陈后主不识人才的劣根性白白断送了他原本显赫至尊的皇帝命运，使自己沦为亡国之君、阶下之囚。任用人不能仅凭表面的美好，而应窥探其人的内心和能力，显然，陈后主根本不懂这一点，更别说知人善任、因材施用了，因为在他的心目中，最佳的大臣标准便是长得好看，又会吟诗作对。作为典型的反面教材，陈后主的悲剧引人深思。

企业家要具有识人之智

企业的发展离不开人的力量，而人力资源是一家企业发展的至关重要的因素。众所周知，许多知名的企业家都非常注重招揽人才，而且方式不拘一格。然而，诚如刘劭所言，每个人的性格不同，不同的人才有其所长，也有其所短。倘若企业雇用了不适合本企业的人才，不仅对企业来说是一种灾难，对于人才本身来说，也是一种巨大的浪费和伤害。因此，企业家在用人之前，要有识人之智。许多成功的企业家就具有这一智慧。

美国纽约最著名的摩根银行的董事长兼总经理保罗能够得到现在的职位和成就，多亏了摩根银行的大财阀摩根。据说，年轻时的保罗只是一个地方法庭的书记员。虽然职位低微，但保罗的人品非常高尚。当摩根挑选纽约银行的总经理的人选时，保罗进入了他的视线。在经过多番了解和观察、考验之后，摩根最终决定由保罗担任这一要职。而保罗也没有辜负摩根的厚望，率领摩根银行进入了辉煌时期。

不能不说，摩根银行的成功有保罗的功绩，但也不得不说，保罗能成为全美瞩目的商业巨子，还要靠摩根的慧眼识才。

联邦纽约市银行行长梵德理在为自己挑选行政助理时，也颇具识人之智。他因此得到了一个具有高尚的人格的行政助理，后者在其工作中发挥了重要的作用。而美国电报电话公司总经理贾费迪更是由于"伯乐"的识人之智，才由一个地位低微的会计步步高升，一直走到现在这个重要的位置。

识人之智对于企业的管理者是如此重要，那么管理者应该如何识别人才呢？笔者认为，企业家在识别人才时可以由外及内入手，通过一个人的外在表现看其品性，即根据一个人的外貌和言谈举止看其品性。这是考查一个人的品性的直观方式。比如说我们从一个人的衣着打扮，可以看出他的喜好和品位；从一个人的说话方式，可以看出他的性格和处事方式；从一个人的居住环境，可以看出他的经济条

人物志谋略全本

件和爱好……总之，一个人的外表能告诉我们许多关于这个人的东西。但是，要注意的是，不要单一地使用这种方法去判断人，因为这样难免失之偏颇。历史上孙权错失庞统就是因为被外表迷惑了，这也是我们的老祖宗发出"以貌取人，失子之羽"的感叹的原因。

那么人的外在表现和品性之间有着怎样的联系？如何由外在表象去看一个人的品性呢？这说起来就比较复杂了。

人和人的性格不一样。有的人天生就是社交场上的宠儿，他们一出现，就用自己的言行传达了他们做事的态度和方式。相对来说，识别这种人才比较容易。但有些人不善言谈，甚至讷于言，识别这样的人才就需要管理者具有超强的识人能力，能在处事细节中发现一个人的品性，而不是囿于表现。日本一位著名的商店经理林江健雄对此有着自己的看法。他说："有些人生来就有与人交往的天性，他们无论对人对己，还是处世待人，举手投足与言谈行为都很自然得体，毫不费力便能获得他人的注意和喜爱。可有些人便没有这种天赋，他们必须加以努力，才能获得他人的注意和喜爱。但不论是天生的还是后天努力的，他们的目的无非是要博得他人的善意，而那获得善意的种种途径和方法，便是'人格'的发展。"

具有健全的人格是一个管理者具有人格魅力的表现。只有拥有健全的人格，才能获得人们的喜爱和合作。因此，识别人才的最重要的一个方面就是人格特征。而且，一个人的人格可以给他增添魅力，使其更受欢迎。关于人格魅力，有人曾这样肯定它的重要作用："这是一种不可言喻的两情相悦，它给予我们的，犹如芳香给予花儿一样。"

人与人之间的差异集中体现在信仰、思维模式和行为习惯上，这三个因素从根本上决定了一个人的品质、格局、核心能力和可塑性，从而从根本上决定了一个人的人生作为和事业成就。现代企业家应当把这三个方面作为识人选才的重要内容，而对技能和知识的考查，则可以放在相对次要的位置。因为，对于成年人而言，其信仰、思维模式和行为习惯，往往已经基本定型，难以发生根本性的变化，而技能和知识只要培养得当，则终身都有不断提升的可能。因此，对于优秀人才，我们常常用"选拔"二字来表现自己发现他们的过程，其次是"培养"人才。当然，倘若开始的选拔失误，那么就谈不上后来的培养了。即便花费极大的人力和物力去培养，也往往会劳而无功。

那么这三个主要的因素向我们揭示了一个人的哪些内容呢？

首先看信仰。信仰是人的心灵的灯塔，指明了人生的方向。一个人有无信仰说明了这个人是否有人生目标。当然，看一个人的信仰，还要看这个人信仰的是什么，对自己的信仰持什么样的态度。

一个人如果没有信仰，其人生的意义就很模糊，人生的方向自然也不清晰。一个没有信仰的人是缺乏理性的，是不可信的，更是不能用、不堪用的。一个有信仰的人才能甘于为自己服务的企业奉献，才能信任自己服务的企业，并用这种信任召集同样的人。所谓"物以类聚，人以群分"说的就是这个道理。

要了解一个人的信仰，首先可以通过与这个人交换对事情的看法，甚至可以间接地从第三者的口中得知。其次，可以从一个人的思维模式识别人才。

思维模式决定了一个人做事的方式。我们的工作过程就是不断地发现问题和解决问题的过程。有效地解决问题的关键就是我们的思维模式。所以有人将思维模式比做人生的航船，它能决定我们面对问题时的态度和方式，也决定了一个人的成就。成年人的思维模式往往已经形成一定的定式，而这种定式往往决定了其解决问题的能力和成效。而杰出的人才就是那种能有效地解决问题的人。

如何考查一个人的思维模式呢？最简单的方法就是运用"任务解决式"。比如，身为领导者可以给自己要考查的下属布置一个任务，记住，这个任务对这个下属来说一定是一个全新的领域，而且是他（她）未曾尝试过的。一般来说，布置任务时，对方都会有两种反应：一种是虽然知道是自己不了解的，但愿意去尝试；一种可能直接表示自己没做过，不会做。此时，这两种态度就反映了两种思维模式。而这两种思维模式就决定了不同的人适合的工作内容。前者适合开拓性的工作，后者适合重复性和流程化的常规性工作。

有一个小故事形象地说明了这个方法的有效性：

某蔬菜批发公司要外聘一个销售部经理，有人向老板推荐了两个人选——小李和小王。这两个人都没做过蔬菜销售，但品性都不错。于是老板决定通过一件事来考查一下，到底哪个人更加适合这一工作。

一天，老板分别将两人找来，说公司一批土豆滞销，而他听说某地土豆脱销，让他们去调查一下。结果两人回来后，得到的是不同的结论：小李说自己到了当地后，发现已经有人捷足先登了，市场上土豆量充足，已经没有进入的空间。小王则说，已经有人抢先一步占领了土豆市场，但他在考察时发现，当地的淀粉加工厂还需要土豆，另外，他还发现该地胡萝卜稀缺，这也是一个潜在的市场，公司应该在土豆市场上介入，与淀粉加工厂建立长期合作关系，同时还要抢占胡萝卜市场。

你看，同样的事实，不同思维模式的人往往会做出不同的判断。很显然，小李处理问题时过于拘泥于现状，以静态的方式分析问题，而且看问题表面化，思维逻辑比较简单。相反，小王对待问题的态度则比较积极，以动态的方式分析问题，而且能在表面现象下深入发掘并进行理性思考。最后老板会根据自己的需要，选择哪一个人做销售部经理，这就看老板自己的取舍了。

此外，一个人的行为习惯也是识别人才的重要条件。无论是信仰还是思维模式，它们在现实中都是通过行为习惯表现出来的。其思考问题和处理问题的方式，都通过行为表现出来。因此，评估一个人，从其行为习惯上最能得出结论，而且这种方法也是最可靠的。现代企业管理有许多评估人的行为习惯的方法，心理学上也有不少这类的方法，笔者在此不多讲述。但无论企业家想要什么样的人才，都要全面考查候选人的行为习惯，以综合评估其人格特质和能力素养。

一般来说，日常作息很有规律的人，往往意志坚定；能够坚持体育锻炼的人，往往开朗豁达；一个能自觉坚持学习的人，往往自强自信。而相反的行为，则意味着相反的人格特质。

事实证明，许多成功的企业家不但要有领导企业的发展眼光，还要有过人的识人之智。企业要发展，必须建立一支能征善战、配合默契的团队，识别和选用人才就成了重中之重。但要提醒领导者的是，无论选择怎样的人才，都要持开放、理性和动态的立场。

学会识人，智慧做人

不只是企业家需要具有识人之智，作为普通人，倘若学会识人，就能少走弯路，少吃暗亏，从而在与人打交道时更加轻松自如。

人在一生中，要与形形色色的人打交道。这些不同职业、不同思想的人，做事的方式和准则也不同。如果我们学会了识人，就能选用正确的方法与不同的人相处，从而为自己创造一个和谐的人际关系。而在当今人脉即资源的时代，我们就具有了成功的关键。

学会识人的好处多多。我们学会正确识人，就可以分辨出哪些是我们真正值得信任的朋友，哪些是酒肉朋友，哪些是利益朋友，哪些是普通朋友，哪些不是朋友。这样便于我们以正确的态度对待各类人，将我们接触到的人准确分类，从而更有效地管理我们的人脉资源。

在历史和现实中，因为不识人而导致的困局数不胜数，齐桓公晚年不识忠奸，宠信竖刁、易牙、开方三人，最后被佞臣封堵在宫廷里活活饿死；谭嗣同不识袁世凯的奸诈，请他保护光绪帝、废掉慈禧，反而被袁世凯出卖，结果死于"戊戌政变"；巴林银行不识人，导致一个金融业巨头竟然被违规操作的李森搞垮……所以说，识人关系着我们的安危与事业，对我们真是太重要了。

识人的能力因人而异，有的人对事物的感觉很敏锐，遇事便会迅速做出正确的判断，有的人则需要多进行一些分析才能得出结论。不过，识人的能力是可以在交往中实践、理论上学习，在不断总结来提升自己的认知过程中培养的。

现代社会，人们学会了各种掩饰自己的手段和方法，许多人似乎都戴着面具生活，这给人们识人带来难度。如何培养自己识人的能力呢？怎样透过这些人为的面具认识不同的人，智慧做人呢？

识别一个人可以通过这个人的言行来判断。弗洛伊德曾说："任何人都无法保守他内心的秘密，即使他的嘴巴保持沉默，但他的指尖却喋喋不休，甚至他的每一个毛孔都会背叛他！"一个人城府再深，也不可能把自己全部的心思隐藏起来；一个人本性再虚伪，也不可能处处都掩藏住自己的真面目。只要我们观察一个人的日常表现，就会发现他的性格特征；通过一个人的言谈举止，就会看出他的真实想法；观察一个人的社交方式，就会揭开他的内心世界……

下面是几种快速识人的方法，大家不妨借鉴一下：

1.观察一个人的穿着打扮。

衣着品位在一定程度上反映了人的精神面貌，能够表现一个人的气质、修养和风度。尤其是在一些重要的场合，一个人的穿戴就能反映这个人的很多方面。但要提醒大家的是，绝不能仅凭一个人的衣饰是否贵重判断一个人的身份和素质。

2.观察一个人的眼神。

"眼睛是心灵的窗户。"这句话是我们常说的，人的眼神也确实能反映出许多问题。我们与人初次见面，可以通过观察这个人的眼神，对这个人进行初步识别：胸怀坦荡的人，眼神如无云的晴空；心地纯善的人，眼神像澄澈的湖水；为人真诚实在的人，眼神像晴空中的朗月；为人机智敏锐的人，眼神像夜空中的繁星；城府极深的人，眼神比较深沉，像遮盖着太阳的云翳；狡诈奸猾的人，眼神就像刚出洞的老鼠，特别狡黠；性情凶暴的人，眼神就像蛇一样凶恶。总之，眼神是人的情绪的外在显示器，可以成为我们识人的一个重要的手段。

3.通过交往识别一个人。

一个人的品性如何掩饰，在说话办事的时候也会表现出来。所以，最准确的识别一个人的方法就是与人交往。在与人交往过程中，我们要试着从其一言一行中识别其人品。

近距离接触可以知道一个人生活细节上的情况，而从生活细节中则可以看出很多问题。做事谨慎的人，志向更坚定；说话谨慎的人，德行更崇高。当然，远观一个人也可以看出这个人的品性。所谓远观，就是与一个人保持一定的距离。这时要识别这个人，就要根据这个人处理事情的表现做出判断了。

在交往中，我们还会与对方进行近距离交谈，而这种近距离交谈最能看出一个人的品性。近距离交谈时，我们不但可以看到对方的眼神、表情、动作，还可以品味对方的语言。一般来说，近距离地倾听或观察一个人的言谈举止最能看出这个人的内心世界。所谓言为心声说的就是这个道理。说假话的人，他再怎么掩饰，在最近的距离内也是可以看出一些"破绽"来的。讲真话的人，通过该话内容中的各个方面能反映出他的才智，从其表象的举止中能观察出他内心的虔诚度。当然，从一个人的言谈举止中，我们也能观察出这个人的缺点和不足。

4.通过具体的事务识别一个人。

这种方式是指观察一个人在遇事时的反应。例如，处理复杂的工作最能体现一个人的性格。如果事急时易动怒，说明这个人比较粗暴。反之，事情越紧急越仔细，说明这个人做事谨慎。而遇到利益大的事情，则比较容易看出一个人的头脑是否冷静、意志是否坚定。另外，处理仓促的事情也可以识别一个人。一般来说，在匆忙和仓促的情况下突然问一个人问题，就可以看出这个人的智慧如何。在这种情况下，这个人如能从容不迫、遇险不惊，且做事有条不紊，那就可以看出这个人素质高、头脑灵活了。

5.从承诺、约定上识别一个人。

我们在生活中常常对人做出承诺或是与人约定，根据履行程度便能看出对方的品性。从这方面能够辨别一个人是否诚信、真诚和遵守诺言。一般来说，在紧急的情况下和一个人相约，最能看出这个人的守信程度。习惯于迟到或是违反约定的人，大多不值得信任或是不能委以重任。

6.通过钱财交往识别人。

钱财虽然是身外之物，但一个人对钱财的态度，最能看出这个人是否仁义。像委托别人代收款，借给别人钱，都能看出这个人的人品。一般来说，能够被别人委托收款的人，一定是值得信任之人。那些借钱及时归还的人则是守信之人，反之则是无信之人。

7.在宴饮时识别一个人。

在日常生活中，参加宴会通常可以看出一个人的品性。在宴席上能做到斯文守礼的人，通常是节制而知礼的人，一般素质都比较高。此外，从人们在宴席喝酒的表现尤其可以识别一个人。如果有人热衷于灌别人酒，一般是在心理上喜欢压迫人，或是有恶意，不能成为你体贴的朋友。而一个人醉酒后的表现更是可以让人得到一些真相。通常人在理智的情况下都能做到守礼，一旦喝醉酒就原形毕露了。而"酒后有德"与"酒后无德"的差别就在于一个人对自身控制能力修炼的程度如何。一个具有修养和谨慎头脑的人在任何场合及任何条件下都会保持一份清醒的头脑；而一个平时懒散、随性而为、无心修炼身心的人，往往会在酒醉后更加放肆和大胆，甚至做出平时不敢做的丑恶事情。

8.从一个人的喜好识别一个人。

我们每个人都有喜欢和厌恶的人或物，所以根据一个人的喜好可以判断和考查他的特长及短处。如玩物会丧志，赌博会变质，抽烟、喝酒会伤身；爱学习会使人进步，爱工作会使人勤奋，爱思考会使人有成就等。

9.从其朋友识别一个人。

所谓"近朱者赤，近墨者黑；物以类聚，人以群分"，观察一个人的品性的另一方法就是看和他交往的朋友。那些在情绪、兴趣、爱好、性格方面相似的人，会不自觉地聚在一起。所以，观察和了解一个人结交的都是哪类朋友，我们就可以断定其是好人还是坏人了。

老百姓有句俗话是："鱼交鱼，虾交虾，蛤蟆找的是蛙亲家。"赌博的人周围都是赌徒，好色的人喜欢和女人打交道，喜欢搬弄是非的人经常与长舌者在一起，忠厚老实的人一定不会和诡计多端的人交往。所以，要识别一个人，弄清楚他和谁交往就足够了。

当然，我们在识别出身边的人的不同品性后，并不是要做一个真空的人，并不是对品性差的人一概拒不来往。在现实生活中，我们必须与不同的人打交道，但是要在这一过程中留个心眼，有些人可以让你学习，有些人则必须对其保持警惕。尤其是在当今职场中，这个原则更加重要。

七缪第十

七缪：一曰察誉有偏颇之缪；二曰接物有爱恶之惑；三曰度心有小大之误；四曰品质有早晚之疑；五曰变类有同体之嫌；六曰论材有申压之诡；七曰观奇有二尤之失。

经典再现

七缪①：一曰察誉有偏颇之缪；二曰接物有爱恶之惑；三曰度心有小大之误；四曰品质有早晚之疑；五曰变类有同体之嫌②；六曰论材有申压之诡；七曰观奇有二尤之失。

夫采访之要，不在多少。然征质不明者，信耳而不敢信目。故人以为是，则心随而明之。人以为非，则意转而化之。虽无所嫌，意若不疑。且人察物，亦自有误。爱憎兼之，其情万原③。不畅其本，胡④可必信？是故知人者，以目正耳。不知人者，以耳败目。故州闾之士，皆誉皆毁，未可为正也。交游之人誉不三周⑤，未必信是也。夫实厚之士，交游之间，必每所在肩称。上等援⑥之，下等推⑦之，苟⑧不能周，必有咎毁。故偏上失下，则其终有毁。偏下失上，则其进⑨不杰。故诚能三周，则为国所利，此正直之交也。故皆合而是⑩，亦有违比。皆合而非⑪，或在其中。若有奇异之材，则非众所见。而耳所听采，以多为信。是缪于察誉者也。

夫爱善疾恶，人情所常。苟不明质，或疏善、善非。何以论之？夫善非者，虽非犹有所是。以其所是，顺己所长，则不自觉情通意亲，忽忘其恶。善人虽善，犹有所乏。以其所乏，不明己长。以其所长，轻⑫己所短，则不自知志乖气违，忽忘其善。是惑于爱恶者也。

夫精欲深微，质欲懿重，志欲弘大，心欲嗛小。精微，所以入神妙也。懿⑬重，所以崇德宇也。志大，所以戡⑭物任也。心小，所以慎咎悔也。故《诗》咏文王，"小心翼翼"，"不大声以色"，小心也。"王赫斯怒"，"以对于天下"，志大也。由此论之，心小志大者，圣贤之伦也。心大志大者，豪杰之隽也。心大志小者，傲荡之类也。心小志小者，拘懦之人也。众人之察，或陋⑮其心小，或壮⑯其志大，是误于小大者也。

夫人材不同，成有早晚。有早智而速成者，有晚智而晚成者，有少无智而终无所成者，有少有令材遂为隽器⑰者。四者之理，不可不察。夫幼智之人，材智精达，然其在童髦皆有端绪。故文本辞繁，辩始给口⑱，仁出慈恤，施发过与⑲，慎生畏惧，廉起不取⑳。早智者浅惠㉑而见速，晚成者奇识而舒迟，终暗㉒者并困于不足，遂务者周达而有余。而众人之察，不虑其变，是疑于早晚者也。

夫人情莫不趋名利，避损害。名利之路，在于是得。损害之源，在于非失。故人无贤愚，皆欲使是得在己。能明己是，莫过同体。是以偏材之人，交游进趋之类，皆亲爱同体而誉之，憎恶对反而毁之，序异杂而不尚也。推而论之，无他故焉。夫誉同体，毁对反，所以证彼非而著己是也。至于异杂之人，于彼无益，于己无害，则序而不尚。是故同体之人，常患于过誉，及其名敌，则勠能㉓相下。是故直者性奋，好人行直于人，而不能受人之讦㉔。尽者情露，好人行尽于人，而不能纳人之径㉕。务名者乐人之进趋过人，而不能出陵己之后。是故性同而材倾，则相援而相赖也。性同而势均，则相竞而相害也。此又同体之变也。故或助直而毁直，或与明而毁明，而众人之察不辨其律理，是嫌于体同也。

夫人所处异势，势有申压。富贵遂达，势之申也。贫贱穷匮，势之压也。上材之人，能行人所不能行。是故达有劳谦之称，穷有著明之节。中材之人，则随世损益。是故藉富贵则货财充于内，施惠周于外。见赡者，求可称而誉之。见援者，阐㉖小美而大之。虽无异材，犹行成而名立。处贫贱，则欲施而无财，欲援而无势。亲戚不能恤，朋友不见济。分义不复立，恩爱浸㉗以离。怨望者并至，归罪者日多。虽无罪尤，犹无故而废也。故世有侈俭，名由进退。天下皆富，则清贫者虽苦，必无委顿之忧。且有辞施之高，以获荣名之利。皆贫，则求假无所告，而有穷乏之患，且生鄙吝之讼。是故钧材而进有与之者，则体益而茂遂。私理卑抑㉘有累之者，则微降而稍退。而众人之观，不理其本，各指其所在，是疑于申压者也。

夫清雅之美，著乎形质，察之寡失。失缪之由，恒在二尤㉙。二尤之生，与物异列。故尤妙之人，含精于内，外无饰姿。尤虚之人，硕言瑰姿，内实乖反。而人之求奇，不可以精微测其玄机，明其异希。或以貌少为不足，或以瑰姿为巨伟，或以直露为虚华，或以巧饰为真实。是以早拔多误，不如顺次。夫顺次常度㉚也。苟㉛不察其实，亦焉往而不失？故遗贤而贤有济㉜，则恨在不早拔。拔奇而奇有败，则患在不素别。任意而独缪，则悔在不广问。广问而误己，则怨己不自信。是以骥子㉝发足，众士乃误。韩信立功，淮阴乃震。夫岂恶奇而好疑哉！乃尤物不世见，而奇逸美异也。是以张良体弱，而精强为众智之隽也。荆叔色平，而神勇为众勇之杰也。然则隽杰者，众人之尤也。圣人者，众尤之尤也。其尤弥出者，其道弥远。故一国之隽，于州为辈，未得为第也。一州之第，于天下为辈。天下之辈，世有优劣。是故众人之所贵，各贵其出己之尤，而不贵尤之所尤。是故众人之明，能知辈士之数，而不能知第目之度。辈士之明，能知第目之度，不能识出尤之良也。出尤之人，能知圣人之教，不能究入室㉞之奥也。由是论之，人物之理，妙不可得而穷已。

迷津指点

① 缪：通假字，同"谬"，错误。

② 嫌：指内心的是非爱憎标准。

③ 万原：情况复杂。

④ 胡：疑问语气词，怎么。

⑤ 三周：多次做成事情。

⑥ 援：引荐。

⑦ 推：忽略。

⑧ 苟：最终。

⑨ 进：指推荐的人才。

⑩ 是：肯定称赞。

⑪ 非：诋毁否定。

⑫ 轻：对照。

⑬ 懿：美好。多指德行。

⑭ 戡：通"堪"，胜任。

⑮ 陋：鄙薄。

⑯ 壮：称赞。

⑰ 隽器：出类拔萃的人。

⑱ 给口：对于疑难的敏捷反应，口才好。

⑲ 过与：年幼的善行。

⑳ 不取：不贪婪索取。

㉑ 浅惠：领悟力强。

㉒ 暗：愚钝。

㉓ 尟能："尟"通"鲜"，不能。

㉔ 讦：指言语上的诋毁攻击。

㉕ 径：言辞直接的建议。

㉖ 阐：开辟发扬。

㉗浸：渐渐地。

㉘抑：受压制。

㉙二尤：尤妙和尤虚两种境界。

㉚常度：正常情况。

㉛苟：如果。

㉜济：终被任用。

㉝骥子：有才能的人。

㉞入室：原意指获得老师学问技艺的真谛的入室弟子，这里指学问、思想或技艺达到精神的高度。

古文译读

鉴定人物有七种谬误：一是考察名声，出现有失偏颇的失误；二是待人接物，会受个人爱憎之情困扰。三是审度心志，对明与志出现不分大小情况的错误；四是品评素质，看不出早智与晚成的区别；五是辨识类型，因为类别相同而不易看清的疑惑；六是评论人才，有提拔和压制一方的复杂情况；七是观察奇才，经常忽略对尤妙与尤虚的注意。

选取考查人的要点，不在于众人对其毁誉的多或少。那些对人物素质辨识不清的人总是相信自己的耳朵，而不相信自己的眼睛。所以别人认为是对的，他就追随附和，深信不疑。别人认为是错的，他也随着改变看法。虽然与别人没有嫌隙，但是相信别人的毁誉后，又怎么能不怀疑？而且人们在观察事物时，自身也会出现错误，再加上个人的爱憎感情，情况就会变得更加复杂。不畅达其根本，又怎么能让人相信？因此真正知人的人会用眼观来纠正耳闻的讹误，而不知人的人，却会用耳闻取代目睹的事实。所以乡里人士品评时，一个人说好的大家就都说好，一个人说坏的大家就都说坏，这些未必正确。所交的朋友，如果不是多次做成事情，也不一定要信任他。诚实厚道的人，在与人交往过程中，一定经常被称赞。对上边的人才加以援引，对下边的人才进行推荐，如果不能办成，上下的人必定会后悔。所以如果有人偏重援引上边人才而忽略了下边人才，那么这种人才最终也会被诋毁，反过来，如果偏重推举下边人才而放弃上边人才，那么他所推荐的就不是杰出的人物。因此如果能够真正做到三方面周全，就会对邦国有利，这才是正直的交往。大家都和声肯定的人，也可能是违背正道、朋比结党的；大家和声非议的人，或许里面就有真正的人才。如果是特别杰出的人才，就不是一般人能够识别的。一般人都是靠耳闻来采纳意见，认为多数人同意的意见就是对的。这是考查人物名声时经常会犯的错误。

喜欢善的，厌恶恶的，这是人之常情。如果不察明实质，有时可能就会忽略好的，却肯定了坏的。为什么这么说呢？称道不好的人，虽然他人不好，但是仍然有一些称得上好的地方。以对方好的方面来对应自己的长处，这样做就会使人不知不觉间情投意合，不觉得对方丑恶。好人虽好，也仍然会有不足之处，将他们的不足对照自己的长处，就会不知道自己的所长。或者用他们的长处来对照自己的短处，就不免会轻视自己的不足，这样就不知不觉地变得志趣不合，从而忽略了对方的优点。这些就是受个人爱恶之情干扰所产生的困惑。

精神要深刻入微，素质要美善持重，志向要恢弘广大，心怀要小心细微谦让。因为只有精微深刻，才能领悟到神妙；美善持重，才会尊崇道德和情操；志向宏大，才能胜任重负；小心细微，才能慎防悔恨。所以《诗经》中吟咏周文王时说他"小心翼翼"、"不大声以色"，正是一个人小心的表现。"王赫斯怒"、"以对于天下"，正是志向远大的表现。由此而论，细心谦和而志气宏大的人，是圣贤一样的人。心怀广大而志气豪迈的人，是才智出众的豪杰之辈。心怀宽广而毫无大志的人，则是傲慢放荡之人。而粗心大意又毫无志气的人，则是拘谨软弱之人。一般人的观察，有的鄙薄被观察者胸怀狭窄，有的却称赞其志向远大，这些正是大小情况不分所出现的错误。

人的材质不同，事业成功的时间便会有早晚之分。有早智而少年得志的，有晚智而大器晚成的，有的人是年少时没有志向，最终也无所成就，有的人年少时具备良好才能而最终出类拔萃。这四者的道理不能不加以考察。早年智力发达的人，表现得才能智虑精微明达，这些在他的幼年时期就已崭露头角。所以文章写得精妙的，起于幼时词句纷繁；辩才无碍的，开始于幼时口才敏捷；仁的品德，见于幼时的慈悲体恤；慷慨好施，发端于幼时懂得给予；谨慎为人的，来自幼时多有畏惧；清廉处世的，萌生于幼时不妄自索取。智力早熟的人，很容易就能领悟因而反应敏捷；而大器晚成的人，见识奇特但是智虑比较舒缓。终生愚钝的人在各方面都表现得才智不足；终生顺遂的人，诸事精通而成就可观。一般人的观察，总是不考虑事物的发展变化。这些就是考查人才早智或晚成时具有的疑难。

在人之常情里没有人不是趋附名利，回避嫉害的。获得名利的途径，在于做得好而有所得；遭受损害的根源，在于不能正确评价和看待不足。因此无论是贤明的还是愚钝的人，都希望自己的长处能得到中肯的评价和肯定。最能了解自己优点的莫过于同类之人。所以偏才的人，在交往游历以及仕途进取时，都倾向于亲近与自己同类型的人，并加以赞誉，憎恶那些与自己类型相反的人，并加以诋毁。而对于既不同于己，也不异于己的人才，他们只会为其排列等次，却不予推崇。由此推论，并没有其他原因。赞许与自己同类型的人，诋毁与自己类型相反的人，是为了证明对方错误而表明自己正确。至于那些既不同于己，也不异于己的人，因为这些人对于他人无益，对于自己也无害，于是只作排列，不加以崇尚。因此，同类型的人，常常有出现过分称赞的过失，及至双方名望相匹敌时，就很少会相让而甘居人下。因此正直的人想说什么就说什么，喜欢别人也以正直待人，而不愿意受到别人的言语攻击。性格外向的人感情外露，喜欢别人全心全意对待他人，而不愿接纳别人的直言。热衷功名的人喜欢别人也追求仕进之路，但不甘居于超越自己的人之后。因此本性相同而才势均等的人，在一起时就容易相互竞争，相互陷害。这又是同类型情况的变化。所以有时帮助正直，又或是毁正直；有时赞赏明达，又或是毁明达。一般人的观察是不能分辨其中奥妙的。这是由于类型相同所以不易于区别所具有的疑惑。

人处在不同的情势里，有的人能够受提拔，有的人却被压制。富贵亨通，这是得势；贫穷困乏，这是失志。上等才能的人，能做常人所不能做到的。因此，他们在人生通达时就能够获得勤谨谦恭的称誉，而在人生穷困时则会显示出光明的气节。中等才能的人，则会随着时势变化而互有损益，因此凭借富贵得势，在内充实财宝货物，在外施予恩惠，那些被他赡济的人就会寻找可称赞他的地方极力称赞他；受其援助的人，将他小的德行发挥加以扩大。这种人虽然没有特殊的才能，仍然可以做到办事成功，获得好名声的地步。身处贫贱的时候，想施舍却无资财，想援引上位者却无权势，亲戚不能体恤，朋友不能接济，名分道义之类的也都不能建立，恩爱的人逐渐分离，责备怨恨的人却一并到来，归咎非难自己的人会日益增多。这种人虽然没有大的过错，却无故被埋没。因此世道有奢侈与俭约，人的名声也随此或进或退。如果天下的人都富足，那么清贫的人虽然生活困苦，却一定没有委靡困顿的忧虑，并且有辞让不受的高节，从而获得荣誉美名的利益。如果天下的人都贫乏，清贫的人就是想借贷都无门可走，因而出现穷困匮乏的忧患，并且产生计较得失的争执。因此财富和别人一样多的人，就会美名远播，万事成功。而自己的经营衰弱又有拖累的人，地位则会渐渐下降。一般人的观察，总是不推究其根本原因，只注意各人的现状。这是由情势升降得失所产生的困惑。

清高雅洁的美德，显露于形貌气质，在观察时可以清楚地看到而少有失误。失误的来由，常常是出现在观察尤妙和尤虚这两种人时。二尤的产生，是和一般人不同的。因此尤妙的人，内在含蓄精蕴，外表却无装饰的风姿。尤虚的人，言语浮夸，搔首弄姿，内在却与实际相反。而人们寻求奇才，就不能不以精深入微的眼光，来探测其中深奥玄妙的道理，明察其中独特之处。但是有的人以外貌欠佳为不足，有的人以姿容美丽为伟大，有的人以直率坦露为虚华，有的则以巧伪虚假为真实。所以对官员进行过早的提拔大多会出现失误，不如顺着它的正常秩序。顺从次序是正常的情况。如果不考察人的实质，又怎么能保证没有失误？所以当被遗漏的贤才最终被任用时，就会悔恨为何不早点提拔他们。选拔奇才而奇才终遭败迹，就会遗憾为何没有预先有所识别。任意而行，咎由自取，就会后悔当初为何不广征博问。广征博问却耽误时机，就会埋怨自己为什么不多点自信。所以才能出众的人奋力而起，普通的人却会自误人生。韩信立功受封，淮阴的乡亲为此大为震惊。这不是因为人们厌恶奇才而容易怀疑，而是因为特别的人物世间罕见，而奇才逸行的人总是与众不同的。因此张良体质文弱而精明，是众多智者的模范；荆轲面色平静却内含精神勇气，是众多勇士中的表率。因而才能杰出的人，是众人当中比较特立不凡的人，圣人又是不凡人物中的不凡者。他的才能越突出，能够达到的境界就越深远。因此一个郡国中的才智出众者，只是州里的同辈之士，未必能够得上人才档次。一个州中被选入等第的人才，或许是天下的关键人物。天下之关键人物，世代有优有劣。因此一般人所重视的，是各自看重胜过自己的人才，而不重视那些极为特别的人物。因此一般人的聪明，只能知道郡国中人物的多少，而不知道品第的标准。同辈中优秀者的聪明，只能知道郡国评选人物的品级程度，却不能认识最为杰出的人才。特别杰出的人才，能知道圣人的教化主张，却不能在深究学问上登堂入室。根据这点来看，关于人物品第的道理，微妙不可得，更不可穷尽。

前沿诠释

诚如上文所言，人性的复杂与个人生平际遇的不同决定了大多数人对于他人的才华与品行很难给予公允的衡量。用人者在外界纷繁的干扰因素和内心好恶的左右下，很可能会做出错误的判断，而造成这些错误的判断的主要因素即是上文所说的七种。在历史上，因为用人不当导致江山易主、王朝颠覆的大有人在，当他们功败垂成回首执政生涯时，才悔不当初。而在事业发展的漫漫征程上如何慧眼识人，用兵布阵，构建出知人善任的完美棋局，则成为千百年来后人苦苦思索的主题。

祁黄羊不避亲仇荐能者

在中国几千年的封建统治史上，一直都存在着对于任人唯亲的贬损和对于任人唯贤的褒奖。任用亲信，总是逃脱不了以权谋私、结党谋乱的指责，而任人唯贤甚至是任人唯仇，则是大公无私的表现。这种观点有可取之处，但是却不免有所偏颇。在春秋战国的历史上，就有这样一位特立独行不惧众议的人物，他在选用人才时，不考虑亲疏，孔子曾赞赏他"外举不避仇，内举不避亲"，而他所举荐的仇人和自己的儿子都在各自的工作岗位上做出了突出的成绩。他之所以能够做到这一点，是因为他深深懂得自己是在为国求才，而不是为了报私仇、避嫌疑。他就是祁黄羊。

祁黄羊，又名祁奚，春秋晋国大夫，后任中军尉。祁黄羊生于春秋乱世，身处宗族势力衰微的晋国，满腔抱负很难得以施展，所以终其一生，未曾有过惊天动地的大功业，但是他凭借光明磊落、大公无私的胸怀，得到了掌权者的信任，为当时的晋国举荐了不少贤才，这一点一直为后人津津乐道。

晋平公即位，任祁黄羊为公族大夫。当时南阳县县令一职空缺，平公苦于无人能胜任此位，而祁黄羊则一直深受平公信任，于是，平公便询问祁黄羊，心中是否有合适的人选担任这个职务。祁黄羊回答说："解狐可以。"平公听了之后大为吃惊，因为解狐与祁黄羊素有怨隙，于是平公不解地问："解狐不是爱卿的仇人吗？"祁黄羊不慌不忙，据理正色答道："您是问我谁担任县令这一职务合适，并没有问我谁是我的仇人。"平公为祁黄羊的气度胸襟所折服，认为他不因私仇废人才，定能举荐贤明。于是，平公就派解狐去任职。果然，解狐任职后着眼于民众的长远利益，做了许多实事、好事，成为一个造福一方百姓的好官员，受到南阳民众的爱戴和拥护。

又有一回，朝廷需要增加一位军中尉，祁黄羊举荐解狐的举动使得平公认为他是一个大公无私又知人善任的贤才，于是平公又请祁黄羊来推荐人选。祁黄羊说："祁午合适。"祁午，就是祁黄羊的儿子。由于有上一次的经验，平公相信祁黄羊此举绝不是任人唯亲，但是身为重臣，亲口向主公推荐自己的儿子，传出去难免会被朝臣们议论。平公心想，这个祁黄羊，在推荐人才的时候还真是无所顾忌，于是好奇地问："祁午是你的儿子，难道你就不怕别人说闲话吗？"祁黄羊如上次一样，干脆而坦然地答道："您是要我推荐适合担任军中尉的人选，没有问我儿子是谁。"平公本就对祁黄羊心怀敬意，听完此言，更是露出会心一笑，接受了这个建议，派祁午担任军中尉的职务。结果祁午不负所望，将将军中尉这一工作做得有声有色，而在祁午的成绩面前，朝臣也都难有微词。

后来孔子对祁黄羊大加赞赏，说他"外举不避仇，内举不避亲"。祁黄羊也因其大公无私赢得了朝野内外的赞誉，他本人成为大臣们效仿的楷模，他的言行也随之成为衡量是非曲直的标准。

晋平公六年（前552）秋，执掌国政的范宣子因为晋国公族叔向的弟弟羊舌虎叛乱的缘故，囚禁了叔向。乐王鲋出于好意，忧心忡忡地对叔向说："我来帮助你，请求范宣子放了你吧。"但是叔向谢绝了他的好意，说："祁黄羊知人善任，对于仇人和儿子能够一视同仁，是个正直无私的人，他知道我的事情后，一定会为我主持公道的。一个不避讳举荐至亲之人如自己儿子，不排除举荐至恨之人如自己仇人的唯才是举的人，怎么会独独不顾我呢？"果不其然，祁黄羊听说了这件事，在弄清了事情的原委后，便请求范宣子赦免叔向。他对范宣子说："叔向不仅品德高尚，还才高八斗，兼备文韬武略，是国家的栋梁之才。仅仅因为他的弟弟犯了错误就诛杀他，是不顾国家社稷，只顾一己私仇的表现。这样做，不仅非常愚蠢，而且不负责任。"范宣子听了此话，深为信服，于是赦免了叔向。祁黄羊的所作所为，都是出自一颗大公无私的心，并不是为了求得叔向的感激，所以事后他"不见叔向而归"。叔向也知道祁黄羊是为了国家，并非偏爱自己，所以没有感谢祁黄羊就兀自归还。可见，对祁黄羊的大公无私，叔向是十分了解的。

历史上任人唯贤的圣主贤君并不少见，但是为了保留大公无私的形象不敢举荐自己亲人的官员也比比皆是，很少有人能像祁黄羊一样，真正做到一视同仁。只有心胸磊落的人才能不顾忌世俗的眼光，做出最有利于国家社稷的决断，祁黄羊就是少数的几个能做到的人。正是因为他能够不以个人的爱恶作为评判人才的标准，才能获得人们的尊重和君王的信任，在封建统治史上占有一席之地，而他的心胸气度也应当为今人所借鉴。只有秉持公正之心，一个人才能在人生道路上赢得更多机遇与辉煌。

柳传志大刀阔斧用新人

明代冯梦龙《古今小说·张道陵七试赵昇》中有云："剖开顽石方知昇玉，淘尽泥沙始见金。"说的就是任用人才要独具慧眼方能拨开重重迷雾，辨别出谁是真人才，谁是伪能者。的确，在人才成长发展的过程中，总是存在年少成名与大器晚成的区别。人生境遇各不相同的人，也在不同的人生阶段有所成就。回顾历史，立足当代，当今中国的人才选拔机制其实趋于老龄化。年龄在某种程度上成为了升迁的门槛，也成为企业发展的瓶颈。一个企业要有活力，就必须做好识别少年英才的准备。联想的老总柳传志，就深知这一点，他就是凭借对年轻人的提拔和赏识成就了联想今天的辉煌。

联想从1984年创办至今，发展速度创造了奇迹，2005年成功收购IBM的PC业务更是令举世震惊。联想这支威武之师能够取得如此举世瞩目的成绩，迅速成为中国IT界的龙头老大，他们优秀的用人之道功不可没。

早在1990年，中国市场经济方兴未艾，大多数企业还墨守成规之时，柳传志就开始大刀阔斧地大规模启用新人，每年受到提拔和重用的年轻人如雨后春笋般层出不穷。柳传志对管理者提出的口号是："你不会授权，你将不会被授权；你不会提拔人，你将不被提拔。"为了从思想上和制度上保证年轻人脱颖而出，柳传志专门建立了对管理层提拔下属是否得力的考核方式。从1994年开始，每到新年度的3~4月间，联想都会进行组织机构、业务结构的调整。在这些调整中，管理模式、人员的变动都极大。通过一轮轮的筛选和更新，柳传志给员工提供尽可能多的竞争机会，使年轻人能在工作中崭露头角，脱颖而出，柳传志称此举为"在赛马中识别好马"。由这些制度就可以看出柳传志的用人理念是多么与众不同而又引人注目，难怪媒体评论说联想的老总"爱折腾"。

柳传志对于年轻人的重视和栽培有一组数据可以给出证明：现任联想集团总裁兼CEO的杨元庆，中国科技大学硕士学历，1989年应聘来到联想。俞兵，1988年毕业于北京科技大学自动化系，1990年加盟联想，2001年任联想集团高级副总裁，主管IT服务业务群组，并分管市场链。刘军，毕业于清华大学自动化系后分管产品链，1993年7月进入联想，2001年已升任联想集团高级副总裁，并主管消费IT业务群组。王晓岩，1994年加盟"联想"，2001年任联想集团高级副总裁，主管公司财务、

联想大楼。

人力资源和信息化推进工作。乔松，1991年从清华大学计算机科学与技术系毕业后加入联想集团，2001年任联想集团高级副总裁，分管供应链，并主管企业IT业务群组……鲁灵敏曾非常佩服地说，联想员工的平均年龄都在二十七岁半，而它之所以是一个如此年轻的集体，则在于柳传志大胆用人不惧风险的理念。当这些尚显稚嫩的面孔坐在柳传志的面前介绍自己的时候，他看到的不是他们的生疏羞涩甚至鲁莽，而是给一个机会他们就会发光的潜质。如果说现代社会需要的是金子般的人才，柳传志就是一个点石成金的人，他把无数年轻人送上梦想的舞台。只有像柳传志一样有魄力的企业家才敢于承担年轻人所带来的损失和风险，也必然会享受年轻人所给予的活力和收益。不一样的用人之道彰显了不一样的气度，也必然带来非比寻常的辉煌。

尽管柳传志惜才爱才，但是他深深懂得，在现代激烈的市场竞争下，一个企业要立足于世界经济之林，不仅要恪守严格的人才管理制度，还需要有一种归属感支撑企业的生存发展。于是，在诸多方面，柳传志也会展现出冷酷威严的一面，果敢干练与赏罚分明则成了他用人的又一特点。鲁灵敏曾在外企工作了7年，他在评价联想时说，外企可能强调只要你胜任自己的岗位就可以，但在柳传志心中，仅仅做到这些还不够，他更希望员工在工作中要严格、认真、主动而高效，有较强的归属感、责任心，要有做主人翁的感觉。如果说在外企工作的感觉如同是一颗螺丝钉的话，那么在联想工作就要像个"发动机"。柳传志规定联想内部的人员考核每季度要做一次，员工成绩被分成若干档次，如果有员工连续两个季度排在末位，就再给一次调岗机会，如果业绩还是欠佳，就面临"下岗"的危险，这种反向激励也表现出他用人之严。

虽说作为领导者，柳传志常常铁面无私，但是对于用人颇有心得的他知道，一个不知道疼爱自己员工的企业是留不住人才的。于是他规定联想的薪酬福利及其他待遇必须要远远高于其他企业。鲁灵敏披露，在薪酬福利方面，柳传志早已不和国内企业做对比，而是和外资企业做对比，虽然有的岗位尚不如国外，但联想员工薪金整体水平相对于外企还是具有相当大的竞争力的。除了薪金，联想更是用股票期权来激励员工，联想的员工一般工作一年之后可以得到这些，有良好业绩的工人经过一定时间就可以得到。在福利方面，其他企业有的联想一般都有。从外地来到联想工作的新员工还被提供给宿舍，免于租房奔波之苦。在带薪休假方面，每人每年能享受500元的春游或秋游费，让员工有足够的休息时间。工作满4年的老员工还可以出国休假。迄今为止，享受过这一福利的人并不在少数。

在企业支撑国民经济迅猛发展的今天，选择人才、衡量能力的眼光已经与从前大不相同，柳传志不是封建时代的帝王，不会再以传统的方法认识和选拔人才，但是那份知人善任和求才若渴的气质精神却一点都不比一国之君逊色。因为他的用人之道决定了联想帝国的兴盛与衰败，此时的柳传志不是帝王却胜似帝王，在他的运筹帷幄下，一座庞大而辉煌的高科技宫殿正在崛起，而他则是这座宫殿里的王，年轻的将领在他的选拔和任用下守卫宫殿，扩土封疆。正是凭借着对人才的这份信任和超越年龄欣赏人才的胆识，柳传志带领着联想走向了中国IT之巅。

大器亦可晚成，成就不论早晚

正如刘劭所说，"人材不同，成有早晚"，古今中外不少人才都是大器晚成的。他们是所谓的"晚智而晚成者"。他们的成就证明了成才不论早晚，告诉所有正在追求自己的目标的人："要执著，要等得。"同时，他们的成就也提醒所有的管理者，在任用人才的时候，要有培养人才的耐心，既要"舍得"，也要"等得"。

在中国绘画界，有两个人物开创了不同领域的绘画成就，这两人就是蜚声国内外的画家齐白石和黄宾虹。他们二人就是大器晚成的范例。

提到齐白石老人，人们难忘的是他画的虾。其实，齐白石老人给世人留下的不只是他非凡的画作，还有他那大器晚成的经历。

出身贫寒的齐白石在13岁时跟随叔祖父学过木匠，也做过雕花木工，积累了一定的绘画功底。后来，他从民间画工入手，临摹古人画作，开始学习绘画。40岁起，他不断游历山水，遍历陕、豫、京、冀、鄂、赣、沪、苏及两广等地，饱览名山大川，广结当世名人，为自己积累了丰富的生活经验。这些经历成就了齐白石，使其成为诗、书、印、画全入神品的一代巨擘。齐白石在57岁时才成名，此时他已经年近花甲，是真正的"大器晚成"，但他不鸣则已，一鸣惊人，作为画坛大家，他的造诣达到了后人无法超越的高度。

齐白石老人画的虾。

黄宾虹的国画作品。

黄宾虹，这位中国近代史上的著名画家，自幼就攻读诗文经史，学习书画及篆刻。后来，他又师从陈崇光学画花卉，师从郑珊学画山水。他在50岁前驰纵百家，溯追唐、宋，其后游历名山大川，九上黄山、五上九华、四上泰山，登五岭、雁荡，畅游巴蜀，足迹遍天下。黄宾虹且学且行，最终他的积淀在70岁后得到回报。而这位老人也对自己的积累和付出充满信心，在92岁高龄时，他曾情绪激动地对夫人宋若婴和幼女黄映家说："我的画，50年后会有一个被世人赏识的大好局面……"今天，当我们欣赏着老人的画作时，不能不为老人当年的执著和信心而感动。黄宾虹一生跨越两个世纪、两种时代，在暮年才以中国山水画大师名世。他的大器晚成，其实也是中国国画的幸运。

无论是齐白石老人还是黄宾虹老人，均以他们晚成的成就向世上正在苦心追求自己的理想和目标的人们证明：大器亦能晚成，成就不论早晚。

同时，历史上的一些大器晚成的事例，也向寻觅人才的人们证明，欲觅良才，欲成就一世功业，就不能心急。姜太公80岁遇文王虽然是传说中的故事，但他当时肯定已经年过中年。肯德基创始人山德士先生也是在做了许多工作之后，40多岁才开始做肯德基炸鸡。众所周知的中国四大古典名著之一《西游记》的作者吴承恩，也是一个大器晚成的人。他原本出身官宦之家，但由于家道中落，父辈不得不步入当时地位颇低的商人的行列。由于受父亲的影响，吴承恩自幼勤奋好学，且有一目十行、过目成诵的本领。少年时的吴承恩多才多艺，尤其喜欢听那些民间流传的神仙鬼怪故事，并立志要写一本神话传奇小说。最后，在两次科举考试失败后，吴承恩在43岁时才勉强考中岁贡，此后就屡试不第。就这样，曲曲折折地到了70岁，吴承恩看淡了官场，决定在有生之年完成自己少年时的志向——写一本神话传奇小说。经过八年的苦熬，吴承恩最终写完了《西游记》。此书与《红楼梦》《水浒传》《三国演义》一起被后人奉为"中国古典文学四大名著"，吴承恩也因此流芳百世。

我们还可以举出更多同样的大器晚成者，无论是哪个领域的晚成的典范，均向我们证明着这个道理：大器亦可晚成，成就不论早晚。渴盼成功的人们，何不学学这些大器晚成的人，给自己些时间；渴盼觅得良才的管理者，何不给人才一点时间，让他们厚积而薄发，最终创造辉煌。

评判人才应持中正的立场

在当今职场，人们经常会听到某些领导人评判自己手下无良才，满腹"千里马不常有"的幽怨。其实，或许在这些人的手下，就有着悲鸣的千里马。而造成这些千里马"骈死于槽枥之间",与常马等同的原因就在于,管理者在评判人才的时候,失去了中正的立场。

古往今来,凡是得人才者,都是因为他们能够客观点出人才的优点,而不是以个人的好恶来评判人才的好坏。要知道,倘若一个人以自己的兴趣、爱好去判定某人是否可用,这本身就犯了"一叶障目,不见泰山"的错误。更不用说,某些领导者喜欢感情用事,只把与自己脾气和兴趣相投的人引为知己,视为人才。于是职场上出现了太多的"小圈子",太多的人才被埋没。由此轻则造成人才流失,企业受损,重则导致误用人才,企业倒闭。

倘若认为笔者的说法危言耸听,那就让我们翻开古今史册,盘点失去中正的立场评判人才招致的后果。

中国历史上第一位皇帝秦始皇就深受此害。想当初,秦始皇虽然有着贤德的长子扶苏,但他由于深受韩非的法家思想的影响,认为国家的强弱关键在于"以法为教""以吏为师"。扶苏因治国思想与之意见相左,因此被他认为不值得交付江山社稷。最终,秦始皇选择了疏远扶苏。相反,幼子胡亥的老师赵高学法,胡亥自然也受到了用严刑峻法治国思想的影响。再加上,秦始皇对幼子比较偏爱,这些因素导致秦始皇听信胡亥、赵高一派,最终误将江山传予胡亥,以致原本气势浩大的秦朝传至二世便覆亡。

唐高宗时期的大臣卢承庆也是这样一个人。卢承庆当时负责对官员进行政绩考核,相当于现代企业中的人力资源部门主管。在一次考核中,一名粮草督运官在运粮途中突遇暴风,粮食几乎全被吹走了,卢承庆因此对其得出"监运损粮考中下"的鉴定。面对这种可能影响自己仕途的评定,这位运粮官居然神态自然,一副无所谓的样子。卢承庆一看他的这种态度就改变了主意,认为他是一个视功名如粪土的人,觉得自己的评判有失公允,于是将他召回,并将评语改为"宠辱不惊考上"。但事实是,这位运粮官本就是一个混日子的人,他之所以面对评判结果不喜不愧,就是因为做事松懈,而且他坐上这个职位也是出于偶然,因为粮草督办缺一名主管,他是暂时做替补的。没想到,卢承庆凭着自己的好恶,认为自己与他志趣、性格相投,就轻率地修改判词,最终生生将一个不专心于政务,不兢兢业业的家伙变成了范仲淹式的"宠辱不惊"的高士。

卢承庆在评判官员的时候,凭的就是自己的观感和情绪,而这种融合了个人爱憎好恶、感情用事的评定人才的做法,不但不能反映官员的真实政绩,也失去了公正衡量官员的客观标准,会导致"爱而不知其恶,憎而遂忘其善"的弊端。由此引

人物志谋略全本

发的现象就是溜须拍马之徒围绕在上级领导的身边，专挑领导喜欢的事情去做，专挑领导爱听的话语去说。长久下去，领导者在凭自己的意志识别人才的同时也失去了真正的人才。而真正的人才则由于厌恶这种风气，对领导采取敬而远之的态度，也因此得不到重用。如此一来，这种评定人才的做法必将对国家、组织、企业、个人等产生不良的影响，造成恶果。

相反，那些能持中正的立场评判人才的人，则会得人才，得天下。这样的例子可谓多矣。历史上许多成功的为官者、为君者就是这样的人。

三国时期的刘备就是在转变了自己评判人才的态度后，才得到了卧龙诸葛亮的支持。在遇到诸葛亮之前，刘备也是凭着自己的喜好识人、用人的。在他的身边围绕有"文有孙乾、糜竺之辈，武有关、张、赵之流"之后，刘备就自以为已经得到了人才。但随着斗争的进一步发展，刘备发现，自己身边的人很多能力不行，不足以辅助自己争夺天下。于是，他常常感叹自己虽然思贤若渴，却找不到良才，并感叹："我刘备也经常只身探求深谷中的隐贤，却并没有遇到过什么真正的人才。"司马水镜却说："孔子说过'十室之邑，必有忠信'，怎么能说无人才呢？"此后，在他的指引下，刘备到荆襄一带访奇才，最终通过三顾茅庐的诚心请出了诸葛亮。

因此，如果领导者能抛开个人意志，不以个人印象来看待人才，那才是真正的爱才之人，才会得到真正的人才。

不只是古代的管理者，现代企业中的许多管理者，也是在吃了以感情的偏好、偏恶来识人的亏后，才真正意识到识别人才的要义之一就是秉持中正的立场。反观那些对自己喜欢的人就无视其一切错误、盲目任命的领导者，则大多心态不正，喜欢感情用事，过于随心所欲。这种做法的危害就是把个人感情置于企业利益甚至社会利益之上，不但如上文所说，会导致人才的流失，还会使企业的管理者失去原则和约束，最终影响企业的长远发展。

因此，领导者在评判人才的时候，一定要把个人感情放到一边，抛开自己的爱好与志趣，以整体利益为重，这样才能使天下英雄尽入我囊中。

大度容人，才能拥有良才

人们常说，弥勒佛"大肚能容天下难容之事"，也常说那些心胸宽广的人具有大海一样广阔的心胸。这都表现了人们对有容人之量者的赞扬。在企业管理中，管理者也要具有这种大度容人的气魄，如此才能拥有良才，并让良才长期为自己服务。

　　管理者的大度是一种特别的魅力，当管理者具备宽容的气度时，网罗到的人才便会聚集在他的身边，最大效能地发挥各自的能力。宽容是最能激励人的方式之一，也是一种人性化的管理方式。当管理者的宽容施于员工身上时，员工不会为自己的错误得到宽容而窃喜，反而会心存愧疚，感受到上级的苦心，从而在力图弥补和改正的同时增强自己的责任感。这是人的正常回报心理，也是一个人自尊的表现。

　　三国时，诸葛亮的大度容人让狂傲的关、张兄弟二人心存愧疚，最终使他们心悦诚服，将他视如兄长，共同为刘备打天下；唐太宗大度容人，以宽容的心胸对待魏徵屡逆龙鳞的行为，最终自己得"人镜"，也使得大唐出现"贞观之治"的盛世。

　　由此可见，大度容人，对人、对己、对事业都可成为一种无须投资便能获得的"精神补品"。学会大度容人，就会提高个人魅力，增强企业的凝聚力。

　　李宁公司的前CEO陈义红与李宁合作了十四年零九个月，他在离开李宁公司，管理自己的公司"中国动向"后说："我要感谢李宁，如果没有他给我那样的机会和平台，我也不会拥有今天这些经验。幸好遇见的是他，因为像我这样你们称之为很霸气的人，如果没有他那样的老板，我们也不会配合那么多年。也可以说，也因为是我，我们才搭档了那么多年，才有了李宁和动向，我们双方应珍惜缘分。"如果管理者都能做到像李宁一样"容人"，无疑会使人才获得安全感和被赏识的喜悦，这种做法也是真正的"企业管理"的一部分。

陈义红，原北京李宁公司的总经理，现为北京动向体育发展有限公司的老板。他在李宁公司十几年，从一个普通销售员成为公司的CEO，跻身中国富豪榜。

　　反之，缺乏宽容心态，对下属不能包容，对别人的不同意见不能相容的管理者，只会使员工丧失责任感和积极的心态。这种例子也并不少见。汉武帝时著名的李陵事件，就是汉武帝不宽容导致的。

　　天汉二年（前99），汉武帝派自己的宠妃李夫人的哥哥、贰师将军李广利领兵讨伐匈奴，另派李广的孙子、别将李陵随从李广利押运辎重。李陵带领五千步卒出居延，孤军深入浚稽山，与匈奴单于主力遭遇。结果，匈奴人以八万骑兵围攻李陵的五千人。最终，李陵在苦战八昼夜，率部斩杀了一万多匈奴兵之后，由于得不到主力部队的后援，不幸被俘，最后被迫投降。当李陵投降的消息传到汉都后，汉武帝勃然大怒，不听从司马迁的劝告，不但将司马迁关进监牢，还草率地处死了李陵的母亲、妻子和儿子，最终将可能存着权宜之心的李陵彻底推向匈奴人的怀抱。

由此可见，管理者的心胸宽广意义之大。一个管理者只有具备大度容人的心胸，才能使自己的员工发挥才能，达到工作的最佳状态。那么，管理者应该如何容人呢？

1.扶植人才而不是打压人才。

在管理者的身边，常常会有那些才华出众之人。他们的光芒甚至盖过了自己的顶头上司。作为管理者，就要具有大度容人的度量，敢于任用超过自己的高才，乐于让这些高才尽情发挥本领。倘若管理者对超过自己的人才心存嫉妒之心，不断打压人才，就会导致人才有志难伸、有好点子也得不到使用。殊不知，这种管理者才是真正的愚人。真正聪明的管理者会想尽办法让优秀的人才为我所用，为优秀的人才创造业绩开方便之门。因为下属的成绩就是上司的成绩。同时，我们要知道，苛待优秀人才对任何一个领导来说都是很愚蠢的行为。即使有人出于私心百般压制对方，他们也能脱颖而出，甚至在另觅良主之后给曾经压制过自己的人反戈一击。所以，高明的管理者都懂得：高才是事业成功的希望，而大度之心是管理者的有力助手。

2.要包容人才的短处。

但凡杰出的人才也往往有其短处和弱点，大度容人的管理者要能包容人才身上的短处，诸如恃才自傲、不拘小节、性情怪僻、马虎拖沓等。总之一句话，管理者既要用其长，也要容其短。

3.要能接纳人才的建议。

大度容人的管理者要能听取贤才的各种主张、意见，鼓励他们讲话，尤其能听取他们讲出不合自己口味的意见，切不可像汉武帝一样，拒绝倾听贤才的声音。要知道，既然是人才，必有自己的真知灼见，必然对自己的见解充满自信心。真正的人才对上司的意见是不会随声附和的，他们往往固执己见，有些人甚至可能不懂世故，不顾情面，不分场合，秉公直言。倘若管理者能容人之言，就能在企业内部发扬民主，也就能更多地听到真实的声音，有利于自己的管理，有利于企业的发展壮大。

4.要能宽容冒犯之才。

在大度容人中，最难得的就是能包容冒犯自己的人。像一些企业的管理者一旦被人冒犯就暴跳如雷，俨然一副"老虎的屁股摸不得""太岁头上的土不能动"的架势。而且，一旦自己被冒犯，他们就要找机会报复，轻则给对方穿穿"小鞋"，重则与对方"兵戎相见"。其实，有大度容人之姿的管理者从不给冒犯者穿"小鞋"，对合理的冒犯，引咎自责；对不合理的冒犯，也能以事业为重，从大局出发，毫不介意。因为他知道，这些"胆大包天"的冒犯者大都秉性耿直，光明磊落，这些是难得的人才，是事业的希望所在。

5.包容人才在创新时的失败。

管理者不仅要能容纳人才的缺点，更要能允许人才在工作中出现失败，尤其是当这些失败发生在创新的过程中时。创新是企业获得向上动能的源泉。如果一个管理者不能容忍人才因为创新而带来的失败，就相当于采用一种保守、墨守成规和静止的管理思维。倘若管理者能对失败者说一声"接着再试，相信自己"来宽容人才的失败，将减轻人才的心理负担，激发其智慧，反而使其创造出奇迹。

世界上的事情不都是一帆风顺的，在工作中出现失误是很正常的现象，但可怕的是在失败后没有勇气再试。因此，管理者倘若能在员工失败时给予一句亲切的问候，一句"下次努力"的宽容和激励，常常能够减轻员工沉重的失败感，解除束缚其心灵的挫折感，让其有敢于再尝试的勇气。所以说，容人是一种高明的管理艺术。

有一个老禅师的故事，可能有不少人看过，并受到它的启发。

一天晚上，老禅师在禅院里散步，看见墙角有一张椅子，便知道有僧人违反寺规爬墙溜出去了。老禅师也不声张，走到墙边，移开椅子，就地蹲下。一会儿，一个小和尚翻墙进来。他在黑暗中踩着老禅师的背脊跳进了院子。当他双脚着地时，他才发觉刚才踏的不是椅子，而是自己的师父。小和尚顿时惊慌失措，不知该怎么办，怕会受到严厉的责罚。出乎小和尚意料的是，师父并没有厉声责备他，只是以平静的语调说："夜深天凉，多穿一件衣服。"老禅师的做法让小和尚非常羞愧，从此之后，他再也不偷偷翻墙出寺玩耍了。

这就是大度容人的艺术，这就是大度容人的管理。"海纳百川，有容乃大"，作为一个企业的领导，容人是取得事业成功的重要条件。海尔信奉"人人都是人才，赛马不相马"的人才理念，体现的也是先容人后用人之道。

因此，企业管理者要先能容纳别人，才能招徕更多的人才为自己所用，也才能为人才提供一个得到尊重，发挥自己的才华的环境。如此一来，企业腾飞的日子何愁不来呢？

智者知人利于己

在生活中，我们常常听到或看到救人反被误、助人反被害的事例，这一方面反映了受助者的品质低下，另一方面也说明了助人者不具备知人之智。其实，细细看来，古今中外，这种由于不具备知人之智而食恶果的事例举不胜举。同样，许多人成功的秘诀也就在于具有知人之智。所以说，智者识人。这和刘劭在"七缪第十"中所说的道理是一样的。

北京师范大学教授于丹在《〈论语〉心得》中说："智为知人"。知人是最大的智慧，接下来，我们就来看一些例子。

先来看《水浒传》中的一些人物。宋江，这个人颇有知人之智。宋江的知人之智，突出地表现在他对待下面这几个人的态度上。

武松是当时的打虎英雄，不过在他成名之前曾经在柴进那里做过一次客，柴进对这个年轻人的态度不冷不热。相对于柴进对武松的冷落，宋江则表现得分外热情，表现出了"看了武松这表人物，心中甚喜"的态度，甚至还要和武松结拜为兄弟。此后，武松景阳冈打虎、狮子楼杀西门庆、醉打蒋门神、血溅鸳鸯楼，证明了自己的能力，更证明了宋江的独具慧眼。

再来看李逵，这是一个莽夫。在《水浒传》中，宋江对李逵的了解可谓到了骨子里。最突出的要算宋江给李逵喝毒酒一事。因为他深知自己一死，李逵必反，而以李逵的性格，一反必死，还要落个反贼的下场，倒不如让他和自己一道去了。

最后看宋清，他是宋江的亲兄弟，本事不大，毛病不少。宋江深知自己的兄弟的真本事，于是他让宋清监管宴筵。宴席办得好，弟兄们高兴；办得不好，也出不了大事。

所以说，仅就以上事例就可以看出宋江的知人之智。这也是为什么他能将水泊梁山那么多形形色色的人团结在自己的身边，使他们各展本领，为自己效力的原因。

前文我们提过的美国著名的时装大王施瓦兹也是一个具有知人之智的企业家。当初，他的时装公司发展壮大之后，让什么人来做企业的总经理就成了他要考虑的问题。要知道，一个企业的总经理的好坏，直接决定了企业的命运。为此，许多人高薪聘请有经验、有资历的经理人来为自己管理公司。但施瓦兹却将这个重任压到了自己的儿子，年仅25岁的理查身上。

当人们对此表示怀疑的时候，施瓦兹说："理查是不是我儿子，并不是问题的关键。他升任总经理前，担任了两年的副总经理，我是个吹毛求疵的人，但我觉得他的确做得很好，无话可说。很多富翁得不到儿子的帮助，这是很不幸的，因为他们不给孩子表现他们能力的机会，在事业的扩展中，把自己的儿子给忘了，我认为这是他们的过失。"

后来的事实证明，理查不负众望，成为当时美国大企业中最年轻的领导人，也使公司获得新的生机。这又一次证明了施瓦兹的选择是正确的，也说明了他的知人之智。

不单是企业的管理者，就是我们普通人，倘若具有知人之智，也能避免许多麻烦。像在我们生活中看到的，面对丑恶现象仗义执言却招来横祸，面对可怜之人大发善心却遭受诬陷，这其实就是因为这些好人在出手做事时，缺乏一些知人之智。在社会生活中，好人更需要以智行事，因为有识人之才，才有自保之能。

某酒店的生意特别兴隆，一些同行就生了"红眼病"，于是有人就将主意打到了老板的头上。

一天，酒店老板到店里巡视，突然发现自己的伙计将一个陌生人领进了店里。他急忙询问事情的经过。结果伙计说，这个年轻人特别可怜，在回家的路上将钱丢了，想要帮店里做事，积攒回家的路费。老板看了看这个年轻人，没说什么。当天晚上，老板将店里的管事叫来，让他给那个年轻人点儿钱，将那个年轻人打发走了。

年轻人走后，伙计们很不理解老板的做法，但身为伙计，他们无权说什么。不久，当初将年轻人领到店里的伙计发现，那个年轻人竟然是对面酒店的主管。这时，伙计在痛恨年轻人的骗人嘴脸的同时，不能不佩服自己的老板的知人之智。

事后老板告诉他们，他在那一天里观察到那个年轻人行事轻浮，双眼不停地窥探后厨，而且在为客人服务时，明显心不在焉，而这恰恰说明了这个年轻人不是为钱而来，而是有别的目的。所以，这种人留不得。

故事中的这个老板的确具有知人之智，他的明智之举不但顾及了那个年轻人的颜面，还为自己免去了祸患。

由此可见，在现实生活中，我们如果具有了知人之智，就可以让自己免去不少麻烦。进一步说，管理者具有知人之智，就可以合理分配人才。

心平气和成事

我们发现，一些企业的管理者脾气极其暴躁，动辄责骂下属，导致企业出现下属集体失声的现象。反之，有些企业的领导者总是心平气和地处理事情，结果企业反而平稳发展，下属也敢于表达自己的心声。这就说明，心平气和也可以成就大事。

关于这个道理，中国古代的典籍其实已经反复提到过了。像孙子在《孙子兵法》中就强调："主不可以怒而兴师，将不可以愠而致战。"这句话的意思就是，国君不可因一时的愤怒而发动战争，将帅不可因一时的气愤而贸然出战。在此，孙子强调指出了将帅因性情急躁易怒而容易中敌人奸计的后果，给做将领的人敲了警钟。孙子对君主、将帅的告诫，对于企业的管理者和我们普通人来说，都很有启迪作用。原因就在于俗话所说的"心平才能气和，气和才能人顺，人顺才能做事"。这是有许多例子为证的。

在日本，许多企业的老板对待员工都是和和气气的。在他们看来，要想让员工为企业竭尽全力工作，最重要的就是要让员工得到尊重，让他们能放松。于是，许多日本公司的管理层，上至老板，下至各室的课长，在与员工沟通时都心平气和，很少有在员工面前大发雷霆的。

众所周知，日本是一个尚武的国家，但这个尚武的国家的企业为什么能如此高调地提倡与员工心平气和地沟通呢？这里还要说一说这个国家的信仰。

日本是一个以水为信仰的国家。在日本的军界，很多将领都用水的特征指导自己，这种想法甚至扩大到他们的日常生活中。在古代日本，曾经协助丰臣秀吉统一日本的大将军黑田孝高就为自己起了一个"如水"的别号，而且他还用"水五则"来要求他的军队。这个"水五则"包括：

1.自己活动，并能推动别人的，是水。

2.经常探求自己的方向的，是水。

3.遇到障碍物时，能发挥百倍力量的，是水。

4.以自己的清洁洗净他人的污浊，有容清纳浊的宽大度量的，是水。

5.汪洋大海，能蒸发为云，变成雨、雪或化而为雾，又或凝结成一面如晶莹明镜的冰，不论其变化如何，仍不失其本性的，也是水。

其中"不论其变化如何，仍不失其本性"，是要求他的军队无论发生什么样的事情都应该心平气和地应对，不会慌忙作战，要如水一样沉着面对。他要求每个人都要做推动别人、探求方向、以百倍力量通过障碍、有容清纳浊度量、永不失本性的人。

这里，我们看到了日本人坚持心平气和的原则的目的——因为心平气和才能冷静下来思考问题，也才能有清醒的头脑想到解决问题的方法，才不至于因为盛怒而做出错误的决定。

这个道理让笔者想到一个寓言故事：

一把坚实的大锁挂在铁门上，一根铁棍想要进入这个铁门。铁棍费了九牛二虎之力去撬这把大锁，却始终无法将它撬开。为此，铁棍气得火冒三丈。后来，一把瘦小的钥匙来了。只见这个钥匙不着急不上火，只是把身子钻进锁孔里，身子轻轻一转，结果那把大锁就"啪"的一声被打开了。铁棍很奇怪，就问钥匙："为什么我费了那么大的力气打不开它，而你却轻而易举地把锁打开了呢？"钥匙说："因为我最了解它的心。"

这个故事提示我们，当我们心平气和地解决问题时，你就了解了对方的心思，也就找到了解决问题的钥匙。诚如上文所说，无论在战场上还是在日常生活中，我们每个人都应该随时保持冷静的头脑，遇到意外变故时学会冷静自救。

世界上的一切都处于矛盾之中，而任何矛盾都是双方面的，矛盾的双方都必须以对立一方的存在为自己存在的依据。在矛盾冲突中，如果有一方能够暂避一时，或暂不与之正面冲突，就不会促使矛盾进一步激化，就可避免造成不必要的后果。当然，要做到处变不惊，冷静从容并不容易。

当一个人受到意外伤害或被别人误解、侮辱，严重地伤害了自尊心的时候，很容易失去理智，倘若此时他做出决定，或是失常的举动，就会导致可怕的后果。等他头脑冷静之后去思考自己当初的决定，他就会发现，原来的决定是多么的荒唐，自己的行为是多么的愚蠢。这种情绪冲动时所做出的失常决定，常常来自一个人头脑发热时的绝望心理、痛苦心理和复仇心理，人在这种情况下很容易犯错误。所以，一个人如果在情绪冲动时贸然做出决定，很可能在冷静之后后悔不迭。人不能受情绪支配而丧失理智，这其实就是本文提倡的心平气和做事的原因。

还记得莎士比亚的名著《奥赛罗》吗？在这部作品中，威尼斯大将摩尔人奥赛罗历经艰辛才和自己所爱的威尼斯贵族的女儿苔丝德梦娜结成伴侣。当土耳其军队入侵时，奥赛罗率兵御敌，提升凯西奥为自己的副将，他手下的旗官伊阿古因嫉恨心生仇怨。伊阿古设下圈套，诬称凯西奥与苔丝德梦娜有私情。结果深爱妻子的奥赛罗一怒之下，不容妻子解释就活活扼死了她。当伊阿古的妻子哀莱利霞揭发了丈夫的诬陷罪行后，奥赛罗万分悔恨。最终，他因为无法原谅自己，在极度悲哀的情绪中结束了自己的生命。

在这部戏剧中，奥赛罗会杀妻和自杀，都是由于过于冲动。倘若奥赛罗能稍微冷静一些，深入思考其中的情况，听一听自己的妻子的解释，就不会做出令亲者痛，仇者快的举动了。

所以，一个人只有心平气和才能成事。这就如同一个人进入了森林，并且迷失了方向，倘若这个人一意孤行地盲目地走，可能最终也走不出森林。倘若他静下来想一想，找准方向再继续赶路，那就不但可以节省不少力气，还能最终成功地走出森林。

看一看现实生活中许多人的犯罪行为，不少人是由于一时意气所致，不少夫妻离婚，也是一时冲动所致。所以，只有心平气和下做出的决定才是不容易让人后悔的，才是理智的。

卡耐基曾说："学会控制情绪是我们成功和快乐的要诀。"而心平气和就是要控制我们的情绪，让我们不在愤怒的情况下做出冲动的行为。这种愤怒的行为，不但害人，而且害己。因为研究发现，一个人如果反复出现愤怒等消极情绪，就会造成多种疾病。而且，一个人在愤怒之中极容易被人利用。

孙子在其《孙子兵法》"诡道十二法"中就专门提出了对于暴躁易怒敌人的"怒而挠之"的战术。由此可见，只有心平气和才不会给自己的敌人以可乘之机。

所以说，想要成事的人，切记要心平气和地做事，心平气和地与人交流。只有这样，我们才能收获快乐，收获成功。

仁德得心，成就事业

中国古代有许多关于仁君的故事，这些故事无不说明了一个道理，那就是仁德得人心，进而得天下。

《三国演义》这部古典名著中几乎囊括了所有不同类型的君主，其中号称枭雄的曹操，是以权术驭下的典范；号称仁德之君的刘备，是以性情与下属相契的典范，更以"仁、义"成为仁德君王的代表。而刘备之所以成就霸业，很大一部分原因就是因为他好结交侠士、素有大志、宽厚待人、长于忍耐。正是这些特征使许多人投到他的麾下，让本来无权无势的刘备得以和曹操、孙权三分天下。

关羽、张飞和赵云的事例就能够体现刘备的仁德。当时，张飞和关羽之所以肯与刘备结为异姓兄弟，原因就在于他的仁德之名。而赵云之所以忠诚护主，成为刘备麾下的战将，一个重要的原因也在于刘备对他礼遇有加，以诚相待，委以重任的那份德。正是由于这些重要的因素，刘备才能将三国时期的众多风云人物集于自己手下，而这些人也誓死追随，最终帮他成就大业。这其中最典型的就是关云长千里走单骑的故事了。

如果没有刘备的仁德，关羽不会一直对其念念不忘，甚至弃曹操的厚遇于不顾，坚持回到刘备身边。要知道，当时曹操对关羽的待遇可谓不薄。"拜为偏将军，礼之甚厚"，"绫锦及金银器皿，小宴三日，大宴五日"，"美女十人"，"战袍一领"，"纱锦作囊，与关公护髯"，"赤兔马"，"封汉寿亭侯"，这一系列优厚的条件，都加诸关羽身上。但这些力量都抵不过刘备的那份仁德之心。由此可见，仁德之心是管理者的重要武器，远远超过了物质的力量。

管理者如何以仁德得人心呢？这就要树立自己的仁德资本。何谓仁德资本？所谓仁德资本，实际上就是管理者从被管理者处得到的收获和评价，也就是下属对管理者的认可。当你的下属拥戴你，肯为你竭尽全力服务的时候，你就拥有了你的仁德资本。而在管理中，不断地树立起这些足以服人的资本，就是在树立你的仁德资本。

其实，我们每个人身上都有各式各样的资本，年龄的大小是资本，专业知识和技能是资本，健康是资本，个人的智力、时间和精力是资本，人脉关系也是资本。我们在生活中安身立命，谋求发展、幸福和快乐，凭的就是这些资本。而作为管理者，仁德资本当是所有资本中的重中之重。尤其在中国传统文化的背景下，仁德资本更为重要，其重要性甚至可以弥补其他资本的欠缺。

那么如何树立自己的仁德资本呢？笔者建议大家从以下几方面入手：

首先要研究仁德资本是怎样构成的，也就是说要知道你的下属对你的关注点。当然，对这个问题，不同的人可以根据自己的实际情况加以总结。比如说善良、正义、重视集体荣誉、公正、重视他人感受、处理好人情世故等，这些都是仁德资本的构成要素。

其次，在研究并了解仁德资本构成的基础上，管理者还必须探索树立仁德资本的手段。也许有人会认为把"手段"这个词和仁德资本这么高尚的东西联系起来，令人感觉极其别扭。实际上，任何事情做起来都要讲究手段，管理工作尤其如此。

管理者的工作就是"道"和"术"的高度统一，是二者的有机结合。只有将二者有机结合，我们才能更快地建立我们的仁德资本。

所以，管理者要凭仁德得人心，成就自己的事业，就要讲究树立和积累仁德资本的手段。当然，这是一个无穷无尽的领域，需要管理者不断探索与实践。

是否仁德之心只对从事管理的人起着重要的作用，对我们普通人就无所谓呢？其实，仁德之心对我们每个人来说都是重要的。

一对夫妻对自己年老体弱的父亲十分不孝，总是将剩菜剩饭给老人吃，而且还把他赶到院里的柴房去睡。因为老人年纪大了，手拿不住碗，总是将碗摔破，儿媳就让老人的儿子做了一个木碗给他用。

一天晚上，老人吃过饭后，儿媳把那只木碗随手丢在地上，洗也不洗。她五岁的孩子却将碗捡了起来，嘴里还说着："别弄丢了。"儿媳很奇怪，孩子关心破碗干什么？谁知孩子振振有词地说："这碗怎么能扔呢？等你老了的时候，我还准备用它给你盛饭呢！"

目瞪口呆的儿媳痛哭不已，认识到了自己的错误，当晚就将老人接回主屋居住，从此之后也十分孝敬老人。

这个故事说的就是仁德之心对普通人的重要性。"父母是孩子最重要的老师。"一个人具有仁德之心，不仅福及自己，也会影响下一代。反之也是同样的道理。对于普通人来说，我们更要在平时的生活中培养仁德之心。正如孔子所说："德之不修，学之不讲，闻义不能徙，不善不能改，是吾忧也。"一个人如果连仁德之心都没有，那就谈不上追求其他的目标了。所以，孔子认为，一个人只有把自己的品德修养好，才能严肃认真地对待每一件事物，才能让百姓安定。"其身正，不令而行；其身不正，虽令而不从。"也正是因为如此，从古到今，中国人都把"德"放在考查人才的首位。

无论我们是怎样的普通人，立足于这个社会，就要有自己的一片天地，不管这片天地是大是小。如果没有仁德之心，又谈什么成就自己的事业呢？当然，普通人培养自己的仁德之心，可以从生活中的点滴小事做起，从日常生活的细微处入手，或许你的机会就能从天而降。

在一个风雪之夜，一位老人面带疲惫之色来到一家旅店投宿。这已经是他在附近询问的最后一家旅店了，却仍然得到了"客满"的回答。看到老人苍老的容颜和一身的风尘，一个侍者想了想，把老人带到一个房间，说："这是我的房间，您在这里先休息吧，条件并不太好，您先凑合一下吧。"老人没有嫌屋子小，反而为屋子的干净整洁而感到满意。接着，侍者还想办法给老人弄来了热饭菜，让老人十分感激。第二天，老人收拾行装准备离开，到前台去结账。没想到，那个侍者对他说："您不用结账了，那是我的房间。我只不过把我自己的房间借您住一晚，不用交钱。"老人这才知道这个年轻人因为自己一夜没睡，心里很过意不去。带着对这个年轻人的好感，老人离开了。别人说这个侍者白白帮助了一个老人，竟然连对方的一句感谢的话语都没收到。但侍者说，自己仅仅为了帮助老人，并不图回报。

没想到，事隔一年后，这个侍者收到了一份邀请函，邀请他去一家豪华酒店工作。侍者很迷惑，但考虑到这是更好的发展前途，他还是用邀请函中附赠的机票去了酒店所在地。结果，当他来到酒店的主人面前时，这才发现，酒店的主人就是自己当初帮助过的那位老人。而老人正是感于他的仁德之心，才买下这座大酒店，并请他来经营。因为老人相信，一个具有仁德之心的人，一定能经营好这家酒店。

故事中的侍者是相当幸运的人，但这份幸运却是对他的美好品质的回报。类似的事情并不一定会发生在我们身上，我们也不应抱有这份取巧的心理。但我们会发现，当我们以一颗仁德之心对待别人时，不单会因为对方的感谢而快乐，单纯这份给予的幸福，也会让我们身心愉快。带着这份愉快的心境工作，工作自然顺畅得多，成功的机会也就大得多。而且，在这个过程中，我们已经处理好了身边的人际关系，建立了融洽的人际交往氛围，这对我们的生活和事业不乏助益。

所以说，只要我们坦坦荡荡地做一个有道德的人，总有一天，我们会用自己的仁德之心收获他人的仁德之心，也会成就自己的事业。

效难第十一

盖知人之效有二难。有难知之难，有知之而无由得效之难。人物精微，能神而明，其道甚难，固难知之难也。是故知与不知，相与分乱于总猥之中。实知者，患于不得达效。不知者，亦自以为未织。所谓无由得效之难也。

经典再现

盖知人之效①有二难。有难知之难，有知之而无由得效之难。何谓难知之难？人物精微，能神而明，其道甚难，固难知之难也。是以众人之察不能尽备②。故各自立度，以相观采③。或相其形容，或候其动作，或揆④其终始，或揆其儗象，或推其细微，或恐其过误，或循其所言，或稽⑤其行事。八者游杂，故其得者少，所失者多。是故必有草创信形⑥之误，又有居止变化之谬。故其接遇观人也，随行信名，失其中情。故浅美⑦扬露，则以为有异。深明沉漠，则以为空虚。分别妙理，则以为离娄⑧。口传甲乙，则以为义理。好说是非，则以为臧否。讲目成名⑨，则以为人物。平道政事，则以为国体。犹听有声之类，名随其音⑩。夫名非实，用之不效。故曰：名犹口进⑪，而实从事退。中情⑫之人，名不副实，用之有效。故名由众退，而实从事章。此草创之常失也。故必待居止，然后识之。故居视其所安，达视其所举，富视其所与，穷视其所为，贫视其所取，然后乃能知贤否。此又已试，非始相⑬也。所以知质，未足以知其略⑭。且天下之人，不可得皆与游处。或志趣变易，随物而化。或未至而悬⑮欲，或已至而易顾⑯，或穷约而力行，或得志而从⑰欲。此又居止之所失也。由是论之，能两得其要，是难知之难。

何谓无由得效之难？上材已莫知，或所识者在幼贱之中，未达而丧。或所识者未拔而先没。或曲高和寡，唱⑱不见赞。或身卑力微，言不见亮⑲。或器非时好，不见信贵。或不在其位，无由得拔。或在其位，以有所屈迫。是以良材识真，万不一遇也。须识真在位，识百不一有也。以位势值可荐致之，宜十不一合也。或明足识真，有所妨夺，不欲贡荐。或好贡荐，而不能识真。是故知与不知，相与纷乱于总猥⑳之中。实知者，患于不得达效。不知者，亦自以为未识。所谓无由得效之难也。故曰知人之效，有二难。

迷津指点

① 知人之效：了解人才并取得效果。

② 尽备：完全详备。

③ 以相观采：各自观察取舍。

④ 揆：揣度。

⑤ 稽：考核。

⑥ 草创信形：初次接触相信外表。

⑦ 浅美：肤浅的才能。

⑧ 离娄：古代传说中的人物，视力极好。

⑨ 讲目成名：勉强分辨人物的贤能与愚昧。

⑩ 名随其音：随着其音定名，根据他发出来的声音来确定他是什么。

⑪ 名犹口进：名声在口口相传中显扬。

⑫ 中情：内有奇才，而不显于外。

⑬ 始相：仅凭眼睛看。

⑭ 略：才力谋略。

⑮ 悬：诱惑。

⑯ 易顾：改变方向，变化。

⑰ 从：通"纵"。

⑱ 唱：通"倡"，倡导。

⑲ 亮：明亮，引申为赏识、重视。

⑳ 总猥：杂处于众人之中。

古文译读

关于察知人才的两个难题是：察知人才之难与举荐人才之难。什么是难以察知的难处？因为人的性情、禀赋、能力是很难深入了解的，要能达到神妙而明智，这是一件非常困难的事，所以说本来就知道它是难以做到的。所以一般人的观察，都不能完备，都按照自己的水平和掌握的尺度去识别人才。有观察其外貌的，有辨识举止动作的，有推测本末终始的，有揣摩真实虚伪的，有推究小节的，有忽略缺点的，有凭借言论的，有看办事能力的。以上八种方式杂乱无章，往往是选出来的人才少、被忽视的人才多。因此，一定会有单纯从外表观察第一印象的，从而导致失误，又有不能察觉立身变化而造成的错谬。所以与人交接相遇而观察人才时，如果没有掌握他真实的内在水平，就可能根据他表现出来的某些方面而失去对其实情的观察。所以：心智浅显才能过于张扬显露，就会被认为有奇异之德能；一个人深隐明达而沉静达观，就会被认为空洞无物；一个人分析奇妙之理甚精妙，就会被认为是离娄式的人物；一个人空传一些数术之道理，就会被认为精通义理；一个人喜欢评说他人的是非，就会被认为擅长评判善恶；一个人勉强讲说贤愚名分，就会被认为善于了解人物；一个人能够评议国家政事，就就会被认为洞晓国家大事，是栋梁之材。这就好像辨听声音之类，所说的言之名号就随其音而出。其名号如果不与实体相符，那么应用起来则不能得到预期的效用。所以说，名声通过众人之嘴而得到宣扬提升，而实际却因为事实而下降。内心有真知灼见之人，名声经常与实际情况不相符合，但应用起来却非常有效验。所以，一个人的名声常随众口相传而减退，其中的实情必然能因为做事而显现出来。这些都是在草创之时经常会有的过失。所以识别一个人是不是人才，一定要仔细考察他平时的举止。没有当官时，看他把心思放在什么上面；事业亨通时，看他举荐什么人；发财致富时，看他赠人物品时的态度；困顿潦倒时，看他的所作所为；贫穷卑贱时，看他对获取财物的态度。这样就知道他是不是德行兼备的人才了。经过这样的观察分析之后，就不再是单凭第一印象判断人才了。即便如此，还是只知其材质却不足以了解其谋略。而且我们不可能和天下所有人都去交际相处，有人志趣会变化，随事物不同而发生转变，有的人在走向目标途中就发生了变化，有的人实现了旧目标又盯上了新目标，有的人即便穷困贫贱却仍然不改初衷，有的人则是得意忘形放纵欲望。这又是平时举止所易发生的过失。由此说来，能够在两方面都得到要领，这就是对人难以真正了解的难处。

　　什么是"无由得效之难"？一流人才已经很难识别，或者在人才年少贫贱时识别出来，他却英年早逝；或者赏识的人还没有受到提拔重用就先去世了，还有就是赏识他的人或者曲高和寡没人同意；或者举荐者人微言轻没人在意，或者虽是佳美之才却不是当时人们所喜好的，不被时人看重；或者不在其位不配推荐，或者虽在其位但是受到压抑迫害。因此，人才虽然有，但能够被赏识的却万人中难遇一个。赏识他的人恰在其位可以举荐的百人中难遇一个。能够凭借权位举荐成功的情况则是十人中难遇一个。有的人虽能识别人才但又因对自己有所妨碍或侵害而不愿举荐。有的人虽然喜欢举荐人才但根本不懂识别人才。因此，知人与不知人者，总是纷乱地夹杂在一起；确实知人的人为不能获得效验而忧患，不能知人者也自以为没有找到可取之才。这就是说无法得到效验的难处。所以说：察知人才有这么两个难题。

知人之效有两难：识别人才难，举荐人才难。为什么会难以识别人才呢？这是因为，每个人的内心都很复杂，也就对一般人的观察角度有所不同，而如果观察得又很不全面，便很难完全识别人才。对此，刘邵所提的方法就是要观察一个人生活的点点滴滴，全面了解一个人。举荐之难，则是你所欣赏的人才不一定能得到别人的欣赏，即使是识别了人才，如何能人尽其能也是有困难的。下面就让我们在古今中外的事例中感受识别人才、举荐人才的方法吧。

庞统：凤鸣九天

三国时期涌现出了很多精通谋略的人才，他们足智多谋，各为其主，使得东汉末年的形势一变再变。在这些人里面最出名的当然是诸葛亮，然而在同时代，还有一个和诸葛亮齐名的人物，诸葛亮自号"卧龙"，此人则号为"凤雏"。当时人称："卧龙、凤雏，得一可安天下。"这两句话足以体现其惊世之才。

这个人就是荆州人士庞统。

三国演义中说庞统的长相是："浓眉掀鼻，黑面短髯，形容古怪。"相对于那些俊逸不凡的人物，庞统就显得奇丑无比。在重视外貌的古代选才制度影响下，庞统必然会吃不少亏。不过庞统自视甚高，曾经自称："论帝王之秘策，揽倚伏之要最，吾似有一日之长。"

庞统的才华在当时也是公认的，名士徐庶曾在刘备面前评价庞统说："卧龙、凤雏，得一可安天下也！"后来刘备就千辛万苦地把"卧龙"诸葛亮请出了山，但是他与庞统相遇却是很久以后的事情了。

庞统，字士元，襄阳人。三国时刘备的谋士，官拜军师中郎将，才智与诸葛亮齐名，人称"凤雏"。

古代评价一个人的才学往往要从多方面着手，庞统在外形上先输了一截，后来在政绩上又没有多少作为，甚至还成就了一个典故——"庞统当县令"。

原来，庞统最先投奔的人是孙权。在周瑜死后，鲁肃就一力推荐他做东吴的智囊，但是孙权却不怎么喜欢这个人。原来，庞统此人非常狂傲，根本不把其他人放在眼里，言谈之中对周瑜非常不敬，而孙权恰恰是非常器重周瑜的。这样一来，庞

统就给孙权留下了非常坏的印象，孙权认为他只不过是一个信口开河的狂士而已，所以并不重用他。怀才不遇的庞统又来到了刘备这里，结果第一次会谈之后，也没有得到重视，刘备只是让他去做了一个小县令。

庞统委委屈屈地领受了耒阳令的职位，因为心中不甘，他在任上几乎没有做过什么实事，最终还被罢了官。这样历经坎坷的庞统似乎没有什么出仕的希望了，然而，他的幸运之处就在于他有一群了解他本事的朋友。后来诸葛亮和鲁肃认为这样一个有大学问的人不能被埋没了，就一再推荐他。鲁肃身在吴国，给刘备写信说："庞士元非百里才也，使处治中、别驾之任，始当展其骥足耳。"劝告刘备说庞统不是治理百里小邑的人才，让他担任治中、别驾这样的职务，才能让他充分展现才能。刘备这才再次召见了庞统，与他谈论军国大事。这时候，庞统侃侃而谈，将天下大事分析得通透明了，刘备这才明白自己委屈了人才，于是拜庞统为治中从事，不久又提拔他为军师中郎将，与诸葛亮处于同等地位。军师中郎将可不是一般的军师之职，其不仅可以参谋军事，而且可以掌握统兵之权。从此以后，刘备倚重庞统仅次于诸葛亮。

庞统此时志得意满，觉得自己终于可以一展抱负了。在成为刘备的谋士之后，他为刘备提出了几个意义重大的正确决策，为刘备打江山起了重要作用。此时的刘备把兵马分成两部分，由诸葛亮和庞统两人分别统领，正是有着其战略考虑的。当时攻占益州的时机已经成熟，刘备准备入蜀，但是又面临着巩固荆州的任务，刚刚夺来的荆州地区如果不派兵驻防很容易就会失去。于是，诸葛亮东守荆州，庞统则肩负起了平定西川的任务。

建安十六年(211)，为了共同对抗张鲁，益州牧刘璋派部下法正迎接刘备入益州。法正等人此时已经投向了刘备，向刘备献计说应该谋取益州。刘备碍于仁德之名不能决断。

这个时候，庞统的乱世头脑表露无遗。他没有拘泥传统的信义礼法，而是从天下势力的走向出发，积极为刘备筹划谋取根据地。他对刘备说："现在主公虽然已经占有荆州，但是荆州历经战火，早就已经荒凉破败，人口锐减，失去了可以凭恃的资源。如今东有孙权，北有曹操，势力都很强大，主公如果想从那些地方着手，恐怕不会有什么大的发展了。现在只有眼下的益州唾手可得。益州户口百万，土地肥沃，物产丰饶，如果能够夺取此地，把它作为根基，何愁大业不成呢！"见刘备还在犹豫，庞统又说："当今乱世，凡事不能墨守成规，贵在随机应变。这本来就是互相吞并的混战时期，趁此良机，夺下益州，只要事定之后，封还他一块土地，还有谁能说您有负信义呢？"于是，刘备带着庞统，率领数万兵士进入益州，受到了刘璋的厚待。刘备有了休憩之所，重新修整兵马，实力大增。一年之后，刘备就在葭萌关起兵，用庞统的计策捉住了刘璋的两员大将，一路打到了涪城。

等到刘备占领益州之后，庞统又做了一件事。庞统在刘备大宴群臣，庆祝占领益州的时候，给兴头上的刘备泼了一盆冷水。他说："攻伐别人的国土还寻欢作乐大肆庆祝，这可不是什么仁者之兵。"这句话把刘备惹得大怒，庞统却不管不顾地离开了。

落凤坡。此坡位于四川省德阳市罗江县白马关镇的庞统祠旁约二公里处，是当年庞统战死沙场的地方。

幸好刘备很快醒悟，又把他召回席间，庞统也不答话，好像什么事情都没有发生过一样，照旧饮食自若。

说起刘备取益州这件事，史书上一直遮遮掩掩。实际上，刘璋以客之礼对待刘备而刘备却取其益州，即使是打着恢复汉室正统的旗号，也终究是不义行为。庞统虽然仅是推波助澜，却起了重大作用，但他清醒地认为这不是功劳。这也从一定程度体现了庞统的道德追求与谋略之间的平衡。

千里马常有，而伯乐不常有。庞统生于乱世，却数次出仕不顺。人们要想了解一个人，不能只看他的外表和短时间的表现，要彻底了解这个人的见识之后才能下判断。庞统的例子告诉后世用人者的就是这样一个道理。

举荐人才的宰相晏殊

晏殊，字同叔，是北宋时期婉约派著名词人，同时也是中国历史上少有的官至宰相的文人，他在宋真宗时考中进士，在宋仁宗时官拜宰相。正是因为这位文人宰相的存在，北宋的很多著名文人都获得了在官场上大展拳脚的机会。

晏殊出生在北宋抚州府临川，从小就聪明好学，有"神童"之称。14岁时参加科举考试，以从容自若的姿态给宋真宗留下了深刻的印象。在参加"赋"的考试时，晏殊发现考试题目是他平时写过的，就如实向考官报告并请求换题，这一举动为他赢得了良好的口碑，也为他日后成功举荐别人奠定了基础。参加科举考试成功后，晏殊被留在秘书阁读书深造，三年后，被任命为太常寺奉礼郎。1020年，晏殊成为翰林学士。他学习勤奋，办事干练，尤其是交友持重，这让他在官场如鱼得水，游刃有余，所以能够从众多酸腐的文人中脱颖而出，官运亨通。

后来晏殊升迁为谏议大夫，在履行职责的时候得罪了太后，被贬知宣州，就是后来的应天府。在此期间，他大力扶持应天书院，邀请范仲淹讲学，重振五代时衰落的教育风气。后来升任宰相后，他还与范仲淹一起大办官学，成为"庆历兴学"的发起人之一。

晏殊在官场上的经历非常丰富，在礼部、刑部、工部、枢密院都担任过职务。他还能够准确地分析军事形势，曾经在宋对西夏的战争中发挥重要作用。他在文学上的成就也是多方面的，在诗词、书法上都有很高的造诣。他开创了北宋婉约派的先河，有"宰相词人"之称，文风清丽，传世之作颇多。

晏殊身居要位，为人和气，丝毫不嫉妒贤能，为北宋朝廷举荐了不少人才，其中最重要的要属范仲淹、王安石、欧阳修等人了。这三人要么是晏殊一手提拔的，要么是晏殊极为赏识的，他们都成为了北宋著名的文学家和政治家，都是北宋一朝不可或缺的重要人物。欧阳修参加礼部考试的时候，当时身为资政殿学士的晏殊正是主考官。赋试题目是《司空掌舆地图赋》，其他的考生都没有明白晏殊真正的考试意图，只有欧阳修问出了晏殊想要听到的问题，晏殊不禁赞赏地说道："我出题的意思就是希望应试者能于细微之处发现问题，这才算不枉读经书。"后来晏殊把欧阳修列为第一名，日后还举荐欧阳修为朝廷谏官。欧阳修后来成为了宋代诗文革新运动的领袖，在政治上也有很多革新的主张。范仲淹是晏殊还在做小小的翰林学士时就举荐过的人。由于晏殊的举荐，范仲淹荣升为秘阁校理，相当于皇帝的文学侍从，这个位置对于当时的范仲淹来说可谓是飞黄腾达的捷径了，但他不骄不躁，体恤民情，刚直不阿，是个力主改革的清官。至于王安石，更是一个得到机会就可大有作为的人物。北宋一朝轰轰烈烈的变法就是王安石留在史书上的难以泯灭的印记。

桃李满天下的晏殊除了文人弟子外，还推荐了一些历史上有名的人物，如韩琦、富弼、孔道辅等。韩琦是北宋著名政治家，既是文臣也是武将，在抵抗西夏的战争中发挥了重要的作用，当时的人把他和范仲淹并称为"韩范"。韩琦出身官宦世家，父亲曾是谏议大夫，韩琦在担任谏官时，敢于犯颜直谏；在西夏与大宋对抗时，韩琦敢于推荐当时被贬的范仲淹，后来韩琦与范仲淹一同被任命为陕西经略安

张大千所绘《晏殊造像》。晏殊是北宋时期的著名词人，官至宰相，成为历史上少有的仕途平顺、享有高官厚禄的文人。

抚副使。虽然战后韩琦有过短暂的被贬经历，但宋夏议和后，韩琦再次入朝为臣，成为宋仁宗的重臣。韩琦也是范仲淹"庆历新政"的坚定支持者。

晏殊举荐的人中，与他关系最亲密的要数富弼了。富弼聪慧过人，过目不忘，范仲淹见到他时说他有"王佐之才"，晏殊见到他更是喜爱，还把自己的女儿嫁给了他。富弼有"洛阳才子"之称，然而在当时，富弼参加科举考试却是成绩平平，不过晏殊评价他说："我观富弼之文章气度，有宰相之才。"有了晏殊的提拔，富弼的仕途还是比较平顺的。在宋朝与契丹交战之时，富弼临危受命，作为大使出使契丹。经过富弼的一番机智斡旋，契丹王打消了侵犯宋朝的念头。富弼一心为国，也曾官拜宰相。

这一时期，北宋一朝的明星人物简直数不胜数，人才呈井喷状冒出，然而几乎所有青史留名的人，都和晏殊有着千丝万缕的关系，经过晏殊栽培举荐的人很多最后都身居高位，由此可见他知人、识人、荐人的能力。

深谙用人之道的松下幸之助

有着"经营之神"之称的松下幸之助是日本松下电器的创始人，日本企业的管理很多制度都是由他首创的，如"终身雇佣制""年功序列"等。

松下幸之助出生于1894年，因父亲生意失败，他只受过四年的小学教育就开始离家去做学徒。经过一番打拼，23岁时，松下幸之助在大阪建立了松下电气器具制作所。当时的环境很艰苦，但松下幸之助凭着对电器的兴趣，不断创新，推出了一个又一个的成功产品，几年过后，他成为全日本收入最高的人。二战后，日本经济萧条，各行各业都很冷清，唯独松下幸之助的生意蒸蒸日上。而今，走过了近百年的松下集团，已经是世界著名的综合性大型电子企业，成为了世界制造业500强之一。

松下幸之助的成功主要基于他对人的认识和对人的重视，他在育人、用人和树人方面都有自己的一套完整的理论，从公司成立之初，他就把员工视为最大的资产，他说："松下不是资本的组合，而是员工智慧的组合，松下公司不是靠总经理经营，不是仅仅靠干部经营，而是靠全体员工的智慧经营。"对人才如此重视的松下幸之助，自然也是知人善任的。现在，松下集团对于人才的选择有十条标准，这十条标准都来自他多年用人经验的总结。这十条标准是：一、性格刚强但是粗心大意的下属，可以托付大事；二、性格倔犟从不屈服的人可以让他确立规章制度；三、性格坚韧而且意志坚定的人可以让他去办具体的事；四、能言善辩，反应敏捷的人可以让他出谋划策；五、随波逐流不善深思的人可以让他做小主管；六、见识浅薄的人绝对不能重用；七、宽宏大量的人可以让他做下属的榜样；八、温和的下属可以寄希望于他按照上级意图办事；九、喜欢标新立异的人可以放手让他去创新；十、性格刚直的人应该和性格温和的人共事。在这些标准下，松下集团对于人才能够做到"用人如器，各取所长"，也能够做到不错过人才，不错用人才。

松下幸之助是将唯才是举做到极致的管理者，他从来不到那些著名的大学里挑选人才，而是注重从公司内部发现人才，因为这样的人不仅有经验，而且了解公司和工作运作流程。他启用山下俊彦就是很好的例子。

山下俊彦原本只是一名普通的员工，虽然才能出色，但一直都没有发展的机遇，所以在公司也没有什么拿得出手的业绩，可以说又是一个怀才不遇的典型。松下幸之助了解了这个人后，就大胆地启用他，破格让他出任松下集团的总经理，而把原来的总经理，也就是自己的女婿改换到了其他的位置上。山下俊彦不仅毫无人脉关系，而且年纪轻轻，这一举动在当时引起了不小的轰动。但山下俊彦并没有让松下幸之助失望，他仔细地研究了瞬息万变的家电市场和世界市场的形势，果断地对松下集团进行了大刀阔斧的改革。这些改革颇有松下幸之助的遗风，将公司生产体制由原来的单一家电制造系统扩展成为电子科技产品的多元化生产体系，由此，松下集团一改被动"守势"的经营姿态，向市场发起了猛烈的进攻。经过一番整合之后，松下集团的销售业绩逐年攀升，1983年，松下集团的利润总额达到1891.1亿日元，山下俊彦上任后，集团的销售业绩翻了一番。人们把这段松下集团的新时代称为"山下时代"。经过山下俊彦的改革，松下集团在家电市场的地位更加稳固，昂首挺胸地迈进了21世纪。

松下幸之助不仅会挑人、识人，还会打造极具凝聚力的团队。所有松下集团的员工都一致认同松下幸之助的人情味和人性化管理。当经济危机席卷全球的时候，很多企业都纷纷裁员以减轻负担，松下集团不但不裁员，不压工资，还加大投资对员工进行培训，员工的积极性和工作效率都得到了提高，还让员工感受到了公司与员工同舟共济，共渡难关的默契。

松下集团有着各种培养人才的长期计划，还会不定期地举办各种研修班和讲座。松下幸之助说过："事业的成功取决于人，松下就要做造就人才的公司。"人才是可遇而不可求的，松下集团对于人才的珍视也让松下集团成为了一家吸引人才的公司。让这些人才都发挥出自己的潜能，是松下幸之助"知人善任"特点的最好的体现。他用自己的行动证明了，有魅力的领导和公司永远都不会缺乏人才。

成功企业家不拘一格用人才

无论是祁黄羊还是李世民，他们在用人时都做到了不拘一格。而这种不拘一格任用人才的原则，正是聪明的管理者用人的高妙之处。在当代管理界，许多成功的企业家就是因为本着这种用人的原则，为自己的企业网罗了有识之士。国际联合电脑公司（简称CA公司）的创办人之一王嘉廉就是这样的一个人。

王嘉廉是一位美籍华人企业家，他在20世纪50年代随家人移民到了美国。王嘉廉从小就活泼调皮，对正规教育不感兴趣，向往独立创业。1976年，32岁的王嘉廉与人共同成立了Computer Associates公司，简称CA公司，公司专门从事软件开发。经过多年的发展，如今CA已经成为美国最有价值的100家公司之一，公司的成员也由开始时的4个人，发展到如今在全球40多个国家拥有160多个分公司，18000名员工。

王嘉廉的成功，除了他坚持"喜欢做别人认为做不到的事"外，还和他不拘一格的用人风格有关。王嘉廉用人，不存世俗偏见，不看文凭，看重的是人的能力，最欣赏有创新精神、勇于挑战并能随机应变的人。他说："我的人才观与一般人很不同，只要有一技之长的人，在我的眼中就是人才。"

王嘉廉，国际联合电脑公司（CA）的创始人。

对于自己的CA公司任用人才，他始终认为，"拥有高学位或名校出身者，并不就是最适合在CA工作的人"。在这方面，王嘉廉对手下最年轻的总裁的任用就是实例。CA总裁古玛居然是一个没有专业文凭的人。这话听起来让人怀疑，但事实就是如此。

斯里兰卡人古玛早在高中时就对电脑产生了浓厚的兴趣，但迫于父母之命，他不得不选择医科。在医科大学读书期间，古玛由于对医学毫无兴趣，就把课余时间全部用来钻研电脑，而且还到一家软件公司做起了程序员。就这样，当王嘉廉将这家软件公司收购后，古玛就成了他的下属员工。当时古玛认为自己没有专业文凭，一定会被辞退，于是他就提前打点行装，准备继续从事他的医科专业的学习。没想到的是，王嘉廉早就知道了古玛在软件开发方面的才华，主动找到他，劝他留下来。王嘉廉说："我知道你在电脑方面有专长，留下来吧，年轻人！"当他听到古玛说自己还在读医科大学的时候，王嘉廉笑着告诉古玛："我不需要医生，我需要

人物志谋略全本

的是电脑人才。"言外之意是，古玛学不学完医科并不重要，他不会看重古玛的医科专业的文凭，更不会因为古玛没有电脑方面的文凭而放弃他。就这样，古玛感动于王嘉廉的真诚，决定加盟CA。后来，他因为自己的才干而受到重用，成为一位出类拔萃的主管。

正是由于王嘉廉的这种独特的用人观，CA得到了大量出色的人才，而王嘉廉也把CA的成功归功于这些人才。于是，他在提拔人才方面更是坚持不看重文凭，而看重一个人的工作热诚与能力的原则。面对CA员工对公司的贡献，王嘉廉也给这些优秀的人才高出IBM公司三分之一的薪金。对此，他说："这是我最引以为自豪和快乐的东西。如果你对投资何处犹疑不定，那么就把钱投到人身上吧，他们是最好的软件。"

王嘉廉在用人上不看文凭，体现了企业家不拘一格用人才的原则。而索尼公司的创始人盛田昭夫用人更是唯能力至上。他不但用人从不讲资历，而且这个人只要是人才，他不但敢聘用，而且在进入公司第一天就敢委以重任，他对于自己的远亲户泽圭三郎的任用就是出于这个原则。

毕业于名古屋大学的户泽圭三郎是盛田昭夫的远房亲戚。有一次，盛田昭夫偶然和他谈起了磁带录音机开发的计划。尽管当时的户泽圭三郎还不知道磁带录音机究竟是何物，但当他听到盛田昭夫随身带来的录音机里传出了自己的声音时，顿时对录音机产生了浓厚的兴趣。而他对录音机表现出来的兴趣，也让盛田昭夫感到欣慰。因为盛田昭夫知道，户泽圭三郎是一个极有研究精神且好胜心很强的人，只要感兴趣，他就一定会把事情做到底。于是，盛田昭夫邀请了户泽圭三郎参与开发录音机磁带的项目。见户泽圭三郎犹豫不决，盛田昭夫就采用激将法，说："研究这个项目，到目前为止，一点相关的资料都没有。"好胜心极强的户泽圭三郎一下子中了圈套，顿时对这个项目产生了兴趣，他那种浓厚的探索精神被激发了出来。他说："正因为没有资料，没有参考书，我这个门外汉才要算上一个。"就这样，户泽圭三郎进入了索尼公司，并为研制录音磁带的项目立下大功，后来还成为该公司的领导者之一。

当然，盛田昭夫也是本着这个原则对日后进入索尼公司的人才进行任用的。为此，他还把自己的这种用人原则写成了一本名叫《让文凭见鬼去吧》的书，以示自己对不拘一格用人才做法的态度。

企业家的不拘一格用人才，还表现在他们敢于任用那些明显有品格缺陷的人。古语云："有霸王之才者，君子小人莫不乐为之用。"在现实生活中，有些人确实有大才华，但他们身上也相应地有着明显的品格缺陷。这种人倘若任用得当，就会使企业如虎添翼，前提是，任用这种人的企业家要有王者气象和超强的统驭力。地产商唐纳德·特朗普任用欧文就是一个例子。

拥有"财富教父"称号的唐纳德·特朗普被称为"地产之王"。在美国，他是颇具知名度的房地产商人。他靠炒作房地产、股市，拥有纽约、新泽西、佛罗里达等地黄金地段的房产，还创建了"特朗普梭运航空"，以及新泽西州"将军"职业足球队。

特朗普出身于富豪之家，其父本身就创造了很大的事业。但特朗普更有野心，一心想超越自己的父亲。事实上，他也的确很有眼光。早在沃顿金融学院读书时，他就慧眼独具地发现当地一个公寓村闲置的800套住房中存在的商机。在他的建议下，他的父亲将这些闲置的公寓收购后交给他经营。经过他的修缮

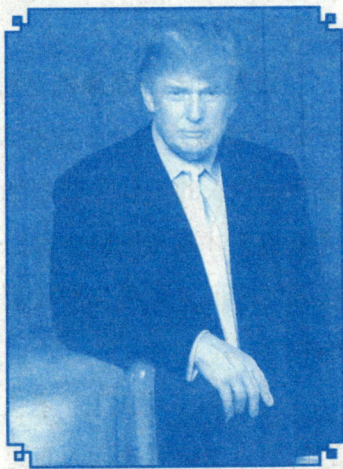

美国地产大王、亿万富豪、媒体巨人唐纳德·特朗普。

整顿，仅用一年的时间，他就将这些闲置的公寓盘活出租。也正是在这时，他不拘一格选拔人才的方式表现了出来。

当时，800套住房租出去后，特朗普需要一个管理人员来代替他管理物业。不少人应聘而来，但特朗普独独选中了一个叫欧文的人。对于这个选择，很多人在大吃一惊的同时也为他担心。

原来，这个欧文虽然很有才能，但他有个令人讨厌的毛病，那就是偷窃。他喜欢偷窃到了令人不可思议的地步，只要看到漂亮的、值钱的东西，他就忍不住想搬到自己家里去。

结果不出所料，欧文上任后，不到一年的时间，他偷窃的公物就高达五万多美元。特朗普发现欧文的这个毛病后，非常愤怒，恨不得立即让这个家伙滚蛋。但他在冷静下来后，觉得自己不能这么做。原来，特朗普审查自己周围的人之后，没有发现比欧文的管理才能更高的人。最后，他一想，既然没有比欧文更合适的人，那就不如自己把他管理好，让他成为自己需要的人。这样，一方面可以培养出自己的人，一方面也为社会减少了麻烦。

于是，特朗普决定给欧文一个改过的机会。他把欧文找来，一方面指出他身上的毛病，要求他检点自己的行为，另一方面为他加薪，让他不再为蝇头小利去偷窃。欧文本来心怀忐忑，想着自己要被解雇了，没想到，特朗普竟然给了自己

机会。他非常羞愧，也非常感激。从此，他改掉了恶习，为特朗普创造出更大的利润。

几年后，特朗普将欧文替自己管理的这些公寓卖掉，赢利达到几百万美元。这其中，欧文管理的功劳不可埋没。

综上所述，一个真正的企业家是胸怀足够宽广的人，他应该在选择人才上从需要出发，而不是从个人好恶出发。他不应该被陈旧的择才观束缚，而应该根据自己企业的发展需要，找到最适合自己的企业的人。这样的企业家才是真正的大家。

学会察纳雅言

诚如刘劭所言，知人之效有两难，其中之一就是识别人才难。其实，识别人才之所以难，就在于我们对待人才的态度，这种态度决定了我们能否得到人才。而能够察纳雅言便是得到人才的一个重要手段。

在沃尔玛连锁超市有一个惯例，那就是每天的晨会要站着召开。员工们身着清一色的衣服，以主管为核心，听取主管的工作安排的同时，纷纷提出自己在工作中发现的问题，以及如何解决问题的建议，如特价商品应如何摆放；熟食根据顾客的要求要增加一些什么项目；收银员如何才能快速服务，该注意哪些事项；商品要怎么摆放才能吸引顾客……每次开过这样的会议之后，他们的工作效率都能提高很多，也能更好地贯彻顾客就是上帝的服务宗旨。与其说沃尔玛的员工善于提出问题，不如说沃尔玛的管理者善于察纳雅言。正是由于沃尔玛这种察纳雅言的管理风格，一批又一批忠诚的员工才被培养出来。

由此可见，真正成熟的企业领导者或管理者为了把企业做强做大，都会乐于听取他人的意见或建议。这也难怪沃尔玛会成为世界上最大的零售商，原来察纳雅言的管理文化已经深入每个人的心里。

不只是沃尔玛，巴斯夫（中国）有限公司的管理者也具有察纳雅言这一美德。其全球副总裁，负责大中华区人力资源的梁雅萍女士就是这方面的典范。

梁雅萍在巴斯夫已经工作了九年，在这九年中，她对管理工作有一个重要感受，那就是要让言路畅通。正如她所说，作为领导者，一个很大的责任就是必须为员工创造一个良好的环境，然后授权于他们。其中为员工创造一个畅所欲言的环境，尤其重要。

梁雅萍从不因为自己是人力资源的领导，就在员工面前板起面孔说话；恰恰相反，在她的团队中，下属们不但有需要就与她直接沟通，而且敢于在她面前说真话。

无论是人力资源部门的所有员工开会，还是梁雅萍与自己的直接下属开会，他们都和梁雅萍分享自己的想法。梁雅萍深知，如果自己独断专行，就无法了解下属的真正想法。她更希望听取下属们的意见，尤其是当双方意见出现分歧时，与下属沟通，听取他们的意见，更能让她得到启发，确保自己的每一个命令都是对公司的发展最有利的。正如梁雅萍所说："如果我的人力资源团队的每一位员工都能提出他们最好的想法，并且将之运用于巴斯夫人力资源管理中，我们就能共同来把它做好。"

无论是沃尔玛还是巴斯夫的管理，都证明了察纳雅言对于管理者的重要性。这是因为，领导者虽然地位在众人之上，但并非万能，一个人的力量毕竟有限，不可能越过所有人自己干自己的。"三个臭皮匠顶个诸葛亮"的俗语不正说明了集思广益的重要性吗？所以，管理者要善于通过察纳雅言来取众人之长，补自己的不足之处，这样既显出民主，又显得自己胸怀广阔。

或许有的管理者认为，如果任由员工畅所欲言，那么管理者的威严将不存在，一旦自己出错，就会成为员工的话柄。其实这种想法是比较狭隘的。可以这样说，这是一些管理者用来遮掩自己的心胸不够宽广的说辞。

1881年，柯达公司成立，创立者乔治·伊士曼深知员工的支持对企业成功的巨大作用，因此，他思考着如何让员工参与到企业的建设中。八年后的一天，伊士曼收到一个工人写给他的建议书。这份建议书的字迹并不优美，内容也不多，只是建议生产部门将玻璃擦干净。但这小小的建议让伊士曼意识到，听取员工的意见，正是激发员工积极性的重要手段，也是发现企业存在的问题，让企业的管理日臻完善的方法之一。于是，乔治·伊士曼立即召开表彰大会，发给这名工人丰厚的奖金。就此，"柯达建议制度"应运而生。

如今，在柯达公司的走廊里，每个员工都能随手取到建议表。员工将建议表投入任何一个信箱后，它都能被送到专职的"建议秘书"那里，由专职秘书负责及时将建议送到有关部门审议，并做出评鉴。公司里设有专门委员会，负责建议的审核、批准以及发奖。此外，建议者还可以随时拨打电话询问建议的下落。

在柯达成立的100多年中，柯达公司的员工为公司提出近200万个建议，其中有60万个被公司采纳。而这些建议在降低新产品成本核算、提高产品质量、改进制造方法和保障生产安全等方面起了很大的作用。

今天，当人们面对员工人数数万、公司业务遍及世界各地的柯达的成就时，不能不说，"没有'柯达建议制度'，就没有今天的柯达"。

作为管理者，当我们本身出现了错误的时候，错误就是错误，即使下属不说，错误也是真实存在的，关键是如何改错，以及如何避免下次再出错。因此，找出错误是必需的。倘若因为怕员工说三道四就刻意遮掩，不但不能解决问题，还会显得自己的心胸不够宽广。

因此，一个成功的领导，一定是一个能够听取别人意见的领导，他一定会随时检讨自己，随时改正错误而不是力图掩盖自己的错误。世界上没有不犯错误的领导，只有不知错误、知错不改或知错改错的领导，但所有的错误中，最大的错误莫过于经营失当。

为了预防自己犯经营失当的错误，聪明的管理者就要学会倾听不同的声音，即做到察纳雅言。这种民主作风能够集思广益，最终解决经营上的问题，让企业的发展走上正轨。

当然，员工所提的谏言、建议未必都是正确、有用的，管理者的风度就表现在对于那些错误的、无用的谏言的包容力。因为倘若你不能包容那些错误的，甚至有害的发言，那些正确和有用的建议就不会从员工的口中说出来，那么员工的眼光、智慧、创造力就会被扼杀。

凡事都是相辅相成的，好的和坏的都是同时存在的。一个聪明的管理者一定深知，只有善于听取意见，才能盘活一个企业；反之，独裁的经营者必然会走上破产的道路。

看人看到骨子里

企业的"企"字分开就是"人止"，它可以解释为两个意思：一、"无人则止"，企业缺乏人才，就会失去成长的动力，从而停滞不前；二、"止人则生"，把人才留在企业，企业就得到了莫大的好处。不过，要留什么样的人，则要看企业管理者的眼光了。

所谓人才，他们的脸上并不会贴着"人才"、"精英"的标签，也不一定都是西装革履、风度翩翩，很多人在外表上其实都是"泯然于众人"的，识别人才其实并不容易，但善于识别人才的人可以从方方面面看出一个人身上的光芒。

许多人看人先看第一印象，第一印象好了，就容易对其倾心。实际上，第一印象并不是很"靠谱"，它可能是经过修饰的，也可能偶然失误，又或者掺杂了观人者的私心。许多历经沧桑的人都有这方面的心得：看人一定要多了解，不能凭借一两次印象就给人下了定论。

刘晓洁是一家贸易公司的年轻经理，她在跳槽到这里之后，对员工们有了一些基本了解。其中，有一个叫袁婧的女职员说话有些尖刻，总是一副得理不让人的样子。刘晓洁觉得，袁婧肯定是那种很刻薄的人。有了这样的认识之后，她总是对袁婧敬而远之。有一次，刘晓洁和袁婧要加班，袁婧先做完，晚上六点半就离开了公司。半个小时后，袁婧突然又跑回公司，气喘吁吁地对刘晓洁说："刘经理，楼下的门禁系统有些毛病，关不上了。我刚找了找大楼保卫部，他们说一时弄不好。你在这里不安全，我陪你一会儿吧。"袁婧说到做到，真的陪着刘晓洁待到晚上近九点钟。刘晓洁有些感动，觉得自己对袁婧不够了解。后来，她慢慢知道了袁婧性格中的一些特点：大大咧咧，快人快语，对人讲义气。在对袁婧的印象改观之后，刘晓洁也认识到袁婧在团队中的重要作用，知道她办事效率在部门中数一数二，但是可能会有遗漏和疏忽，于是安排她与另外一位细心的同事合作，最终使部门工作都能圆满完成。

所以，企业的用人者要想不看错人，平时就要多用心，须知"人不可貌相"，第一印象好的人未必真的好，第一印象差的人也未必差。

看人才，当然要看本领，了解人的本领有很多种方法，看人的平时表现，看人在不同境遇下的态度，这些都是看人的好方法。古人的谋略之书和兵法大都述及了相关内容，看人的临场发挥就是其中一个方面。通过事先做好的工作虽然也可以看出人的水平高低，不过也容易被人应付过去，不容易辨别出一个人是否有头脑、有才华。所以，看一个人的才能，有时要从"急智"上辨别。

一部《铁齿铜牙纪晓岚》风靡大江南北，纪晓岚那诙谐幽默而又聪明有谋略的形象深入人心。纪晓岚是清朝乾隆年间的才子，头脑十分灵活。有一次，众大臣在朝房等候乾隆皇帝来议事，久等不来，纪晓岚不耐烦了，他对同僚说："老头子怎么迟迟不到？"这话正好被走来的乾隆皇帝听到。乾隆厉声问："你刚说谁是'老头子'？"众人都吓得战战兢兢，纪晓岚却从容不迫地回答："万寿无疆谓之老，顶天立地谓之头，父天母地谓之子。陛下难道不是'老头子'吗？"这番有点狡辩意味的话语把乾隆皇帝哄得转怒为喜。乾隆皇帝见纪晓岚能够把话圆回来，也就小事化小，没有责罚他。

说到"急智"，这里还有一件趣事。

曾国藩有一次与几位幕僚闲谈，评论当今英雄。他说："彭玉麟、李鸿章都是大才，为我所不及。我可自许者，只是生平不好谀耳。"一个幕僚接着他的话往下说："此言差矣。您与彭、李二大人各有所长，各领风骚也。"一个幕僚颔首抱拳道："彭公威猛，故人不敢欺。"又一个幕僚捻须低眉说："李公精敏，自然人不能欺。"说到这里，他也不知该如何说了。曾国藩问："你们以为我怎样？"众人都低头沉思，毕竟前面刚刚给那两位人物一个高评价，给曾国藩的自然也不能低。忽然，旁边走出一个管抄写的年轻人插话道："曾帅仁德，人不忍欺。"众人听了都拍手叫好。曾国藩十分得意地说："不敢当，不敢当。"在那个年轻人走后，曾国藩问："那个后生是谁？"幕僚告诉他："此人是扬州人，入过学，家贫，办事谨慎。"曾国藩说："此人有大才，不可埋没。"不久，曾国藩升任两江总督，就提拔那个年轻人去扬州任盐运使。那个年轻人就是"两年四级跳"的两湖总督陆徽明。曾国藩通过陆徽明的急中生智，再结合他平时的表现，从而得出了这个人可用的结论。

　　画人画骨，看人看心，要想在事业发展过程中具有识人之明，需要多方面的锤炼。只要我们用心，就可以练就一双火眼金睛。

释争第十二

是故君子之求胜也，以推让为利锐，以自修为棚橹，静则闭嘿泯之玄门，动则由恭顺之通路。

经典再现

盖善以不伐①为大，贤以自矜②为损。是故舜让于德，而显义登闻。汤降③不迟，而圣敬日跻④。郄至上人，而抑下滋甚⑤。王叔好争，而终于出奔。然则卑让降下者，茂⑥进之遂路⑦也。矜奋侵陵者，毁塞之险途也。是以君子举不敢越仪准，志不敢凌⑧轨等，内勤己以自济，外谦让以敬惧。是以怨难不在于身，而荣福通于长久也。彼小人则不然。矜功伐能，好以陵人，是以在前者人害之，有功者人毁之，毁败者人幸之。是故并辔争先⑨，而不能相夺。两顿俱折，而为后者所趋。由是论之，争让之途，其别明矣。

然好胜之人，犹谓不然。以在前为速锐，以处后为留滞，以下众为卑屈，以蹑⑩等为异杰⑪，以让敌为回辱⑫，以陵上为高厉⑬。是故抗奋遂往，不能自反也。夫以抗遇贤，必见逊下。以抗遇暴，必构敌难⑭。敌难既构，则是非之理必溷⑮而难明。溷而难明，则其与自毁何以异哉！且人之毁己，皆发怨憾而变生衅⑯也。必依托于事，饰成端末。其余听者虽不尽信，犹半以为然也。己之校报⑰，亦又如之。终其所归，亦各有半，信著于远近也。然则交气疾争者，为易口而自毁也。并辞竞说者，为贷手以自殴。为惑缪岂不甚哉！然原其所由，岂有躬自厚责，以致变讼者乎？皆由内恕不足，外望不已。或怨彼轻我，或疾彼胜己。夫我薄而彼轻之，则由我曲而彼直也。我贤而彼不知，则见轻非我咎也。若彼贤而处我前，则我德之未至也。若德钧而彼先我，则我德之近次也。夫何怨哉！且两贤未别，则能让者为隽⑱矣。争隽未别，则用力者为愿矣。是故蔺相如以回车决胜于廉颇，寇恂以不斗取贤于贾复。物势之反⑲，乃君子所谓道也。是故君子知屈之可以为伸，故含辱而不辞。知卑让之可以胜敌，故下之而不疑。及其终极，乃转祸而为福，屈雠㉑而为友。使怨雠不延于后嗣，而美名宣于无穷。君子之道，岂不裕乎！且君子能受纤微之小嫌，故无变斗之大讼。小人不能忍小忿之故，终有赫赫之败辱。怨在微而下之，犹可以为谦德也。变在萌而争之，则祸成而不救矣。是故陈馀以张耳之变，卒受离身之害；彭宠以朱浮之郄，终有覆亡之祸。祸福之机，可不慎哉！

是故君子之求胜也，以推让为利锐[21]，以自修为棚橹[22]，静则闭嘿泯[23]之玄门，动则由恭顺之通路。是以战胜而争不形，敌服而怨不构。若然者悔吝不存于声色，夫何显争之有哉！彼显争者，必自以为贤人，而人以为险诐[24]者。实无险德，则无可毁之义。若信有险德，又何可与讼乎！险而与之讼，是柙兕[25]而攖虎，其可乎？怒而害人，亦必矣。《易》曰："险而违者讼，讼必有众起"。《老子》曰："夫惟不争，故天下莫能与之争。"是故君子以争途之不可由也。

是以越俗乘高，独行于三等之上。何谓三等？大无功而自矜，一等。有功而伐之，二等。功大而不伐，三等。愚而好胜，一等。贤而尚人，二等。贤而能让，三等。缓己急人，一等。急己急人，二等。急己宽人，三等。凡此数者，皆道之奇，物之变也。三变而后得之，故人莫能及也。夫惟知道通变者，然后能处之。是故孟之反以不伐，获圣人之誉。管叔以辞赏，受嘉重之赐。夫岂诡遇以求之哉？乃纯德自然之所合也。彼君子知自损之为益，故功一而美二。小人不知自益之为损，故一伐而并失。由此论之，则不伐者，伐之也。不争者，争之也。让敌者，胜之也。下众者，上之也。君子诚能睹争途之名险，独乘高于玄路，则光晖焕而日新，德声伦于古人矣。

迷津指点

① 伐：自夸。

② 自矜：居功自傲。

③ 降：下来，出现。

④ 跻：登，上升。

⑤ 抑下滋甚：更加悲惨。

⑥ 茂：此处取丰、盛之意。茂进，即美名嘉行得以成就。

⑦ 遂路：通达之路。

⑧ 凌：欺凌。

⑨ 并辔争先：辔，缰绳。并驾齐驱，争先恐后。

⑩ 蹑：超越，胜过。

⑪ 异杰：特意杰出。

⑫ 回辱：避让屈辱。

⑬ 高厉：崇高，高超。

⑭敌难：敌，敌视；难，祸难。

⑮溷（hùn）：肮脏，混浊，混乱。

⑯釁（xìn）：通"衅"，缝隙，裂痕，争端。

⑰校报：回报，报复。

⑱隽：优秀，才智出众。

⑲物势之反：表面上与实质上效果相反的行动。

⑳雠（chóu）：通"仇"。

㉑利锐：锐利的武器。

㉒棚櫓：敌楼与大盾，即避险之所。

㉓嘿泯（hēi mǐn）：寂然不语。

㉔诐（bì）：偏颇，邪僻。

㉕柙兕：柙，关兽的木笼；兕，犀牛。

古文译读

　　具有美好品性的人不以自夸为荣，贤明的人认为居功自傲就会受到折损。所以，舜将自己的位置禅让给德行好的人，他所发扬深明的大义闻达天下。商汤受天命应期而至，他的圣明也使他获得了非常高的尊敬。恰与此相反的，郄至地位高高在上，却企图排挤别人。王叔喜欢与人争斗，最后也落荒出逃。因此，做人处事谦恭礼让，是赢得美名取得成功的途径；恃强凌弱，目中无人，便是身败名裂的深渊了。所以，君子的行为都不敢超过必要的限度，思想上也不会过于偏激触动法规，对自己修身自勉，使自己不断收益、成长；对待他人，谦虚礼让以表示尊敬。所以，怨恨责难不至于落到自己头上，而美名成就可以得到长久的存在和发扬。但是，那些小人却不这样，他们居功自傲，喜欢欺凌别人。所以，当他们取得一些成就时，便有人想要害他；他居功自傲的时候，便有人想要诋毁他；他一败涂地的时候，人们便会拍手叫好了。所以，当与人不分上下，难决雌雄而互不礼让之时，便会是双方都有所损伤，最后会被其他来者趁机赶超。由此可见，争斗与礼让的不同作用，它们所带来的利弊有鲜明的差别。

　　但是对于非常好胜的人来说，可能并不以为然。他们把争先居上当做一种精锐，把落后于人当做一种生命静止不前；把礼让下属当做一种卑微不堪，把挤压同辈当做一种特异杰出；把忍让敌手当做一种窝囊软弱，把挑战超越上级当做一种高强刚厉。因此，他们不顾一切地重复错误而不能迷途知返。用过于傲慢的态度对待有才能之人，贤能之人还是会以礼相待之；但是以傲慢无礼的态度对待暴桀之辈，必然会造成祸难。敌意既然已经构成，那么是非之理必然会十分混淆难以弄清，如此一来，与自我毁害又有什么区别呢！而且别人诋毁自己，都是因为怨恨之气爆发而变故征兆出现。诋毁你的人必然会以一件事作为借口，而把实质情况掩盖起来。听到的人可能不会完全相信，但是也会半信半疑。而自己采取同样的方式报复对方时，也是如此啊。最终结果便是各相信一半，相信的程度便取决于视听的远近。因而相互之间斗气争胜、争执激烈的，不过是换用别人的嘴骂自己；相互打斗，不过是换用了别人的手打自己。如此说来，这种行为岂不是太荒谬了吗！但是，我们来探究最根本的原因，难道有因为自我反思并检讨自我的过错而引发争端的吗？争端之所以会产生，都是因为我们心胸不够开阔，待人不够宽容，对别人要求过于苛刻而已。或者是怨恨对方看轻自己，或者是妒忌对方在某方面胜过自己。假如我自己不够厚道，对方看清我，那就是我的理亏而不是对方的过失；假如我贤明而对方不清楚，那么我被对方看轻便不是我的过错。如果对方的贤德确实在我之上，那就是我的德行还和对方有一定的差距；如果相较之下势均力敌，而对方在我之上，那就是我的修养还逊于对方吧。由此看来，我还有什么好抱怨的呢？然而，两个人的贤德难分上下、未分优劣的时候，能够谦让者就是杰出的人才。竞相突出自己，难以决出高低之时，争斗较多者为下。因此，蔺相如引车回避廉颇的挑衅，胜过了廉颇；寇恂不采取任何争斗之势，就贤过贾复。行动的结果在表面上与实质上截然相反，这就是贤能之人所说的"道"了。因此，君子知道受委屈反可以取胜成功，所以选择含屈受辱；知道谦卑礼让可以制敌取胜，所以甘居人下而不加怀疑。到最后，就会将祸难变成祥福，让对方屈服成为朋友，使相互之间的恩怨不至于延至后代，而且美好的名声得到传扬，以至无穷。君子所说的道理难道不是宽容吗！而且，有才德之人能够承受极微小的嫌隙，所以不至于最后形成大的争斗。见识浅薄的人由于不能忍受较小的怨恨，最终招致了非常大的失败和侮辱。当仇恨还处在较为微小的阶段时，以谦逊的态度来对待，就不会丢失谦逊的美德；矛盾尚处在萌芽阶段时，却要全力争斗，就会形成祸难并难以挽救。因此陈馀因为张耳的变故，最终难逃杀身之祸。彭宠因为朱浮的嫌隙，终究覆亡。祸福变化，不可不谨慎啊！

因此，君子追求胜利，是以推辞礼让作为出奇制胜的锋利武器和手段，以修身自谦作为防御的武器；静止时能够达到沉默不言的高深境界，行动的时候能够遵循谦逊之道。所以战胜对方而不显露出有形的争斗，对付敌人而不至于构成恩怨。

如果这样的话，自己的悔恨不显露于声色，还会有什么大的争端呢！那些公开与人争执的人，必定是那些自以为是贤人的人，而别人却认为他只是邪谄不正。如果他的确不是邪谄不正之人，别人便无诋毁的道理；如果他确实有邪恶之处，又有什么和他争辩的必要呢！知道他邪恶还与之争辩，这就相当于关押犀牛和触犯老虎，难道能这么做吗？如果是这样，那他们发怒而加害他人，也是必然的了。《周易》中说过："言论险恶行动违背常规，必然引起众人起来和他争论。"《老子》中又提到："正是因为不和别人争，所以天下没有人能够与之争。"所以，君子认为争执之策不可以遵从啊。

所以君子超越凡众之上，独立特行在三等人之上。那么什么是三等呢？没有功劳而非要自夸有功之人，是为一等；虽然有功但是却骄傲自满、居功自傲的人，是为二等；功劳很大但是非常谦逊的人，是为三等。愚笨但是很好胜的人，是为一等；贤明但是喜欢自夸的人，是为二等；贤明但是谦逊之人，是为三等。对自己宽松，但是对别人非常苛刻的人，是为一等；对别人非常苛刻，对自己也不宽松的人，是为二等；宽以待人，严以律己的人，是为三等。凡是以上几种，都是常规道理的分殊，事物的变异。经过三等变化之后就能获得道的真谛，因此常人很难赶得上。这只有掌握客观规律，了解事物变通之道的人，然后才能处于上等而很好地自保。因此，孟之反因为没有自夸而有功，获得了圣人的赞誉；管叔因为辞让赏赐而获得厚重的奖赏。难道这些仅仅是靠诡情投合就能得到的吗？这些都是出于纯粹的秉性与常理相合所致啊。那些有才德的人知道吃亏实际上是益处的，所以他们的功劳虽然不多但是得到的美誉却是数倍有之。见识浅薄的人不知道自己占了小便宜实际上是损失，所以一经自己的自夸，所得到的功名美誉都将丧失掉。由此可见，不自夸自己有功的，都能够上居其功；不争夺名利的，实际上获得了很好的名利；忍让对手的，其实却战胜了对方；甘居人下的人，其实是在他人之上的。君子如果真能看到争执之路上的险恶，能独自登高达到玄远的境界，就会光芒四射日新月异，仁德和名声就会和古代圣贤相媲美。

前沿诠释

"不能争而不争者"弥繁，"能争而不争者"盖寡。"能争而不争者"有二：一为与世无争，此乃绝对不争，更不会基于某种具体利益而参与世俗之争；二为相对不争，此处的不争不是目的，而是手段，有争之心而不显露争之举，避免无畏之争，容可海纳百川，刚可壁立千仞，"泰山崩于前而面如平湖者，可拜为上将也"。以退为进，不张扬，不激进，不露锋芒，以小退换大进，以小让换大得。

一个人如果盲目地标榜自己，在上易受打压，因为伴君如伴虎，能力强反倒有功高盖主之嫌，如果你的上级不是真正的礼贤下士，那么在个人利益大于组织利益的心理驱使下，你的发展必受上级打压；在下易受排挤，即使你遇到了礼贤下士的上级，但是同为一朝之臣，别人没有理由甘心在你自我标榜的光辉下而不存任何妒忌之心。

所以，做事上充分展示自己的才能是争取生存空间，做人上不争是通过曲线方式保全自己争取来的生存空间，只有低调做人才能确保自己高调做事时追求的目标得以逐步实现。世界上永远不缺乏有才有智之人，但是真正笑到最后的却寥寥无几。古往今来，成就一代伟业的皆为谙熟不争而争之道的人，能得善终者皆是深谙"不争"之道的人。

张良：功成身退，小忍而成大谋

张良是贵族之后，祖父曾是战国时期韩国的三朝宰相。父亲张平，也是韩国的两朝宰相。到了张良的时候，韩国已经开始渐渐衰落，被秦国灭掉。韩国的灭亡，使张良失去了继任父亲职位的机会，也就与显赫荣耀的地位无缘了。因此，他心存亡国无家之恨，并把这些仇恨都集中到了一点上——反秦。

心怀仇恨的张良，拟订了谋杀秦始皇的计划。弟弟死了，张良也无心埋葬，只是散尽家财，找到了一位大力士，并为他打造了一柄约合现在50斤的大铁锤，然后派人打探秦始皇的行踪。按照当时的规定，秦始皇的车应该由六匹马拉着的，其他大臣的车由四匹马拉着，因此他便将刺杀的目标定在六匹马拉的车上。公元前218年，秦始皇出巡，张良得知秦始皇会经过阳武县时，便知会大力士埋伏在阳武县的古博浪沙。但是当车队到达时，他却发现所有的车全部是由四匹马拉着，根本分不出哪一辆才是秦始皇乘的车。张良看到了车队中有一辆最豪华的车，于是就命令大力士直接打击这辆车。50余斤的铁锤下去，直接将驾车者击倒在地，张良也在混乱中逃离现场。但是很不幸，袭击的车并不是秦始皇所在的车。张良袭击秦始皇未遂后，被悬榜缉拿，不得不隐姓埋名，逃到了下邳，静观其变，等候新的机会。

有一天，张良散步经过沂水圯桥头，遇见一个身着粗布衣物的老者，他数次强压下内心的不满，满足了老翁让其捡鞋并穿鞋的要求，终于得到奇书《太公兵法》（此名为讹传，实为《素书》）。此时的张良便初显大智慧，能容常人所不能容忍之事，注定他日后定有不凡成就。拜读老翁所赐之书，张良的军事能力得到空前提升，为以后实现遇明君、灭秦等政治追求打下了坚实的基础。

后来，张良到了刘邦的军中，参与到刘邦的反秦大业中。刘邦的军队攻陷咸阳之后，大军进入城内，看到豪华的宫殿、漂亮的宫女和繁多的珍宝，多数人已经昏昏然，忘乎所以，就连刘邦也被眼前的一片繁华所倾倒，想留下来安享富贵荣华。张良却在此时提出了"约法三章"，并促使刘邦采纳此建议，采取了一系列安民措施，赢得了民心。

张良、黄石公像，表现了张良为黄石公捡拾木屐而得《素书》的故事。

当天下格局初定，刘邦的地位逐渐稳固，张良便以多病为借口，推辞不出家门，逐渐从"帝者师"退至"帝者宾"，采用可有可无、时进时退的处事之策，开始自己不争的生活。此后，在西汉皇室的明争暗斗中，张良也严格遵循着"疏不间亲"的原则。

公元前197年，西汉王朝上层出现了新的危机。刘邦察觉到吕后有异心，有代刘称王的迹象，于是想废掉吕后之子刘盈，改立戚夫子所生的赵王刘如意为国储。朝中大臣纷纷进谏，但是都没能改变刘邦的决定。眼看刘盈的太子之位就要不保，吕后开始向张良求助。张良也考虑到了改立太子一事影响太大，不可轻易而为之，再加上当时汉朝政局初定，稳定江山最为重要，于是，他出于大局考虑，对吕后说："商山有四皓，让太子请求他们出山并在出入宫时左右相随，皇上必定询问他们。皇上知道太子有了他们，太子之位就可以保住了。"事情的发展果然和张良所说的一样，刘邦得知太子身边的商山四皓就是自己当年屡请不来的隐士后，认为有他们在太子左右，定能辅佐太子成就一番大事，于是就不再提废除太子一事了。刘盈的太子之位保住了，吕后也对张良甚为尊重。

《史记》《汉书》对张良帮助萧何筹谋策划之事记载的并不多，但是这并不妨碍张良后期建立的卓著功勋。论功行赏时，按照功绩，刘邦允诺张良可以选择齐国三万户作为食邑，张良推辞了这些赏赐，只是请求刘邦将沛县赏给他，刘邦同意了。张良推辞赏赐的原因是：他所在的韩国被秦国灭了后，自己沦为了一介布衣，从一介布衣到万户侯应该满足才是。

后来，张良看到汉朝政局逐渐稳固，国家大事也有贤能之人治理，自己为韩国报仇的政治目的和万户侯的个人目标也都达到了，一生的夙愿也算是都得到了实现，而且自己体弱多病，再加上目睹了一些功臣被裁的下场，他深切体悟到"狡兔

人物志谋略全本

死，走狗烹；飞鸟尽，良弓藏；敌国破，谋臣亡"的道理，于是转为一心修道，研究黄老之学，终于得以保全自己。

纵观张良的一生，他将"释争第十二"的精神深入体现出来。他从开始的为亡国而争，到后来的不为己利而争，都体现了"不争者，争之也"的大智慧。这也是他最后得以安享晚年的原因吧。

韩信：国士无双，只奈功高震主未避锋芒

韩信（约前231—前196），淮阴（今江苏淮安）人，西汉著名的开国功臣，也是中国历史上杰出的军事家，"汉初三杰"之一。韩信曾先后做过齐王、楚王，但是后来被贬为淮阴侯。他为汉朝打下了大片天下，可谓是立下了赫赫战功。作为中国军事思想"谋战"派的代表人物，韩信一生的经历非常辉煌，"国士无双""功高无二，略不世出"等都是楚汉时期人们对他的评价。

当年，萧何月下追韩信后，被拜为大将军的韩信感于刘邦的重视，将自己的军事才能充分发挥出来，为刘邦制定了东征以夺天下的方略。

楚汉战争爆发后，韩信采用"明修栈道，暗度陈仓"之计，亲率军队翻越秦岭，袭击项羽的部将章邯的属地陈仓，并将仓促率军驰援陈仓的章邯击败，随后乘胜追击，迅速占领关中大部分地区，平定三秦，取得对楚战争的初战胜利。

汉高帝二年（前205），身为左丞相的韩信率兵攻打魏豹，采用"多设疑兵""声东击西"之计，木罂渡军，大胜魏军，活捉魏王豹，平定了魏国，改魏为汉的河东郡。此后，他又徇赵、胁燕、定齐。此时的韩信已经达到了功高盖主的程度。这时，他开始动了争的心思。平定齐国后，韩信派人向刘邦上书，请求封自己为齐国的代理王，统治齐国，表露出自己欲争功的心理。而刘邦为了最后的胜利和韩信手中的兵权，暂时同意封他为齐王，还在汉高帝五年（前202），听从张良的建议，将陈（今河南淮阳）以东至海的广大地区划为韩信的封地。

汉高帝五年十二月，韩信率军协同刘邦大军于垓下与楚军决战。在这次战役中，韩信命汉军士卒在夜晚唱楚地的歌："人心都向楚，天下已属刘；韩信屯垓下，要斩霸王头。"最终使楚军士卒因思乡厌战，军心瓦解，而韩信则乘势率军进攻，楚军大败，项羽也于乌江畔自刎。至此，韩信助刘邦一统天下。

可以说，正是由于韩信率军出陈仓、定三秦、擒魏、破代、灭赵、降燕、伐齐，直至垓下全歼楚军，才助刘邦争得了这份汉家天下。

然而，在刘邦大业得成之际，韩信"不知自益之为损"，最终"一伐而并

失"。这个结局早在当年他与刘邦的一番对话中就表现出来了。

《淮阴侯列传》中记载，刘邦曾问韩信："我能带多少兵马？"韩信说："陛下不过能率领十万军队。"刘邦说："那你能率领多少兵马？"韩信说："我带兵当然是多多益善。"刘邦笑着说："多多益善，为何你还只是我的一名将领？"韩信答道："陛下不能率领兵马，但是善于领导将领，因此我只是陛下的一名将领。而且陛下是天授神权，不是人所能及的。"这段话虽然表现了韩信的自信，但也在一个侧面表现了韩信的狂妄，这正表现他"愚而好胜"的特点。

韩信被软禁后，刘邦为了给他解闷，也时常和他下棋聊天。这说明刘邦对韩信是有愧疚之心的。但心怀愧疚仍默许吕后杀韩信，只能说明韩信的争让刘邦未能心安。

据《淮阴侯列传》记载："高祖已从豨军来，至，见信死，且喜且怜之。""且喜且怜"反映了刘邦复杂的心理。回顾当年韩信助自己得天下的经过，刘邦不忍心将其杀死。想到韩信的军事才华，将因被杀而再不得为自己所用，刘邦为失去一个得力干将而可惜。这二者就是刘邦"怜"的原因吧。但是对于刘邦来说，韩信不除，他将永远都是自己潜在的敌人，因此见到自己的潜在对手死亡，便"且喜"。

在汉室政权由确立到稳固的道路上，韩信的光辉过于耀眼，唯有铲除他方可令汉室王朝无后顾之忧。而韩信自己却未能韬光养晦，终难逃一劫，大业未成，还赔上了身家性命。正如刘劭在"释争第十二"中所说，"矜功伐能，好以陵人，是以在前者人害之，有功者人毁之，毁败者人幸之。"当韩信表现出争的心理后，亡身之祸也就降临了。

低调做人的智慧

正如刘劭在"释争第十二"中所言："怨难不在于身，而荣福通于长久。"一个人只有做人处世谦恭礼让，方能成就自己的美名，取得成功。中国千年的文化传统强调中庸、强调谦和，说的就是这种低调做人的智慧。

所谓低调做人，就是在做人做事的时候，本着"知之为知之，不知为不知，是知也"，"谦虚使人进步，骄傲使人落后"的态度，以一颗平常心对待自己的成就，并清醒地看到"人外有人，天外有天"。这种平常心和理智恰恰是一个品格高尚的人的成熟之处，也是一个人成功的前提。英国哲学家斯宾塞认为："成功的第一条件是真正的虚心，对自己的一切敝帚自珍的成见，只要看出与真理冲突，都愿意放弃。"

在中国历史上，蔺相如和祢衡用自己的事迹显示了低调做人的智慧，为后人提供了正反两方面的例子。

诚如刘劭所言，蔺相如以自己的低调，化解了廉颇对自己的怨恨，使赵国强大，也让"将相和"的故事流传到今天。正是由于蔺相如的低调，才有了后来廉颇的醒悟，倘若蔺相如也高调做事，和廉颇对着干，等待赵国的会是什么呢？两虎相争，必有一伤。表面上伤的是个人，实质上伤的是国家啊。由此，我们不能不佩服蔺相如低调做人的品格，正是由于这种低调做人的品格，才最终取得了双赢的局面。

相反，一个人倘若不知低调做人，感情用事，最终会害人害己，贻害国家。三国时期的祢衡就是这样的一个人。

祢衡是三国时期的名士。此人可以说很有才华，但正是由于有才华，养成了他恃才放旷、高调做人的性格。建安初年，才20岁出头的祢衡初次来到许昌，有人劝他结交司马朗等名士。结果祢衡说："我怎能跟杀猪的、卖酒的在一起。"最后，他选中了少府孔融、主簿杨修，三人意气相投，经常在一起大放狂言。祢衡还狂妄地对人说："孔文举是我大儿，杨德祖是我小儿，其余碌碌之辈，不值一提。"其做人的高调令人惊叹。

这还不算什么，更高调的还在后面呢。祢衡毕竟是个名人，因此有不少人举荐他做官。孔融就上书荐举了祢衡。当时名为大将军，实为汉朝真正掌权者的曹操产生了爱才之意，想要召见祢衡。但祢衡看不起曹操，说自己身体有恙，拒不前往。他装病就装病吧，还对曹操出言不逊。枭雄曹操的气量其实还是不错的，没有直接把人拖出来砍了，而是当忍则忍。为了收买人心，曹操忍下一口恶气，封了祢衡一个击鼓的小官职，让他知道教训。

一天，曹操要大宴宾客，就命令祢衡穿戴鼓吏的衣帽当众击鼓为乐。没想到的是，祢衡竟然在大庭广众下脱光衣服，赤身露体来击鼓。曹操因此对他恨之入骨，就想到了一个借刀杀人的方法，把他派到荆州牧刘表那里。

开始的时候，祢衡替刘表掌管文书，也非常用心尽力。可是不久，他高调做人的态度就暴露无遗，也因此得罪了很多人。刘表又把他送到了江夏太守黄祖那里。祢衡又开始为黄祖掌管文书，同样是开始做得不错，后来又表现出自己高调做人的特点。有一次，黄祖在战船上设宴，当众呵斥祢衡的无礼，祢衡直接回了句："死老头，你少啰唆！"急性子的黄祖可没有什么顾忌，直接把这个高调做人的祢衡杀了。

其实，以祢衡的才华，他以后的人生之路还很长。据记载，他死的时候才26岁。倘若他能低调做人，满腹才华不愁得不到施展，"乱世出英雄"，他必定能在三国纷乱时期开拓出广阔的天地。但他活得过于自我，不把其他人放在眼里，结果白白赔上一条性命。

所以说，为人处世，当低调做人。社会是纷繁复杂的，我们不可预知什么时候会发生什么事情，那么低调做人就不失为一种自我保护的手段。要知道，这种低调做人的方式，不但保全了自己，也给他人带来了心理平衡。

那么，一个人应该如何正确地低调做人呢？其实可以从以下四个方面入手：

1.做事的姿态要低调。

一个人要学会在低调中修炼自己，无论是在职场中还是生活中。低调做人是指做事的时候要放低自己的姿态，而放低自己的姿态则是一种进可攻、退可守的处世谋略。

人们常说"大智若愚"，其实这句话就体现了低调做人的姿态。一个"若"字将一个人的野心和韬略掩盖起来。这种甘为愚钝、甘当弱者的低调做人术，实际上是精于算计的隐蔽。

低调做事的姿态要放低，还指与人相处时，要与人留三分余地，做人不要太过分，得饶人处且饶人，只有这样，别人才会投桃报李，也同样给你留三分。这样，两相融合，皆大欢喜。

当然，低调做事的姿态还指在时机未到时能挺住。当大业未成时，要学会在心字头上插把刀，该舍的就得忍痛割爱，该忍的就得从长计议，从而实现理想，成就大事，创建大业。

低调做事的姿态，还指能主动吃亏，无论何时何地，绝不践踏人与人之间的情分，总是考虑到人情的分量。只有这样，才能在峰回路转的时候，为双方的再度合作留下一线机会。倘若一个人处处不想吃亏，处处想占便宜，时间一久，必起纷争，那仅有的感情也将被践踏干净。

2.低调做人还指心态上要低调。

心态上要低调，是指一个人始终要想到山外有山，人外有人。一个人始终要保持谦虚的品德，并且绝不恃才傲物。倘若自己取得成绩，要感谢他人、与人分享、为人谦卑。

心态上低调，还指具有容人之量。一个人只有能包容别人的过错，才能显出大家的本色。大度睿智的人最大的优点就是低调做人。一个人倘若能在做人的心态上低调，更有助于问题的解决，更令人对其美德没齿难忘，心存感激。

心态上低调的人，做人圆融通达，而这种圆融通达更有助于功成名就。试看生活中真正成就大业的人，无不谦虚通达。这正是心态低调的突出表现。

心态上低调的人，还表现在乐于知足，这种知足表现在对生活标准可以降低一些，做事能退一步海阔天空。这种知足常乐的心态，是一个人最大的财富。

谦逊也是心态低调的表现。一个做人做事谦逊的人才是一个真正懂得积蓄力量的人。这种人不会给别人造成太张扬的感觉，也就使自己在生存的环境中能不断获得帮助和力量，从而最终获得成功。

3.低调做人还表现在行为上要低调。

一个人要学会深藏不露，这是一种做人的智谋。要知道，出头的椽子易烂，倘若一个人太过张扬，迟早要吃亏。因为过分地张扬自己，其实无异于在过分地贬低别人。最终必将触怒别人，为自己招来祸患。

行为低调还表现在财不外露。一个人倘若总是一副财大气粗的样子，最终一定会因为露财而吃亏，甚至连性命都赔上。

行为低调还表现在遇事不耍小聪明，让自己始终冷静处事。要知道，这个世界上谁都不傻，以为别人傻而总在耍小聪明的人，最终一定会被别人耍。

4.低调做人还表现在言辞上要低调。

说话要柔和，决不话锋似剑，直刺人心，尤其不要揭别人的伤疤。与朋友相处的时候更是要注意，不要拿对方的缺点开玩笑，更不说有伤对方人格和尊严的话。

无论位置有多高，说话时一定要放低姿态。如此一来，方显出自己的君子风度，也能淡化别人的嫉妒心理，从而达到人际关系的和谐。

俗语说："祸从口出。"言辞低调还表现在不说别人的闲话上。在职场生活中，要想让自己心情舒畅，就要注意自己的言行，以低调的姿态说话，以踏实的态度工作。凡事三思而后行，绝不逞一时的口舌之利。

总之，真正聪明的人会学着低调做人，为自己创设一种柔和的人际关系，让自己的职场生活顺心舒畅，让自己的生活充满快乐的因子。

真正的聪明是一种糊涂

归纳刘劭在"释争第十二"中所谈的观点，其实反映了一种处世风格，即学会做"聪明的糊涂人"。做到"聪明的糊涂",才能在生活中找到自己的生存空间,才能为自己做事找到可靠的保障。

在古今历史中,许多真正的聪明人总是显示出一副糊涂的样子。但在危难来临之际,他们又总是凭着自己这种聪明的糊涂得以全身而退。他们的言行恰恰证明,真正的聪明就是一种糊涂。

在东汉历史上,刘睦就是一个故做糊涂的聪明人。作为东汉明帝刘庄的侄子,他从小好学上进,读了许多书,喜欢与有学问、有道德的儒者结交,厌恶那些只知道吃喝玩乐的公子哥儿。自古以来,但凡帝王之家,最怕的就是皇位之争,因此,刘睦小心谨慎,看似糊涂地生活着。他的这种看似糊涂的生活,我们从下面这件事中就能看出来。

有一年年底,按朝廷的惯例,地方分封的王爷要派官员进京朝贺。刘睦自然也要派人去向明帝朝贺。这个官员临行前,身为北海靖王的刘睦特意问前去朝贺的这个官员:"如果皇帝问起我的情况,你知道怎样回答吗?"这位官员连忙回答说:"您忠孝慈仁,礼贤下士,深受百姓爱戴。臣虽然不才,怎敢不把这些如实禀告。"

官员本以为自己的回答深得刘睦之心,没想到,刘睦听后,连连摇头说:"你如果这样报告,就把我害了!"这位官员很迷惑,就问他原因。刘睦说:"你见了皇帝之后,切记要说我自从承袭王爵以来,意志衰退,行为懒散,每天除了在王宫与嫔妃饮酒作乐,就是外出狩猎游玩,对正业毫不理睬。"

刘睦之所以要这么回答,其实就是因为他深谙"聪明的糊涂"这个道理。要知道,在当时,宗室中凡是有些志向或者广交朋友的人,都容易受到朝廷的猜忌,弄不好就会招来杀身之祸。所以在这种情况下,真正聪明的刘睦不得不故意当个糊涂人,教人说出那番话,实际上是一条假痴不癫、明哲保身之计。

人称七贤之一的刘伶,也是一个善于假装糊涂、真聪明的人。而刘伶之所以要做假糊涂之人,也是因为他要有所遮掩。

据史书记载,东汉党锢之祸后,党同伐异,动辄杀人,已成为朝廷的家常便饭。身为朝廷官员的刘伶当时响应司马氏倡导的儒学观点,倡导无为之风,而且和阮籍、嵇康等人号称"竹林七贤"。这种行为俨然是在和朝廷的思想对着干。而刘伶本人也看得很明白。于是他开始装疯卖傻。据《晋书》记载,他"澹默少言,不妄交游",这恰好表现了他谨慎小心的特点。不过,为了怕被人抓住把柄,他更是每天装出一副终日纵酒、胸无大志的模样。

据记载，刘伶为了避免遭到杀身之祸，留下了许多可笑的故事。

有一天，他在家中喝酒，还脱得精光。有人看到，说他不成体统，结果刘伶留下一句至今读来含义仍颇为丰富的话："我以天地为房舍，以房舍为衣裤，你们干吗要钻到我裤裆里来呢？"当时，他每逢驾鹿车出门，必定要带着一壶酒，还让仆人拿把铲子在后面跟着。他告诉仆人，倘若自己醉死了，就掘个坑把他埋了。最好笑的一件事是关于刘伶醉酒后与人争吵的事。一次，刘伶喝醉了酒，就与人争吵起来。结果那个人急了，要挥拳打刘伶。没想到的是，刘伶竟然不生气，还和颜悦色地拍着胸脯对那个人道："这几根鸡骨头，哪当得起您老的拳头。"那人被他的话逗笑了，就不再追究。

当时，刘伶的这种聪明的糊涂自保法连自己的妻子都蒙住了。一次，刘伶的妻子发现他又在喝酒，担心他的身体，就偷偷地把酒藏了起来。结果刘伶犯了酒瘾，找不到酒，只好去求妻子赏口酒喝。面对丈夫那种没皮没脸的样子，刘伶的妻子十分生气，一怒之下把酒具全砸了。刘伶面对伤心痛哭的妻子，讨好地说："你让我戒酒是对的。其实我也本该把酒戒了。不过，你也知道，我缺少自制的能力，只有在鬼神前立下誓言，才能真正戒了。你且去准备酒肉吧。"妻子一听有希望，看来丈夫有戒酒的想法，于是急忙去备酒肉，好让刘伶在神像面前发誓戒酒。结果刘伶借故将妻子支开，自己对着神像说："天生一个刘伶，老酒当做性命。一饮便是一斛，再喝五斗酒醒。妇道人家的话，千万不可去听。"说过之后，刘伶就斟酒叉肉，吃喝起来。等到妻子进屋后才发现，刘伶早已经醉倒在地，人事不醒了。

其实，当时刘伶的做法就是为了避世。既然对当时的时事无能为力，就要想办法保全自己，这种借酒避世的做法还是比较聪明的。

诚如莎翁所言："愚笨的人往往认为自己很聪明，而聪明的人却一直认为自己很笨。"真正聪明的人，总是善于从自知之明中发现生活的甜蜜，而那些肤浅愚蠢的人，才常常在自作聪明后尝到生活的苦果。

西方人有这样一种说法，法兰西人的聪明藏在内，西班牙人的聪明露在外。前者是真聪明，后者则是假聪明。而哲学家培根则指出"生活中有许多人徒然具有一副聪明的外貌，却并没有聪明的实质——小聪明，大糊涂。冷眼看看这种人怎样机关算尽，办出一件件蠢事，简直令人好笑。例如有的人似乎是那样善于保密，而保密的原因，其实只是因为他们的货色不在阴暗处就拿不出手。……这种假聪明的人为了骗取有才干的虚名，简直比落魄子弟设法维持一个阔面子诡计还多。但是这种人，在任何事业上也是言过其实，不可大用的。因为没有比这种假聪明更误大事的了。"

所以，人应该学得聪明一点，掌握生存之道，但切记不要耍小聪明，小聪明的人能聪明一时而不能聪明一世。真正大智若愚的人，其实是表面上糊涂的人，他们虽不计一时的得失却能聪明一世，明哲保身，始终立于不败之地。

看透未必要点透

刘劭在"释争第十二"中说："是以越俗乘高，独行于三等之上。"这句话道出了君子不同于普通人的聪明之处。而在君子众多的聪明之处中，还有一个重要的特点就是看透不点透。

现实生活中，每个人都有自己的小秘密，这种小秘密是本人最不愿意别人知道的。倘若别人的小秘密被你看出来了，记得千万不要点破，而这种不点破就是聪明人的做法，即看透不点透的艺术。

其实，这种看透不点透的艺术，符合心理学的一些观点。在人际交往中，人与人之间还是朦胧些好。正所谓雾里看花，花更美，说的就是这个道理。庄子所言："水至清则无鱼，人至察则无徒。"这句话也强调了同样的道理。

或许有人说，看透朋友的心思，还要说透，这才是真正的好朋友。其实，有些事情说得太直白，反而伤了对方的脸面，也伤了双方的感情。有时候，对方不太清楚，反而更能增进彼此之间的感情。

李丽和刘杨是一对好朋友。刘杨为人憨厚，李丽为人灵活；刘杨比较内向，李丽比较外向。或许正是这种性格的互补，两人才成为无话不谈的好朋友。

从大学校门走出来后，李丽在一家外贸公司做会计，工作并不轻松。刘杨则在父亲的老朋友的帮助下，到某国企下属的分公司做了会计，工作量不大，收入却不低。由于工作的原因，两人不再像在大学时那样经常聚在一起。李丽也不太清楚刘杨的工作情况，以为她和自己一样辛苦。

工作半年后，两人首次相聚。坐在悠闲的咖啡厅内，李丽一身时髦的装束，经过淡妆装点后的面容非常美丽。刘杨则还是老样子，不同的是，身上的衣服风格有所改变。李丽照样是眉飞色舞地谈自己的工作，谈自己在公司如何如鱼得水，工作如何轻松，收入如何高。刘杨还是静静地听着，不时插入两句，引得李丽咯咯笑。当李丽问到刘杨的工作情况时，刘杨停顿了一下，然后回答："就那样吧，这种工作，到哪儿都一样。"听到这儿，好强的李丽心里不免美了一下，觉得自己的工作累是累点儿，总体来说还行吧，看看刘杨，不是和自己一样嘛。

时间如流水，一年后，刘杨由于为人沉静，在单位表现出色，被送入某财经学院深造。回来后，她被提升为会计室的主管。也是在同一家咖啡厅，刘杨和李丽又一次聚到了一起。李丽神色比较疲惫，话里话外透露出对工作的不如意。其实刘杨知道，这都是李丽的性格造成的。要知道，一个新人最重要的是低调，而李丽的性格决定了她不懂得这个道理。这回见面，说话的主角变成了刘杨。不过，刘杨缓缓地从单位的工作谈起，谈到了自己单位的一个女孩，谈到这个女孩如何努力，但就是无人认可，原因就在于她的性格过于毛躁。在刘杨缓声慢语的讲述时，李丽静静地听着，没有发表任何意见。

又是一年，春天到了，刘杨接到了李丽的电话，约她见面聚一聚。这一次，刘杨看到李丽的脸上又充满了朝气，话里话外表现出自信。不过，李丽的说话风格明显变化很大，不再那么锋芒毕露，反而多了许多和缓的东西。刘杨知道，李丽听懂了自己当初的那番话，这就足够了。

其实，故事中的刘杨就是一个极懂看透不点透的道理的女孩。而她的那种灵活的处理方式，既帮了朋友，也保全了朋友的面子。

生活中需要我们用到看透不点透的智慧的事情太多了，从朋友之间相处，如上面的刘杨和李丽，到公司的同事之间相处，无一不运用到这种智慧。不过，一个人如何才能做到看透不点透呢？这还真是一门学问。

首先，在同事或朋友之间相处时，切记不要过度张扬，仗着有才华就骄纵起来。想当初，三国时代的杨修不就是由于过于显露自己的才华招来了杀身之祸吗？同事和朋友之间也是这样。人家发现是人家发现，你自己刻意表现出来就不好了。要知道，你自己表现出来，就有炫耀的嫌疑。如此一来，你就成了众矢之的。所以，聪明的做法就是尽量不要表现自己的才华，当然，在工作中表现出来则另当别论。

其次，一些事情知道就知道了，不要点破。聪明的人往往能一眼发现问题的实质。不过，聪明的做法是人家不说，我们就不要点破。这既是保护自己，也是保全别人的尊严。这种遇事不点破的做法，在各种场合下都十分有用，尤其是在官场和职场中，有些事做到心知肚明即可，不必明白地说出来。而且，这也是一种善意，当你发现某件已经发生的事情对某人有负面影响，而对方又不希望外传时，聪明的做法就是不声张，采取"我不知道"的态度，这样就保全了对方的面子。

总之，看透不点透是现代人心透视术的一种，我们只需记住，不要把一切说得太明白，否则就失去了社交场合中的平衡。

桃李不言，下自成蹊

在《史记·李将军列传》中，司马迁评价李广："谚曰'桃李不言，下自成蹊'。"意思是，在民间谚语中有一种说法：桃子李子虽不会说话，但是它们果实甜美，惹人喜爱，所以人们都会去看它，在树下踩出了一条小路。

在"释争"中，我们看到了刘劭对"争"的论述，他说，自吹自擂是低等智慧的体现，而有功却不自夸才是真正的有才德。这种观点其实和上面司马迁的说法有异曲同工之效。当然，现代人可能会不服气：我做出了成绩，什么都不说，这可能吗？实际上，不争其实也是一种争，你的"争"，别人会看在眼里，有可能因此产生一些负面的想法，但是在做出成绩之后谦逊地不争，却是会被明眼的上司赞赏，被了解一切的人们称赞。

李宁，这位从伟大运动员过渡到成功企业家的杰出人物，是中国人津津乐道的成功人士。李宁原是中国最伟大的运动员之一，从事体操运动十几年，为中国夺得过100多枚奖牌，保持14个世界冠军的纪录长达22年。1999年，他被国际体育记者协会评为"本世纪最佳运动员"。在80年代退役之后，李宁投身商界，用自己的名字作为品牌，创立了李宁体育用品公司，做了李宁体育用品公司的董事长。在20多年的经营中，李宁使李宁公司赢得了中国本土体育用品品牌NO.1的桂冠。2008年对于李宁品牌来说是独特的一年，因为在这一年，北京奥运会召开，李宁被选为火炬手，以"空中飞人"的方式点燃了奥运会主火炬台，吸引了全世界的目光。

要知道，中外众多品牌，尤其是运动品牌，都在对北京奥运这个商机虎视眈眈。凡是与奥委会建立合作伙伴关系的公司纷纷在自己的广告上打上奥运会五环和赞助商标志，一些以运动员为代言人的品牌更是早早就制作了欢腾庆祝风格的广告。可以说，一场"奥运营销大战"打得是硝烟弥漫。要说李宁公司对此没有准备是不可能的，他们也参与了奥运服饰的赞助竞标，但可惜败于外国品牌阿迪达斯。

然而，李宁从另一方面赚足了国人的眼球，那就是做了最引人瞩目的最后一棒火炬手，也就是全世界瞩目的点火火炬手。他的出现给人们带来了巨大冲击，上亿人通过现场或是电视直播看到了他的风采。一时间，"李宁"成为社会上的热门词语。按说，这是一阵"东风"，李宁应当趁此机会好好宣传自己的品牌和新产品。

由于奥运开幕式内容的严格保密要求，即使是李宁的亲密下属也是在开幕式当晚才看到李宁出现在开幕式上的。但是在得知李宁获得了这一巨大荣誉之后，李宁公司却意外地选择了低调，大众几乎没有看到李宁公司在第一时间给自己的品牌冠上火炬手的字眼和图样。其实，在8月8日当晚，公司的CEO张志勇在李宁出现在电视上之后就被无数电话和短信所淹没，甚至都没办法看完开幕式表演。那些电话和短信除了朋友和合作伙伴来祝贺的，还有下属来询问的，内容高度一致：只要老板一声令下，我们就能马上跟进，明天媒体上就会出现和点火相联系的广告，配套产品也可以上生产线。张志勇要找李宁拿主意，就发了一个短信，把下属的意思告诉李宁，并说：这是好事，应该找记者来报道一下，至少公司应该办个活动庆祝一下。

在2008年北京奥运会开幕式上，李宁以"空中飞人"的方式点燃了奥运会主火炬台。

但是李宁给他的回复却是："这个荣誉不是李宁个人的，更不是李宁公司的。这代表中国人，代表全世界的运动员，如果我们把它商业化，就显得我们的心胸太狭窄了。"

事情就这么结束了，李宁这个品牌没有马上抓住"点火"的事情宣传，李宁公司的行销顾问、国际广告公司Leo Burnett的大中华主管米可（Michael Wood）说，李宁在鸟巢点燃圣火的机会，不是任何金钱可以买到的。但他强调，李宁本人和公司高层都决定，不会在宣传上将李宁品牌和奥运开幕式拉上关系。"留待消费者自己做判断吧。"

有趣的是，自从鸟巢开幕式后，大多数中国人都以为李宁公司是北京奥运的官方赞助商，甚至认为，李宁牌是与北京奥运联系最密切的本土品牌之一。8月9日以来，香港股市连日下跌，但在香港上市的李宁公司的股价却逆市上升了近6%，进一步奠定了"李宁"国际品牌的地位。在北京奥运会闭幕一个月后，市场调研公司胜三（R3）公布了全球品牌此次北京奥运营销排行，李宁公司位列前五强——是其中唯一一个"非官方赞助商"，更是唯一的运动品牌。

不只是在奥运会点燃主火炬台这件事情的处理上，李宁以及他的公司在很多方面都选择了低调处理。对于他们而言，产品的宣传要高调，但其他时候则不需要张扬。2004年，李宁与蔡振华、李永波、许海峰等前世界冠军发起成立的中国运动员教育基金会正式运作，李宁担任这一基金会的主席，每年向基金会捐款10万美元。而在自己的家乡广西，他也成立了以助学为主的"广西李宁基金会"。2009年，李宁公司用股票套现一亿港币用于支持中国体育培训事业。这些事李宁都是在默默地做，从不用来做个人形象的宣传，大众也很少知道这方面的信息。

虽然李宁及其公司在为社会做出贡献之后，低调从事，不自夸，但群众的眼睛是雪亮的。"桃李不言，下自成蹊"，人们记住了这个人，也记住了这家企业和这个品牌。

推让荣誉也是一种进步

荣誉是对自己的一种肯定，人们都愿意获得荣誉，社会上也总是出现争夺荣誉的事件。但是也有一些人，他们在面对荣誉时却将其推让给别人。面对当下逐利氛围浓厚、人心略显浮躁的情形，他们仍然拥有属于自己的那份淡定。就是这种对荣誉的淡定，让他们能在浮躁的世间从容生活，反之，那种过于看重荣誉的人，则往往不仅内心深受困扰，还可能因此丢掉性命。

齐景公时期，齐国有三位著名的勇士：公孙接、田开疆、古冶子。这几个人武艺高强，勇猛无比，为国家立下了赫赫功劳。后来，他们自恃武艺高、功劳大，变得狂妄自大，作风骄横，而且结成一党，不把别的官员放在眼里。

齐国的大夫晏婴看到这一情况十分忧心，担心这些人不受国君约束，将来会成为国家的祸患。而且，当时齐国的田氏势力日益膨胀，已经威胁到了国君的统治（后来田氏果然夺权，取代了吕氏统治齐国），而田开疆正是田氏宗族中的一员。于是，晏婴趁着鲁昭公访齐的机会定下一条计策，除掉这三人。在招待鲁昭公的宴会上，晏婴吩咐人献上五个鲜桃。两位国君一人一个，晏婴也被赏赐了一个，最后还余下两个桃子。晏婴对着堂下的三个勇士开口了："三位勇士都是全国的杰出人物，不如你们表一表自己的功勋，谁功劳大，谁就吃一个桃子。"这下就把三个莽夫争强好胜的心理撩拨起来了。公孙接说，自己曾经虎口救驾，立此大功，当吃一桃，说着抓起一个桃子吃了。古冶子也表功，说自己曾搏杀大鼋，立下盖世奇功，理应吃桃，也吃了一个。田开疆一见桃子分完了，急得哇哇大叫："当年我奉命讨伐徐国，出生入死，斩其名将，俘虏敌军五千余人，吓得徐国国君俯首称臣。这样的大功，居然连个桃子都没有？"晏婴忙说；"田将军的功劳当然高出公孙接和古冶子二位，不过现在桃子已经没有了，等明年桃子熟了再请您尝吧。"田开疆勃然大怒："打虎、杀鼋有什么了不起。我南征北战反而吃不到桃子，在两位国君面前受到这样的羞辱，哪里还有脸面继续待在齐国朝堂？"说罢，他竟然拔出佩剑自刎了。公孙接和古冶子一看田开疆因为此事自杀，十分惭愧，也拔剑自刎了。

就这样，为了两个小小的桃子，三位大人物先后自杀身亡。这件事看起来非常不可思议，按照三个人的地位和财富，他们想吃多少桃子都可以，就算拉一车来也没有什么。国君带来的桃子也只不过是桃子而已，何至于此呢？但三个勇士显然不这样认为，在他们看来，晏婴摆出来的不是两个桃子，而是两个大功臣的名额。既然谁有功谁就有桃子吃，那么没得到桃子的不就说明没本事了吗？他们认为，自己在两位国君面前一定不能丢了面子，要让他们承认自己不如他人，比杀了他们还难受。这其实也是晏婴设下这个计策的深层考虑。不是争功之人，就入不了晏婴的陷阱。这三个只顾意气之争的勇士，宁肯死也不愿接受自己功勋不如他人的"事实"——尽管这个"事实"是别人有意制造出的两难局面。

晏婴塑像。晏婴（前578—前500），字平仲，后世多称晏子，春秋后期齐国重要的政治家、思想家、外交家。

为什么两个桃子会有这么大的魔力呢？其实，不是桃子害人，而是争夺荣誉之心害人。在三个勇士眼中，荣誉要比他们的生命更重要。其实，他们就像如今的精英人士一样，自身有着很强的本领，同时为组织立下了汗马功劳。这样，他们就很容易自满，认为荣誉和奖励舍我其谁，久而久之，便养成了见到荣誉就抢的习惯。

不错，现代社会讲究竞争，的确需要我们及时出手拿到自己应得的那份奖励，但是在这之上还有一点更重要，那就是心态。争名夺利的心态不利于我们的发展，也不利于个人形象的建立。在荣誉面前，抓得太紧只会带来不必要的麻烦。

没有原则的"让"是一种懦弱，在竞争面前推诿是一种逃避，在应当属于自己的报酬面前谦让是多此一举的，但是在那些可有可无，或是其他人更加有资格得到的荣誉面前，推让是人生的一种成熟。无论你是"小兵"还是"小将"，都要记得，荣誉有时看起来很美，但拿起来却有些烫手。

某项荣誉摆在那儿，众目睽睽，你过去把它抱在怀里，摆在案头，这之后可能发生什么呢？积极的人或许会向你学习，努力向你看齐；嫉妒的人却会对你产生敌意，爱理不睬，甚至找麻烦、挖陷阱；混日子的人则想："荣誉归你，事情也一并都归你去做吧！"

无论是在官场、职场还是在其他环境中，都应当明白争功惹人厌的道理。在和其他人亲密合作，完成工作的同时，自己又要保持谦虚、甘居下位的态度，甘愿与人分享荣誉，或推让荣誉，那么你一定可以得到别人的支持与拥护，而不会被荣誉烫到手。如果你是领导，往名片上放再多头衔也比不上人们真心的敬重和支持；如果你是中层干部、职业经理人，那么更应当明白自己的定位，工作要"分出去"，荣誉也同样要"分出去"，才能让上司满意，下属心暖；如果你是普通办事人员，在荣誉面前更加要保持谦让态度，树立自己谦虚、尊敬他人的形象。

某化工企业分公司的氧化铝车间面临着一项大任务，要为分公司进行一次中水改造。该车间的一、二、三班组成了突击队，苦干了几十天，保质保量地提前完成了任务。在员工大会上，厂长向执行改造任务的突击队颁发了"中水改造突击队一等功"奖牌，但是完成这项任务的有三个班，荣誉该给谁呢？一班长推辞说："我们班干的活儿少，应当把奖牌给他们。"二班谦让说："我们班的资历浅，全靠前辈们在技术方面指导，荣誉应当归他们。"三班长也推让奖牌，说其他两个班更加有资格得到。最后，那块明晃晃的"一等功"奖牌没有落到任何一个班的办公室，而是挂在了车间。大家看了，都说这样安排最好。的确，在这个事情中，任务是集体完成的，把荣誉单独给任何一个班都会影响大家的情绪，何不推让一番，那样既顾全了大局，也密切了同事关系。

所以说，一个人如果能够在责任面前敢于担当，在荣誉面前勤于推让，那么，他将成为大家眼中最可靠的伙伴、最亲密的搭档、最懂事的下属。

附 录

刘劭传

《三国志》

刘劭，字孔才，广平邯郸人也。建安中，为计吏，诣许。太史上言："正旦当日蚀。"劭时在尚书令荀彧所，坐者数十人，或云当废朝，或云宜却会。劭曰："梓慎、裨灶，古之良史，犹占水火，错失天时。礼记曰诸侯旅见天子，及门不得终礼者四，日蚀在一。然则圣人垂制，不为变异豫废朝礼者，或灾消异伏，或推术谬误也。"或善其言。敕朝会如旧，日亦不蚀。

御史大夫郗虑辟劭，会虑免，拜太子舍人，迁秘书郎。黄初中，为尚书郎、散骑侍郎。受诏集五经群书，以类相从，作皇览。明帝即位，出为陈留太守，敦崇教化，百姓称之。征拜骑都尉，与议郎庾嶷、荀诜等定科令，作新律十八篇，著律略论。迁散骑常侍。时闻公孙渊受孙权燕王之号，议者欲留渊计吏，遣兵讨之，劭以为："昔袁尚兄弟归渊父康，康斩送其首，是渊先世之效忠也。又所闻虚实，未可审知。古者要荒未服，修德而不征，重劳民也。宜加宽贷，使有以自新。"后渊果斩送权使张弥等首。劭尝作赵都赋，明帝美之，诏劭作许都、洛都赋。时外兴军旅，内营宫室，劭作二赋，皆讽谏焉。

青龙中，吴围合肥，时东方吏士皆分休，征东将军满宠表请中军兵，并召休将士，须集击之。劭议以为："贼众新至，心专气锐。宠以少人自战其地，若便进击，不必能制。宠求待兵，未有所失也。以为可先遣步兵五千，精骑三千，军前发，扬声进道，震曜形势。骑到合肥，疏其行队，多其旌鼓，曜兵城下，引出贼后，拟其归路，要其粮道。贼闻大军来，骑断其后，必震怖遁走，不战自破贼矣。"帝从之。兵比至合肥，贼果退还。

时诏书博求众贤。散骑侍郎夏侯惠荐劭曰："伏见常侍刘劭，深忠笃思，体周于数，凡所错综，源流弘远，是以群材大小，咸取所同而斟酌焉。故性实之士服其平和良正，清静之人慕其玄虚退让，文学之士嘉其推步详密，法理之士明其分数精比，意思之士知其沈深笃固，文章之士爱其著论属辞，制度之士贵其化略较要，策谋之士赞其明思通微，凡此诸论，皆取适己所长而举其支流者也。臣数听其清谈，览其笃论，渐渍历年，服膺弥久，实为朝廷奇其器量。以为若此人者，宜辅翼机事，纳谋帏幄，当与国道俱隆，非世俗所常有也。惟陛下垂优游之听，使劭承清闲之欢，得自尽于前，则德音上通，辉耀日新矣。"

景初中，受诏作都官考课。劭上疏曰："百官考课，王政之大较，然而历代弗务，是以治典阙而未补，能否混而相蒙。陛下以上圣之宏略，愍王纲之弛颓，神虑内鉴，明诏外发。臣奉恩旷然，得以启蒙，辄作都官考课七十二条，又作说略一篇。臣学寡识浅，诚不足以宣畅圣旨，著定典制。"又以为宜制礼作乐，以移风俗，著乐论十四篇，事成未上。会明帝崩，不施行。正始中，执经讲学，赐爵关内侯。凡所撰述，法论、人物志之类百余篇。卒，追赠光禄勋。子琳嗣。

译文：

刘劭，字孔才，是广平邯郸人。汉献帝建安年中，他任职计吏，到达许昌。太史进言说："正月初一正当日食。"刘劭当时在尚书令荀彧那里，在座的有数十人，有的说到时应当免开朝会，有的说应当取消朝见。刘劭说："梓慎和裨灶是古时候的出色史官，尚且因为占卜水火之灾而错失天时。《礼记》中说，诸侯谒见天子，到宫门不能完成拜谒礼仪的原因有四个，日食是其中之一。但是圣人留下的制度规定不能因为灾变怪异就预先废除朝廷礼仪，是由于有的灾变能消除怪异隐伏，有的灾变推算谬误。"荀彧赞同他的说法。皇帝下命朝会之事照旧，日食也没有发生。

御史太夫郗虑征召刘劭，恰好郗虑被免职，刘邵被任命为太子舍人，升为秘书郎。魏文帝黄初年中，刘劭任尚书郎、散骑侍郎。刘劭奉命会集五经群书，分类编排，著《皇览》一书。魏明帝曹睿即位，刘劭出任陈留太守，他推崇教化礼仪，百姓都对他赞叹不已。他调任骑都尉后，和议郎庾嶷、荀诜等人一同编定法令条例，著《新律》十八篇，撰写了《律略论》。后来他升任散骑常侍。当时听说公孙渊接受孙权封赠的燕王称号，讨论此事的人想将公孙渊作为计吏留在洛阳，派遣军队讨伐他的部属。刘劭则认为："从前袁尚兄弟归顺公孙渊的父亲公孙康，公孙康将他们的头砍下来送给魏武帝，这是公孙渊先辈效忠的表现。而且听到的消息是虚是实还没有真正搞清楚。古时候边远地区没有归顺，天子推行仁政而不进行征讨，是因为重视安抚百姓。天子应当对公孙渊加以宽恕，给他自新的机会。"后来公孙渊果真将孙权的使者张弥等人的头砍下来送给魏明帝曹睿。刘劭曾作《赵都赋》，明帝十分赞赏，诏命刘劭作《许都赋》《洛阳赋》。当时明帝对外用兵，在内营建宫室，刘劭写作了两篇赋，对此都进行了讽谏。

明帝青龙年间，吴军兵围合肥，当时东部的将士都分别休假，征东将军满宠上表请用中军兵，并召回休假的将士，以便集结军队后进击吴军。刘劭认为："贼人众多，且刚刚到达，思想专注，气势逼人。满宠用少量兵力在自己的地盘内作战，此时如果立即进击，必定不能取胜。满宠请求等待集结兵力的做法，没有不对的地方。我认为可以先派步兵五千、精锐骑兵三千，作为先头军队向前进发，一路上大造声势，耀武扬威。骑兵到达合肥，将队伍疏散，多置旌旗军鼓，在城下炫耀武力，将贼人引出城后，摸清他们的归路，截断他们的粮道。贼人听说大军到来，骑兵截断他们的后路，一定会惊慌逃跑，这样不用交战就能打败贼人了。"明帝听从了他的主张。在军队到达合肥后，贼人果真退回。

当时朝廷下诏书广求各种贤人，散骑侍郎夏侯惠举荐刘劭说："我观察常侍刘劭，他忠心耿耿，深谋远虑，所作所为均有据可依，凡是经他归纳总结的，均源流广大深远，因此不论群臣官职大小，都能从他那里找出共同点来与自己加以比较，作出评价。也正因为如此，性情老实的士人佩服他平和正直，不尚名利的人仰慕他沉着谦让，博学的士人赞美他对天文历法推算周密，原则性强的士人了解他剖刺精审，思想深刻的人知道他深沉稳重，文才出众的人喜欢他的论述撰著，通晓法度的人看重他的治略精要，足智多谋的人颂扬他思想敏锐、明察秋毫。所有这些议论，都是选择自己所擅长的和他的部分才能相比较的结果。我多次听他清谈，阅读他的著述，浸渍经年，心中佩服已久，实在是国家不可多得的人才啊！臣认为，像这样的人才，适宜协助处理机密要事，参谋于帷幄之中，那么国家就会因此日益兴盛。这个机缘不是世俗间常有的。恳请陛下愉快地倾听意见，让刘劭能得到您的欢心和依赖，能在陛下面前奉献自己的全部才华，那么，贤德的声音就能够经常传送到您的身边，您的光耀也会日渐辉煌。"

魏明帝景初年间，刘劭接受诏命作《都官考课》。刘劭上书说："考验百官的功过是国家政治的大事，然而历代不加重视，大都因为典章制度残缺而没有进行修补，使得才能高低不同之人混杂而互相遮掩。陛下凭借圣贤的宏图大略，忧心王纲的废弛，思虑如神，心地似镜，高明的诏书向外发出。臣承蒙皇恩，得以做这项开创性的工作，制定了《都官考课》七十二条，又作《说略》一篇。臣学识浅薄，实在不足以表达圣意，制定好这篇典章制度。"刘劭还认为应当制定礼乐制度，以移风易俗，于是写了《乐论》十四篇，写完了还没来得及上奏。恰逢明帝驾崩，这些措施就没有施行。魏齐王正始年间，刘劭执经讲学，皇上赐他关内侯的爵位。他的全部著作有《法论》《人物志》等一百多篇。他死后，被追赠为光禄勋。他的儿子刘琳继承了爵位。

观人学（节选）

劢祖平

一、混合观人法

古之善相马者多矣。寒风相口齿，麻朝相颊，子女厉相目，卫忌相髭，许鄙相尻，投伐褐相胸肋，管青相膹吻，陈悲相股脚，拳牙相前，赞君相后。凡此十人，皆相马之一体者也。至若赵之王良，秦之伯乐、九方皋，则尤尽其妙矣。

《列子》载：秦穆公使九方皋求马，报曰："牝而黄。"使人往取之，牡而骊。穆公不说，伯乐喟然太息曰："皋之所观，天机也，得其精而忘其粗，在其内而忘其外。"夫观人术亦有是焉，摘其大体而略其众节，取其精华而舍其糟粕，是混合观人法之长也。

盖一人动静偃仰之间，其精特之一质，每映现于其外，善观者识而存之，则美恶不待乎形见，辩讷不征乎口接矣。顾此种精特之一质，古人或谓之"道"，或谓之"器"，或谓之"神韵"，或谓之"才气"，或谓之"识度"，或谓之"气象"，皆使人有穷于形况者。

译文：

古代善于相马的人有很多。寒风主要相口齿，麻朝主要相脸颊，子女厉主要相眼睛，卫忌主要相胡须，许鄙主要相尻股，投伐褐主要相胸肋，管青主要相口唇，陈悲主要相腿脚，拳牙主要相前面，赞君主要相后面。这十个人，都是主要相马的某一个部分。至于赵国的王良、秦国的伯乐和九方皋，都是特别能够穷尽相马的奥妙的。

《列子》中记载：秦穆公让九方皋寻找良马，九方皋报告说，找到了一匹黄色的母马。秦穆公派人去将马带回来，却发现是一匹黑色的公马。秦穆公非常不高兴，伯乐却感叹地说："九方皋关注的是天机，抓住了它的精华却忽略了它的糟粕，进入了它的内在而忽略了它的外表。"观人之术也存在这样的情形，抓住了一个人的大致方面，却忽略了诸多的细枝末节，关注了这个人的精华却舍弃了他的糟粕，这就是混合观人法的长处。

一个人的某种精微特出的品质，往往会在动静仰卧之间反映在外表上，善于观察的人只要加以注意，其内在品质的优劣也不必一定通过外在形象来体现，其口才的好坏，也不必通过对话来加以区别了。对于这种精微独特的品质，古人有的将其称为"道"，有的将其称为"器"，有的将其称为"神韵"，有的将其称为"才气"，有的将其称为"识度"，有的将其称为"气象"，总之都是可以使人在观察人的时候把握那些超越于外形之上的东西。

二、分别观人法

分别观人法与混合观人法适成相反：混合者力求隽异，语贵简要；分别者务耽平实，言尚精确。虽各有所长，而后者常胜焉。自来观人者，皆事于此。兹更厘订科条，广征故实，叙视瞻、言语、容止、颜色、声音、形质、好尚、行迹、文字、书画、食息、家宅、父母、兄弟、妻子、朋友为十六例。好人伦者，当不以猥缕为嫌也！

译文：

分别观人法和混合观人法正好相反：混合观人法注重隽永奇特，语言简要；分别观人法则力求平实，语言精确。两者虽然各有所长，但是后者经常更胜一筹。自古以来，观人的人都在这方面下了不少工夫。现在我进一步将这种方法分门别类，定出条款，广泛地征引史实，将其分为视瞻、言语、容止、颜色、声音、形质、好尚、行迹、文字、书画、食息、家宅、父母、兄弟、妻子、朋友十六类，喜欢品鉴人的人，应该不会嫌它们太过细碎吧！

（一）视瞻观人法

曾子曰："目者，心之浮也。"（《大戴礼·曾子立事篇》）孟子曰："存乎人者，莫良于眸子。眸子不能掩其恶。胸中正，则眸子了焉；胸中不正，则眸子眊焉。听其言也，观其眸子，人焉廋哉！"此视瞻观人之始。然《左氏传》载，单襄公见晋厉公视远步高，谓晋将有乱；周单子会于戚，视下言徐，晋叔向论其将死，则曾、孟之前，固有以视瞻观人吉凶矣。

晋阮籍能为青白眼，礼法之士至欲仇杀之；宋刘裕视瞻非常，桓玄妻知其将兴；隋末李密自儿时即顾眄异常，炀帝不敢令其宿卫；宋王安石视物如射，敢当天下；蔡京目精过人，视日不瞬，陈瓘知其必为巨奸。此皆寻常见于史传者，足征视瞻观人之效矣。

兹取旧说有据者，区分七目如左。

1.视远

《左传·成公十六年》:

公会诸侯于周,单襄公见晋侯视远步高,告公曰:"晋将有乱。"鲁侯曰:"敢问天道也,抑人故也?"对曰:"吾非瞽史,焉知天道?吾见晋君之容,殆必祸者也。夫君子目以定体,足以从之,是以观其容而知其心矣。目以处谊,足以步目。晋侯视远而足高,目不在体,而足不步目,其心必异矣。目体不相从,何以能久?"后二年,晋人杀厉公。

2.视下

《左传·昭公十一年》:

夏,周单子会于戚,视下言徐。晋叔向曰:"单子其死乎!朝有著定,会有表,衣有襘,带有结。会朝之言,必闻于表著之位,所以昭事序也;视不过结襘之中,所以道容貌也。言以命之,容貌以明之,失则有阙。今单子为王官伯而命事于会,视不登带,言不过步,貌不道容,而言不昭矣。不道、不恭、不昭、不从,无守气矣。"

3.倾视

《曲礼》曰:"凡视,上于面则敖,下于带则忧,侧则奸。"

吕东莱云:"视流则容侧,必有不正之心存乎胸中矣。"

4.雌视

《唐子》:"雄声而雌视者,虚伪人也。"(按:雌视,即《吕览》所谓"烟视",妇人之视态也。)

5.偷视

人之显过。见《人谱类记·命定篇》中。

6.邪视

人之显过。见同上。

7.视非礼

人之显过。见同上。

综察各目,视远者心有异志,必取祸害;视下者守气已尽,自然致死;丈夫而妇人视者,其性虚伪;而偷视、邪视、倾视、视非礼者,决非秉礼之徒,或怀作慝之心者也。至于普遍观察,具必然之数者:视瞻非常,目精烂然者,必为豪杰;视瞻凝重,目精了然者,必为贤良;视瞻闪忍,目精灼然者,必为小人;视瞻蒿乱,目精睆然者,必为庸夫。要亦不易之理也。

视瞻辨君子小人之法，《檀几丛书》宋瑾《古观人法》中亦言之，附录如后：

视瞻尊严，气静神凝，望之俨然可畏，即之蔼然可亲者，在上位之君子也；视瞻平正，神气冲和，殷然如有虑，抑然如不胜，挺然污淖之中，淡然世俗之外者，在下位之君子也；眼光闪烁，气宇深沈，太和之泽少舒，肃杀之机时露者，在上位之小人也；瞻视不常，神气散乱，远之无可观型，近之无可矜式者，在下位之小人也。

译文：

曾子说："眼睛是人内心的表现。"（《大戴礼·曾子立事篇》）《孟子》中说："没有什么能比眸子更能体现一个人的精神。眸子无法掩饰人内心的恶。内心端正，眸子就显得清明；内心不端正，眸子就比较昏暗。听别人说话的时候，认真观察他的眸子，人又怎么能隐藏得了呢！"这就是通过视瞻来观察人的开始。《春秋左氏传》中记载，单襄公看到晋厉公走路时注视着远方，脚抬得很高，就说晋国即将有动乱发生；周单子在戚地会见诸侯时，视线下垂，言语迟缓，晋国的叔向就说他将要死去。这样看来，在曾子和孟子之前，就已经有根据视瞻来察人吉凶的了。

晋朝的阮籍会作青白眼，恪守礼法的人甚至要把他当成仇人杀死；刘裕的视瞻极不寻常，桓玄的妻子由此知道他将来必能兴起；隋末的李密从小时候起顾盼就不同于常人，因而隋炀帝不敢让他担任寝宫的护卫；宋朝的王安石看东西时，目光就像是射向靶子的利箭，所以他敢于担当天下的大任；蔡京的双眼精光过人，甚至可以直视太阳而不眨眼，陈瓘就知道他日后一定会成为大奸臣。这些都是在史传中能够看到的例子，足以证明视瞻观人法的效验所在。

现在我就选择旧说中那些有根据的内容，将其分为如下的七个种类。

1.视远

《左传·成公十六年》记载：

鲁成公在周地会见诸侯，单襄公见到晋厉公望着远方，脚步抬得很高，便对鲁成公说："晋国即将发生动乱。"鲁成公说："那这动乱是由于天道呢，还是由于人事？"单襄公回答说："我既不是盲眼的乐官，也不是巫史，怎么能够知道天道？我观察晋君的容貌，他是一定会遭受灾祸的。君子用眼睛来确定身体的位置，用脚做支撑来挪动形体，所以认真观察人的容貌就能够推知他的内心了。用眼睛找到适宜的位置，用脚步来追随眼睛。晋侯眺望着远方，脚步抬得很高，他的眼光不在形体上，脚步未能追随眼睛，就足以证明他的心发生了异常的变化。眼睛和形体不能互相配合，怎么会长久呢？"两年后，晋国人杀死了厉公。

2.视下

《左传·昭公十一年》：

夏天，周朝廷的官员单子在戚地会见诸侯，他的视线下垂，言语迟缓。晋国的叔向看到这一情况后便说："单子将要死了吧！朝见的位置是有规定的，会见的座次也有一定的标志，礼服有裣，带有结。会见和朝见之时的话，一定要能够让在座的人都听到，以此来说明事情的次序；视线不能比结与裣的中间低，这样才可以保证容貌端正。用语言来传达命令，用容貌来表明态度，假如失去了应有的度量，就会产生缺憾。现在单子作为周王所属官员之首，却在宣布王命的会议上，视线无法达到衣带的高度，言语无法传布到一步以外的地方，形貌没有威仪，言语自然也就无法表达清楚了。形貌不端正、态度不恭敬、语言不明晰、行事不顺畅，这说明他身上守卫身体的元气快没有了。"

3.倾视

《曲礼》上说："凡是看人，视线比面部高就是傲慢，比衣带低就显得忧闷，倾斜则显得奸邪。"

吕东莱说："视线流荡不定，容貌就会倾斜，这样一定是心里有不正当的念头。"

4.雌视

《唐子》上说："声音是雄性的，看人的时候却像女人一样，这是虚伪的人。"（雌视，即《吕览》所说的"烟视"，指妇女看人时的神态。）

5.偷视

人的显著过失。见于《人谱类记·命定篇》。

6.邪视

人的显著过失。见于同书。

7.视非礼

人的显著过失。见于同书。

顺次考察以上各个条目，我们可以看出：视线高远的人，心中一定有不正当的志向，必定自取祸害；视线低下的人，身体中守身的元气已经近乎枯竭了，自然会死去；明明是个男人却像女人那样看人，他的心性必然是虚伪的；而偷视、邪视、倾视、看违反礼法的事情的人，一定不是能够秉持礼法的人，又或者是怀有作恶念头的人。经过普遍的观察，发现有下面这些具有必然规律的情形：视瞻与常人不同，目光闪闪的人，一定是豪杰；视瞻凝重，目光了然的人，一定是贤良；视瞻闪烁而显得比较压抑，或目光灼灼逼人的人，则一定是小人；视瞻如同蒿草一般散乱，目光呆滞没有神采的人，一定是庸人。总而言之，这些都是不可更改的道理。

《檀几丛书》中宋瑾的《古观人法》也谈到了根据视瞻辨别对方是君子还是小人的方法，现摘录如下：

视瞻有尊严，气静神凝，看上去令人畏惧，但是接近他却觉得比较和蔼的人，是身居高位的君子；视瞻平易正直，神气冲淡温和，恳切的样子如同有所忧虑，压抑的样子如同无力承当，挺拔的样子如同屹立在污泥之中，淡泊的样子如同是超脱于世俗之外的人，这是在下位的君子；目光闪烁，气宇深沉，很少流露出和悦的神色，较多流露的都是肃杀气机的人，是在上位的小人；瞻视不正常，神气显得散乱，从远处看不到得体的仪态，从近处看无处效法的人，则是在下位的小人。

（二）言语观人法

因言语以观人，是观人术一要目也。请究其朔，而述《易》之"六辞"与《孟子》之"知言"如左：

《易·系辞下》：

将叛者其辞惭，中心疑者其辞枝，吉人之辞寡，躁人之辞多，诬善之人其辞游，失其守者其辞屈。

《孟子·公孙丑篇》：

诐辞知其所蔽，淫辞知其所陷，邪辞知其所离，遁辞知其所穷。

王伯厚《困学纪闻》曰："'修辞立其诚'。修其内则为诚，修其外则为巧言。《易》以辞为重，《上系》终于'默而成之'，养其诚也；《下系》终于'六辞'，验其诚不诚也。辞非止言语，今之文，古之辞也。"

予谓《易》"六辞"既为验诚之法，则《孟子》"四辞"，当亦不能例外。不过孔子作《系辞》时，百家未盛，当以观察言语为多；若孟子时，天下非杨即墨，又有告子之论性，许行之事神农，张仪、公孙衍、淳于髡之骋辩。其人多有著书，则孟子辞而辟之者，非仅言语而已。

然言语固不能逃于辞之外也，今可表之如次：

$$
辞
\begin{cases}
修其内——诚——默而成之，不言而信——成德之人；\\
修其外——巧——惭，枝，多，游，屈——将叛者，中心疑者；\\
躁人，诬善之人，失其守者。
\end{cases}
$$

准上表观之，先民之德行备粹者，不言而信，默而已矣，故孔子见温伯雪子而无言。盖观人者，初不须听言而信也；其次则观言而信，即《论语》"始吾于人也，听其言而信其行"之谓也；又次则观言不足为信，则《论语》"今吾于人也，听其言而观其行"之谓也；最下则见其行而众皆不信，已轶出言语观人之范围矣。

修内修外之判如是，观世者其察之乎？

至如观人言语可知其人贤不肖、智愚、祸福者，史例甚多。如《左传·襄公十四年》：

卫侯在郏，臧纥如齐唁卫侯。卫侯与之言，虐。退而告其人曰："卫侯其不得入矣。其言，粪土也。亡而不变，何以复国？"子展、子鲜闻之，见臧纥，与之言，道。臧孙说，谓其人曰："卫君必入。夫二子者，或挽之，或推之，欲无入，得乎？"

又如《左传·襄公三十一年》：

正月，鲁穆叔会晋归，告孟孝伯曰："赵孟将死矣。其语偷，不似民主。且年未盈五十，而谆谆焉如八九十者，弗能久矣。若赵孟死，为政者其韩子乎！吾子盍与季孙言之，可与树善，君子也。"孝伯曰："人生几何！谁能无偷？朝不及夕，将焉用树？"穆叔出而告人曰："孟孙将死矣。吾语诸赵孟之偷也，而又甚焉。"九月，孟孝伯卒。

所昭示吾人者，何其深切而著明耶！卫侯粪土之言；无以反归其国，展、鲜人道之对，即堪奉归其君；赵孟主民而偷假，应其将死，而孝伯守气已尽，所谓"我躬不阅，遑恤我后"者也。此皆理之必可信者也。他如郄明貌恶，若非堂下一言，叔向几与之相失；范睢见王稽，语尚未究，王稽已知其贤。言之关人智愚、贤不肖也，如是夫！

言语观人之效，已如上述，而言语之品类，何自判乎？《礼记·曲礼》"口容止"注："谓无妄言也。"《王制》篇"识异言"而四诛中及言语者，为"言伪而辩，顺非而泽"；《大戴礼》有恶言、忿言、流言、烦言之属；《韩诗外传》论辞有隐、讳、移、苟之分；子部中如《鬼谷子》，有佞言、谀言、平言、戚言、静言之别，所称益繁矣。

愚意古之所谓言语，至诚而已。言而不诚，遂至竞巧。《书》曰："何畏乎巧言令色孔壬！"《诗》云："巧言如簧，颜之厚矣。"《论语》云："巧言令色，鲜矣仁！"皆巧言之足恶，未尝定巧言为何言也。盖巧言者，美言也。美言不信，谄人者、谗人者罔不由之。巧言者，行诈也，一切败德之行，罔不从之。吾人观人言语，惟取其无巧言而已矣。

宋瑾《古观人法》，亦有言语定君子小人之说：

言近旨远，简洁清越，隐恶扬善，形之自然，温厚和平，发之天性者，在上位之君子也；言语拘谨，不苟言笑，耻矜己之长，乐道人之善，不文己之过，不讦人之私者，在下位之君子也；言语奸深，穷见事情，议论风发，旁若无人，时有操纵，学博泽顺，己不知非，人不能难者，在上位之小人也；言语无序，辞烦理寡，随人上下，轻变鲜实，闻人闺闱暗昧，则津津有味，见人道德仁义，则苦苦排击者，在下位之小人也。

译文：

通过言语来观察人，是观人术的重要题目之一。请允许我来追究它的初始，并且转述《周易》的"六辞"与《孟子》的"知言"如下：

《周易·系辞下》：

即将背叛的人言辞会显得惭愧，心中存在疑惑的人言辞比较枝蔓，贤良的人言辞比较少，浮躁的人言辞较多，诬蔑善良的人言辞显得游移，失去了操守的人言辞会较为屈服。

《孟子·公孙丑篇》：

偏颇的言辞，知道它在哪些方面有所遮蔽；过分的言辞，知道它在哪些方面失误。邪僻的言辞，知道它在哪些方面背离正道；逃避的言辞，知道它在哪些方面无理。

王伯厚在《困学纪闻》中说："所谓'修辞立其诚'，修在内心就是诚，修在外表就成为巧言。《周易》以辞为重，《系辞上》结束于'默而成之'，意在修养内心的诚；《系辞下》结束于'六辞'，意在检验诚还是不诚。这里的辞不仅指言语，就算是今天的文章，也包括在古人所说的辞内。"

我以为《周易》的"六辞"既然是检验诚与不诚的方法，那么《孟子》的"四辞"，应当也是如此。只是孔子写《系辞》的时候，诸子百家尚未兴盛起来，应该多数是观察言语的情况；而孟子所处的时代，天下不是信奉杨朱就是信奉墨翟，又有告子的讨论人性，许行的敬事神农，张仪、公孙衍、淳于髡的游说诸侯。这些人基本都有著作，所以孟子用"四辞"的说法来批驳他们，所针对的就不只是言语这一范畴了。

但是言语一定不能逃于言辞之外，现在可以列表如下：

辞
{
修其内——诚——默而成之，不言而信——成德之人；

修其外——巧诈——惭愧，散乱，多言，游移不定；词屈——即将行骗者，心中疑惑者，心气浮躁者；

毁谤良善者，丧失操守。
}

根据这个表来看，远古人中那些德行完备而纯粹之人，不用说话人们就会相信他，沉默就可以了，所以孔子见到温伯雪子时不说话。观察人，原本不需要听到言辞才相信他；其次需要通过观察言辞才可以相信他，《论语》中关于"开始我对别人，听他的言辞就相信他的行为"的说法就是这个意思；再次，观察言辞也不可以相信，则是《论语》中关于"今天我对别人，听他说话，还要观察他的行为"的说法；而最为卑下的，是看到一个人的行为，大家却都不相信他，这就已经超出通过言语来观察人的范围了。

这就是修养内心和修饰外表的区别，观察世道的人了解吗？

至于通过观察人的言语，知道那人贤良还是不肖、智还是愚、有福还是有祸的例子，历史上有很多。如《左传·襄公十四年》：

卫侯在郲地。臧纥到齐国去慰问卫侯，卫侯与他说话时言语显得非常粗暴。臧纥在退出之后，就对卫侯的随员说："卫侯恐怕回不到本国去了。他说的话就如同粪土一般。都已经流亡在外竟然还不知道悔改，靠什么来恢复自己的国家？"子展、子鲜听了，前来拜见臧纥。臧纥与他们交谈，觉得他们的言辞十分得体。臧纥事后非常高兴，又对卫侯的随员说："卫君一定能够回国。有这样两位贤人，或者拉着他，或者推着他，即使卫侯不想回国，能做得到吗？"

又如《左传·襄公三十一年》：

正月，鲁国的穆叔在去晋国会盟回来以后，告诉孟孝伯说："赵孟将要死去了。他的话显得苟且偷安，不像是百姓的主人。而且年纪还不到五十，却絮絮叨叨的和八九十岁的人一样，他不会久在人世了。如果赵孟死了，执掌政权的很可能是韩子吧！您为什么不与季孙说一下，可以与他缔结友好关系，那可是一个君子啊！"孝伯说："人生才有多少年啊！谁会没有苟且偷安的时候呢？早晨不能确保自己能够活到晚上，何必去缔结友好关系？"穆叔出来后，对别人说："孟孙也快要死了。我说赵孟苟且偷安，他比赵孟更加严重。"九月，孟孝伯去世。

这两个例子告诉我们的道理，是多么深刻而鲜明啊！卫侯因为像粪土一样的言语而无法返回自己的国家，子展、子鲜因为语言得体的对话，就能够护送他们的君主回去；赵孟身为百姓的主人却苟且偷安，应当是他将要死去了，而孝伯身上的元气已经耗尽，这就是那种"我自身难保，哪里顾得上后代"的人。按照道理来讲，这些事情都是必然的和可信的。其他如冁明相貌丑陋，如果不是因为在堂下说了一句话，叔向差点与他失之交臂；范雎拜见王稽，话还没有讲完，王稽就已经知道他的贤德和才能。言语表达关系着人的智慧或愚笨、贤良或不肖，竟是如此密切啊！

通过言语来观察人的效果，已经如上所述，而言语的类别，又是根据什么来判断的呢？《礼记·曲礼》中"口容止"这一条的注释说："就是不要胡乱说话。"《王制》篇中的"识异言"，在可诛杀的四种情况中涉及言语的，有"言辞虚伪而善于辩论，顺从邪恶而加以润饰"；在《大戴礼》中有恶言、忿言、流言、烦言的分类；《韩诗外传》论述言辞有隐、讳、移、苟的分类；子部图书如《鬼谷子》，有佞言、谀言、平言、戚言、静言的分类，其中所使用的名称更加繁复了。

我认为古时候所说的言语不过是极诚实的表现罢了。言说而不诚实，于是到了互相比较技巧的地步。《尚书》中这样说过："何必害怕巧言令色的大奸人！"《诗经》曾说："巧言如笙簧，脸皮自然就厚了。"《论语》中说："工巧的言辞，美好的脸色，这样的人是缺少仁爱的。"这些都说明了巧言是十足的恶，但是却没有判定巧言是指什么样的言语。所谓巧言，指的是美好动听的言辞。美好动听的言辞不可以相信，谄媚人的人、谗构人的人没有不运用它的。巧言就是进行欺骗，一切违背道德的行为无不通过它来进行。我们观察人的言语，只要选取对方没有巧言的内容就是了。

宋瑾的《古观人法》，也有通过言语来判定君子和小人的说法：

言辞浅近而意义深远，简约洁净而清明超越，隐恶扬善，表达自然流畅，温厚和平，发自天性的人，是身处高位的君子；言语比较拘谨，不轻易谈笑，耻于夸耀自己的长处，乐于宣扬别人的善行，不掩饰自己的过失，不攻讦别人隐私的人，是身处下位的君子；言语奸诈而又深藏不露，穷追事物的根底，议论广泛而风趣，旁若无人，时常操纵局面，学识广博，善于施舍恩惠，自己不知道反省，别人无法驳倒他的人，是身处上位的小人；言语显得没有次序，话很多，说明的道理却很少，随着别人沉浮摇摆，轻易改变自己的观点，缺少真才实学，听到别人的闺房私事就觉得津津有味，见到别人的道德仁义却苦苦地加以排斥和打击的人，是身处下位的小人。

（三）容貌举止观人法

容止者，容貌举止之谓也。《大戴礼·少间篇》云："尧取人以状。"《孝经》云："容止可观，进退可度。"《曲礼》云："足容重，手容恭，目容端，口容止，声容静，头容直，气容肃，立容德，色容庄。"其说由来尚矣。《汉书·五行志》载，貌不恭之咎有十，而言举止者三。其言虽多拘琐，然为众人垂戒也深矣。兹备见于左方。

1.《左氏传·桓公十三年》：

楚屈瑕伐罗，斗伯比送之。还，谓其驭曰："莫敖必败。举趾高，心不固矣。"遽见楚子以告。楚子使赖人追之，弗及。莫敖行，遂无次，且不设备。及罗，罗人军之。大败，莫敖缢死。

2.《僖公十一年》：

周使内史过赐晋惠公命，受玉，惰。过归告王曰："晋侯其无后乎！王赐之命，而惰于受瑞，先自弃也已，其何继之有？礼，国之干也；敬，身之舆也。不敬则礼不行，礼不行则上下昏，何以长世？"二十一年，晋惠公卒，子怀公立。晋人杀之，更立文公。

3.《成公十三年》：

晋侯使郤锜乞师于鲁，将事不敬。献子曰："郤氏其亡乎？礼，身之干也；敬，身之基也。郤子无基。且先君之嗣卿也，受命以求师，将社稷是卫，而惰弃君命也，不亡何为！"十七年，郤氏亡。

4.《成公十三年》：

诸侯朝王，遂从刘康公伐秦。成肃公受脤于社，不敬。刘子曰："吾闻之，民受天地之中以生，所谓命也。是以有动作礼义威仪之则，以定命也。能者养以之福，不能者败以取祸，是故君子勤礼，小人尽力。勤礼莫如致敬，尽力莫如敦笃；敬在养神，笃在守业。国之大事，在祀与戎。祀有执膰，戎有受脤，神之大节也。今成子惰，弃其命矣，其不反乎！"五月，成肃公卒。

5.《成公十四年》：

卫定公享苦成叔，宁惠子相。苦成叔傲。宁子曰："苦成家其亡乎！古之为享食也，以观威仪、省祸福也。故《诗》曰：'兕觥其觩，旨酒思柔。匪徼匪傲，万福来求。'今夫子傲，取祸之道也。"后三年，苦成家亡。

6.《成公十六年》：

公会诸侯于周，单襄公见晋厉公视远步高，告公曰："晋将有乱。"

（已见"视瞻例"视远类）

7.《襄公七年》：

卫孙文子聘于鲁，君登亦登。叔孙穆子相，趋进曰："诸侯之会，寡君未尝后卫君。今吾子不后寡君，寡君未知所过，吾子其少安！"孙子无辞，亦无悛容。穆子曰："孙子必亡。为臣而君，过而不悛，亡之本也。"十四年，孙子逐其君而外叛。

8.《襄公二十八年》：

蔡景侯归自晋，入于郑。郑伯享之，不敬。子产曰："蔡君其不免乎！日其过此也，君使子展往劳于东门而敖。吾曰：'犹将更之。'今还，受享而惰，乃其心也。君小国，事大国，而惰敖以为己心，将得死乎？君若不免，必由其子。淫而不父，如是者必有子祸。"三十年，为世子般所杀。

9.《襄公三十一年》：

卫北宫文子见楚令尹围之仪，言于卫侯曰："令尹似君矣，将有它志。虽获其志，弗能终也。"公曰："子何以知之？"对曰："《诗》云：'敬慎威仪，惟民之则。'令尹无威仪，民无则焉。民所不则，以在民上，不可以终。"

10.《襄公三十一年》：

公薨，季武子将立公子裯。穆叔曰："是人也，居丧而不哀，在戚而有嘉容，是谓不度。不度之人，鲜不为患。若果立，必为季氏忧。"武子弗听，卒立之。比及葬，三易衰，衰衽如故衰，是为昭公。立二十五年，听谗攻季氏，兵败出奔，死于外。

11.《昭公十一年》：

夏，周单子会于戚，视下言徐。晋叔向曰："单子其死乎！"

（详见"视下"类）

12.《昭公二十一年》：

三月，葬蔡平公，蔡太子朱失位，位在卑。鲁大夫送葬者归告昭子，昭子叹曰："蔡其亡乎！若不亡，是君也，必不终。《诗》曰：'不解于位，民之攸墍。'今始即位而适卑，身将从之。"十月，蔡侯朱出奔楚。

13.《定公十五年》：

邾隐公朝于鲁，执玉高，其容仰；公受玉卑，其容俯。子贡观焉，曰："以礼观之，二君者，皆有死亡焉。夫礼，死生存亡之体也。将左右周旋，进退俯仰，于是乎取之；朝，祀，丧，戎，于是乎观之。今正月相朝，而皆不度，心已亡矣。嘉事不体，何以能久？高仰，骄也；卑俯，替也。骄近乱，替近疾。君为主，其先亡乎！"

观上所征，容貌敬则吉，反是，如惰、傲、骄、替，则有咎；举止端则吉，反是，如步高、足高、失位，则有咎。此论一衷于理，非说五行灾异者可比，特论容貌处较举止处为多耳。

然如《后汉书》载：桓帝时梁冀秉政，兄弟贵盛自恣，好驱驰过度，至于归家，犹驰驱入门。百姓号之曰"梁氏灭门驱驰"。后遂诛灭。《三国志注》：管辂谓邓飏行步则筋不束骨,脈不制肉,起立倾倚,若无手足,谓之"鬼躁"。《续世说》:齐张融举止诡越,坐常危膝,行则曳步,翘身仰首,意制甚多。见者惊异,聚观成市,而融无惭色。高帝尝笑曰:"此人不可无一,不可有二。"则并论举止者也。

容貌举止,人之显美显恶,必著于外者也。然有人事天才存焉。《孔子家语》云:"澹台子羽有君子之容,而行不胜其貌。"《论语》云:"堂堂乎张也,难与并为仁矣。"澹台灭明及颛孙师,其威仪容止必有过人者,而孔子有"失之子羽"之言,曾子有难与为仁之叹。盖仅有天才而不加以人事者也,自非孔、曾,何足知之!

后世皮相之士极多,尤在容貌。小夫僬子,莫不美丽姚冶,奇衣服饰,血气态度,拟于女子,人之见者,莫不悦而爱之。及与为友则交不终,共事则功不单,欲与刚毅木讷者效能程用,盖难矣。更有用内史叔服丰下必有后类似之说观人者,如唐李勣遣将,必奇庞福艾;近世曾国藩亦审视员弁福量之厚薄,以为任之大小。其事虽偶有合者,究不可以为训。

不知叶公子高微小短瘠,行若不胜其衣,卒定白公之乱,名闻后世,见于《左传》。沈攸之初诣领军将刘遵考,求补白丁队主,遵考以攸之形陋却之,而攸之卒进号征西大将军、开府仪同三司,专擅阃外甚久,见于《宋书》。是盖以相法论人容止,多难取验,亦非吾书所欲涉及者也。

容止辨君子小人之说,宋瑾亦有论列,殿附于后:

立如乔松,坐如山岳;进如日朗,意气垂豫,不疾不徐;退如水流,步履安详,不蹶不逆者,在上位之君子也。立容如斋,坐容如尸;进见厚实显荣之人,不觉浩浩落落,步履蹇谔;别去单寒微素之士,不觉依依违违,步履徘徊者,在下位之君子也。于众人属目之地,坐次故为庄严;于丛人广坐之中,进退故为舒泰;一揖一供,骨软臀蹲者,在上位之小人也。坐起不正,手足屡摇;进见则惶顾骇愕,举止失措;退去则急遽无状,肩背俱忙者,在下位之小人也。

译文:

所谓容止,指的是人的容貌举止。《大戴礼·少间篇》中说:"尧选取人才,以外在的形状作为依据。"《孝经》中说:"容貌举止值得观赏,进退的分寸掌握得合乎度量。"《曲礼》中说:"脚的仪态应当稳重,手的仪态应当恭敬,眼睛的仪态应当端正,口的仪态应当静止,声音的仪态应当肃静,头的仪态应当正直,气度的仪态应当严肃,站立的仪态应当合于德,脸色的仪态应当庄重。"这样的说法由来已久了。《汉书·五行志》中记载，相貌不恭的危害有十条，其中就有三条是谈到举止的，虽然其中的说法大多拘泥琐碎，但是对众人的垂戒是非常深刻的。这里全部罗列如下。

1.《左氏传·桓公十三年》记载：

楚国的屈瑕率军去攻打罗国，斗伯比来为他送行。斗伯比回来以后，对自己的车夫说：“莫敖必然会失败。他走路时脚趾翘得非常高，这说明他的意志不够坚定。”他立即去见楚子，把这个情况告诉了他。楚子派了一位赖国人去追赶屈瑕，但是已经来不及了。莫敖一路进兵，毫无次序可言，而且不设防。等他们到达罗国的时候，罗国人派军队迎头痛击他们，结果楚军大败，莫敖也自缢而死。

2.《僖公十一年》记载：

周王的使者内史过代表周王去向晋惠公颁布命令，晋惠公在接受玉璧的时候非常怠惰。内史过回朝之后，对周王说：“晋侯大概不会有后人了吧！君王向他发布命令，他却在接受祥瑞时表现得很怠情，自己先放弃了，怎么可能还有继承人呢？礼就如同国家的躯干，敬就如同身体所乘的车子。不敬，礼就没有办法实施，礼不能实施，就会上下昏乱，还凭什么来延续世袭爵位？”二十一年，晋惠公去世，他的儿子怀公即位。晋国人杀死了他，改立晋文公。

3.《成公十三年》记载：

晋侯派郤锜向鲁国请求出军，郤锜在做事的过程中显得不够恭敬。孟献子说：“郤氏大概快要灭亡了吧？礼就好比身体的躯干，敬则如同身体的基础，郤子却没有基础。更何况他是先代君主的续嗣上卿，接受命令去请求出军，以保卫江山社稷，却因为怠惰而使君命无法完成，不灭亡还能怎样呢？”十七年，郤氏灭亡了。

4.《成公十三年》记载：

诸侯前来朝见周王，随后跟随刘康公去讨伐秦国。成肃公在接受祭肉的时候态度不够恭敬。刘康公说：“我听过这样的说法，百姓接受天地的中和之气生存，这就是我们所说的天命。所以有规范人们动作、礼义、威仪作用的各种准则，目的是安顿人们的命运。贤能的人通过遵守这些准则来增加福禄，不贤能的人败坏这些准则就会惹到祸患，所以君子勤勉于躬行礼法，小人只要尽自己的力量就可以。勤于躬行礼法没有比表现恭敬更重要的，尽自己的力量也没有比敦厚笃实更重要的。恭敬的意义在于供养神明，敦笃的目的则在于安家乐业。一个国家的大事则在于祭祀和战争。祭祀有分熟肉的礼仪，出兵作战有接受生祭肉的礼仪，这两件事情都是敬神的大节。现在成肃公怠惰失礼，那就是放弃自己的天命了，他恐怕回不来了吧？！"五月，成肃公去世。

5.《成公十四年》记载：

卫定公设宴招待苦成叔，宁惠子主持这个宴会。苦成叔表现得很傲慢。宁惠子说："苦成家就快要灭亡了吗？古时候设宴招待人，是为了通过观察他的威仪来了解他的祸福。所以在《诗经》中有这样的说法：'酒杯弯曲，美酒柔和。不骄不傲，万福来集。'现在他这样傲慢，是自取祸端的做法。"此后三年，苦成家族灭亡。

6.《成公十六年》记载：

鲁成公在周地会见各路诸侯，单襄公看见晋厉公眺望着远方，脚步迈得很高，就对鲁成公说："晋国即将会有动乱发生。"（已见于本章第一节"视瞻例"视远类）

7.《襄公七年》记载：

卫国的孙文子在出使鲁国时，每当鲁国国君登上一级台阶，他都跟着也登上一级。叔孙穆子作为主持者，赶紧过来告诉他说："诸侯会盟时，我们的国君并没有跟在你们卫君的后面。现在您却不愿意跟在我们国君的身后，我们的国君并不知道自己犯了什么过错，让您这样看不起他，您还是稍微慢点吧！"孙文子没有说话，也没有显出悔改的神色。穆子便说："孙文子一定会灭亡的。身为臣子却摆出一副国君的姿态，犯了错误却不知悔改，灭亡的根本原因就在这里啊！"十四年，孙文子驱逐了他的君主，叛逃到了国外。

8.《襄公二十八年》记载：

蔡景侯从晋国回来，进入郑国。在郑简公设宴招待他时，他的态度显得有些不恭敬。子产说："蔡国的君主大概不免于危难了吧！他往日路过这里，国君派子展到东门去慰劳，他却显得很傲慢。我说：'他将会改正的。'现在他从晋国回来，接受招待时又怠惰无礼，说明他的心本来就是这样的。作为一个小国的国君事奉大国，却以怠惰和傲慢作为自己的心态，还怎么能正常地死亡呢？他要是真的不免于这样的下场，起因必然在他的儿子身上。淫乱自己的儿媳而不像个父亲，这种人必定会遭受到儿子的祸乱。"三十年，蔡景侯被世子般杀死。

9.《襄公三十一年》记载：

卫国的北宫文子见到了楚令尹围之仪，对卫襄公说："令尹的姿态像一个国君，将要产生野心了。他就算达到了自己的目的，也不会有好下场的。"卫襄公问："你是怎么知道的？"北宫文子回答说："《诗经》中说：'敬慎你的威仪，那是百姓的楷模。'令尹没有威仪，百姓就没有榜样。百姓不愿意效法的人，地位却在万民之上，这样的人是得不到善终的。"

10.《襄公三十一年》记载：

鲁襄公去世以后，季武子准备立公子裯为国君。穆叔说："他这个人啊，在丧期却不显得哀伤，在忧戚的时候却流露出欢欣的神色，这叫做不合法度。不合法度的人，很少有不成为祸患的。如果真的立他为君，必定会变成季氏的忧患。"季武子不听，最终还是立他为君。到埋葬的日子，三次换掉弄脏的丧服，丧服的衣衽和旧的一样，这就是鲁昭公。他在位二十五年，听信谗言去攻打季氏，兵败后出逃，最后死在国外。

11.《昭公十一年》记载：

夏天，周王室的单子在戚地会见诸侯的时候，目光下垂，言语迟缓。晋国的叔向说："单子将要死了吧！"（详见视下类）

12.《昭公二十一年》记载：

三月，在埋葬蔡平公时，蔡国的太子朱站错了地方，所站的地方太低了。鲁国送葬的大夫回来后把这一情形告诉昭子，昭子感叹道："蔡国就要灭亡了吧！即使不灭亡，这个国君也一定难以在君位上终老。《诗经》说：'在位不懈，百姓归心。'现在刚刚即位就站到了低处，他的身份也将会随着下降。"十月，蔡侯朱就逃到了楚国。

13.《定公十五年》记载：

邾隐公到鲁国来朝见，拿玉璧的手抬得非常高，脸向上仰；而鲁定公接受玉璧的姿态则过低，脸朝下俯。子贡看到这一情形，说："根据礼法来看，两位君主都有死亡的征兆。礼是死生存亡的主体，将要左右周旋，进退俯仰，都需要采取它，用来作为行动的准则；朝见、祭祀、丧葬、军事，都需要观察它。现在是正月，两位君主相见，却都表现得不合法度，这就说明他们的心已经丧失了。朝会这样的大事竟如此不得体，怎么能够长久呢？高仰是骄傲的神态，低俯则是衰颓的象征。骄傲接近作乱，衰颓接近疾病。鲁国国君是主人，可能会先死亡吧！"

通过思考上面所引用的例子，我们可以知道，容貌恭敬就会吉祥；反之，如怠惰、傲慢、骄矜、衰颓，就会有灾咎。举止端庄就会吉祥；反之，如步高、足高、失位，就会有灾咎。这样的说法是完全符合道理的，不是谈论五行灾异的议论可以比拟的，只是论容貌的地方比论举止的地方多一些罢了。

然而，像《后汉书》中所记载的，桓帝时期梁冀把持朝政，兄弟几个都尊贵兴盛，骄纵自恣到了极点，喜欢骑马奔驰也超过了限度，以至于回到家里也要骑着马进门。百姓称之为"梁氏灭门驱驰"。后来这个家族真的被诛灭了。《三国志注》记载：管辂说邓飏走路筋不能收束骨骼，坐在那里像一堆祭肉一样，站起来的时候全身倾斜歪倚，好像没有手和脚一样，人们称之为"鬼躁"。《续世说》记载：齐国的张融举止异常，超出了人们的想象，坐着的时候常常双膝端正，行走的时候却又拖着双腿，还翘着身躯，仰着脑袋，花样繁多。见到他的人都感到十分惊异，聚在一起观看，像市镇一样热闹，而张融却显得毫无惭愧的神色。齐高帝曾经笑着说："这样的人不可没有一个，但也不可以再有第二个。"这些都是论举止的例子。

容貌举止，就是将人们内心的善恶显著地表现出来的东西。不过，这有后天培养和先天禀赋两个方面的因素。《孔子家语》中说："澹台子羽有君子的仪容，但行为却没有胜过他的容貌。"《论语》中说："相貌堂堂的子张啊，难以和他共同达到仁的境界。"澹台灭明及颛孙师，他们的威仪容止一定存在过人之处，但在孔子那里却有"失之子羽"的话，曾子也有"难以和他共同达到仁的境界"的慨叹。这就是只有天才却没有加以人事修养的例子，如果不是孔子和曾子，人们怎么会知道这一点呢!

后世只知道观人术的皮毛的人非常多，特别表现在对容貌的注重上。那些小男人和轻薄子弟，都美丽妖冶，奇装异饰，气质和态度类似女子，人们看到以后，没有不欣然喜爱的。等到与他们做了朋友，却不能够友好到底，与他们共事，却很难取得成功，要像刚毅木讷的人一样取得良好的效果，实在是太困难了。还有用内史叔服的下颔丰满必定有后之类说法观察人的，如唐代的李勣调兵遣将，一定要用相貌奇伟、有福寿征象的人，近世的曾国藩也审视手下人员福禄的厚薄，作为任用官职大小的依据。这种做法虽然偶然也有应验的，但是终究不能作为普遍适用的法则。

这些只知皮相的人是不会理解的，叶公子高的身材矮小瘦弱，走路就好像带不动自己的衣服一样，但是终究平定了白公之乱，名声流传到后世。这件事记载在《左传》中。沈攸之开始时找到率领军队的刘遵考，请求让自己做白丁队主时，刘遵考因为沈攸之相貌丑陋而拒绝了他，但最后沈攸之却进封为征西大将军、开府仪同三司，专擅朝外军事相当长的一段时间。这事记载在《宋书》中。如此看来，一概根据相法来评论人的容貌举止，多数是难以得到验证的，也不是我在这本书所要涉及的内容。

根据容貌举止来分辨君子小人的说法，宋瑾也有论述，现在将它附在后面：

站立如同高大的松树，坐姿如同巍巍山岳；前进如同太阳朗照，心气松弛和悦，不急躁也不迟缓；后退如同水的流动，步履安详，不会跌倒也不会磕碰，这是身处上位的君子。站立的姿容如同斋戒，落座的姿容如同代祖先受祭的尸者，晋见富贵尊荣的人，不自觉地表现得坦坦荡荡、磊磊落落，步履端庄正直；告别孤独贫寒、地位低下的人，不自觉地表现得依依不舍，徘徊难去，这是身处下位的君子。在众人瞩目的地方，坐姿故意显得十分庄严；在大庭广众之中，进退故意表现得舒展泰然；作揖或拱手时，骨头就好像是软的，臀部总是要蹲下去，这是身处上位的小人。落座或起立姿势不够端正，手脚不停地摇摆乱晃；晋见富贵的人时，显得惶恐四顾，惊骇错愕，举止失措；退出时又匆忙慌乱，耸肩摇背，这是身处下位的小人。

（四）颜色观人法

《大戴礼记·少间篇》称："尧取人以状，舜取人以色。"使观人术果有进步者，则认舜之观色，胜于尧之观状可也。《说文》："颜者，眉目之间也。""色者，颜之气也。"昔郗雍能视盗，察其眉睫之间而得其情，晋侯使视盗千百，无遗一焉。而《韩诗外传》亦言："苟有温良在中，则眉睫著之矣；疵瑕在中，则眉睫不能匿之。"是颜色之本说也。然颜色为面之总称，眉目之间，特其著者耳。

观色之法，说之最精者，在《大戴礼·文王官人篇》中。其论云：

喜色由然以生，怒色怫然以侮，欲色呕然以偷，惧色薄然以下，忧悲之色累然而静。诚智，必有难尽之色；诚仁，必有可尊之色；诚勇，必有难慑之色；诚忠，必有可亲之色；诚絜，必有难污之色；诚静，必有可信之色。质色皓然固以安，伪色缦然乱以烦。虽欲故之中，色不听也。

其次则为刘劭《人物志》之《八观篇》：

故忧患之色，乏而且荒；疾疢之色，乱而垢杂；喜色愉然以怿，愠色厉然以扬；妒惑之色，冒昧无常。及其动作，盖并言辞。是故其言甚怿而精色不从者，中有违也；其言有违而精色可信者，辞不敏也；言未发而怒色先见者，意愤溢也；言将发而怒气送之者，强所不能也。凡此之类，征见于外，不可奄违。虽欲违之，精色不从。

观色有验于史籍中者，推《帝王世纪》为始。

《帝王世纪》：

商容及殷民观周军之入。见毕公至，殷民曰："是吾新君也。"容曰："非也。视其为人，严乎将有急色，故君子临事而惧。"见太公至，民曰："是吾新君也。"容曰："非也。视其为人，虎踞而鹰趾，当敌将众，威怒自倍，见利即前，不顾其后，故君子临众，果于进取。"见周公至，民曰："是吾新君也。"容曰："非也。视其为人，忻忻休休，志在除贼，是非天子，则周之相国也，故圣人临，众知之。"见武王至，民曰："是吾新君也。"容曰："然。圣人为海内讨恶，见恶不怒，见善不喜，颜色相副，是以知之。"

观色可取验于子籍中者，复如次：

《吕氏春秋·精喻篇》：

齐桓公合诸侯，卫人后至。公朝而与管仲谋伐卫。退朝而入，卫姬望见君，下堂再拜，请卫君之罪。公曰："吾于卫无故，子曷为请？"对曰："妾望君之入也，足高气强，有伐国之志也；见妾而有动色，伐卫也。"

明日君朝，揖管仲而进之。管仲曰："君舍卫乎？"公曰："仲父安识之？"管仲曰："君之揖朝也恭，而言也徐，见臣而有惭色，臣是以知之。"君曰："善！仲父治外，夫人治内，寡人知终不为诸侯笑矣。"

（中略）

晋襄公使人于周，曰："敝邑寡君寝疾，卜以守龟，曰三涂为祟。敝邑寡君使下臣，愿藉途而祈福焉。"天子许之。朝礼者事毕，客出。苌弘谓刘康公曰："夫祈福于三涂，而受礼于天子，此柔嘉之事也，而客武色，殆有他事，愿公备之也。"刘康公乃儆戎车卒士以待之。晋果使祭事先，因令扬子将卒十二万而随之，涉于棘津，袭聊、阮、梁、蛮氏，灭三国焉。

《说苑·权谋篇》：

齐桓公与管仲谋伐莒，谋未发而闻于国。桓公怪之，以问管仲。管仲曰："国必有圣人也。"桓公叹曰："嘻！日之役者，有执柘杵而上视者，意其是耶！"乃令复役，无得相代。

少焉，东郭垂至。管仲曰："此必是也。"乃令傧者延而进之，分级而立。管仲曰："子言伐莒者也？"对曰："然。"管仲曰："我不言伐莒，子何故言伐莒？"对曰："臣闻君子善谋，小人善意。臣窃意之也。"管仲曰："我不言伐莒，子何以意之？"对曰："臣闻君子有三色：优然喜乐者，钟鼓之色；愀然清静者，缞绖之色；勃然充满者，此兵革之色也。日者臣望君之在台上也，勃然充满，此兵革之色也；君呿而不吟，所言者莒也；君举臂而指，所当者莒也。臣窃虑小诸

287

侯之未服者，其惟莒乎？臣故言之。"

观上所征引，颜色之不可掩违也如是。然容止亦不能无所关焉。如齐桓将伐卫而足高气强，将伐莒而口吁举臂是也。盖色者，人之精也；容者，人之粗也。容不俟色，则土木其形，非道家者流，杜其德机，即大奸之人，深自掩盖者也；色不俟容，则附丽无著，非病狂之人，笑号无端，即飞妖之辈，精魂离橐者也。故容赖色以彰，色依容而存。好人伦者，可絜比而观也。

《庄》《列》诸书，善言有道者之色。如"老聃新沐，蛰然似非人"；郑巫观壶子，谓"见湿灰"，皆至人自忘之极，几无色征于外也。

《论语·乡党篇》亦备记孔子容色，昔人谓之活画孔子。今观其语，如"恂恂如也""侃侃如也""訚訚如也""色勃如也""怡怡如也""愉愉如也""必变""必以貌""必变色而作"等，淘圣人动静变化之极则，而悉可征之于色矣。

战国田光善论勇者之色，谓夏扶血勇，怒而面赤；宋意脉勇，怒而面青；武阳骨勇，怒而面白；荆轲神勇，怒而色不变也。

汉刘宽虽在仓卒，未尝疾言遽色；晋王戎与嵇康相处二十年，未尝见其喜怒之色；卫阶尝以人有不及，可以情恕，非意相干，可以理遣，故终身不见喜愠之容；宋吕端在朝，得嘉赏未尝喜，遇抑挫未尝惧。此并德器深远，贤哲俊伟之流。以视常人之色，闻一人之誉而喜，遭一夫之毁而怒，受微宠愁愁若惊，蒙薄辱厌厌欲死者，相去真不可以道里计矣。

宋瑾颜色可以鉴别君子小人之法，亦见如左方：

喜怒不形，宠辱不惊，处危难而性情闲畅，闻毁誉而颜色不变，乐以天下，忧以天下者，在上位之君子也。

怒不至洸，乐不至极，不逆将来之得失而乍愠乍喜，不亿未至之荣枯而或欣或戚者，在下位之君子也。

喜怒徇情，恩仇分明，好执小数，操切上下，执拗骄纵，喜同恶美，患得患失，色厉内荏，耻言微时，羞称故步者，在上位之小人也。

闻声即骇动，遇事如风发，好夸己长，耻闻己过，是之则喜，非之则怒，预测豪华而神飞，时拟高位而色变者，在下位之小人也。

译文：

《大戴礼记·少间篇》说："尧选拔人才时依据的是人的形体外貌，舜选拔人才时依据的是人的面相。"如果说观人术有所进步的话，那么我们就能够认为，舜观察面相的方法比尧观察形体外貌的方法要强。《说文解字》上说："颜，指眉目之间。""色，指颜面的气色。"从前郤雍之所以能够分辨出盗贼，是因为他能通过观察人的眉睫之间而探知他内心的情形。晋侯曾经让他辨别千百个盗贼，没有一个漏掉的。而《韩诗外传》上也说："如果心中温和善良，那眉睫就会把它显示出来；如果心中邪恶，那么眉睫也不能掩饰它。"这就是通过颜色来观察人的原本说法。但是，颜色是面相的总称，眉目之间只不过是其中较显著的部分而已。

将观察人颜色的方法阐述得最为精辟的，是《大戴礼·文王官人篇》。其中议论说：

产生得自然顺利，是喜色的特征；在恼火中带着轻慢甚至蔑视的，是怒色的特征；在向往的和悦中带有轻薄的神态，是欲求之色的特征；在惊愕中突然沉下脸来的，是恐惧之色的特征；在重重压力之下反倒趋于安静的，是忧愁悲伤之色的特征。真正的智慧，必定有难以完全表达的神色；真正的仁爱，必定有令人尊敬的神色；真正的勇敢，必定有毫不畏惧的神色；真正的忠诚，必定有令人想要亲近的神色；真正的廉洁，必定有很难玷污的神色；真正的安静，必定有令人信赖的神色。真实的神色是稳定而安详的，伪装的神色却是混杂而纷乱的。即便想把它们隐藏于心中，神色也无法顺从。

其次则是刘劭《人物志》的《八观篇》：

忧虑祸患的神色，疲乏而荒凉；患病痛苦的神色，混乱而芜杂；欢喜的神色，愉快而欢悦；怨恨的神色，严厉而张扬；嫉妒疑惑的神色，轻率而反常。人们有所举动，必然伴随着言辞。因此，言谈语气欢悦，但神色却不与之相一致的人，说明内心一定有矛盾；言谈语气不是很和谐，但神色却真诚可信的人，说明他的言辞不够机敏；话还没有说出口，愤怒的神色就表现在外，说明心中的怒气郁积过度；将要把话说出来，以愤怒的情绪伴随着表现在外的人，说明他在勉强作态。所有这些类型，征兆都表现在表面，不能被掩盖或违背。即使想要违背，神色也无法顺从。

依据颜色来观察人的方法在史籍中得到验证，是从《帝王世纪》开始的。

《帝王世纪》中记载：

商容和殷商的百姓一起观看周朝的军队入城。看见毕公走过来，殷朝的百姓说："这是我们的新君王。"商容说："不是的。看他的样子，在威严之中还透露出急躁的神色，因而君子在面临事情的时候要有所戒惧。"百姓看见太公走过来，说："这是我们的新君王。"商容说："不是的。看他的样子，就好像老虎蹲着身子，雄鹰收着爪子，临敌的时候率领大军，威风和怒气倍增，一旦发现有利的时机，就马上义无反顾地冲上前去，因而君子在面对众多敌人的时候，要果断地进取。"百姓看见周公走过来，说："这是我们的新君王。"商容说："不是的。看他的样子那么兴高采烈，他的志向在于消灭贼寇，这是周朝的相国，而不是天子。因而，圣人光临的时候，众人都能够知晓。"百姓看见武王走来，就说："这是我们的新君王。"商容说："是的。圣人要为全国人民讨伐邪恶，因而能够见恶而不怒，见善而不喜，相貌与神色两者符合，所以能够知道。"

依据面色来观察人的方法，还可以在子部典籍中得到验证的，还有下面的例子。

《吕氏春秋·精喻篇》记载：

齐桓公与诸侯会盟，卫国的国君在事后才到。齐桓公便在朝堂之上与管仲商量讨伐卫国之事。齐桓公下朝后进入后宫，卫姬望见他，下堂来一再下拜，并请齐桓公赦免卫君的罪。齐桓公奇怪地说："我和卫君并没有什么啊，你怎么会提出这样的请求呢？"卫姬回答说："妾看见您进来的时候，脚步抬得很高，心气刚强，这就表明您有征伐他国的志向；而且您见到妾的时候神色出现变化，表明您要征伐的正是卫国。"

第二天，齐桓公上朝的时候，把管仲叫到跟前来。管仲问："您放弃讨伐卫国的计划了吗？"齐桓公说："仲父是怎么知道的？"管仲说："您上朝之时态度恭谨，说话徐缓，见到臣时面有惭愧之色，因此臣知道了您的决定。"齐桓公说："真好啊！仲父治理宫外，夫人治理宫内，我明白自己终究不会被诸侯耻笑了。"

（中间的内容省略）

晋襄公派遣人到周朝的京都，说："我们国家的君主得了重病，卧床不起，用龟甲来占卜，说这是三涂山神作崇导致的。我国的君主派我前来，是希望可以借一条路去三涂山祈福。"天子答应了。在朝见的礼仪过后，使者就离开了。苌弘便对刘康公说："到三涂山去祈福而受到天子的礼遇，这是一件温柔美好的事情，但是使者却流露出勇武的神色，我担心会有意外的事情发生，希望您能提前做好准备。"刘康公听完之后，便让军队和车马都保持高度的戒备。果然，晋国让参加祭祀的人在前面引路，命令扬子率领十二万大军跟随在后面，在棘津渡河，突袭聊、阮、梁蛮氏，消灭了这三个国家。

《说苑·权谋篇》：

齐桓公和管仲谋划讨伐莒国的事情，谋划还没有公开，却已经在全国传遍了。齐桓公感到十分奇怪，询问管仲是怎么回事。管仲说："国内肯定有圣人。"桓公感叹道："对了！最近几天里在服劳役的人中，有个拿着柘木杵向上看的，我猜想就是他吧。"于是就让他继续服劳役，不准更换别人。

不一会儿，东郭垂来了。管仲说："他肯定是泄露机密的人。"于是管仲让侯者请他进来，站在下面的台阶上。管仲问："你就是那个说我国将要伐莒的人吗？"那人回答说："是的。"管仲说："我并没说过要伐莒，你为什么说我国会伐莒？"那人回答说："我听说君子善于谋划，而小人善于揣测。我是暗地里揣测到的。"管仲说："我并没有说过伐莒，你凭借什么揣测呢？"回答说："我听说君子有三种神色：怡然自得，表情显得喜悦，这是欣赏音乐的神色；悲痛伤心，素洁静默，这是遭遇丧事的神色；勃然而起，充满勇气，这是即将发动战争的神色。前几天，我远远望见国君站在台上时，勃然而起，充满了勇气，这就是即将发动战争的神色；国君吁叹而不吟咏，所说的话的内容都是关于莒国的；国君举起手臂指着一个方向，所指的正是莒国的方位。我私下里考虑，小诸侯国中还没有臣服的，大概只剩下莒国了吧？所以我就这样说了。"

综合考察上面所征引的资料，我们可以发现，颜色是如此难以掩盖和修饰。但是，容貌和举止也不可能没有关联。如齐桓公将要讨伐卫国，脚步就迈得很高，心气显得十分刚强，将要讨伐莒国，就在口中吁叹，手臂高扬，就是实在的例子。神色是人的精髓所在，容貌则是粗糙的东西。容貌如果离开神色，就如同土木被赋予了人形一样，这样的人不是像道家人物那样杜绝了用处和玄妙，就是大奸的人深自掩盖；神色如果离开容貌，就会无所依附，这样的人不是像生病或发狂的人一样笑号无常，就是和飞行的妖魔之类一样，精神离开了自身的躯壳。所以容貌靠神色来彰显，神色依托容貌而存在。喜好品鉴人的人，可以在两者的对比中观察人。

《庄子》《列子》等书籍擅长描绘有道高人的神色。如"老聃刚刚洗过头发，坐着一动不动，好像不是一个人"；郑巫看到壶子，说自己"见了湿灰"，都是描写得道高人忘我到了极致，几乎表现不出神色。

《论语·乡党篇》也全面地记载了孔子的仪容和神色，以前的人说这些描述活画出了孔子的形象。现在如果细细考究这些描写的话，如"恂恂如也""侃侃如也""訚訚如也""色勃如也""怡怡如也""愉愉如也""必变""必以貌""必变色而作"等，确实是圣人动静变化的最高境界，而它们都是可以通过神色表现出来的。

战国时期的田光，擅长谈论勇敢者的神色。他说：夏扶的勇敢是血气之勇，因此发怒的时候面色变红；宋意的勇敢是血脉之勇，因此发怒的时候面色发青；武阳的勇敢是骨骼之勇，因此发怒的时候面色惨白；荆轲的勇敢是精神之勇，因此发怒的时候面色不变。

汉朝的刘宽，即使在仓促之间，也从来不会疾言厉色；晋朝的王戎与嵇康相处二十年，从来没有看见嵇康有过喜怒的神色；卫阶曾经以为，当人有所不足的时候，可以从感情方面来加以宽恕，受到无意造成的伤害，可以从道理方面加以排除，所以终身不表现出喜怒的面容；宋朝的吕端身在朝中，得到嘉奖和赏赐从来不会流露喜悦，遇到压制和屈辱也没有显现过畏惧。这些都是德行高远、贤明伟大的人物。由此反观平常人的神色，听到一个人的夸奖就喜不自胜，碰到一个人的诋毁就勃然大怒，受到稍微的宠幸就喜出望外，蒙受微薄的侮辱就郁闷得想要死去。两者进行对照，差距之大，实在没有办法计算。

宋瑾关于通过面色鉴别君子和小人的方法，也引述在下面：

喜怒不表现在神色上，受宠受辱都不显得惊讶，处于危难之中，依然可以闲适而舒畅，听到诋毁或赞誉而神色淡然，乐是因为天下，忧也是因为天下的人，是身处上位的君子。

愤怒不至于态度十分粗暴，享乐不至于达到极点，不预测未来的得失，更不因此而恼怒或者高兴，不预料未来的兴衰，更不因此而愉快或者悲伤的人，是身处下位的君子。

喜怒不加控制，恩怨有分明的界限，玩弄权术，欺上瞒下，性情固执，骄傲放纵，喜欢同类之人，嫉妒贤才，患得患失，色厉内荏，耻于谈论自己身份低贱时的情形，羞于提到自己落魄时的状况的人，是身处上位的小人。

听到一点声音就显得惊惶不安，遇到一点事情就会像旋风一样到处乱转，喜欢夸耀自己的长处，耻于听到自己的过错，同意他就喜悦，反对他就恼怒，预想未来的奢华生活就会神采飞扬，经常想象自己在高位上的情形，脸色也会随之发生变化的人，是身处下位的小人。

（五）声音观人法

《大戴礼·少间篇》云："汤取人以声。"《文王官人篇》六征中始言"听声处气"之法，《人物志·九征篇》亦稍论之。兹先后表之如左。

《文王官人篇》：

初气生物，物生有声。声有刚有柔，有浊有清，有好有恶，咸发于声也。

心气华诞者，其声流散；心气顺信者，其声顺节；心气鄙戾者，其声嘶丑；心气宽柔者，其声温好。信气中易，义气时舒，智气简备，勇气壮直。听其声，处其气。

《人物志·九征篇》：

夫容之动作，发乎心气。心气之征，则声变是也。夫气合成声，声应律吕。有和平之声，有清畅之声，有回衍之声。

人声之不同，如其心气。采听其声而处断其心气，人之智愚、贤不肖可知之矣。成人固然，即婴婗之子，精质未充，而才性之美恶，亦不难为识者所知也。

《左氏传·昭公二十八年》："伯石始生，子容之母走谒诸姑，曰：'长叔姒生男！'姑视之，及堂，闻其声而还，曰：'是豺狼之声也！狼子野心，非是莫丧羊舌氏矣！'遂勿视。"而杨食我果以助祁盈覆羊舌氏之宗。又楚司马子良生子越椒，子文曰："是子也，熊虎之状，而豺狼之声，弗杀，必灭若敖氏矣。"其语亦验。《晋书·桓温传》："生未期，而太原温峤见之曰：'此儿有奇骨，可试使啼。'及闻其声，曰：'真英物也！'后果以雄武专朝，窥觎非常。"皆其证也。

观声之说，古人所罕谈，难以悉喻，然吾人所共知者，男子心气刚，故其声舒壮；女子心气柔，故其声温媚；老人心气已耗，故其声弛缓；孩童心气始满，故其声迅脱。以此类推，亦可知也。

窃又论之：匪惟声音可以观人如是也，即乐器为人所调弄者，亦未尝不可以观人也。声音发自喉舌，声籁发自乐具，喉舌乐具虽有不同，然其内心之所激发则一也。

《论语》：

子击磬于卫，有荷蒉而过孔氏之门者，曰："有心哉，击磬乎！"既而曰："鄙哉！硁硁乎！莫己知也，斯己而已矣。深则厉，浅则揭。"

《吕览·季秋纪·精通篇》：

钟子期夜闻击磬者而悲，使人召而问之曰："子何击磬之悲也？"答曰："臣之父不幸而杀人，不得生；臣之母得生，而为公家为酒；臣之身得生，而为公家击磬。臣不睹臣之母三年矣！昔为舍氏，睹臣之母，量所以赎之则无有，而身固公家之财也。是故悲也。"钟于期叹嗟曰："悲夫！悲夫！心非臂也，臂非椎非石也，悲存乎心，而木石应之。"故君子诚于此而谕乎彼，感乎己而发乎人，岂必强说乎哉！

《后汉书·祢衡传》：

衡击鼓为《渔阳三挝》，蹀踏而行，容态有异，声节悲壮，听者莫不慷慨。

《晋书·王敦传》：

武帝尝召时贤，共言伎艺之事，人人皆有所说，惟敦都无所关，意色殊恶。自言知击鼓，因振袖扬袍，音节谐韵，神气自得，傍若无人，举坐叹其雄爽。

观此四事，两为击磬，两为击鼓，心气之发露，莫不毕然，足征调弄乐器，其声籁亦足观人必矣。

或疑此为伎工之事，艺之精练者，音节声籁，皆可袭取，何以相别？不知人惟知乐，而不以乐工为业者，其精爽始足流露。否则天下之乐工多矣，婵然应人之役以求食，身且自忘，宁有心气以示人耶？

译文：

《大戴礼·少间篇》说："汤选拔人才，把声音当做根据。"《文王官人篇》一书中的六征开始谈到"听声处气"的方法，《人物志·九征篇》也有一部分内容涉及它。这里把资料依次引录在下面。

《文王官人篇》：

在宇宙形成之前产生的混沌之气孕育了天地万物，万物产生之后就有了声音。声音有阳刚的，有阴柔的，有混浊的，有清纯的，有美好的，有丑恶的，这些都在声音中体现出来。

心气浮华而诞妄的人，声音就显得疏离散漫；心气和顺而诚信的人，声音流畅而有节奏；心气鄙陋而乖戾的人，声音难听；心气宽缓柔和的，声音温和美好。诚信的声气中和而平易，正义的声气与节令相符而较为舒展，智慧的声气简约而完善，勇敢的声气雄壮而刚直。聆听他的声音，就可以判断出他的气息。

《人物志·九征篇》：

人的外在表现产生于内部的心气，心气变化的特征则体现在声音的各种变化之中。心气与声音相合，而声音和乐音一样也可以分为六律和六吕。有平和的声音，有清畅的声音，有回旋的声音。

人的声音的不同，就好像他的心性气质一样。听他的声音，就能判断出他的心性气质，人的智慧与愚笨、贤良与不肖由此就可以知道了。成年人固然是这样，就算是年幼的孩子，精力气血还不充实，但他的才性的好差，也不难被有识者了解。

《左氏传·昭公二十八年》中记载："伯石刚刚出生的时候，子容的母亲就急忙去告诉婆婆，说：'大弟媳妇生了一个男孩子！'婆婆去看望新生的孩子，但是到了堂前，听见新生儿的声音就回来了，说：'他的声音是豺狼之声！这样的孩子一定会有野心，倘若不是他，羊舌家族就不会灭亡了！'她没有去看这个孩子。"杨食我后来真的因为帮助祁盈而导致羊舌家族灭亡。还有，楚国的司马子良生了个儿子叫越椒，子文说："这个孩子，长的样子像熊虎，声音却像豺狼，倘若不杀掉他，若敖氏必然会因此毁灭。"这些话后来也得到了验证。《晋书·桓温传》中记载："桓温出生还不到一年，太原的温峤见到他之后就说：'这孩子的骨相非常奇异，你让他哭几声来听听。'等听到这个孩子的声音后，温峤说：'他将来会是个英雄人物啊！'后来桓温果然文韬武略，专擅朝政，甚至觊觎帝位。"这些都是通过声音来观察人的例子。

古人很少谈到通过声音来观察人的说法，因此这一点很难得到全面准确的解释。但是大家都知道，男子心气刚强，所以声音舒朗雄壮；女子心气柔弱，所以声音温柔妩媚；老年人心气几乎耗尽，所以声音松弛缓慢；儿童心气充盈，所以声音迅疾而轻快。以此类推，也是可以了解的。

我还要说明的是：不仅声音可以用来观察人，就是乐器之类由人来调弄的对象，也未尝不可以用来观察人。声音从喉舌部位发出，乐曲则从乐器发出，喉舌和乐器虽然不同，但二者都是内心激发出来的东西，在这一点上，它们是一样的。

《论语》中记载：

孔子在卫国时，有一次他正在击磬。一个背着草筐的人从他门前路过，听到之后说："这个人肯定有心事，通过击磬的声音就能体现出来。"过了一会儿，这个人又说："这声音多么粗鄙啊，硁硁的。根本没有人能理解，最好是停下来吧！应该像过河的时候一样，在水深处就和衣涉水，在水浅处就挽起裤管走。"

《吕览·季秋纪·精通篇》中记载：

一天夜里，钟子期听到一阵很悲伤的击磬声，就让人把击磬的人叫来问道："你击磬的声音为何这么悲伤？"这个人回答说："我父亲不幸杀了人，被处死了；我母亲虽然得以保全性命，但是被惩罚为公家造酒；我虽然能保全性命，但是被惩罚为公家击磬。我已经三年没有见到母亲了！我过去在舍氏那里见过母亲，思考着用什么东西才能把她赎回来呢，但我没有这样的东西，而且我连身体也是属于公家的。因此我感到很悲伤。"钟子期慨叹道："悲伤啊！悲伤啊！心并不是手臂，手臂也不是木椎和石头，但是从心中流露出的悲伤，就连木石也会有一定的感应。"所以君子在做一件事情的时候真诚，别人就能明白他在其他事情上也会真诚，如果自己被感动了，就自然会感动他人，难道非要明说不可吗？

《后汉书·祢衡传》中记载：

祢衡击鼓演奏《渔阳三挝》，在走动的时候，他的容貌和神态都与平时大不一样，声音和节奏显得极为悲壮，听到的人都感慨不已。

《晋书·王敦传》中记载：

晋武帝曾经召集当时的贤人一起讨论伎艺表演的事情，其他人都发表了自己的看法，只有王敦置身事外，好像这一切都与他无关似的，并且他的脸色也极为难看。他说自己会击鼓，说完就挥袖扬袍，即时演奏起来。他的演奏音节和谐，神气自得，旁若无人，在座的人都极为感慨他的雄壮、豪爽。

综合来看这四件事，两件是击磬，两件是击鼓，都充分表现出个人的心性气质，这就足以证明调弄乐器所发出的音乐能够观察出人的心性气质。

曾经有人怀疑这是专职乐工的事情，而技术娴熟的人连音节声调都可以互相模仿，又怎么会有区别呢？然而他们并不知道，只有通晓音乐而又非专职乐工的人，精神气质才会流露出来。否则，天下的乐工多了，他们不过是供别人役使来换得衣食，连自己都忘记了，又怎么会向他人展示出精神气质？

（六）形质观人法

人形著于五官，其质禀于五行。五官之说，若《荀子》以耳、目、口、鼻、心当之；《七经纬纂》以目、鼻、口、耳、窍当之；《隋书·刘炫传》以两手及口、耳、目当之，至不一也。五行最初见于《尚书·洪范篇》，一曰水，二曰火，三曰木，四曰金，五曰土。两汉以来，雅儒术士，莫不因之，务极其说，至举天地万物动植，无大小，皆推其类而附丽之，而谓人禀五行之全气以生，圣贤凡愚莫不视其禀受之多寡全偏以为差别焉。

中国旧籍论气质者，习用五行为说，非若西方心理学家目人为神经质、多血质、胆汁质、黏液质四者之易晓也。兹引旧说，明五行与人之形质关系如左。

《子华子·大道篇》：

子华子曰：火宿于心，炎下而排上，其神躁而无准，人之暴怒以取祸者，心使之也。木宿于肝，触突于抵而锐，其神捐束而无当，人之朴戆以取祸者，肝使之也。金宿于肺，铿匐而不屈，磬磬而不能仰也，其神阔疏而无法，人之讦决以取祸者，肺使之也。水宿于肾，瑟缩以凑险，其神伏而不发，人之缤婀脂韦以取祸者，肾使之也。土宿于脾，磅礴而不尽，其渗漉也，下注而不止，其神好大而无功，人之重迟涩讷以取祸者，脾使之也。

火之气喜明也，木之气喜达也，金之气喜辨也，水之气喜藏也，土之气喜生也。是故事心者宜以孝，事肝者宜以仁，事肺者宜以义，事肾者宜以知，事脾者宜以诚实而不诈。五物宿于其所喜，五事官施其所宜，外邪之不入，内究之不泄，夫是之谓善完。

《七经纬纂》：

五藏：肝仁，肺义，心礼，肾智，脾信也。

肝所以仁者何？肝，木之精也，仁者好生。东方者，阳也，万物始生，故肝象木，色青而有枝叶。目为之候何？目能出泪，而不能内物，木亦能出枝叶，不能有所内也。

肺所以义者何？肺者，金之精，义者断决。西方亦金，杀成万物也，故肺象金，色白也。鼻为之候何？鼻出入气，高而有窍。山亦有金石累积，亦有孔穴，出云布雨，以润天下，雨则云消。

心所以为礼者何？心，火之精也。南方尊阳在上，卑阴在下，礼有尊卑，故心象火，色赤而锐也。人有道尊天，本在上，故心下锐也。耳为之候何？耳能遍内外，别音语。火照有似于礼，上下分明。

肾所以智者何？肾者，水之精，智者，进上无所疑惑，水亦进而不惑。北方水，故肾色黑，水阴则肾双。窍为之候何？窍能浑水，亦能流滞。

脾所以信何？脾者，土之精也，土尚任养，万物为之象。生物无所私，信之至也。故脾象土，色黄也。口为之候何？口能啖偿，舌能知味，亦能出音声，吐滋液。

右所采者，如《七经纬纂》最有趣致，盖善言五行与五藏、五官、五常关系者，莫此若也。愚复为之证论如次：

夫目、口、耳、鼻、窍者，人之外形也；仁、信、礼、义、智者，人之内质也。依《七经纬纂》所论，则目容端者，其人必近仁；口容正者，其人必近信；头容直，不侧耳而听者，其人必守礼。此与《曲礼》之说，可相印证者也。鼻在母腹，最先具形，充奋独前，有似于义，故鼻形大者，其人必好义。窍在人体，最后通泄（男子十六始精通，女子十四而化），盈科而进，有似于智。故其人纵欲过度者，必不知。

更以书传所载，为吾顺证或反证焉。

《晋书·苻生传》：

幼而无赖，祖洪甚恶之。生无一目，为儿童时，洪戏之，问侍者曰："吾闻瞎儿一泪，信乎？"侍者曰："然。"生怒，引佩刀自刺出血，曰："此亦一泪也！"洪大惊，鞭之，生曰："性耐刀槊，不堪鞭捶。"洪曰："汝为永不已，吾将以汝为奴。"生曰："可不如石勒也？"洪惧，跣而掩其口，谓健曰："此儿狂悖，宜早除之，不然，长大必破人家。"健将杀之，雄止之曰："几长成自当修改，何至便可如此？"健乃止。及长，力举千钧，雄勇好杀，手格猛兽，走及奔马，击刺骑射，冠绝一时。

可知苻生之少一目，即五行木之赋与不全；其性好杀，即不仁之征也。

宋人笔记称："欧阳修耳白于面，名闻天下。"欧公好文章，勤谏诤，心力甚长，为宋大儒名臣，岂非五行之火秉受独厚，而彬雅有礼者耶？《淮南子》云："皋陶马喙，是谓至信，决狱明白，察于人情。"马喙者，口之异状，故至信而有合于五行之土也。《汉书·陈遵传》："长八尺余，长头大鼻，容貌甚伟。"考诸公之间，侠者以遵为雄。侠者好义过甚而不入道。盖鼻大为五行金之赋与独厚，故好义不止也。

《诸葛武侯集·诫外甥书》："夫志当存高远，慕先贤，绝情欲，弃凝滞。（中略）若志不强毅，意不慷慨，徒碌碌滞于俗，默默束于情，永窜伏于凡庸，不免于下流矣！"

合观《襄阳记》："黄承彦者，高爽开列，为沔阳名士。谓诸葛孔明曰：'闻君择妇，身有丑女，黄头黑色，而才堪相配。'孔明许，即载送之。时人以为笑，乡里为之谚曰：'莫作孔明择妇，止得阿承丑女。'"是孔明之娶丑妇，其为绝情欲可知。

彼号慧男子，淫于色，如伶玄《飞燕外传》所论者，盖亡国、败家、丧身之流，有小慧而无钜智者也。此愚因五候以证五常之说也。

又，前所采《子华子·大道篇》之说，如"金宿于肺，铿匐而不屈，磬磬而不能仰也。其神阔疏而无法，人之讦决以取祸者，肺使之也"一节，亦有一证。盖《士纬新书》称："孔文举金性太多，木性不足，背阴向阳，雄悼孤立"，是其类也。

形质观人之说，总如二书所论，以目、鼻、耳、窍、口为仁、义、礼、智、信，似不可易矣。然汉末刘劭《人物志·九征篇》则以骨、筋、气、色、体为仁、义、礼、智、信之表德，颇持异论，亦足自圆其说。特录置如后焉。

《人物志·九征篇》：

其在体也，木骨、金筋、火气、土肌、水血，五质之象也。五物之实，各有所济，是故骨植而柔者，谓之弘毅；弘毅也者，仁之质也。气清而朗者，谓之文理；文理也者，礼之本也。体端而实者，谓之贞固；贞固也者，信之基也。筋劲而精者，谓之勇敢；勇敢也者，义之决也。色平而畅者，谓之通微；通微也者，智之原也。

五质恒性，故谓之五常矣。五常之别，列为五德。是故温直而扰毅，木之德也；刚塞而弘毅，金之德也；愿恭而理敬，水之德也；宽栗而柔立，土之德也；简畅而明快，火之德也。

虽体变无穷，犹依乎五质。故其刚柔、明畅、贞固之征著乎形容，见乎声色，发乎情味，各如其象。

译文：

五官在人的形体方面是最重要的，而它的构成则与五行有很大关系。五官的说法有很多种，如《荀子》把耳、目、口、鼻、心作为五官；《七经纬纂》中将目、鼻、口、耳、窍作为五官；《隋书·刘炫传》中将两手及口、耳、目作为五官，这些说法彼此都不一致。五行的说法最早出现在《尚书·洪范篇》中，一是水，二是火，三是木，四是金，五是土。两汉之后，文雅的儒生和术士都相信它、传承它，并且把它的影响扩大到了极致，甚至将天下万物、动物植物，不论大小，都划分了五行属性，并且还说人类是乘五行之气而生的。圣人和普通的百姓，都会因为所受到的五行禀赋的多与少、全与偏，形成差别。

中国古代典籍在对气质进行论述的时候，都习惯用五行之说来解释，不像西方心理学将人分为神经质、多血质、胆汁质、黏液质四类那样容易理解。下面我将引述一些旧的说法，来说明五行和人的形质的关系。

《子华子·大道篇》：

子华子说：火寄宿在心脏中，在下方燃烧而向上面排放，使得人的神志躁动不安，没有一个准绳。人们有时会因为暴怒而招致祸患，这都是心脏造成的。木寄宿在人的肝脏中，就如同木柴在灶下一般，有所抵触而显得尖锐，使得人的神志受拘束而不得当。人有时会因为质朴憨直而招致祸患，这都是肝脏造成的。金寄宿在肺脏中，撞击之声铿锵响起，匍匐而不屈曲，严明整肃而不可倚仰，使得人的神志愚阔粗疏而没有法度。人有时会因为鲁莽决策而招致祸患，这都是肺脏造成的。水寄宿在肾脏中，因瑟缩、汇聚而蕴藏着危险，使得神志深潜而不外露。人有时会因为圆滑机巧而招致祸患，这都是肾脏造成的。土寄宿在脾脏中，广大辽阔，无边无垠，渗露之后就会下流不止，使得人的神志好大喜功而实际却无用。人有时会因为沉重、迟滞、木讷而招致祸患，这都是脾脏造成的。

火的气质偏好明亮，木的气质偏好畅达，金的气质偏好分辨，水的气质偏好潜藏，土的气质偏好生发。所以养护心脏的人应该注重孝道，养护肝脏的人应该注重仁爱，养护肺脏的人应该注重道义，养护肾脏的人应该注重智慧，养护脾脏的人应该注重诚实而不欺诈。五行分别寄宿在它们喜欢的脏器中，五官分别作用于它们所适宜的方面，外部的邪气就进不来，内部的正气也不会泄露出去，这样有利于保持身体完善。

《七经纬纂》：

五脏各有偏重：肝主仁爱，肺主道义，心主礼仪，肾主智慧，脾主诚信。

肝脏为什么主仁爱？肝是木的精华，仁爱喜欢生发。东方是阳气充盈的方位，万物能够很好地生长，所以肝属木，颜色青翠而带有枝叶。眼睛为什么能显示肝脏的情况？是因为眼睛里能流出泪水而无法容纳东西，木也能长出枝叶而不能容纳。

肺为什么主道义？肺是金的精华，道义能够决断。西方属金，可以收煞、成就万物，因而肺属金，呈现出白色。鼻子为什么可以显示肺的情况？因为鼻子会呼吸，高挺而有孔。山也有金石累积，也有孔窍，能够出云霓，化雨雪，进而滋润大地，下过雨后，云彩就会消散。

心脏为什么主礼仪？心是火的精华。在南方，尊贵的阳处在上方，卑微的阴处在下方，礼要分尊卑，因此心属火，呈现出红色而且显得有些尖锐。假如人有道，就会尊奉上天，天原本是处在上方的，因而心脏处于下方而显得尖锐。耳朵为什么能够显示出心脏的情况？耳朵能普遍地明白身体内部和外部结构，分辨清楚声音和言语。火光照耀，与礼有一定的相似之处，能够使上下分明。

肾脏为什么主智慧？肾是水的精华。智慧会让人上进而消除疑惑，水也是在前进着且不会迷惑。北方属水，所以肾的颜色为黑，水属阴，则肾有两个。窍为什么能够显示出肾脏的情况？这是因为窍能使水下泻，使身体中滞留的毒素容易排除。

脾脏为什么主诚信？脾是土的精华。土偏重养育和繁衍，万物都是它的儿女。孕育万物而毫无私心，这就是诚信的极致了，因而脾属土，呈现为黄色。口为什么能够显示出脾脏的情况？这是因为口能吃东西、品尝味道，舌头能辨别出滋味，也可以发出声音、吐出唾液。

在以上摘录的内容中，《七经纬纂》的记载是最为有趣的，在谈论五行与五脏、五官、五常关系的资料中，没有能超过它的。我再对它进行如下论证：

目、口、耳、鼻、窍，是人的外形；仁、信、礼、义、智，是人的内在气质。依照《七经纬纂》中所记载的，眼睛端正的人一定很仁爱，嘴巴端正的人一定很诚信，头部较正、不侧耳而听的人，一定遵循礼法。这些内容与《曲礼》的说法是能够得到相互印证的。在母亲的腹中，鼻子最先具备雏形，独自突出在前面，这和道义有相似的地方，因而鼻子大的人一定注重道义。在人体中，窍排在最后，它疏通排泄（男子十六岁时开始精液畅通，女子十四岁时开始出现月经）就如同水流一样，只有在前面的坑洼盈满时，才能继续前进，这和智慧有相似的地方。因而纵欲过度的人，肯定是不智慧的。

下面再根据古籍中的记载，从正、反两方面分别对我的说法进行证明。

《晋书·符生传》中记载：

符生小的时候非常无赖，他的祖父符洪非常讨厌他。他生下来就少一只眼睛。在他还小的时候，符洪曾经和他开玩笑，问手下人："我听说瞎了的孩子只会有一只眼睛流泪，是真的吗？"手下人回答说："是这样的。"符生非常恼怒，就抽出佩刀将自己刺得鲜血直流，然后对人们说："这也是一道泪水。"符洪看到以后很吃惊，用鞭子抽他。符生说："我生来就可以忍受刀和矛的刺伤，却受不了鞭打。"符洪说："倘若你总是这样，我将让你做我的奴仆。"符生问："不就是像石勒那样吗？"符洪听完这话以后非常害怕，光脚跑过来掩住了他的口，对儿子符健说："这个孩子太过狂妄悖理，我们应当趁早除掉他，否则将来肯定会家破人亡。"符健正要杀掉他，符雄劝阻说："他长大以后就会悔改的，何必要这样处理呢？"符健这才停了手。符生长大后，力气极大，能举千钧，雄强勇猛，而且喜欢杀戮，能够徒手和猛兽格斗，跑起来速度很快，可以追上奔马，至于舞刀弄枪、骑马射箭的本领更是冠绝天下。

由此可知，符生缺少一只眼睛，是五行中木不全的缘故，他好杀，正是不仁爱的象征。

宋人笔记中称："欧阳修的耳朵比脸还要白，因而名闻天下。"欧阳修爱好写文章，勤于劝谏帝王，谈论国事，长时间尽心为国，是宋朝的大儒和著名臣子，这难道不是因为他五行中火秉受特别厚重，因而较为儒雅且彬彬有礼吗？《淮南子》中说："皋陶长有一张马嘴，这是极为诚信的表现，因此他能够非常清晰地判决案件，也善于体察民情。"这里所说的马喙，就是指口部的特异形状，所以人极为诚信，符合五行中土的特性。《汉书·陈遵传》中说："陈遵身高八尺多，脑袋很长，鼻子比较大，容貌甚为奇伟。"在当时的一些著名人物中，陈遵是最为出众的侠义者。侠义的人过分好义而无法进入道的境界。鼻子大的原因是五行中金的赋予特别多，所以他们会注重道义而不停止。

《诸葛武侯集·诫外甥书》说："志愿应该在高远的地方，仰慕先贤，禁绝自己的情欲，抛弃那些会使自己执著迟滞的因素。（中间的内容省略）倘若意志不够强大坚毅，意气不够慷慨，就只能庸庸碌碌地滞留在世俗的层面上，默默无闻地被情欲所束缚，进而永远地沉溺在凡庸的人群中，而不免沦为下流人物。"

合观《襄阳记》中的记载："黄承彦此人高雅爽朗，开明豁达，是沔阳的名士。他对诸葛亮说：'我听闻你想娶妻，我有一个长得很丑的女儿，黄头发，黑脸色，但很有才能，足以与您相配。'孔明同意了结亲，黄承彦马上用车把女儿送来完婚。当时的人都把这件事作为笑谈，乡人还特意编了两句谚语：'莫要像孔明择妇，只得个阿承丑女。'"由此就可以看出，孔明娶个丑媳妇，就是想要禁绝情欲。

那些自认为很聪明的男子，却过分追求女色，这些人就像伶玄在《飞燕外传》所说的那样，都是亡国、败家、丧身之流，是只有一些小的黠慧而没有大智能的人。这就是我根据五候来论证五常的说法。

此外，前面所引述的《子华子·大道篇》中的说法，如："金寄宿在肺脏中，撞击之声铿锵响起，匍匐而不屈曲，严明整肃而不可倚仰，使得人的神志愚阔粗疏而没有法度。人有时会因为鲁莽决策而招致祸患，这都是肝脏造成的"一节，这也有一个例证。大概《士纬新书》中说"孔文举金性太多，木性不足，背朝阴，面向阳，雄奇悲慨，孤傲自立"，说的就是这种人。

通过形体来观察人的说法，总体而言，就好像这两本书中所论述的那样，以目、鼻、耳、窍、口为仁、义、礼、智、信，这似乎已经不可更改了。但汉末刘劭所著的《人物志·九征篇》中，则以骨、筋、气、色、体作为仁、义、礼、智、信的表征，这一论断非常特异，但也能够自圆其说。特引述如下。

《人物志·九征篇》：

五行在人体中，骨骼属木，筋腱属金，气息属火，肌肉属土，血脉属水，上述五种物质正是五行之表象。人体中五种物质所对应的实际物象，各有不同的作用。所以，骨骼挺拔而又柔韧的人，可以称其抱负远大、意志坚强；而抱负远大、意志坚强的品格，是"仁"的实质。气息清纯而明朗的人，可以称其明礼懂仪、知文达理；而明礼懂仪、知文达理的品格，是"礼"的根本。形体端正而又厚实的人，可以称其坚守正道、始终如一；而坚守正道、始终如一的品格，是"信"的基础。筋腱强劲而又精干的人，可以称其勇敢无畏、刚强果敢；而勇敢无畏、刚强果敢的品格，是"义"的决断。血色柔和而又通畅的人，可以称其洞见玄幽、见微知著；而洞见玄幽、见微知著的品格，是"智"的本源。

五种物质都具有恒常不变的特性，所以称它们为"五常"。依据五常性质的不同之处，又可以分列出五种不同的品德。温和柔顺而耿直坚毅，这就是"木"的品德；坚强笃实而刚毅果断，这就是"金"的品德；忠厚严恭而有治理才能，谨慎恭敬，这就是"水"的品德；宽厚谨慎而柔顺独立，这就是"土"的品德；简约通畅而明理快捷，这就是"火"的品德。

人的体貌虽然变化无穷，但还是依据金、木、水、水、土这五种物质而变化。因此，人的刚强温和、聪明豁达、忠贞坚定的内质从外部形貌反映出来，从声音、神色上显示出来，从性情、趣味上发散出来，各与其外在表现相符。

（七）好尚观人法

刘孔才论人之质量，以中和为贵，而中和之质，必平淡无味，无所好亦无所恶也。自世之人性有偏嗜，而后人材不得其全，譬诸草木，区以别矣。视其所好尚而定其流品焉，可也。

《庄子·徐无鬼篇》之论曰：

智士无思虑之变则不乐，辩士无谈说之序则不乐，察士无凌谇之事则不乐，皆囿于物者也。

招世之士兴朝，中民之士荣官，筋力之士矜难，勇敢之士奋患，兵革之士乐战，枯槁之士宿名，法律之士广治，礼教之士敬容，仁义之士贵际。

农夫无草莱之事则不比，商贾无市井之事则不比。庶人有旦暮之业则劝，百工有器械之巧则壮。钱财不积则贪者忧，权势不尤而夸者悲。势物之徒乐变，遭时有所用，不能无为也。

此皆顺比于岁、不易于物者也。驰其形性，潜之万物，终身不反，悲夫！

刘孔才《人物志·八观篇》亦云：

烈士乐奋力之功，善士乐督政之训，能士乐治乱之事，术士乐计策之谋，辩士乐陵讯之辞，贪者乐货财之积，幸者乐权势之尤。苟赞其志，则莫不欣然，是所谓抒其所欲则喜也。若不抒其所能，则不获其志，不获其志则戚。

盖有好尚，则有喜戚。因其喜戚之所向，足以知其人何如矣。至于好尚之甚，心为之蔽，则昏迷瞀乱，为其所好之物所摄。如《关尹子·五鉴篇》所论：

心蔽吉凶者，灵鬼摄之；心蔽男女者，淫鬼摄之；心蔽忧幽者，沈鬼摄之；心蔽逐放者，狂鬼摄之；心蔽盟诅者，奇鬼摄之。

综观诸论，由好尚一端以观人伦，可得如下结论：

一、有好尚者，其人才性必不全备；

二、观其好尚，可知其人品；

三、多好尚者，其人性必杂乱而无所成；

四、好尚之甚，心为之蔽，其人言行必因之而不中正。

更就史乘以稽好尚之得失，则如汉高祖初居山东时，贪于财货，好美姬；及入秦关，财物无所取，妇女无所近，范增谓"其志不在小"。此先失而后得也。晋周顗以雅望非常，少获盛名，后颇嗜酒，为仆射略无醒日，时人号为"三日仆射"，庾亮谓为"凤德之衰"。卒以酒失遇祸。此先得而后失也。

他如无关得失而可以观人者，桓温将伐蜀，在事诸贤咸以李势在蜀日久，荫袭既厚，地复奇险，恐不易克，惟刘惔云："温必能克。观其蒲博，不必得则不为。"又，支道林在当时有"器朗神俊"之目，《世说》载其常养马数匹，或言道人畜马不韵，支曰："贫道重其神俊。"读此，亦可知其为人矣。

译文：

刘孔才在谈论人的材质和禀赋时，认为中庸和平是最好的，而中庸和平的材质，必定平淡无味，没有什么爱好和憎恶。自从世上之人的性情都有所偏好后，就得不到材质全面而均衡发展的人才了。比如草木，既然已经互相区别开来，那么就可以根据它们的爱好和崇尚，来判定它们的品级。

《庄子·徐无鬼篇》中说：

智谋之士缺少思虑的纵横变化就不会快乐，辩难之士缺少符合逻辑的辩驳就不会快乐，明察之士不去探究事物的根底就不会快乐，这些都是被外在的事物束缚住了的人。

呼民救世的人力图振兴朝廷，统治人民的人追求高官厚禄，身强力壮的人会为自己解除危难而感到自豪，勇敢的人因为身处患难中而感到兴奋，身处军旅中的人喜欢战斗，形容枯槁的隐士注重维护自己的名声，擅长法律的人喜欢治理更多的百姓，尊崇礼教的人看重仪式，崇尚仁义的人则看重交际。

农夫没有耕种的事情就不会聚集到一起，商贾没有经营的事情就不会聚集到一起。普通人只要从事日常的工作就会非常尽力，各种匠人有了巧妙的器械就会非常自豪。钱财积累得不够多，贪鄙的人就会感到忧愁；权势不出众，浮夸的人就会感到悲哀。追求财物的人喜欢看到行情不断变化，这样，遇到合适的时机就能发挥长处，而不甘于寂寞。

上述这些都是投机一时，而无法摆脱外物束缚的人。他们使自己身心劳碌，沉溺于万物之中，终身不能恢复自己的本性，真是悲哀呀！

刘孔才《人物志·八观篇》中也说：

有志于建立伟业的人，乐于努力奋斗创造功绩；品德崇高的人，乐于致力于监督处理政事的教育事业中；有才能智慧的人，乐于治理国家腐败的政治局势和动荡不定的社会；富于谋略的人，乐于出谋划策；善于言辞的人，乐于严谨地发表言论；贪爱金钱的人，乐于积攒金钱财物；依仗君主宠幸的人，乐于显示自己显赫的地位。如果能帮这些人实现他们各自的心愿，他们就没有一个不欢乐的。这就是所谓满足心愿就会喜悦啊。如果他们的才能得不到发挥，就不能实现他们各自的心愿；不能实现心愿，他们就会觉得悲伤难过。

有了爱好与崇尚，便会有喜欢和悲伤；根据一个人所喜欢和悲伤的，就能够知道他的品位如何了。如果过度喜好和崇尚，以至于心灵也被它所蒙蔽，就会陷入昏迷混乱，被他所喜好的东西控制。正如《关尹子·五鉴篇》中所描述的：

如果一个人的心灵被吉凶蒙蔽，灵鬼就会控制他；如果一个人的心灵被男女之事蒙蔽，淫鬼就会控制他；如果一个人的心灵被忧郁控制，沉鬼就会控制他；如果一个人的心灵被追逐放浪控制，狂鬼就会控制他；如果一个人的心灵被盟誓赌咒控制，奇鬼就会控制他。

对上述各种论说进行综合考察，通过爱好和崇尚来观察人，就可以得出下面的这些结论：

一、有爱好和崇尚的人，才智和禀性肯定不全面；

二、观察一个人的爱好和崇尚，可以知道他的人品如何；

三、有过多爱好和崇尚的人，性情一定庞杂混乱，以致没有什么成就；

四、如果过度爱好或崇尚，以至于心灵被它蒙蔽，那这个人的言论和行为就一定会因此无法做到中庸平正。

再结合史书来考察一下通过爱好和崇尚观察人这种方法的得失。例如说，汉高祖最初在崤山以东活动的时候，贪财好利，喜好美女；等到进入秦关之后，却不取财物，不近女色，因而范增说他"志向非同一般"。这就是先失而后得的例子。而晋代的周顗，人们普遍认为他才质非凡，年轻时候就有极大的名声；但后来却喜欢上喝酒，在做仆射的时候几乎从来没有清醒过，当时的人叫他"三日仆射"，庾亮说这是"凤德之衰"。后来，他终于因为酒后失误而遭遇祸端。这就是先得而后失的例子。

另外，还有一些与得失无关而能够观察人的例子。例如桓温即将攻打蜀地，朝中的贤能之人都认为李势已经在蜀地待得很久了，继承了丰厚的基业，当地地势又特别险峻，要想攻克恐怕非常困难，只有刘惔说："桓温必然能够攻克。观察一下他参加赌博的情形就可以知道，假如没有必胜的把握，他是不会下注的。"此外，支道林在当时有"器宇轩昂，丰神俊逸"的评论，《世说新语》中记载他经常养着几匹马，有人评论说："僧人养马不够风雅。"支道林反驳说："我看重的是它们的丰神俊逸。"读了这段文字，你就能够了解这个人了。

（八）行迹观人法

本章本节以前所论，如视、言、容、色、质、声、好尚，皆人之自然发露于外，耳目接而即知者。若行迹则不然。行迹，犹言行事之迹也，有详试而后可知者，有直待事后而方可明者，非一时所能决也。

孔子曰："吾之于人也，谁毁谁誉？如有所誉者，其有所试矣。"《抱朴子》曰："夫物有似而实非，若然而不然。料之无惑，望形得神，圣者其将病诸，况乎常人。故用才取士、推昵结交，不可以不精择，不可以不详试也。"（《行品篇》）孔子之书，葛洪之论，皆以试为观人要法。兹备引详试之说可资参校者如次。

《大戴礼·文王观人篇》：

富贵者观其礼施也，贫穷者观其有德守也，嬖宠者观其不骄奢也，隐约者观其不慑惧也。

考之以观其信，絜之以观其知，示之难以观其勇，烦之以事以观其治，淹之以利以观其不贪，蓝之以乐以观其不宁，喜之以物以观其不轻，怒之以观其重，醉之以观其不失也。

纵之以观其常，远使之以观其不贰，迩之以观其不倦，探取其志以观其情，考其阴阳以观其诚，覆其微言以观其信，曲省其行以观其备。

《大戴礼·曾子立事篇》：

临惧之而观其不恐也，怒之而观其不惛也，喜之而观其不诬也，近诸色而观其不逾也，饮食之而观其有常也，利之而观其能让也，居哀而观其贞也，居约而观其不营也，勤劳之而观其不扰人也。

《六韬·六守篇》：

富之而观其无犯，贵之而观其无骄，付之而观其无转，使之而观其无隐，危之而观其无恐，事之而观其无穷。

《庄子·列御寇篇》：

故君子远使之而观其忠，近使之而观其敬，烦使之而观其能，卒然问焉而观其知，急与之期而观其信，委之以财而观其仁，告之以危而观其节，醉之以酒而观其则，杂之以处而观其色。九征至，不肖人得矣。

《文子》：

贵则观其所举，富则观其所欲，贫则观其所爱。

《吕氏春秋·论人篇》：

凡论人，通则观其所礼，贵则观其所进，富则观其所养，听则观其所行，止则观其所好，习则观其所言，穷则观其所不受，贱则观其所不为。

喜之以验其守，乐之以验其僻，怒之以验其节，惧之以验其特，哀之以验其人，苦之以验其志。

《韩诗外传》：

夫观士也，居则视其所亲，富则视其所与，达则视其所举，穷则视其所不为，贫则视其所不取。

《心书·知人篇》：

夫知人之性，莫难察焉。美恶既殊，情貌不一。有温良而为诈者，有外恭而内欺者，有外勇而内怯者，有尽力而不忠者。然知人之道有七焉：一曰问之以是非而观其志，二曰穷之以辞辩而观其变，三曰咨之以计谋而观其识，四曰告之以祸难而观其勇，五曰醉之以酒而观其性，六曰临之以利而观其廉，七曰期之以事而观其信。

文中子《中说·天地篇》：

富观其所与，贫观其所取，达观其所好，穷观其所为。

《余冬录》：

王导辟王述为中兵。既见，唯问江东米价，述张目不答。或曰："导亦陋矣，当时事岂无有急于米价者？而以问于辟述之初，宜述鄙之而不答也。"春以为导之问，欲以是观述耳。述年三十，尚未知名，导徒以门第辟之，人固有谓述痴者。导初见述，岂真问米价耶？述之不答，述亦默会导意有在。导见其不答也，遽曰："王掾不痴，人何言痴？"导之意可见矣。

又如桓温入关，王猛被褐诣之，扪虱而谈当世之务。温异之，问曰："吾奉天子命，将锐兵十万，为百姓除残贼，而三秦豪杰未有至者，何也？"夫猛之为三秦豪杰也，温于其谈世务时异之，盖已心知之矣，复有此问，亦聊以戏之耳，探其所以答我者何如耳。

庾公问王敦："卿有四友，何者居其右？"敦曰："自有人。"又问："何者是？"敦曰："自有公论。"温之意正如此，猛托曰不至之故答之，而温遂以"江东无卿比"许之，是其所以异之也。而后世论者乃讥温不识人，温何尝不识猛耶！

至如详试之法，有所未尽，则惟有待事实证明而后知，所谓"论定于事后"也。事后观人，有如水落石出，云开峰现，见者知其然，不必家喻户晓而后知之矣。不过此说在观人术中最钝。人人须待事实证明而后可知，则亦何劳有观人术耶？然观人事后，究非盖棺论定可比。人至盖棺，其贤愚善恶、是非得失，盖不待智者而知，虽其人之宗戚、乡党、佣奴、侍婢皆知之矣。故观人事后，亦聊可论也。

观人事后，史证甚多，兹仅取四人，说之如左：

1.高共

知伯率韩、魏攻赵，赵襄子惧，乃奔保晋阳。城中悬釜而炊，易子而食，群臣皆有外心，礼益慢，惟高共不敢失礼。襄子惧，乃夜使相张孟谈私于韩、魏，与韩、魏合谋反灭知氏，共分其地。于是襄子行赏，高共为上。张孟谈曰："晋阳之难，唯共无功。"襄子曰："方晋阳急，群臣皆懈，惟共不敢失人臣礼，是以先之。"

2.毛义

庐江毛义，以行义称乡里，南阳张奉慕名往候。坐定，而府檄适至，以义为安阳令。义捧檄而入，喜动颜色，奉心贱之。后义母死，连征不起。奉叹曰："贤者固不可测！往日之喜，乃为亲屈也！"

3.曹敞

平陵曹敞在吴章门下，往往好斥人过，世人以为轻薄。章后为王莽所杀，人无有敢收葬者，弟子皆更易姓名以从他师。敞时为司徒掾，独称吴章弟子，收葬其尸。方知亮直者不见容于冗辈中矣。平陵人生为立碑于吴章墓侧焉。

4.山涛

陈郡袁毅尝为鬲令，贪浊而赂遗公卿，以求虚誉。亦遗山涛丝百斤。涛不欲立异，受而藏于阁上。后毅事露，槛车送廷尉。凡所受赂，皆见推检。涛乃取丝付吏，积年尘埃，印封如初。

综观四事，始知人固不易知，知人亦未易。侯生之论，有待此以为印证矣！

译文：

本章本节以前所论述的内容，如视瞻、言语、容止、颜色、形质、声音、好尚，那些都属于自然表露在外的东西，耳目一接触就能知道。但行迹却不是这样。行迹，即行事的迹象，有的在详细的测试之后才能知道，有的直到事后才能明了，不是一时就能决定的。

孔子说："我对别人，诋毁过谁？赞誉过谁？如果有所赞誉，一定是经过了测试的。"《抱朴子》说："事物有表面上是但实际上非的，有似乎是这样但实际上并非这样的。预料而无所疑惑，望见外形就领会神髓，即使圣人也会感到困难，何况普通人呢？所以在选拔任用人才和结交朋友方面，不可不精心选择，不可不详细测试。"（《行品篇》）孔子的书，葛洪的议论，都把测试作为观察人的重要方法。在这里全面引述有关详试的说法中可供参考的内容如下。

《大戴礼·文王观人篇》：

富贵的人，要观察他是否以礼待人，是否乐善好施；贫穷的人，要观察他是否具有道德操守；受宠的人，要观察他能否做到不骄矜奢靡；还在底层的人，要观察他是否有畏惧之心。

考验他，观察他的信用；衡量他，观察他的智慧；表明困难，观察他的勇气；制造麻烦，观察他的才干；用财利引诱他，观察他是否不贪心；用淫声迷惑他，观察他是否放荡；拿物品让他喜欢，观察他是否轻佻；故意激怒他，观察他够不够稳重；用酒灌醉他，观察他是否失态。

放纵他，观察他是否恪守常规；派他到远方去做事，观察他是否忠贞不贰；把他留在身边，观察他是否不知疲倦；探查他的心志，观察他的性情；考察他在人前人后的表现，观察他是否真诚；审查他的细微语言，观察他是否守信；多方观察他的行为，观察他是否周全。

《大戴礼·曾子立事篇》：

使他面临可怕的情况，观察他是否不恐惧；触怒他，观察他能否不昏乱；使他喜悦，观察他能否不欺骗；让他接近女色，观察他能否不越礼；供给他饮食，观察他能否保持正常的度量；向他提供利益，观察他能否谦让；居丧期间，观察他能否斋戒；在物质缺乏的时候，观察他能否不营求；让他勤苦劳累，观察他能否不向人求助。

《六韬·六守篇》：

使他变得富足，观察他能否不侵夺他人财物；使他尊贵，观察他能否不骄纵；交给他工作，观察他能否不转托他人；驱使他，观察他能否全力以赴；让他处在危险的境地，观察他能否不恐惧；侍奉他，观察他是否要求过多。

《庄子·列御寇篇》：

所以君子把人派到远方去，来观察他是否忠诚；调到近处，来观察他是否恭敬；用复杂的事情烦扰他，来考查他的才能；突然提出问题，来观察他是否机智；在时间紧迫的情况下和他约定，来观察他是否守信；委托他管理财物，来观察他是否廉洁；告诉他事情的危险性，来观察他有没有气节；用酒把他灌醉，来观察他是否守规矩；让他男女杂处，来观察他是否好色。从这九个方面考查过以后，人的好坏就可以掌握了。

《文子》：

尊贵就观察他举荐什么样的人，富有就观察他想要什么，贫穷就观察他喜爱什么。

《吕氏春秋·论人篇》：

在评论人时，通达时观察他礼遇什么人，尊贵时观察他举荐什么人，富有时观察他供养什么人，从政时观察他的行事，休闲时观察他的爱好，平常时观察他的言辞，穷困时观察他不接受什么，卑贱时观察他不做什么。

使他欢喜，来检验他的操守；使他快乐，来检验他的癖好；激怒他，来检验他的分寸；使他恐惧，来检验他的特异之处；使他悲哀，来检验他的品性；使他痛苦，来检验他的意志。

《韩诗外传》：

在观察人方面，平常时要看他亲近的是什么人，富足时要看他交往的是什么人，显达时要看他举荐的是什么人，困厄时要看他不做什么，贫穷时要看他不取什么。

《心书·知人篇》：

有智谋的人的心性，最难考查明白。美好与丑恶互不相同，相貌和表情也不一样。有貌似温良而内心伪诈的，有外表恭顺而心存欺骗的，有外表勇敢而内心怯懦的，有做事尽力却不忠心的。了解人的方法有七种：一是让他阐述是非问题，来观察他的心志；二是用言辞和辩论使他穷于应付，来观察他的应变能力；三是询问他计策谋略，来观察他的见识；四是告诉他祸患和困难，来观察他的勇气；五是用酒把他灌醉，来观察他的性情；六是让他面临厚利，来观察他的廉洁；七是与他约定事情，来观察他的信用。

文中子《中说·天地篇》：

富有就观察他与什么人来往，贫寒就观察他谋取什么，显达就观察他有什么喜好，困厄就观察他做些什么。

《余冬录》记载：

王导征召王述做中兵尚书。在见面时，王导只问江东米价高低，王述睁眼看着他，并不回答。有人说："王导也够鄙陋的了，难道当时没有比米价更重要的事吗？在征召王述的开始拿这个问题提问，难怪王述鄙薄而不作回答。"何孟春则认为王导的提问，其实是为了考查王述。王述当时三十岁，还不知名，王导只是因为他的门第高而征召他。原本就有人说王述呆笨。王导初见王述，难道是真的想问米价吗？而王述不作回答，正是默然领会到王导另有心意。王导见他不回答，随即说："王述不呆，人们凭什么说他呆笨呢？"王导的心意从这里就可以知道了。

又如，桓温攻入关中以后，王猛穿着粗布衣服去拜见，一边捉虱子一边谈当世大事。桓温对王猛的才能感到惊异，问他："我奉天子的命令，率领精兵十万，为百姓扫除残余贼寇，但三秦的豪杰却不来投奔，这是为什么？"王猛正是三秦的豪杰，桓温在他谈当世大事时惊异，已经心知肚明了，又问这样一句，也只是聊以戏弄他罢了，是为了探究一下他怎么回答。

庾公问王敦："您有四位朋友，哪个排在第一呢？"王敦说："自有一个人。"庾公又问他："那是谁呢？"王敦说："自有公论。"桓温的意思正是如此。王猛用假托的豪杰不到的原因回答他，桓温随即说"江东没有人比得上您"来赞许他，这就是他对王猛感到惊异的原因。而后世的议论者居然讽刺桓温不识人，桓温何曾不识王猛呢！

至于通过详细测试来观察人的方法，如果不能彻底了解人，那就只能等事实证明之后才知道，这就是所谓的"论定于事后"。事后观察人，如同水落石出，云开峰现，见到的人便能知道情况，不必等到家喻户晓才知道。不过这种说法在观人术中属于相当钝拙的。要是人人都等到事实证明之后才知道，那何必有观人术呢？不过事后观察人，终究不是盖棺论定能够比拟的。人到了盖棺的时候，他是贤能还是愚笨、善良还是奸邪，是非与得失，都不需要等到智者出现再显明了，就连那人的亲戚、同乡、奴仆、婢女都知道了。所以在事后观人，也略有讨论的价值。

在事后观人，史书中的例证很多，现在只选择四个人，介绍如下：

1.高共

智伯率领韩、魏两国的兵马攻打赵国，赵襄子非常恐惧，跑到晋阳寻求自保。时间一久，晋阳城中悬起锅来做饭，交换儿子来吃了充饥，群臣大多有了二心，上下间的礼仪越来越松懈，只有高共一人从不敢失礼。赵襄子感到害怕，于是派大臣张孟谈晚上偷偷地会见韩、魏两国的人，与他们合谋，反过来灭掉了智氏，瓜分了智伯的土地。随后赵襄子论功行赏，高共得到的奖赏最高。张孟谈说："在晋阳之难中，只有高共没有功劳。"赵襄子说："晋阳危急的时候，群臣都显得懈怠，只有高共不失去人臣的礼仪，所以首先奖赏他。"

2.毛义

庐江的毛义，因为好行仁义而被乡里人称赞，南阳的张奉慕名去拜访他。刚刚坐定，正好府里的公文送到了，任命毛义为安阳令。毛义捧着公文进屋，脸上的表情明显很喜悦，张奉心里很看不起他。后来毛义的母亲去世，毛义即使多次被征召也再不去做官。张奉感叹说："贤明的人真是不可测度！他当初的喜色，原来是为了母亲而委屈自己啊！"

3.曹敞

平陵人曹敞在吴章门下求学的时候，喜欢斥责他人的过失，世人都觉得他为人轻薄。吴章后来被王莽杀害，人们都不敢收敛埋葬他，他的弟子也都改名换姓地去追随其他老师。曹敞当时担任司徒掾，只有他自称吴章的弟子，收敛埋葬了吴章的尸体。人们这时才明白，磊落正直的人是不被平庸之辈所容纳的。因此，在曹敞在世时，平陵人就为他在吴章墓的旁边立了一座碑。

4.山涛

陈郡人袁毅曾经做过鬲县县令，在任时贪污财物用来贿赂公卿大臣，为自己营求虚假的名望。他也送了山涛一百斤丝，山涛不愿标榜自己与众不同，就把它接受下来，放在阁楼上。后来袁毅的事情败露，被用槛车押往廷尉那里接受处理。凡受过袁毅贿赂的人都受到审查。山涛便取出丝绸交给查案官吏，上面都是积年的灰尘，印封还和刚收到时一样。

综合观察这四件事，才知道人确实是不容易了解的，要了解一个人也很不容易。侯生的议论，有待于用这些例子来当印证。

（九）文字观人法

文字由人类灵感及技术孕合而成。凡思理之密、气机之畅、形式之美、辞语之工，莫非其人之全部表现。故吾人一究文心、文情、文理、文气、文采、文华、文品、文致诸词语，而作者之心情、理气、华采、品致，亦隐然跃现其中矣。

以文字观人，汉以前多不道，有之自魏文《典论·论文》始。《典论·论文》

称徐幹"时有齐气"，孔融"体气高妙"，略有以文衡人之意，然不详密。至梁刘勰《文心雕龙》出，乃为最备矣。兹撷其要论如左。

《文心雕龙·体性篇》：

气以实志，志以定言，吐纳英华，莫非情性。是以贾生俊发，故文洁而体清；长卿傲诞，故理侈而辞溢；子云沉寂，故志隐而味深；子政简易，故趣昭而事博；孟坚雅懿，故裁密而思靡；平子淹通，故虑周而藻密；仲宣躁锐，故颖出而才果；公干气褊，故言壮而情骇；嗣宗傲侃，故响逸而调远；叔夜俊侠，故兴高而采烈；安仁轻敏，故锋发而韵流；士衡矜重，故情繁而辞隐。触类以推，表里必符，岂非自然之恒资，才气之大略哉？

《文心雕龙·神思篇》：

若夫骏发之士，心总要术，敏在虑前，应机立断；覃思之人，情饶歧路，鉴在疑后，研虑方定。机敏，故造次而成功；虑疑，故愈久而致绩。难易虽殊，并资博练。若学浅而空迟，才疏而徒速，以斯成器，未之前闻。

隋文中子王通，河汾间大师，不以文章自名。其观文士之行以文之说，似尤出彦和之上。兹摘录《中说·事君篇》一则如左。

《中说·事君篇》：

子谓文士之行可见。谢灵运，小人哉，其文傲，君子则谨；沈休文，小人哉，其文冶，君子则典；鲍照、江淹，古之狷者也，其文急以怨；吴筠、孔圭，古之狂者也，其文怪以怒；谢庄、王融，古之纤人也，其文碎；徐陵、庾信，古之夸人也，其文诞。

或问孝绰兄弟，子曰：鄙人也，其文淫。或问湘东王兄弟，子曰：贪人也，其文繁。谢朓，浅人也，其文捷。江总，诡人也，其文虚。皆古之不利人也。子谓颜延之、王俭、任昉，有君子之心焉，其文约以则。

唐以后，多以文章取士。以文观人，尤称径捷之法。兹并录见一二于左方。

《唐语林》：

贞观二十年，王师旦为员外郎。冀州进士张昌龄、王公瑾并有文辞，声振京邑，师旦考其策为下等，举朝不知所以。及奏等第，太宗怪问无昌龄等名，师旦对曰："此辈诚有词华，然其体轻薄，文章浮艳，必不能成令器。臣擢之，恐后生仿效，有变陛下风俗。"上深然之。后昌龄为长安尉，坐赃解，而公瑾亦无所成。

《续世说》：

白居易以诗谒顾况，况曰："米价方贵，'居'亦不'易'！"及见首篇"离离原上草，一岁一枯荣，野火烧不尽，春风吹又生"，乃曰："道得个中语，'居'即'易'矣！"为之称誉，声名大振。

《唐才子传》：

崔颢，汴州人，开元十一年及进士第，天宝中为尚书司勋员外郎。少为诗意浮艳，多陷轻薄；晚节忽变常体，风骨凛然，一窥塞垣，状极戎旅，奇造往往并驱江、鲍。然行履稍劣，好蒲博，嗜酒，娶妻择美者，稍不惬即弃之，凡易三四。初，李邕闻其才名，虚舍邀之。颢至，献诗，首章曰"十五嫁王昌"，邕叱曰："小儿无礼！"不与接而入。

《唐才子传》：

李季兰，名冶，以字行，峡中人，女道士也。美姿容，神情萧散，专心翰墨，善弹琴，尤工格律。当时才子颇夸纤丽，殊少荒艳之态。始年六岁时，作《蔷薇诗》云："经时未架却，心绪乱纵横。"其父见曰："此女聪黠非常，恐为失行妇人。"后以交游文士，微泄风声，皆出乎轻薄之口。时往来剡中，与山人陆羽、上人皎然意甚相得。皎然尝有诗戏之云："天女来相试，将花欲染衣。禅心竟不起，还捧旧花归。"其谑浪至此。

《青箱杂记》：

卢樵貌陋，尝以文章谒韦宙，韦氏子弟多肆轻侮。宙语之曰："卢虽人物不扬，然观其文章有首尾，异日必贵。"后竟如其言。

《余冬录》：

胡颐庵记熊伯几言：危素在胜国时，声名藉甚。或问虞文靖公曰："太朴事业当何如？"公曰："太朴入京之后，其辞多夸，事业何所敢知？"复曰："必求其人，其余阙乎！"阙名未甚著，或问何以知之，曰："集于文字见之。"阙后竟以忠显。君子观人，固如是夫！

颜之推《文章篇》云："自古文人，多陷轻薄。"又为之推论其故曰："原其所积，文章之体，标举兴会，发引性灵，使人矜伐，故忽于操持，果于进取。"其论虽就文体为言，然都市侩子，未知吮毫，亦解窃赀无操；闾井豪劣，不能伏案，亦识傲陵乡里，岂必文人，然后为恶乎？即如本节所引，李冶幼冲，未尝晓文章之体，而咏《蔷薇诗》脱口轻艳，其父即知其将失行；危素晚节，岂尝困于文章之体，而入京之文，传诵多夸，虞集即知其难以忠显。观人者当观其心性如何，使必咎文章之体为文人无行之故，则亦曲矣。

译文：

文字是由人类的灵感和技术综合孕育而成的，凡思维的缜密、气机的流畅、形式的完美、言辞的工整，都是整个人的表现。因此，如果我们仔细探究文心、文情、文理、文气、文采、文华、文品、文致这些内容，作者的心情、理气、华采、品格也就活灵活现于其中了。

依据文字来观察人的做法，在汉代以前大家都没有提到，一直到魏文帝的《典论·论文》，才开始有这方面的记载。《典论·论文》中称赞徐幹的文章"时常表现出齐国人的气质"，而孔融的文章"体势和气象极为高明巧妙"，稍微有一些以文章来评鉴人的倾向，但是还不够详细和周密。直到梁代刘勰的《文心雕龙》问世，才有了最为完备的论述。下面选取其中的主要论点，列述如下。

《文心雕龙·体性篇》：

以气血充实意志，以意志确定言辞，写出或念出精妙的语句，都能体现出一个人的性情。所以，贾谊俊才英发，因此所写的文章简洁且体式清新；司马长卿高傲夸诞，因此所写的文章浮华且较多溢美之辞；扬子云沉静安定，因此所写的文章感情隐晦且意味深长；刘子政简单平易，因此所写的文章较有趣味且事例丰富；班孟坚美好雅正，因此所写的文章体裁严谨且思维细腻；张平子通达渊博，因此所写的文章思虑周全且词藻绵密；王仲宣为人急躁尖锐，因此所写的文章锋芒外露且较有才情；刘公干为人气度狭小，因此所写的文章言辞壮阔且情致惊人；阮嗣宗为人孤傲倜傥，因此所写的文章格调清高且含义深刻；嵇叔夜为人俊逸豪侠，因此所写的文章兴致高超且有强烈的色彩；潘安仁轻快敏捷，因此所写的文章文辞犀利且气韵流畅；陆士衡为人矜持庄重，因此所写的文章情致繁茂而言辞含蓄。照这样推断，内在的性情与外在的风格一定会相符，这难道不是恒常资质的自然表达、才能气质的大致体现吗？

《文心雕龙·神思篇》：

有些人才思敏捷，心中对于主要方法有很好的把握，反应灵敏，遇事当机立断，毫不犹豫；有些人文思深沉，经常在情感歧路上徘徊，在疑虑之后鉴察，通过研究和思考最终作决定。因为机敏，有些人随便下笔就能够成功。因为疑虑，有些人经过的时间越久就越能取得好成绩。这二者的容易和艰难虽然有所不同，但是都必须勤学苦练。假如一个人学问浅薄，他写得再慢也毫无用处。假如一个人才能粗陋，就算他写得再快也是枉然。仅凭这两者就想成才，这是从来都没有听说过的事情。

隋朝的文中子王通，是河汾一带的文章大家，但他并没有用文章来进行自我标榜。他通过文章来品鉴文人品德的说法，似乎还超越了刘勰。下面摘录《中说·事君篇》中的一段：

《中说·事君篇》：

文中子说，文士的品德能够通过文章看出来。谢灵运可以说是个小人，因为他的文章狂傲不羁，而君子则极为谨慎；沈休文可以说是个小人，他的文章妖冶，而君子则极为典雅；鲍照和江淹都是古代的狷介之人，他们的文章急切而略带怨愤；吴筠和孔圭都是古代的狂躁之人，他们的文章怪诞而略带愤怒；谢庄和王融都是古代的纤细之人，他们写出的文章极为琐碎；徐陵和庾信都是古代的夸饰之人，他们所写的文章极为浮诞。

有人曾问到孝绰兄弟，文中子说：他们都是鄙野之人，他们的文章淫靡浮艳；有人曾问到湘东王兄弟，文中子说：他们都是贪婪之人，他们的文章烦琐。谢朓为人浅薄，他的文章就显得比较明快。江总为人诡诈，他的文章就显得虚浮。他们在古代都是无益于世的人。文中子说，颜延之、王俭、任昉这些人都有君子之心，因而他们的文章显得简约而合乎规范。

唐代之后，朝廷经常依据文章来选拔士人。通过文章来观察人，尤其可以称为直接便捷的方法。下面稍微引述一些。

《唐语林》中记载：

贞观二十年，王师旦担任员外郎。在冀州一带，参加进士考试的张昌龄、王公瑾二人都有诗文传世，他们的名声振动京师，但王师旦却将他们的考卷判为下等，朝廷中人都不知道他为什么要这样做。等到王师旦上奏进士名次时，唐太宗觉得非常奇怪，问为何没有张昌龄等人的名字。王师旦回答说："这些人确实文采非凡，但是他们的文体轻薄，文风浮艳，无法成为理想的材器。假如微臣提拔了他们，就会担心后来者效法他们，从而改变陛下您所倡导的风气。"太宗认同了他的这种看法。后来张昌龄担任长安县尉，最终因为贪赃而被罢官，而王公瑾也未能取得什么成就。

《续世说》中记载：

白居易拿着自己的诗作去拜见顾况，顾况说："米价正贵，'居'亦不'易'！"等到他看到诗作的第一篇"离离原上草，一岁一枯荣，野火烧不尽，春风吹又生"时，才说："写得出这样深入情理的句子，'居'也就'易'了。"此后，他就大为赞赏白居易写的诗，白居易因而声名大振。

《唐才子传》中记载：

崔颢，汴州人，开元十一年进士及第，天宝年间担任尚书司勋员外郎。他年轻时作诗多浮华香艳，常陷于轻薄；晚年时突然改变原来的诗体，风骨凛然。他曾经看过边塞的实际情况，而后便把军旅生活描绘到了极致，他的诗中奇特的创造可以与江淹、鲍照相提并论。然而他的行迹却较为恶劣：嗜赌，嗜酒，娶妻时专择貌美的，稍有不如意就抛弃她们，他前后总共换了三四个妻子。开始时，李邕听说了他的才能和名望，就专门邀请他到自己家中做客。崔颢登门后，拿出自己的诗作，第一首便是"十五嫁王昌"。李邕非常生气，斥责道："小儿无礼！"没有接待他，转身进屋了。

《唐才子传》中记载：

李季兰，名冶，因为字写得好而闻名于世，峡中人，是个女道士。她姿容美丽，神情潇洒，极其喜爱文章笔墨，擅长弹琴，尤其擅长格律诗。当时的才子都很赞赏她纤细清丽，极少有荒诞浮艳之态。刚刚六岁时，她就作《蔷薇诗》一首："经时未架却，心绪乱纵横。"她的父亲得知后，就说："这个女儿非常聪慧，我担心她以后会成为失德之人。"后来她与文士交游，稍微流传出一些风言风语，但这些都出自轻薄人之口。她经常往来于剡中，和隐士陆羽、僧人皎然交好。皎然曾经作诗戏弄她："天女来相试，将花欲染衣。禅心竟不起，还捧旧花归。"她的戏谑放浪已经到了这个程度。

《青箱杂记》中记载：

卢樵相貌极丑，他曾带着自己写的文章去拜见韦宙。韦宙的弟子对他极为放肆，轻视侮辱他。韦宙对他们说："卢樵虽然长相不佳，但是他作文章有头有尾，将来一定会显贵。"后来的卢樵果然和他预言的一样。

《余冬录》中记载：

据胡赜庵记录，熊伯几曾说过下面这些话：危素在前朝时，声名显赫。有人询问虞文靖公："太朴的前途如何？"虞公说："太朴进京以后，较多夸饰的言辞，他的前途哪里是我敢预测的？"又说："倘若一定要找个人，那估计会是余阙吧！"余阙当时并不是很有名。那人又问他是如何知道这个人的，虞公回答说："我是从他的文章中看出来的。"后来，余阙果然因为忠义而声名远扬。君子观察人，原本就应该是这样的。

颜之推在《文章篇》中说："从古至今，文人多失于轻薄。"他又推论其中的缘故说："探究造成这种情况的原因，就在于文章要注重兴致，从而来引发性灵，使人骄矜炫耀，从而不注重对言行的把持，只是果决地致力于功名的进取。"这一议论虽然是就文体而发出的，但是那些轻薄滑巧的都市人并不懂文章，但他们也明白盗窃是没有操守的；乡村里的那些土豪劣绅并不能伏案写作，却也知道横行乡里、欺压百姓。哪里只有文人才会作恶呢？就像本节所引述的，李冶年幼的时候还不明白文章是怎么回事，但是吟咏《蔷薇诗》，却出口轻佻浮艳，其父由此判断她将来会丧失妇人的德行；危素在晚年，哪里曾困于文章之事，但是进入京都后被传诵的文章，夸饰之处较多，虞集由此就判断出他难以依靠忠诚而名声远扬。观察人时，应当观察对方的心性如何，倘若一定要将文人无行的原因归咎于文章之事，那就有失偏颇和委曲了。

图书在版编目（CIP）数据

人物志谋略全本／（三国）刘劭著；文慧编译.——
长沙:湖南文艺出版社,2012.4
ISBN 978－7－5404－5047－2

I.①人… Ⅱ.①刘… ②文… Ⅲ.①人才学－中国－三
国时代－通俗读物 ②人物志－研究 Ⅳ.①C96－092

中国版本图书馆 CIP 数据核字(2011)第 137907 号

上架建议:文化经典

人物志谋略全本

作　　者:(三国)刘劭
编　　译:文　慧
出 版 人:刘清华
责任编辑:丁丽丹　刘诗哲
监　　制:伍　志
特约编辑:于向勇
封面设计:久品轩工作室
出版发行:湖南文艺出版社
　　　　（长沙市雨花区东二环一段 508 号　邮编:410014）
网　　址:www.hnwy.net
印　　刷:北京鹏润伟业印刷有限公司
经　　销:新华书店
开　　本:787mm×1092mm　1/16
字　　数:235 千字
印　　张:20.5
版　　次:2012 年 4 月第 1 版
印　　次:2012 年 4 月第 1 次印刷
书　　号:ISBN 978－7－5404－5047－2
定　　价:32.80 元

（若有质量问题,请致电质量监督电话:010－84409925）